gra

Die italienische Originalausgabe »La cura del gorilla« erschien 2001 bei Einaudi, Turin

Deutsche Erstausgabe

Chemnitzer Str. 31, D-44139 Dortmund
Internet: http://www.grafit.de
E-Mail: info@grafit.de

Umschlagillustration: Peter Bucker
Druck und Bindearbeiten: Elsnerdruck GmbH, Berlin
ISBN 3-89425-514-5
1. 2. 3. 4. 5. / 2004 2003 2002

Sandrone Dazieri

Keine Schonzeit für den Gorilla

Kriminalroman

Aus dem Italienischen von
Barbara Neeb

grafit

Der Autor

Sandrone Dazieri, geboren 1964 in Cremona/Italien, war nach seiner Ausbildung an einer Hotelfachschule als Koch in ganz Italien in diversen Hotels beschäftigt. Zudem engagierte er sich als Mitglied verschiedener politischer Vereinigungen gegen die Atomkraft, besetzte Häuser und Schulen und arbeitete als Journalist für einen Piratensender. Inzwischen ist er Lektor für Kriminalromane bei einem großen italienischen Verlagshaus.

Nach *Ein Gorilla zu viel* (Grafit 2000) ist *Keine Schonzeit für den Gorilla* der zweite Kriminalroman von Sandrone Dazieri, der in deutscher Sprache erscheint.

Erster Teil

Samba für Tropf und Torrone

1

Ich hasse den Gestank von Krankenhäusern. Nicht den von Krankheit und auch nicht den alkoholischen Geruch der Medikamente. Es ist vielmehr der Essensgestank, der mich in der Kehle würgt. Er riecht nach Püree, Brühe, Lipton-Tee mit Zwieback, Apfelkompott und Pflaumenmus. Er staut sich auf, weht durch die Gänge, durchdringt die Decken und die Haut. Nachts, wenn ich ihn nicht mehr ertrage, nehme ich den Lastenaufzug bis zum obersten Stockwerk, breche das Oberlicht auf und steige aufs Flachdach, zwischen Vogelscheiße und Regenpfützen.

Von dort sieht man nicht sehr viel von Mailand, aber die zwergenhafte Skyline reicht aus, damit ich mich besser fühle. Ich folge den Scheinwerfern irgendeines Autos auf der breiten Allee und stelle mir einen kleinen Mann am Steuer vor, der zu Hause ankommt, das Auto abstellt, die Treppen hochsteigt und sich auf dem Herd einen Teller Suppe warm macht. Nie geht er zu einer Feier und niemand wartet zu Hause auf ihn. Er lebt allein, schnuppert im Vorübergehen an Blumen und pfeift klassische Musik vor sich hin. Manchmal stellt er den Fernseher an oder er streichelt eine Katze und schenkt sich zwei Finger breit Amaretto di Saronno ein. Er führt ein friedliches Leben und mich beruhigt er.

Normalerweise. Heute Nacht kann ich nur daran denken, dass morgen ich derjenige sein werde, der durch die Gegend fährt, um sich wieder mitten ins Getümmel zu stürzen. Nach drei Monaten Brei und Antibiotika entlässt man mich wegen guter Führung. Eigentlich müsste ich mich freuen. Mein Partner hat schon angefangen, zusammenzupacken und kleine Geschenke an das Pflegepersonal zu verteilen: Er sorgt für das nächste Mal vor, wenn wir wieder eingeliefert werden.

Ich springe fast ohne zu schwanken auf das Gesims und beglückwünsche mich. Nicht jeder kommt nach einem Projektil in der Lunge so gut weg. Das Blut neigt zum Austreten und Mikroben zum Eindringen. Im Fieberwahn habe ich meine Ahnen gesehen, die mich dafür tadelten, wie ich mein Leben vergeudet habe. Ihre Seelen schwebten an der Decke, kleine Gesichter mit Flügelchen.

Ich schaue nach unten ins Dunkel. Keine Schwindelgefühle, Magenkrämpfe oder steife Beine. Ich muss mich an die Vorstellung gewöhnen, dass ich kein Invalide mehr bin.

Der Alltagstrott wird wieder beginnen, ich werde einen Klienten finden, um verlorene Zeit und die Ebbe in der Kasse wieder wettzumachen. Nach Möglichkeit einen ruhigen Typen, der den Unterschied zwischen einem Rausschmeißer und einem Mietbullen kennt.

Und der mich nicht in ein Massaker schickt. Ehe ich den Gedanken verjagen kann, hat er ein paar Eindrücke hochgespült, auf die ich gar nicht scharf bin. Die Toten im Keller und der Gestank, der von ihnen ausging.

Ich schließe die Augen und lasse mich von der steifen Brise durchlüften. Ich bin ein Leichtgewicht ohne Bauch, die Schöße des Morgenmantels flattern wie Flügel. Wenn ich mich hinunterstürzen würde, würde ich nicht auf dem Boden aufschlagen, sondern weiter durch die Luft segeln wie ein Blatt. Ich bleibe dort stehen und stelle mir vor, wie ich im Flug über den menschlichen Nöten schwebe, bis sich die Brillengläser mit Rauhreif beschlagen, dann mache ich mich widerwillig auf den Rückweg. Im Erdgeschoss klettere ich durch das Fenster und betrete die Intensivstation.

2

Es ist Marco der Elefant, der mich um zehn Uhr morgens abholt. Ich habe bereits meine Habe gesichtet, mich rasiert und geduscht; ich bin weiß und verweichlicht. Der Elefant mustert den Haufen, den ich auf dem Bett aufgestapelt habe.

»Bist du sicher, dass das alles in den Koffer passt?«, fragt er und kratzt sich den ungepflegten kastanienbraunen Bart. Um die hundert Kilo verteilt auf einen Meter achtundneunzig, und das in einem Anorak, der ihn glatt noch größer wirken lässt.

»Die Comics lasse ich hier.« Ich mache ein neues Loch in den Gürtel. Meine Kleider schlottern an mir wie die Unterhose an John Holmes bei einer Erektion. »Die Geschichtsbücher auch.«

Marco greift sich einen ledergebundenen Band. Siebenhundert eng bedruckte Seiten, allein vom Anschauen bekommt man Kopfschmerzen. *»Napoleon, l'homme«,* liest er. »Ganz schön dicker Schinken.«

»Nimm ihn, wenn du magst.« Das ist der neueste Tick meines Partners, Geschichtsbücher.

»Nein danke.« Er wirft ihn in den Papierkorb, der unter dem Gewicht zusammenbricht. »Dafür nehme ich die Heftchen. Und den kleinen Fernseher.«

»Als Geschenk war er ja auch ein bisschen viel.«

»Natürlich war es ein Geschenk, aber jetzt, wo er dir gehört, kannst du ihn mir ja leihen.«

»Eine bestechende Argumentation.«

»Eben.« Er steckt den Fernseher in eine Plastiktüte, dann öffnet er meinen Koffer und stopft einen Stoß Sachen hinein. Für das Auspacken werde ich wohl eine Spitzhacke brauchen.

Schuhe an den Füßen, ein merkwürdiges Gefühl. Als ich mich niederknie, sehe ich einen Fleck an der Spitze des rechten Schuhs. Ich kratze ihn mit dem Fingernagel weg. Getrocknetes Blut, mein Blut. Mir wird schwummrig.

Der Elefant schließt mit einem entschiedenen Handschlag den Koffer. Ich höre die Scharniere einrasten. »Das Urinal passt nicht mehr rein«, sagt er.

Der Abgang ist schnell gemacht. Ein herzlicher Gruß an einen der Ärzte, die mich zusammengeflickt haben (nehmen Sie dies und das ein, machen Sie dies nicht und machen Sie das nicht, zwei Sekunden später lösche ich ihn aus meinem Gedächtnis), und ein Zwischenstopp in der Verwaltung, um die Rechnung zu zahlen. Sie ist gesalzen wegen des Einzelzimmers. Ich unterschreibe den Scheck in der festen Überzeugung, dass er wohl nie eingelöst werden wird. Der Angestellte macht den Eindruck, als dächte er genau dasselbe.

Innerhalb einer Stunde bin ich bei meiner Bude im Ticinese-Viertel. Der Elefant lädt mich zum Mittagessen ein, doch ich lehne ab und steige, mein Gepäck hinter mir herschleifend, scheppernd die Treppen ins vierte Stockwerk hinauf. Völlig erschöpft komme ich oben an, und das Durcheinander drinnen haut mich um. Die einzige Grünpflanze zerbröselt im trockenen Waschbecken, überall Staub und abgestandene Luft. Ich nehme all meinen Mut zusammen und öffne den Kühlschrank. Eine pelzige Schimmelmasse in den Gemüsefächern, etwas Braunes auf dem Boden, das sich bewegt. Der offene Milchkarton pulsiert sachte vor sich hin. Ich werfe ihn weg, ehe er mich anspringt.

Die Notreserveflasche unter der Spüle ist noch unangetastet. Ich nehme sie zusammen mit der Post, die ich bei der Hausmeisterin abgeholt habe, mit ins Bett. Ich schraube den Verschluss ab und schnuppere, dann nehme ich einen vorsichtigen Schluck.

Ich rechne mit dem Schlimmsten nach der erzwungenen Abstinenz, zumindest mit Brennen und Übelkeit, aber mein

Organismus reagiert gut. Daraufhin nuckele ich entschiedener. Allmählich merke ich, wie mir die Ohrläppchen warm werden, der Magen zieht sich leicht zusammen, ich muss aufstoßen. Ich öffne die Umschläge mit wattigen Händen und sortiere den Inhalt. Rechnungen, die von der Bank beglichen wurden (Papierkorb), Werbung für Kochtöpfe (Papierkorb), Wein (Archiv), Reisen nach Dänemark (Papierkorb), eine Vorladung vor Gericht als Zeuge (Archiv), eine nicht bezahlte Strafgebühr (Papierkorb), die Jahresmitgliedskarte für das Telefono Viola, die Notrufnummer für misshandelte Psychiatriepatienten mit einer Zahlungsforderung (Nachttisch), ein Brief mit einer Briefmarke von den Fidschiinseln. Stopp.

Ich drehe ihn um, schnuppere dran. Ich erkenne die Schrift, ganz langsam öffne ich ihn, um den Genuss zu verlängern. Drinnen steckt nur eine Fotografie mit drei Worten auf der Rückseite: *Komme bald. Vale.* Das ist ihre Art zu denken. Sie hätte mir auch ins Krankenhaus schreiben können, stattdessen hat sie es vorgezogen, den Brief nach Hause zu schicken, für die Zeit, wenn ich wieder daheim wäre. Die rechte Sache im rechten Moment. Ich habe sie seit der ersten Woche nach meiner Einlieferung nicht mehr gesehen; sie hat die Tickets gekauft, als man meine Diagnose nach unten korrigiert hat, und ist weggefahren.

Auf dem Foto ist sie im Badeanzug, dahingegossen auf einem Strandlaken. Sie ist so braun gebrannt, wie es die Haut einer natürlichen Rothaarigen zulässt, ihre Haare sind feucht. Hinter ihr Liegestuhl und Sonnenschirm, ein aufgeschlagenes Buch vor ihr. Ein Schatten neben ihrer rechten Hand. Ich weiß, dass ich das nicht tun sollte, dass ich mich mit dem zufrieden geben sollte, was ich mit bloßem Auge erkennen kann, aber ich schaffe es nicht. Irgendwo habe ich eine Lupe und ich verbringe eine halbe Stunde mit der Suche danach. Ich finde sie und lege das Foto in das Licht der Lampe. Ich untersuche den Schatten: Es sind zwei Paar

Strandsandalen, das zweite Paar eindeutig größer als das erste. Herrengröße. Mein Vergnügen ist hin, an seiner Stelle sticht etwas.

Vale, Vale, du kannst einfach nicht allein bleiben. Nicht einmal einen verfluchten Urlaub lang.

Bei Sonnenuntergang bin ich seit mittlerweile zwanzig Stunden wach. Ungewöhnlich für mich, aber ich kann einfach meine Augen nicht schließen und Platz für meinen Partner machen.

Ausgestreckt auf der Decke knöpfe ich mein Hemd auf und betrachte die Narbe, die sich von meiner linken Brustwarze bis zum Bauch zieht. Sie ist geschwollen und rot, sie tut weh. Hinten auf dem Rücken habe ich eine wesentlich kleinere, dort, wo die Kugel eingetreten ist. Ich habe sie im Spiegel gesehen, sie sieht aus wie ein Flicken mit Kreuzstichmuster. Aber wenn sie nicht violett wäre, würde sie unter den anderen gar nicht auffallen. Die Narben an mir sind wie die Ringe eines Baumes, ich erinnere mich an alle, mit Vor- und Nachnamen. Klaffende Wunde am linken Oberschenkel, Sommer 94, kleiner Mann mit Rasiermesser aus dem ausgehenden neunzehnten Jahrhundert: Ich hatte nicht auf seine Hände geachtet. Ein Stück fehlendes Fleisch am rechten Unterarm: Oktober 93, ein Verrückter mit Fleischerhaken. Gebrochene Fingerknöchel: Autoreifen im Winter 91. Damals war ich praktisch noch Anfänger, ich hatte noch nicht gelernt, Schwierigkeiten aus dem Weg zu gehen. Nicht dass ich jetzt wesentlich schlauer wäre.

Auf der Suche nach Trost wende ich mich wieder der Fotografie zu, doch die Gedanken gleiten wieder ab, von Rosa zu tiefstem Schwarz. Wen hat sie sich wohl diesmal zum Begleiter erkoren? Vales Idealtypus gleicht eher einem Fotomodell als dem Unterzeichneten. *Sie ist gezwungen, einen Mittelweg zwischen Instinkten und Gefühl zu finden,* sage ich mir. *Das Problem stellt sich ihr nicht einmal,* erwidere ich mir.

Sie ist so geschaffen, und dir tut das auch gut, Selbstzerfleischung hält das Feuer das Leidenschaft lebendig.

Eine halbe Stunde später klingelt das Telefon, und ich lasse den Anrufbeantworter anspringen. Aus dem Lautsprecher dringt eine Stimme mit piemontischem Akzent, die ich noch nie gehört habe.

»Sandrone, hier ist Franco Scotti.« Krächzen. »Ich bin gerade in Mailand und würde dich vor meiner Rückreise gern kennen lernen. Ein Arbeits-Titt-à-Titt …« Harr, harr, harr. Er lacht wie Kater Carlo. »Ich gebe dir meine Handynummer.« Pause. »Einen Moment, ich kann mir die Nummer nie merken.« Noch eine Pause, Rascheln und das Geräusch von Tasten, die gedrückt werden. »Wo zum Henker …« Die Verbindung bricht ab.

Als das Telefon erneut klingelt, bin ich immer noch vor Schreck gelähmt.

»Sandrone, ich bin's noch mal!« Er rülpst. »Die Verbindung wurde unterbrochen. Also, ich gebe dir jetzt meine Nummer. Du kannst mich ruhig spät noch anrufen, denn ich bin viel auf Achse. Ich möchte zu …« Ich werfe mich auf den Lautstärkeregler und bringe ihn zum Schweigen, ehe ich es erfahre. Meine Erleichterung ist so groß, dass ich nicht merke, wie ich mich im Kabel verheddere. Als ich mich umdrehe, kracht das Telefon herunter, der Hörer fällt ab und beginnt zu wimmern. »Hallo? Hallo, hallo? Hallo, hallo hallo?«

Resigniert hebe ich ihn auf. »Ja?«

»Sandrone?«

»Sieht ganz danach aus«, seufze ich.

»Ich bin Franco Scotti. Ich wollte …«

»Wer hat dir meine Nummer gegeben?« Sie steht nicht im Telefonbuch.

Er nennt einen meiner ehemaligen Klienten. Einen von den solventen.

»Und was willst du?«, frage ich.

»Zunächst einmal dich kennen lernen, man hat mir so viel von dir erzählt.«

»Das kann ich mir lebhaft vorstellen.«

Pause. Vielleicht hat er einen herzlicheren Empfang erwartet. »Ich wollte dir von einem meiner Projekte erzählen. Etwas, was dir bestimmt gefallen wird.«

»Ich habe da so meine Zweifel. Trotzdem vielen Dank, dass du an mich gedacht hast.«

»Du scherzt, oder? Ich muss dich unbedingt kennen lernen. Scotti wants you for the show. Harr harr ...« Sein Englisch ist Mitleid erregend.

»Goodbye Francow.« Ich lege auf.

Zwei Minuten später klingelt das Telefon erneut. Impulsiv antworte ich. »Wenn du noch einmal anrufst, komme ich vorbei und verpass dir eins mit dem Knüppel.«

Er lacht. »Ich komme zu dir nach Hause. Ich hab schon verstanden, dass du müde bist und nicht aus dem Haus gehen willst. Ich bringe was zu trinken mit.«

Er wäre wirklich in der Lage, sich auf meinem Fußabtreter zu platzieren und mir dort aufzulauern. Ich kapituliere und gebe ihm die Adresse von Orestes Bar. Vielleicht tut mir ein wenig frische Luft ja ganz gut.

Sieben Uhr abends ist an den Kanälen die Stunde der Angestellten und Dinks*. Sie stürmen die Lokale, die Canapés und Crudités servieren. Samstags müssen sie außerdem noch um jeden Meter mit den Pizza-Kino-Pärchen kämpfen. Ich sehe schreckliche Menschenknäuel, drücke mich im Gehen an den Hauswänden entlang. Zum Glück ist der Weg kurz und Oreste keiner, der die Massen anlockt. Sein Lokal ist eine Bar mit einem nicht gerade gelungenen Schild und einer Mitleid erregenden Auslage versteinerter Frikadellen und Plastikcroissants. Mein Stammlokal. Als ich noch Vollzeit

---

* *Dink: Double income, no kids* (ein Sandrone mit Bildung)

für Sicherheitsagenturen arbeitete, pflegte ich meine Abende dort an einem Fenstertisch zu beenden. Das Betrachten der vorbeilaufenden Passanten lockerte meine Nerven, mehr noch als der Alkohol. Und als selbst das irgendwann nicht mehr funktionierte, habe ich den Kram hingeschmissen.

Oreste steht hinter dem Tresen, das weiße Hemd offen unter der karierten Weste. Unter seinem großen Schnäuzer breitet sich ein Strahlen aus. »Na, so was, wer beehrt uns denn da wieder?«, sagt er. Wir schütteln uns die Hände. »Wie geht es dir, Gorilla?«

»Na blendend, sieht man das nicht?«

Er mustert mich mit einem scharfen Blick. »Du schaust aus, als kämst du geradewegs aus Mauthausen.«

»Zu Essen gab es nur etwas, wenn ich artig war.« Ich stibitze ihm ein Nüsschen. »Komm, gib mir was zu trinken.«

»Darfst du denn?«

Ich zucke mit den Schultern. »Etwas Leichtes.«

»Einen Wodka Tonic.« Er hantiert mit den Flaschen. »Apropos. Da ist ein Typ, der nach dir gefragt hat.«

Er weist mit dem Kinn in eine Ecke. Dort sitzt ein Typ um die vierzig in einem Ledermantel. Er begeht gerade den Fehler seines Lebens: Er versucht, Fiaba anzubaggern. Fiaba ist wunderschön und gertenschlank, mit Haaren von der Farbe eines Pferdes, das in einer Berberwüste in den Sonnenuntergang galoppiert, sie duftet nach Veilchen und Schwertlilien und ihr Lächeln funkelt mit den Sternen um die Wette. Aber sie ist gerade erst siebzehn geworden, und Oreste lässt sie keinen Moment aus den Augen.

Der Zerberus öffnet das Tonic-Wasser mit einem schwieligen Daumen. »Ist das ein Kumpel von dir?«

»Ich fürchte, ja.«

»Dann sag ihm, dass er die Hände vom Inventar lassen soll.« Er knallt das Fläschchen auf den Tresen, dass der Schaum nur so spritzt.

»Sofort.« Ich nehme mein Glas und flitze davon.

Scotti zieht eine richtige Show ab. Er hat sich nach vorne gebeugt und fuchtelt mit den Armen. »… ich lade dich in einen Fünf-Sterne-Laden ein.« Er sabbert. »Dort gibt es eine kilometerlange Warteliste, aber ich habe immer grünes Licht. In Turin bin ich wer …«

»Sandrone!« Fiaba bemerkt mich, als ich näher komme, springt hoch, um mich zu umarmen, und lässt Scotti in ausladender Pose stehen. »Du bist wieder gesund!«, schreit sie.

»Fast.« In Wirklichkeit fühle ich mich Scheiße. »Und du hast dir die Haare geschnitten.«

Sie dreht sich um die eigene Achse. »Gefällt es dir?«

»Ich kann kaum an mich halten.«

»Wer sagt denn, dass du das sollst?«

»Mein Überlebensinstinkt.« Ich gebe ihr einen Klaps auf den Po. »Und jetzt geh, ich habe etwas Privates zu besprechen.«

Sie gehorcht.

Scotti versucht, sich von der Schmach zu erholen. Jacke und Hose sind ebenfalls aus Leder, vom gleichen Braun wie der Mantel. »Bist du Sandrone?«, fragt er.

»Gut beobachtet.«

»Du hättest ruhig fünf Minuten warten können.«

Ich ziehe einen Hocker unter dem Tisch hervor und setze mich ihm gegenüber. »Siehst du den Typen dort am Tresen, den mit den behaarten Händen?«

»Ja.«

»Das ist Fiabas Papa. Der mag so etwas gar nicht.«

»Hast du mir also ein diplomatisches Missgeschick erspart, hm?« Harr, harr.

»Missgeschick ist genau das richtige Wort.«

»Harr,« wiederholt er etwas weniger überzeugt. »Also gut, das hier bin ich.« Er zieht eine Visitenkarte aus einer mit Karten gefüllten Brieftasche hervor und reicht sie mir. *Edizioni Scotti, von Franco Scotti.* Und etwas kleiner, *Franco Scotti, Direktor.*

Ich drehe sie um, um nachzusehen, ob sein Name auch hinten nochmal draufsteht. Nein.

»Ich mache in preisgünstigen Büchern.« Er hat sein breites Grinsen wiedergefunden. »Science-Fiction, Krimis, Liebesromane.« Er zwinkert. »Und erotische Geschichten. Dafür habe ich eine eigene Unterrubrik eingeführt, die *Edition Lingerie.*«

»Hübscher Name.«

»Nicht wahr? Es war eine schwierige Geburt, aber es funktioniert gut. Weißt du, wo ich am meisten verkaufe? An den Bahnhofskiosken. Wenn du etwas Leichtes für die Reise brauchst, dann greif zu einem Scotti, der enttäuscht dich nie. Es läuft ganz gut für mich.« Er nimmt einen Schluck aus einem großen Glas mit einer verboten aussehenden lila Flüssigkeit: der Cocktail des Hauses.

»Da ich etwas Investitionsspielraum habe, habe ich mich entschlossen, mein Betätigungsfeld auszuweiten.«

»Prostitution?«

»Äußerst geistreich ...« Harr, harr. »Homevideos. Ich habe die Rechte an einem Fernsehfilm erworben. Ein gutes Geschäft, pass auf. Ich habe ihn von einer kleinen amerikanischen Produktionsfirma gekauft, die sich in Auflösung befand. Gut, er ist nicht mehr ganz taufrisch. Sie haben ihn in den Siebzigern gedreht, mit wenig Mitteln. Er ist ein bisschen, wie soll ich sagen ...«

»Ein bisschen schrottig.«

Es gelingt ihm, nicht rot zu werden. »... ein bisschen naiv. Ich habe das einfach mal durchgespielt, eine schöne Verpackung, moderne Synchronisation, etwas Werbung in den Zeitungen, und da ist mir klar geworden, dass es funktionieren könnte.« Er schlürft den letzten Schluck aus seinem Glas und winkt mit der Hand, um sich einen weiteren Cocktail bringen zu lassen. Oreste ignoriert ihn. »Er heißt *Das verlorene Raumschiff,* und ich will ihn am Kiosk verkaufen, außerdem Bücher über einzelne Episoden machen, Spielfiguren und all das.« In seinen Augen glänzen Dollarstöße. »Damit das kein Flop wird, brauche ich dafür einen hübschen Promotionanschub. Rate mal, auf was fur eine Idee ich da gekommen bin.«

»Lieber nicht.«

»Ein Sci-Fi-Konvent, eine Art Themenparty, wie in den States.« Er spricht es so aus, wie man es schreibt. »In zwanzig Tagen, in der Woche vor Weihnachten. Ich lade die Schauspieler ein, dazu ein paar Hostessen, die auf Weltraummiezen getrimmt sind, Schriftsteller aus meinem Stall, ein Maskenball, Verkaufsstände ...« Er macht noch eine Weile so weiter, ich schiebe seine Stimme in den Hintergrund. Im Nebenzimmer spielen vier Rocker Billard. Ein Trauerspiel, die Spielkugel geht bei zwei von drei Malen aus.

»... hörst du mir noch zu?«

»Sicher.« Einer der Rocker macht Zielübungen mit dem Queue und trinkt geräuschvoll. Gelächter. Er beginnt, ihn wie einen Säbel zu schwingen, bis Oreste herankommt, der Anstalten macht, sich den Gürtel herauszuziehen. Plötzliche Stille.

»Damit wären wir bei uns.« Scotti stopft sich eine Hand voll Oliven in den Mund, zieht eine angewiderte Grimasse und spuckt sie in den Aschenbecher. »Pfui Teufel, so ein Scheißdreck. Wo war ich gerade: Also, die Sponsoren stellen die Ausstattung, und sie wollen nicht, dass etwas davon beschädigt wird. Darüber hinaus zwingen mir die Stars, die ich kommen lasse, einen Knebelvertrag auf: Falls die Fans ihnen auch nur ein Härchen krümmen, muss ich sie mit Gold überhäufen.«

»Vorausgesetzt, dass sie noch am Leben sind.«

»Ein paar sind das ganz sicher. Der Rest der Crew ...« Er macht eine vage Geste.

»Glaubst du wirklich, dass die Fans Schwierigkeiten machen werden?«

Er reißt die Augen auf. »Es gibt Leute, die zu allem bereit

sind, nur um ein Souvenir zu ergattern. Als Commander Striker nach Italien kam, musste man ihn mit dem Hubschrauber ausfliegen. Daher brauche ich jemanden, der die Security organisiert, und du schöner Mann«, er tippt mir mit dem Zeigefinger in die Brust, »bist schließlich ein Experte auf diesem Gebiet.«

Tock. Eine Kugel hüpft bis vor meine Füße. Ich werfe sie einem Langhaarigen mit stecknadelkopfgroßen Pupillen zu, der sich vor Lachen nicht mehr einkriegt. »Nein«, sage ich.

»Hör dir doch wenigstens das Angebot an.«

»Es ist keine Frage des Geldes. Ich kann dir ein paar Agenturen empfehlen, die dir sicher behilflich sind. Rockstars, abgehalfterte Schauspieler, Weltraummonster. Die beseitigen dir sogar eine Leiche, wenn du zahlst.«

Jetzt ist er an der Reihe, den Kopf zu schütteln. »Ich brauche dich.«

»Das glaube ich nun wirklich nicht. Es war mir ein Vergnügen.« Ich mache Anstalten, mich zu erheben, da hält er mich an der Jacke fest.

»Warte. Da ist etwas, was ich dir noch nicht erzählt habe.« Er kramt in der Innentasche seiner Jacke. Er zieht einen Umschlag hervor. »Schau dir das an und denk daran, dass das jetzt vertraulich ist. Ich weiß, dass Leute wie du der beruflichen Schweigepflicht unterliegen.«

Was denn für ein Beruf? Im Umschlag stecken vier Polaroids, die von eins bis vier mit einem roten Filzstift durchnummeriert sind. Foto Nummer eins zeigt ein mit Klebeband zusammengeschnürtes Bücherpaket, den Titel auf der Vorderseite kann ich nicht lesen. Auf dem zweiten Bild ist das oberste Buch entfernt worden. Der Innenteil des Buches darunter ist ausgehöhlt, ein rechteckiges Loch. Das Loch enthält ein Tütchen mit dunkler Masse. Auf Bild drei und vier sieht man elektrische Drähte und einer Batterie.

»Weißt du, was das ist?«, fragt Scotti, der plötzlich ganz angespannt ist.

Dazu braucht es nicht viel. »Eine Bombe.«

»Sie lag vor zwei Wochen vor der Tür des Verlages. In der Plastiktüte waren fast einhundert Gramm Schießpulver, dazu Nägel und Bolzen. Die Polizei meint, dass ich eine Hand oder ein Auge hätte verlieren können. Oder auch mein Leben.« Er schwitzt.

Scottis Unterhaltungswert sinkt rapide weiter. Ich spüre ein Ziehen in der Magengegend. »Warum ist sie nicht explodiert?«

»Der Stromkreis war nicht geschlossen. Die Drähte hätten Kontakt bekommen in dem Moment, in dem ich das erste Buch herausgenommen hätte. Nach Meinung der Polizei soll das eine Warnung sein.«

Glühende Nägel, die ins Fleisch dringen. »Von wem ist das? Und warum?«

»Das hier ist die Fotokopie des Zettels, der bei dem Päckchen lag.« Er reicht sie mir.

Fassist Scotti
Nieder mit den Festivals der Bosse!

Maschinengeschrieben, keine Unterschrift.

»*Fassist* lässt Klasse erkennen«, sage ich. »Hast du eine Idee, wer dir das geschickt haben könnte?«

Er beugt sich zu mir herüber. »Machst du Witze? Wer soll denn wohl deiner Meinung nach in Turin Paketbomben verschicken?«

»Fiat?«

»Die Hausbesetzer.«

Ich seufze, ohne etwas zu sagen.

Scotti fährt fort. »Wenn die Hausbesetzer etwas unternehmen, gibt es immer ein Chaos. Straßenblockaden, Zwischenfälle, Polizeieinsätze.«

Er wedelt mit dem Cocktailstäbchen mit dem Fähnchen von Brasilien. »Abgesehen von dem, sagen wir mal, persönlichen Risiko, wenn bekannt würde, dass das Festival boykottiert werden soll, würden sich die Sponsoren zurückziehen. Also, was denkt Scotti? Dass ein Experte wie du alles unter Kontrolle halten und eventuell«, er zwinkert mir zu, »als Vermittler dienen könnte. Zu einem angemessenen Preis, versteht sich.«

»Ach ja.«

»Mein Freund hat mir alles erzählt. Du hast auch einmal zu den Squattern gehört, nicht wahr? Ich will damit nicht sagen, dass du etwas Illegales getan hättest ... so was wie Bomben, aber dass du, mehr oder weniger ...« Er hat sich verhaspelt. Ich helfe ihm nicht. »Du könntest ihnen erklären, dass ich nichts Böses im Schilde führe, und als Garant dienen. Wenn sie wollen, kann ich Freiexemplare an alle verteilen. Hauptsache, sie verhalten sich ruhig.«

»Und das explosive Päckchen?«

»Ich wusste, dass du das fragen würdest. Sehr gut.« Er lächelt wieder. »Scotti ist nicht nachtragend. Zurückziehen kann ich die Anzeige nicht, aber ich kann dafür sorgen, dass die Untersuchungen eher lasch durchgeführt werden. Ich brauche nur die Garantie, dass so etwas nicht nochmal passiert. Was sagst du dazu?«

»Scher dich zum Teufel.«

Das Cocktailstäbchen zerbricht zwischen seinen Fingern. »Aber wieso das denn?«

»Das würdest du nicht verstehen.«

Ich gehe raus, um mir etwas Bewegung zu verschaffen, und schaue den Gänschen zu, die im Brackwasser der fast ausgetrockneten Navigli herumschwimmen. Ohne es zu wollen, denke ich nach. Was Scotti mir erzählt hat, ist nicht stichhaltig: Die Turiner Kollektive sind zwar ganz schön hart, aber ich kann mir nicht vorstellen, dass sie sich einen wie ihn vorknöpfen. Und dann, aus welchem Grund? Ist er ein Rechter? Mag ja sein, aber das sind fünfzig Prozent der Menschheit, achtzig der Italiener und neunzig der Mailänder. Da würde eine Hiroshima-Bombe nicht ausreichen, um alle zu erledigen.

Während ich so vor mich hin grüble, stellt sich unpassenderweise die Angst aus dem Krankenhaus wieder ein. Ich stelle mir Scottis massigen Körper vor, zerschmettert an einer Wand, sein Gesicht schiebt sich über das all der Toten, die ich aus der Nähe gesehen habe. Ich brauche eine Weile, ehe ich begreife, dass ich die Umgebung kontrolliere, immer auf Augen und Hände achtend, so als wäre ich bei der Arbeit. Ich wandere ziellos durch die Gegend, bis mir die Müdigkeit einen Schlag ins Genick versetzt. Ich mache mich auf den Weg nach Hause.

Der Krach ist schon zu hören, noch ehe ich den Innenhof betreten habe. Musik und Gelächter, und die Lautstärke nimmt zu, je näher ich meinem Stockwerk komme. Im Schutz der Dunkelheit bleibe ich auf dem Treppenabsatz stehen und schaue durch die sperrangelweit offen stehende Tür meines Apartments. Drinnen sind mindestens fünfzig Personen, die mit wilden Dschungeltänzen das Parkett zum Beben bringen. Gesichter aus dem Leoncavallo und aus der Kneipe. Abgesehen vom Elefanten, der sich gerade einen Joint baut, kenne ich niemanden.

Ein Geräusch in meinem Rücken. Es sind zwei Jugendliche, die sich gegenseitig an der Wäsche herumfummeln, inmitten der Blumentöpfe meines Nachbarn. Fünfunddreißig Jahre zusammen, höchstens. Das Mädchen sieht mich und lächelt. Sie hat ein walförmiges Piercing in der Nase, und metallic-violette Haare.

»Guten Abend«, sagt sie schüchtern. Dann zu dem unten liegenden Jungen: »Hey, beherrsch dich, da ist ein Herr.«

Er dreht den Kopf, um mich anzusehen. »Die Party ist da drüben«, sagt er und zeigt mit einer Flasche auf meine Wohnung. »Hol dir hier ja keinen runter, der Eintritt ist frei.«

»Und was ist da los?«

»Eine Fete für einen Typen, der aus dem Krankenhaus

entlassen wurde. Man hat auf ihn geschossen, aber wie's scheint, ohne ihm groß was zu tun.«

»Da hat aber einer Schwein gehabt«, sage ich.

»Schwein hoch zehn.«

Die zwei widmen sich wieder ihrer Beschäftigung, und ich steige die Stufen hinunter, ängstlich, dass noch jemand auf mich aufmerksam werden könnte. Fünf Minuten später bin ich am Parco Solari. Ich setze mich auf eine Bank und schreibe im bläulichen Licht einer Laterne den Tagesbericht für meinen Partner. Ich brauche drei Blätter, um die Unterhaltung mit dem *Fassisten* zusammenzufassen, dann klappe ich den Notizblock zu und strecke die Beine aus. Es ist kalt, aber nicht so kalt, dass es mich wach hält. Ich schlafe ein und träume von explodierenden Büchern.

3

Noch ehe ich vollständig wach bin, erkenne ich den Zug am Geräusch, der Beschaffenheit der Sitze und dem typischen Geruch nach Feuchtigkeit. Ich befinde mich im Eilzug nach Cremona, der um zwölf Uhr zwanzig von Gleis zweiundzwanzig abfährt, auf der rechten Seite des Mailänder Hauptbahnhofs, mit dem Wasserspender, dem Fossilienmuseum und den Bullen von der Bahnhofspolizei. Als ich meine Augen öffne, sehe ich Lodi vorüberziehen: Ich habe ein Drittel der Strecke hinter mir.

Die Fahrkarte steckt in meiner Hemdentasche, zusammen mit den Notizen meines Partners. Er ist stinkig. Die Buchstaben sind nicht so gestochen wie üblich, sondern weisen leichte Ungenauigkeiten auf.

Überlass die Schlüssel nie wieder dem Elefanten, schreibt er.

Er musste vier Stunden schuften, um die Wohnung wieder in Ordnung zu bringen und die Böden zu wienern. Er fand die Idee mit der Überraschungsparty überhaupt nicht toll, das Konzept einer Überraschung selbst ist ihm völlig fremd. Er schätzt die Genauigkeit und die Ordnung, zum Teufel. Ich kann ihn mir lebhaft vorstellen, wie er sich zwischen den Mülltonnen versteckt und darauf wartet, dass sich die Jubelschar davonmacht.

Dann hat er sich ausgeruht, Vitamine eingeworfen und beschlossen, dass wir uns zum üblichen Ziel aufmachen sollten. Selbstverständlich ohne mich um meine Meinung zu fragen.

Der Koffer steht zu meinen Füßen unter dem gegenüberliegenden Sitz. Auf dem Schoß liegt ein aufgeschlagenes Buch. Ich betrachte den Einband. *Aufstieg und Fall des Römischen Reiches.* Ich blättere es durch in der Hoffnung, dass es sich um eine Sex-and-Crime-Story in Tunika und Sandalen handelt. Aber nichts zu machen.

Der Zug hält in Codogno, um Wasser aufzutanken. Auf der Strecke Mailand–Mantova werden nur alte Waggons eingesetzt; irgendwann werden noch die Sitze rausgerissen, weil es sich doch gestapelt viel bequemer reist. Wir fahren weiter, langsam, es könnten Kühe auf den Gleisen sein.

Ich öffne den Koffer und untersuche den Inhalt. Wäsche, einzeln in durchsichtigen Tüten verpackt. Auf jede Tüte hat mein Partner den entsprechenden Tag geschrieben, damit ich nicht durcheinander komme. Surprise, surprise, es gibt auch einen mit Gummiband zusammengebundenen Stoß Blätter darin. Das Klebeetikett auf dem ersten Blatt ist mit dem Computer ausgedruckt: *Franco Scotti* steht darauf. Ein weiterer Zettel ist handgeschrieben: *Hier die Informationen, die du wolltest, ich hoffe, dass sie dir genügen.*

Die *ich* wollte, sieh mal einer an. Es sind Faxe, Fotokopien und Tabellen. Die Faxe tragen alle den Briefkopf des Büros von Pinocchio, einem Schlägertypen, der in Turin

Kredite eintreibt. Er ist kein totaler Dummkopf und er schuldet uns noch ein paar Gefallen.

Ich verbringe den Rest der Reise mit der Lektüre; zunächst erfahre ich über unseren Beinahe-Kunden all das, was mich gar nicht interessiert. Franco Virgilio Stefano Scotti, verheiratet, geschieden, erneut verheiratet. Fünfundvierzig Jahre, Künstlerkind (sein Vater brachte Magazine heraus). Ganz passabler Umsatz, fünf Angestellte.

Dann folgen Informationen über die Bombe. Kein Polizeibericht, Pinocchio ist nicht so weit vorgedrungen, deshalb nur Zeitungsartikel. Die Bullen ermitteln, Interview mit dem armen Opfer, das überhaupt nichts geahnt hatte und aus allen Wolken gefallen ist, Fotos von Büro und Bucheinbänden. Das einzig Interessante an den Ausschnitten ist das Fehlen jeglichen Hinweises auf die antifassistische Forderung. Hm. Dann berichtet eine winzige Zeitungsnotiz über ein Geschehen in der Region: den Brand im Lager eines Büchergroßhändlers. Das Datum liegt zehn Tage vor der Bombe. Zu den Kunden des Grossisten gehört auch Scotti. Die Trockenschaumanlage hat den Brandschaden begrenzt, aber sämtliche gelagerte Ware vernichtet. Das Feuer war vorsätzlich gelegt worden.

Die anderen Artikel handeln von den so genannten Turiner Squattern, die sich zu meiner Zeit einfach Autonome nannten. Besetzungen von Sozialzentren und Häusern, Räumungen, Anzeigen. Die Komitees der Wurstwarenhändler können sich nicht recht entscheiden, wen sie mehr hassen, sie oder die Einwanderer. Jede Menge laufender Ermittlungen, Anzeigen und Sperenzchen. Die Zeitungen bestätigen, was ich schon wusste: Die Aktionen der Hausbesetzer sind nicht wirklich wild, überwiegend Zivilvergehen und kleinere Scharmützel mit den Bullen bei Demonstrationszügen. Üblicherweise sind sie diejenigen, die was auf die Mütze bekommen, da die Präfektur sie, kaum dass sie auf der Straße sind, von Kameltruppen einkesseln lässt. Und die ganz wenigen schwerwiegenderen Sachen, sofern sie tatsächlich ihnen zuzurechnen sind: eine Parteizentrale, die von selbst in Flammen aufging und ein paar Müllsäcke, die auf der Straße angezündet wurden. Natürlich gibt es diese finstere Zeit von vor zwei Jahren. Alle Zeitungen haben darüber berichtet und auch ich, der ich versuche, so wenig wie möglich darüber zu erfahren, habe feststellen müssen, dass die Zeiten sich ändern, aber die Scheiße immer dieselbe bleibt. Ebenso wie es immer dieselben sind, die sie ausbaden müssen. Drei Squatter wurden verhaftet unter dem Verdacht, in Aktionen von so Vollgestörten wie den Grauen Wölfen verwickelt zu sein. Sie wurden beschuldigt, im Val di Susa eine Reihe von Anschlägen auf Hochgeschwindigkeitstrassen verübt zu haben. In dieser Gegend gibt es alles, vom Serienkiller bis zum Waffenhändler, aber die Staatsanwaltschaft pickt sich ausgerechnet diese drei Jugendlichen heraus, direkt aus ihrer besetzten Wohnung. Als belastende Beweisstücke finden sich nach längerer Beschattung und akribischer Suche: ein Knallfrosch und zwei Flugblätter. Kurz nach der Verhaftung bringt sich einer von ihnen in seiner Zelle um. Wenn ich darüber nachdenke, kommt mir immer noch die Galle hoch: Ja, verdammt nochmal, da verhaftet man einen jungen Kerl und überwacht ihn nicht? Jedes Mal, wenn ich in Sicherheitsverwahrung gekommen bin, hat man mir noch den Gummizug aus der Unterhose entfernt, ohne dass mir jemals ein längerer Aufenthalt geblüht hätte.

Nach dem Selbstmord des Jungen werden die Squatter international berühmt. Zur selben Zeit schickt jemand mit Schießpulver und Batteriezünder gefüllte Bücher an Staatsanwälte, Untersuchungsrichter und Journalisten, die sich für die öffentliche Ordnung ereifern. Keine dieser Bomben explodiert, sie sind offenbar nur als Drohung gedacht. Sie werden den Squattern zugeschrieben, öfter mal was Neues, aber es ist nicht klar, ob es nur so hingestellt wird oder ob wirklich irgendein zorniger Genosse des Selbstmörders dahinter steckt. Es ist das einzige Mal, dass im Zusammenhang mit den Hausbesetzern von Paketbomben die Rede ist. Und dann lange nichts. Einige Monate später bringt sich ein weiterer Inhaftierter um, diesmal ein Mädchen, die Freundin des ersten. Der Letzte des Trios sitzt immer noch im Knast, und er wird wohl noch eine ganze Weile dort bleiben. Seit damals waren Paketbomben kein Thema mehr. Da darf es einem schon komisch vorkommen, dass ausgerechnet jetzt wieder eine gefunden wird, und dann bei diesem Idioten Scotti. Nicht dass mich das wirklich interessieren würde, damit das mal klar ist. Ich spiele einfach nur verschiedene Gedanken durch, um mir die Zeit zu vertreiben.

In der Zwischenzeit hat der Zug erneut Halt gemacht. Ich erkenne Acquanegra wieder, ein Dorf aus drei Häusern und einem Supermarkt, die letzte Etappe vor dem Ziel. Ich lasse das Fenster herunter und atme tief den Dunst ein, der nach verbranntem Bremsbelag riecht. Etwas in meinem Inneren rührt sich. Ich bin aus Cremona fortgegangen, als ich noch minderjährig war, und das kam mir schon spät vor, doch mein genetischer Code reagiert immer gleich, wenn ich zurückkehre. Die Zellen verlangsamen die Bewegungen, die Patina des Weltstadtbürgers schält sich ab. Wenn ich in Cremona ankomme, ist die Metamorphose vollzogen und ich bekomme wieder Lust auf Torrone.

Ich zerreiße die Faxe, stopfe sie zusammen mit dem römischen Buch in den Abfallbehälter und steige aus dem Zug. Im Bahnhof schließt gerade der Kiosk, keine Zeitungen am Sonntagnachmittag. Auf dem Vorplatz wartet der blaue Fiat Panda auf mich. Unbemerkt schlage ich einen Bogen um ihn. Die Frau darin ist gut erhaltene, dreiundsechzig Jahre alt, schwarz gefärbte und toupierte Haare. Ich betrachte ihre Finger auf dem Lenkrad. Sie sind wie meine, sie bewegen sich auf dieselbe Art und Weise. Ich erkenne sie in meinen Gesten, wenn ich den Kaffee umrühre oder ein Streichholz anzünde. Sie sieht mich durch das Seitenfenster und lächelt mit meinem Lächeln, sie streckt sich, um die Beifahrertür zu öffnen.

»Der verlorene Sohn ist wieder heimgekehrt«, trällert sie. »Wie lange bleibst du?«

Ich werfe den Koffer auf den Rücksitz und beuge mich vor, um ihr einen Kuss auf die Wange zu geben. Sie duftet nach Limonencreme. »Zwei Wochen.« Ich habe die Wäschesäckchen gezählt, ich kann mich also nicht irren.

»Donnerwetter! Man muss schon auf dich schießen, damit du ein bisschen bei deiner Mama bleibst.«

Wenn ich an meine Mutter denke, habe ich ein hartes Leben vor Augen. Es gab nicht viel Anlass zu Fröhlichkeit bei einem unbekannten Vater und einer Familie, die sich stets so gut es eben ging durchschlug. Man hat mir alles Mögliche über meinen Urgroßvater hinterbracht, einen anarchistischen und trinkenden Fischer, Frontkämpfer, der versuchte, seinen Offizier umzubringen, Hühnerdieb und Spieler.

Meine Großmutter, seine Tochter, war wunderschön, man ließ sie Modell sitzen für Skulpturen der Schmerzensmutter. Auf Fotos sieht sie ein wenig aus wie Sophia Loren mit den Händen einer Bäuerin. Nach Deutschland deportiert. Sie hatte sechs Geschwister, es muss eine hübsche Tafelrunde im Stil von *Neunzehnhundert* gewesen sein, Polenta in der Mitte und an der Decke der getrocknete Hering.

Mein Onkel wurde vorzeitig zur See einberufen, was ihm die Besserungsanstalt ersparte, meine Mutter kam aufs Internat. Dann Arbeit in der Fliesenfabrik, wo die Leute an Staublungen starben, und in der Marmeladenfabrik, lange vor den ersten Hygienevorschriften. Sie erinnert sich daran, die Obstschalen gegessen zu haben, und dass sie öfter Frostbeulen hatte. Sie wurde Krankenschwester, heiratete einen Gewerkschaftler, sie richteten sich ein Heim ein und ich wurde geboren. Wahrscheinlich war das die glücklichste Zeit ihres Lebens. Doch mein Vater ist quasi unmittelbar danach gestorben, und bei mir begannen die Probleme im Kopf. Manchmal läuft es eben so und ein Happy End ist nicht vorgesehen.

4

Wir essen in der Küche zu Mittag, meine Mutter beschränkt sich darauf, aus der Pfanne zu naschen. Seit sie Kochgeschirr gekauft hat, in dem man Speisen fettarm zubereiten kann, benutzt sie nur noch dieses, und alles, was sie kocht, hat mehr oder weniger den gleichen Geschmack. Wir plaudern über das Wenige, was möglich ist, wenn man einerseits alles vom anderen weiß und man andererseits wenige gemeinsamen Themen hat. Sie fragt mich nach Vale und ich antworte ihr diplomatisch: Ich weiß, dass sie Wind bekommen hat vom lockeren Lebensstil meiner Freundin, aber es ist nicht nötig, mit dem Messer in der Wunde zu stochern. Sie fragt mich nach der Arbeit, und ich weiche aus. Den Rest des Nachmittags verbringe ich lustlos auf dem Sofa. Ich verblöde vor dem Fernseher, mit der Zeit beginne ich zu frösteln, ich gehe aus.

Was macht man in Cremona am Abend? Ich habe es vergessen. Die vier Kinos zeigen Filme, die mich wenig locken, Leute kenne ich hier nicht mehr: Ich lümmle mich an ein gedecktes Tischchen auf dem festlich erleuchteten Domplatz. Am Kirchenportal stehen zwei Löwen aus Stein, die von den Jahren gezeichnet sind. Als kleiner Junge setzte ich mich immer gerne auf sie, wenn sie von der Sonne erwärmt waren. Na ja, Erinnerungen eines kindisch werdenden Alten. Meine Gedanken wandern automatisch zu Alfredo, ich fühle mich schuldig, weil ich ihn dort zurückgelassen habe. Ich kaufe eine Postkarte mit einer Ansicht des Platzes von oben und schreibe sie ihm, während ich ein paar kalte Kurze trinke. Mich fröstelt immer noch. Ich spaziere durch die Hauptstraßen, werfe die Postkarte ein, bummle ziellos durch die Einkaufsgalerie, kaufe mir eine Portion Schlagsahne mit Zimt. Schließlich gehe ich ins öffentliche Telecomzentrum. Ich bin der einzige Weiße, die anderen, die die Kabinen benutzen, kommen alle aus Nordafrika und Indien, schätze ich. Wenigstens fühle ich mich daheim.

Ich schiebe die Karte ein, die Nummer ist immer noch dieselbe. »Hier ist Radio Specchiorosso, dein Anruf wird augenblicklich zurückverfolgt«, sagt eine weibliche Stimme.

»Vergebliche Liebesmüh. Ist Luke The Duke da?«

»Und wer bist du?«

»Sandrone.«

»Ich schau mal.« In der Zwischenzeit wird das laufende Programm abgespielt. *Wir lesen aus dem Brief eines gefangenen Proletariers, der in den Nuove eingekerkert ist: Liebe Genossen, ich schreibe euch, um anzuprangern, welche Behandlung sich Totalverweigerer gefallen lassen müssen …* Zerstreut höre ich zu. Ein Mädchen mit Dreadlocks betritt die Kabine neben meiner, Angst erregend schön, Springerstiefel, olivfarbener Teint. Ich lächle ihr zu, ehe ich bemerke, dass ihr Begleiter sie nicht aus den Augen lässt. Er ist das Gegenteil von ihr, klein, gelblich und hässlich. Ich täusche einen Hustenanfall vor. *Und was die Möglichkeit angeht, mit den Angehörigen zu sprechen …*

»Ja, pronto?« Das hinten gerollte R ist unverwechselbar.

»Ciao Luke, immer noch auf freiem Fuß?«

»Schau, schau … Hat man dich wieder exhumiert?«

»Nicht ganz.«

Wir beschimpfen uns fröhlich weiter. »Hör zu«, sage ich dann. »Ich habe da ein Problem, das ich ganz gerne wieder loswürde.«

»Deswegen sind wir hier, um Probleme zu beheben und die Massen zu erziehen. Aber beeil dich, ich habe jetzt gleich noch Presseschau.«

»Um zehn Uhr abends?«

»Die Nachrichten in den Zeitungen sind doch schon am Morgen wieder veraltet. Und wir begnügen uns nicht mit dem Lesen, wir interpretieren auch.«

»Entzückend. Hör zu, ich nenne dir einen Namen.«

»Gut.«

»Franco Scotti.«

Gemurmel. »Ist das ein Genosse?«

»Negativ.«

»Bulle? Richter? Journalist?«

»Lass das.«

»Nie gehört. Warum?«

»Jemand hat was gegen ihn.«

»Wenn du wüsstest, wie viele was gegen mich haben.«

»In deinem Fall auch völlig zu Recht.« Das Mädchen diskutiert in ihr Telefon, der Begleiter verschwindet. »Allerdings auch in seinem Fall, um der Wahrheit die Ehre zu geben.«

»Aus welcher Ecke kommt denn der, der was gegen ihn hat?«

»Angeblich aus eurer. Ich kann dir allerdings keine Gruppe, Untergruppe oder Familie nennen: Ihr seid zwar nur sehr wenige, liegt euch aber trotzdem ständig in den Haaren.«

»Das nennt sich Widerspruch im Herzen des Volkes«, sagt er gedankenverloren. »Handelt es sich dabei zufällig um einen deiner Schützlinge?«

»Nicht mal im Traum.«

»Und warum interessierst du dich dann für ihn?«

Wenn ich es recht bedenke, müsste ich eigentlich zugeben, dass er mich nicht die Bohne interessiert. Ich ignoriere die Frage. »Kannst du dich ein wenig umhören?«

»Wenn du mir sagst, für wen du arbeitest?«

»Darf ich nicht einfach mal nur neugierig sein und basta?«

»Du? Für umsonst?«

»Ja ich, für umsonst.«

Er lacht. »Ich muss los, meine Sendung beginnt ...«

»Wenn die Nachrichten sowieso schon alt sind, dann bleiben sie auch alt. Also? Ich schwöre dir, dass da nichts ist, was dein Gewissen beunruhigen könnte.«

»Das ist ein großes Wort, aus deinem Mund klingt es irgendwie falsch. Ruf mich morgen wieder an.«

»Okay, Bussi.«

Ich habe es eilig mit dem Auflegen. Das Mädchen mit den Dreadlocks attackiert das Telefon mit ihren Springerstiefeln aufs Schrecklichste. Es gibt ein wenig Aufregung, der Angestellte vom Tresen kommt fassungslos angelaufen. So wenige Schritte vom Wachturm entfernt hat noch keiner es gewagt, an seinem Reich zu rütteln.

»Dir werd' ich's zeigen, einfach meine Karte zu fressen«, schreit das Mädchen. »Scheißapparat.« Sie unterstreicht jedes Wort mit Fußtritten.

Der Angestellte packt sie. Ein Fettwanst mit allen Anzeichen eines baldigen Herzinfarkts, der aufgebracht ist wie eine Natter. Seine Hand legt sich um den Unterarm des Mädchens, er packt fest zu und zieht. Sie ist gerade dabei, einen weiteren Tritt auszuteilen, verliert das Gleichgewicht und fällt fluchend hin. Sie liegt noch nicht ganz, da hat sie sich schon um das Bein des Mannes geschlungen und beißt zu. Der Angestellte schreit, es bildet sich eine kleine Menschenansammlung.

»Verfluchte Hure, dich kenn' ich doch. Du lungerst hier ständig rum und machst Ärger.« Dem Angestellten gelingt es, sein Bein zu befreien, und nun betrachtet er schwer atmend das Mädchen. Sie lacht, immer noch am Boden. »Ich rufe die Polizei, und du wirst für alles bezahlen.«

»Ruf doch deine Großmutter, du Stück Scheiße.« Flink wie ein Wiesel ist sie wieder auf den Beinen und tritt noch einmal nach dem Apparat, indem sie wie van Damme um die eigene Achse rotiert. Der Hörer fliegt aus der Halterung und trifft die Glasscheibe, die einen Sprung bekommt.

»Jetzt laaaangt's!« Der Angestellte geht zum Angriff über. Ich stelle ihm ein Bein. Er geht zu Boden, schlittert weiter und schlägt mit dem Kopf gegen den Rahmen einer Kabine. Ich spüre einen Stich im Herzen: Ich wollte nicht, dass er sich wehtut, er sollte nur nicht das Hübscheste kaputtmachen, was ich in den letzten Tagen gesehen habe.

Es spricht für das Mädchen, dass sie keine Zeit damit verliert, groß aufzutrumpfen. Sie beschränkt sich darauf, aus der Bahn zu treten und durch die Türe zu gehen. Ich folge ihr, draußen wartet sie auf mich, nur ein paar Meter entfernt. Wir gehen Seite an Seite die Straße hinunter. Ich wünschte, dass uns jemand fotografieren würde, dann könnte ich bei meinen Freunden angeben.

»Vielen Dank für den Fuß«, sagt sie. Da ist keine Spur von Wut mehr in ihren Augen. Blau.

»Bitte schön. Beim nächsten Mal verlang einfach dein Geld zurück, anstatt so einen Aufstand zu veranstalten.«

»Dieses Schwein geht mir eh auf den Sack, ständig versucht er, kleine Mädchen anzugraben.«

»Hat er das auch bei dir versucht?«

»Ich bin kein kleines Mädchen.«

»Das sehe ich.«

Also gut, das ist der Moment. Jetzt mach deinen Spruch. Irgendetwas Intelligentes. »Was machst du jetzt?« Sehr originell.

»Ich geh was trinken.« Sie denkt ein wenig nach, ich sehe, wie sie mich von der Seite mustert. Ich tue so, als würde ich nichts merken. »Kommst du mit?«, fragt sie.

»Natürlich.«

Sie nimmt mich mit zu sich nach Hause, wobei sie schon im Voraus meine Erwartungen dämpft. Sie lebt nicht allein. Ihr Name ist Vera, siebenundzwanzig Jahre.

Ihre Wohnung befindet sich in einem Wohnhaus im Viale Po. Die Fassade ist eingerüstet, aber drinnen scheint alles in Ordnung, abgesehen von einem Sack Zement im Atrium, über den ich fluchend stolpere. Ich hatte ihn im Dunkeln nicht gesehen.

»Vorsicht. Sie sind fast fertig mit den Arbeiten, aber hier liegt noch überall Dreck herum.«

»Was wurde denn gemacht?«

»Die Mäuse sind durchs Dach gefallen, so verrottet war alles. Wir mussten einen Aufstand bei der Stadt machen, damit das in Ordnung gebracht wurde. Das hier ist ein Scheißsozialbau. Es hat ein Jahr gedauert, jetzt hören sie endlich auf, uns mit den Betonmischmaschinen auf den Geist zu gehen.«

Zwei Stockwerke höher sind wir in ihrer dreißig Quadratmeter großen Zweizimmerwohnung angelangt. Dort warten drei Männer, die das Apartment vollständig ausfüllen.

»Ich bin zurück!«, schreit Vera und hüpft aufs Bett, wo ein Mann liegt und sie umschlingt. Es ist derselbe, den ich mit ihr zusammen bei den Telefonkabinen gesehen habe.

Die anderen beiden spielen auf dem Boden sitzend Schach und ignorieren das Getobe. Der ältere muss ungefähr fünfzig Jahre alt sein, und ihm fehlt ein Stück vom Ohr. Der zweite hat mehr oder weniger mein Alter, sein Gesicht ist von kleinen Narben gezeichnet. Als Tisch benutzten sie einen Zwanzig-Kilo-Farbkübel. Davon gibt es noch mehr in dem Raum, außerdem Kittdosen und Gipssäcke. Die Baustelle unten am Haus muss einen unerschöpflichen Vorrat an Materialien für den Unterhalt der Wohnung liefern, auch wenn ich keinerlei Anzeichen von im Gang befindlichen Arbeiten sehe.

Ich setze mich zu ihnen. »Sagt, wenn ich störe.«

Sie murmeln irgendwas auf Albanisch. Etwas in der Richtung von: *Wer zum Henker ist das denn, hä?*

»Ich heiße Sandrone, angenehm«, antworte ich in ihrer Sprache.

Überrascht drehen sie sich zu mir um. Ich mache auf Italienisch weiter. »Bevor ihr jetzt mit komplizierten Reden anfangt, mache ich euch darauf aufmerksam, dass ich nur diese drei Worte kenne.«

Der Ältere wechselt zu einem einigermaßen korrekten Italienisch. »Bist du mal in unserer Heimat gewesen?«

»Nein, aber in meiner habe ich mal mit Würfeln gespielt.«

Die ersten Albaner, die ich kennen gelernt habe, betrieben einen Zockertreff auf dem Bürgersteig des Piazzale Durante in Mailand. Ist schon ein paar Jahre her. Dann sind sie dazu übergegangen, Autos zu klauen, und ich, Patiencen zu legen. Weit weniger unterhaltsam, weit besser fürs Portemonnaie.

Der Jüngere lacht. Er sagt so etwas wie: *Schau dir den Hurensohn an.* Dann auf Italienisch. »Ich bin schon mal in Mailand gewesen. Eine hässliche Stadt.«

»Und Tirana ist wohl besser, oder wie?«

»Jetzt nicht mehr.«

Vera schreit vom Bett aus. »Ich habe euch noch gar nicht vorgestellt. Die beiden sind Ismail und Sami. Das ist Sandrone.«

»Das wissen wir«, sagt der Ältere. »Ich bin Ismail.« Wir schütteln uns die Hand, und dann dasselbe mit Sami.

»Der hier auf dem Bett ist Adrian. Wir ficken nicht, du kannst ruhig gucken.«

Das tue ich und schüttele die dritte Hand. Adrian liegt auf dem Bauch und Vera erdrückt ihn mit ihrem süßen Gewicht, während sie ihn an den Ohren zieht. »Dieser Dickschädel will einfach nicht kapieren, wer hier das Kommando hat.« Sie lässt seinen Kopf auf die Matratze fallen.

»Ist sie immer so aktiv?«, frage ich Ismail.

»Jetzt ist sie doch ruhig. Sehr ruhig.«

Das Eis ist gebrochen und wir lassen zwischen Boden und Bett eine Flasche Grappa herumgehen. Wir unterhalten uns über Reisen in der *Sans-Papier*-Klasse, dann pflanzen sich die drei Männer vor den Fernseher. Dort läuft *Canzonissima,* eine Schwarz-Weiß-Wiederholung. Im Schutz des bis zum Anschlag aufgedrehten Tuca-Tuca-Schlagers genieße ich einen Moment der Intimität mit Vera am Tisch im Esszimmer. »Beklagen sich denn deine Nachbarn nicht über den Lärm?«

»Sie beklagen sich immer und über alles.« Sie pflückt Fleisch von einem Hähnchen, das sie aus dem Kühlschrank geholt hat. »Aber der alte Mann über uns ist taub und unter uns wohnt niemand. Wir gehen nur dem Arsch von nebenan auf den Sack. Den man von mir aus auch gerne umbringen könnte.«

Sie zeigt auf das arme Tier. »Bist du sicher, dass du davon nichts willst?«

»Ganz sicher.« Ihre Art zu essen ist ein Schauspiel, das zu unterbrechen sich von selbst verbietet. »Ich bin Vegetarier.«

»Eine scheußliche Angewohnheit.« Sie betrachtet die drei vor dem Bildschirm, die sich gegenseitig auf die Schulter hauen, während sie sich vor Lachen ausschütten. Sie schüttelt den Kopf. »Ich habe noch nie drei solche Unglücksraben gesehen«, meint sie kauend. Sie hat einen riesigen Mund, größer als sie selbst. »Sie versuchen schon seit einiger Zeit, sich als Kuhhirten anstellen zu lassen, aber kein Schwein will sie.«

»Es gibt massig Arbeit auf der Welt, nicht nur Kühemelken.«

»Die dort machen mehr oder weniger alles, zumindest bei den Kolonnen.«

»Wie beim Zirkus?«

»Nein, du Dummkopf.« Sie lacht. »Bei den Zeitarbeiterkolonnen. Beziehungsweise *der* Kolonne, da sie nur für eine arbeiten. Agentur Corti, Umzüge und Kellerentrümpelungen. Zwölftausend die Stunde. Ein Scheißjob. Sie kommen total verdreckt nach Hause.« Sie schüttelt den Kopf. »Sie sind nicht dumm, aber sie können nichts Nützliches. Adri war Briefträger, ich wollte es fast nicht glauben, als er es mir erzählt hat.«

»Gute alte Zeiten, als man noch Tauben benutzte.«

»Ich habe einmal eine Taube gegessen. Lecker.« Sie leckt sich die fettigen Finger, einen nach dem anderen. Ich halte meine Gedanken im Zaum. »Und du, was machst du?«

»Im Moment arbeitslos,« weiche ich aus. »Vielleicht sollte ich es auch mal bei der Corti-Kolonne probieren.«

»Wenn du scharf darauf bist, um sechs Uhr morgens von Mister *Ai*gor Corti geweckt zu werden, der ins Telefon brüllt, dass du zu spät bist ...«

Mich schaudert. »Vielleicht später, jetzt bin ich im Urlaub.«

»Du siehst nicht aus wie der Typ Urlauber.«

»Was für ein Typ bin ich denn?«, murmele ich und nehme ihre Hand. »Mach mir ruhig ein paar Komplimente.« Mich fröstelt.

»Grob über den Daumen gepeilt ein Veteran«, sagt sie ernsthaft. »Ein Veteran wie Ismail. Er muss mal irgendwo in einem Krieg gekämpft haben, auch wenn er nie darüber spricht.«

Ich versuche zu lächeln, aber es gelingt mir schlecht mit gesträubten Haaren. »Ich bin Pazifist.«

»Wirklich?« Sie stochert in ihrem Teller herum und zieht einen perfekt abgenagten Brustbeinknochen hervor. Sie hält ihn mir hin. »Hier, Pazifist. Wenn es dich nicht graut, ein Leichenteil anzufassen.«

Ein paar Bilder schießen mir ihretwegen durch den Kopf, die nichts mit dem Huhn zu tun haben. Ich packe das Ende auf meiner Seite. »Und jetzt?«

»Du sollst ihn nicht mit nach Hause nehmen, nur einen Wunsch äußern und ziehen. Wie du es als kleiner Junge gemacht hast.«

»Ich war nie ein kleiner Junge.« Ich konzentriere mich, ziehe und erhalte den längeren Teil. Die drei Männer stehen nicht auf, um ein Eis essen zu gehen, und Vera ist immer noch angezogen. »Es funktioniert nicht«, sage ich.

»Für manche Wünsche braucht es eben Zeit.« Sie lächelt.

Ich habe das Gefühl, dass sie verstanden hat, und dass nicht viel gefehlt hätte.

5

Auf dem Rückweg von Veras Kommune mache ich einen langen Spaziergang, um den Alkohol abzubauen. Überwiegend Gassen und Gässchen, in denen ich der Einzige bin, der an den Wänden entlangstreicht. Cremona ist alt geworden, seit ich es das letzte Mal aufmerksam betrachtet habe, und hat sich zum Schlechteren verändert. Massenweise heruntergekommene Häuser, überwucherte Fenster. Ich habe den Eindruck, dass hinter dem Großteil der geschlossenen Fensterläden niemand wohnt.

Während ich dahintrotte, spiele ich zwischen all den Trümmer- und Müllhaufen, ich wäre der Überlebende eines Nuklearkriegs, doch das Vergnügen hält nicht lange vor. Ich fühle mich fremd, noch ehe ich in Sichtweite meines Zuhauses komme, fühle Schauder und Leere im Kopf. Ich breche am Küchentisch zusammen, während in der Kaffeemaschine der Kaffee hochbrodelt. Zwölf Stunden später wache ich wieder auf, wieder im Dunkeln, in Decken eingemummelt. Ich habe neununddreißig Grad Fieber, Gliederschmerzen und ausgetrocknete Lippen.

Ruh dich ein wenig aus, schreibt mein Partner. Kein Problem. Ich verbringe die nächsten beiden Tage in der Horizontalen, trinke Tee, esse trockenen Reis und träume luzide Träume vom Bekloppten-Dienst und dem Irrenhaus. Wenn ich hohes Fieber habe, kann ich fühlen, wie mein Partner an den Rand meines Bewusstseins klopft. Oder ich bin es, der an seinem klopft. Wenn er eines hat. Vielleicht benutzt er ja meines, wenn ich in die andere Richtung schaue.

Am dritten Tag bin ich so gut wie gesund, wenn ich nur nicht das Kilo verloren hätte, das ich gerade erst mühsam wiedergewonnen hatte. Die Gemüsebrühe trägt wenig dazu bei, meine Niedergeschlagenheit zu mildern.

»Schmeckt's dir nicht?«, fragt meine Mutter beleidigt. »Ich habe einen Tag gebraucht, um sie ohne Brühwürfel hinzukriegen.«

»Sie ist ausgezeichnet.«

Als sie aufsteht, um irgendetwas zu erledigen, kippe ich den Teller in der Spüle aus.

Ich rufe bei mir zu Hause an und höre die Nachrichten auf meinem Anrufbeantworter ab. Es sind drei, alle von Scotti. Die letzte mit Soundtrack. Midi-Gedudel in Bontempi-Qualität, darüber eine Stimme. *»Das Weltall, letzte Kolonie. Dies hier sind die Reisen des verlorenen Raumschiffs auf der Suche nach einem neuen Zuhause. Und auf seinem Sternenweg gilt es, neue Welten und fantastische Zivilisationen ...«*

Taste 3, Löschen.

Er gibt nicht auf, und das macht mich wütend. Er ist der einzige Kunde, der meine Hilfe sucht, und das macht die Sache auch nicht besser. Ich weiß, dass bald ein höflicher Anruf von der Bank kommen wird oder ein Brief von der Kreditkartenanstalt; ich lebe von ihrem Geld, und früher oder später sind sie das leid.

Für die Karte, die ich bis letztes Jahr benutzt habe, sind sie sogar bis zu mir nach Hause gekommen, um sie mir wegzunehmen. Um das Minus auszugleichen, musste ich bei einem legalen Halsabschneider eine Anleihe machen, bei einem von denen, die von Pferdezockern leben: Sofortfinanzierung, Schwindel erregende Raten. Meine Überlebensstrategie besteht darin, die Schulden vor mir herzuschieben und mich bar bezahlen zu lassen, aber jetzt sitze ich fest, und ich weiß nicht, für wie lange. Ich bin müde, habe weiterhin Angst vor Armut und vor dem Tod.

Ich gehe aus.

Pastellfarbenes Licht zur Mittagszeit, Nudelsoßenduft aus den Fenstern, anständige Menschen auf der Straße; auf dem Weg zum Tao-Zentrum werde ich noch deprimierter. Das Zentrum ist das weiße aseptische Loch geblieben, mit Fototapeten von Indien an den Wänden. Die Sekretärin allerdings ist neu, eine platinblond gefärbte Dreißigjährige mit zwei Kilo Schminke im Gesicht und einem bläulichen Gewand. Sie spricht mit einer Frau in den Fünzigern, die mit einem Schoßhündchen ausstaffiert ist. Sie bedeutet mir per Handzeichen, auf dem Rattansofa zwischen einem Mann in Grau und einem dumpf dreinblickenden weiblichen Teenager Platz zu nehmen. Ich lächle ihr zu, sie reagiert nicht.

»Was würde mich eine Komplettbehandlung kosten?«, fragt die Kundin am Empfang.

»Selbstverständlich nichts. Der Doktor leistet seine Dienste nicht gegen Geld.« Aus der Blondine quillt es in Versalien hervor, voller Empörung.

Die Kundin zuckt zusammen. »Entschuldigung, ich konnte doch nicht wissen …«

»Wir bitten *selbstverständlich* um einen Beitrag zur Unterstützung der Aktivitäten unseres Kulturvereins.«

»Und wie hoch käme der?«

»Eine Spende ist *selbstverständlich* freiwillig. Alles, was von Herzen kommt, wird gern genommen.« Die Sekretärin breitet die Arme aus; ich erwarte jeden Moment, dass sie anfängt zu schweben. »Wir erlauben uns lediglich, einen Betrag *vorzuschlagen* entsprechend der Kosten, die dem Zentrum entstehen. Für einen Zyklus regenerierender Heubäder zum Beispiel …« Sie spuckt eine Summe aus, die einem die Haare zu Berge stehen lässt.

Die andere Frau zögert. »Ich dachte nicht, dass es so teuer wäre …«

»Das ist lediglich ein *Unkostenbeitrag*, und denken Sie daran, dass die Gesundheit keinen Preis hat.« Die Blondine wechselt die Gangart und geht zum Trommelfeuer über die

Flanken über. »Ebenso wenig wie das innere Gleichgewicht. In jedem Fall haben wir Behandlungen für jeden Geldbeutel.« Sie leiert eine Reihe schier unglaublicher Therapien herunter, passend für den Geldbeutel von Onkel Dagobert. Die Kundin fängt an zu schwitzen, rutscht auf ihrem Stuhl hin und her. Das Hündchen hopst.

Ich zwinkere dem Mädchen zu meiner Linken zu. »Der Doktor ist ein Heiliger, nicht wahr? Er behandelt mich bereits seit Jahren.«

Sie schüttelt ihre Trägheit ab. »Wirklich? Ich bin zum ersten Mal hier. Ich habe gehört, dass er großartig ist.«

»Mehr als das, er hat mich von meinem Problem erlöst.«

»Von welchem denn?«

Ich senke die Stimme. »Meine Haare. Ich bekomme eine Spezialbehandlung gegen Haarausfall.«

Sie versucht, nicht auf meine Meister-Proper-Glatze zu starren, aber es gelingt ihr nicht. »Wirklich?«, wiederholt sie, etwas weniger enthusiastisch als vorher.

»Ich kann es gar nicht erwarten, mir Zöpfchen zu flechten.«

Inzwischen hat man die Kundin in eine Ecke verfrachtet. Sie blättert die Prospekte durch und ersteht eine schreckliche Grimmdarmspülung mit Rabatt. Als sie mit der Miene eines Menschen, der gerade übers Ohr gehauen wurde, geht, stürze ich zum Schreibtisch.

Die Sekretärin weist mich zurecht. »Es tut mir Leid, Sie müssen warten, bis Sie an der Reihe sind.« Aus der Nähe betrachtet könnte man sie fast für hübsch halten.

»Ich muss nur kurz mit dem Doktor sprechen.«

»Verstehe.« Sie lächelt verführerisch. »Warten Sie, bis Sie an der Reihe sind, ich werde einen Termin für Sie vereinbaren.«

»Rufen Sie ihn nur an, bitte. Ich habe gesehen, wie ein Patient aus seiner Praxis gekommen ist, er dürfte also gerade allein sein.«

»Es geht trotzdem nicht. Sehen Sie, zwischen den Patiententerminen *meditiert der Doktor!*« Die letzten Worte hat sie herausgebrüllt, und einen Moment lang hatte ich mehr als eine Ahnung ihres Gaumenzäpfchens.

Ich lasse mich nicht aus der Fassung bringen. »Löst Kreuzworträtsel, meinen Sie wohl.« Ich sehe, wie sie blass wird, und flüstere vertraulich weiter: »Sehen Sie, ehe man ihn mit Fackeln und Mistgabeln aus Mailand gejagt hat, habe ich ihm die Kundschaft besorgt.« Ich tätschele ihre ringgeschmückte Hand. »Betrachten Sie mich als zur Familie gehörig.«

Sie springt auf und verschwindet hinter der Tür zur Praxis. Sie trägt Sandaletten mit zehn Zentimeter hohen Absätzen.

Der Doktor kommt mit elegantem Schritt und bleibt stehen, als er mich sieht. Mit seinem Kimono und dem Chinesenzöpfchen sieht er aus wie der perfekte Ming vom Planeten Mongo. Er fällt unvermittelt aus seiner Rolle. »Ja Scheiße – Sandrone!«

»Doktor, retten Sie mich! Die Frauen beachten mich nicht mehr«, schreie ich.

Er fasst sich wieder. »Schnell, kommen Sie gleich mit. Sie bekommen sofort eine Notbehandlung.« Er wendet sich an die Sekretärin. »Signorina, in der nächsten Stunde bin ich für niemanden zu sprechen.«

»Ja, Herr Doktor.« Professioneller Tonfall, finsterer Blick. Zehn zu eins, dass sie die Bücher führt.

Wir reißen uns zusammen, bis wir die Tür hinter uns verschlossen haben, ehe wir in Lachen ausbrechen. Dann umarmen wir uns.

»Ich habe in der Zeitung über dich gelesen«, sagt er zu mir. »Ich habe einen berühmten Freund.«

»Berüchtigt, wenn's hochkommt.« Ich blicke mich um. Luxusausstattung. »Dir scheint es ja richtig gut zu gehen.«

»Ich kann mich nicht beklagen. Ich mache ein wenig Mummenschanz und die Patienten sind so zufrieden, dass ich Überstunden machen muss. Und du, wie geht's dir?«

Ich zähle an den Fingern ab. »Mir tut alles weh. Ich habe keinen Appetit. Ich bin schwach. Ich bin deprimiert.«

Er setzt sich auf eine Ecke seines Schreibtischs. »Hast du es mit einem Exorzisten versucht?«

»So einem wie dir?«

»Vielen Dank«, brummt er. »Dann mach mal, zieh dich aus und leg dich auf das Tatami.«

»Spinnst du? Ich wollte bloß bei dir vorbeischauen.«

»Jetzt mach schon, danach gebe ich dir auch ein paar Vitamine, die kannst du in Whisky auflösen.« Er zündet ein Stück Weihrauch in einem Räuchergefäß aus Stein an. »Los, stell dich nicht so an.«

Ich gehorche. Lamberto ist ein Scharlatan mit Talent, ich vertraue ihm. Zumindest war er wirklich Arzt, ehe man ihn einlochte, weil er einen Flüchtigen behandelt hatte. Nachdem er seine Zulassung verloren hat, macht er jetzt das Beste aus der Situation.

Er untersucht meinen Rücken. Tastet.

»Aua.«

»Ruhig.« Er tastet und brummt. »Was war das?«

»Kaliber achtundreißig.« Ich muss mich umdrehen.

»Und hier ist sie wieder ausgetreten.«

»Was für ein Scharfblick.«

»Lunge beschädigt?«

»Ich rauche sowieso nicht mehr.«

»Mach mit so was keine Witze.« Er drückt und knetet. »Der Oberschenkel auch?«

»Yes.«

Er bewegt meinen Fuß, vergleicht ihn mit dem anderen. »Wenn man einen Teil des Körpers verletzt, neigt man dazu, ihn falsch zu benutzen. Wahrscheinlich tut dir das andere Bein jetzt mehr weh.«

»Ich bin beeindruckt von deinem Können.«

»Das kommt, weil du dein Gewicht hierhin verlagerst, noch dazu falsch.« Er fährt mir über den Hals, dann über die

Schultern. »Du bist verspannt. Hast du ab und zu Sex? Das ist die beste Medizin.«

»Dann hoffe ich, dass er in Pillen verkauft wird.«

»Oh, oh. Und Valentina?«

»Sie verbringt zwei Sabbatmonate auf irgendwelchen tropischen Inselchen. Mit irgend so einem Idioten.«

»Eifersucht vergiftet das Blut.« Er kitzelt mich an den Fußsohlen. »Ich verpasse dir eine Moxa-Behandlung.«

»Wenn dabei der Grimmdarm mit im Spiel ist, dann lass es lieber sein.«

Er nimmt eine Art Zigarre vom Schreibtisch und zündet sie an. Es riecht nach verbranntem Stroh. »Moxa ist dieses Ding hier. Es soll die Tsubos erwärmen.«

»Alles klar.«

»Das ist wie Akupunktur, bloß ohne Nadeln. Ich weiß doch, dass du ein Angsthase bist.«

Ich lasse ihn machen. Er führt die Zigarre an meine Haut heran, bis sie sich erwärmt, dann geht er zu einem anderen Bereich. Es ist angenehm.

Ich entspanne mich auf dem seidigen Teppich und schaue dem bläulichen Rauch hinterher, der sich in der Luft bewegt. Ich erkenne Tierformen darin.

»Ich habe gestern Abend ein Mädchen kennen gelernt«, sage ich verträumt.

»Hübsch?«

»Sehr, und sehr lebhaft.«

»Klingt, als wäre sie ideal, um dir die trübe Laune zu vertreiben.«

»Das denke ich auch, aber ich kann ihr nicht den Hof machen. Sie hat drei Begleiter, die streng über sie wachen.« Die Rauchwolke ist zu dem Rüssel eines Schweins geworden, meines Lieblingstiers. »Meine einzige Hoffnung ist, dass sie eine feste Arbeit finden und von hier verschwinden. Verstehst du was vom Landleben?«

»Ich lebe auf einem Bauernhof, also würde ich sagen, ja.«

»Wie stellt man es an, drei Nicht-EU-Bürger unterzubringen?«

»Das hängt vom Land ab. Auf den Feldern gehen Polen ganz gut, nach Möglichkeit mit Familie. Die Männer machen die schwere Arbeit und die Frauen die etwas leichtere, wie Traubenlese und Putzen. Sie verlangen weniger als Afrikaner und sind noch willfähriger. In den Ställen dagegen nur Inder und Pakistani. Sie sind die neueste Mode.«

»Und Albaner?«

»Die schicken die Frauen anschaffen und dealen mit Drogen.«

»Nehmen wir mal an, dass sie ehrlich arbeiten wollen.«

»Das sagt der Richtige«, lacht er. »Na ja, mit Empfehlung des Papstes könnten sie wohl Windschutzscheiben putzen.«

»Sehr ermutigend.«

»Das ist ihre eigene Schuld, sie lassen kaum was aus, um sich unbeliebt zu machen. Sogar in Cremona haben sie es geschafft, Unheil anzurichten, wo doch sonst nicht ein Furz passiert. Der einzige Ermordete in diesem Jahr ist ein Albaner, stell dir vor.«

»Davon habe ich nichts gewusst.«

»Es ist erst vor einer Stunde passiert. Das hat mir die Patientin erzählt, die gerade gegangen ist. Der ganze Viale Po ist von den Polizeifahrzeugen blockiert.«

Ich bekomme eine Gänsehaut. »Viale Po?«

Lamberto hält mit der Glut inne. »Man hat ihn ganz in der Nähe der Wohnung meiner Patientin ermordet. Das Nachbarhaus, glaube ich. Ich habe mir keine Notizen gemacht.«

Ich richte mich auf. »Hast du eine Karteikarte über deine Patientin?«

»Sicher.«

»Schau doch bitte mal nach und sag mir, welche Hausnummer sie wohnt.«

»Gleich.«

»Sofort.«

»Leck mich doch ...« Er geht zum Schreibtisch und ich haste hinter den Paravent, um mich wieder in meine Klamotten zu schmeißen. »Nummer achtzig«, sagt er. »Und jetzt?«

»Rate mal, wo das Mädchen wohnt, von dem ich dir erzählt habe.«

»Zweiundachtzig?«

»Achtundsiebzig. Es ist mit Sicherheit das Haus.«

»Ich bin begeistert von deiner Neigung, Unglücksfälle anzuziehen.« Er kichert wie ein Blöder, dann sieht er mein Gesicht, als ich hinter dem Paravent hervorkomme, und hört sofort damit auf. »Soll ich meine Patientin anrufen, um dich auf den neuesten Stand zu bringen?«

»Nein.«

»Nein?«

»Nein. Das ist nicht meine Angelegenheit. Und ich möchte mich auf gar keinen Fall einmischen. Je weniger ich weiß, desto besser geht es mir.«

»Und warum ziehst du dich dann an?«

»Mir ist kalt geworden.«

»Ich verstehe.«

»Das ist nicht meine Angelegenheit, Lamberto.«

»Ich habe doch schon gesagt, dass ich verstehe.«

»Fahr zur Hölle.« Ich knalle die Tür zu.

6

Vor Veras Haus geht es zu wie bei einem Festtagsumzug: Autos mit Blaulicht, Krankenwagen, Typen in Uniform, eine applaudierende Menge. Männer in Schwarz oder Blau rasen mit heulender Sirene heran, bremsen scharf ab und springen heraus, die Hand nervös an der Pistolentasche. Die Zuschauer freuen sich, die Fotografen fotografieren, die Spannung wächst.

Eine Mittvierzigerin hat ihre beiden Sprösslinge zum kostenlosen Spektakel mitgebracht. »Was ist passiert?«, frage ich sie.

Sie taxiert mich, ihr Blick sucht nach einer Fernsehkamera. »Sind Sie Journalist?«

»Nein.«

»Schade. Denn ich bin vor allen anderen hier gewesen.« Sie zeigt auf den Kreis von Geiern, der ständig wächst. »Ich habe gesehen, wie die Leiche weggebracht wurde, ich war nicht mal zwei Meter davon entfernt.«

»Sind Sie sicher, dass es eine Leiche war?«

»Sie lag in einem Plastiksack. Wenn sie noch gelebt hätte, dann hätte man sie da wohl nicht reingesteckt, oder?«

»Stimmt. Und wer ist getötet worden?«

Sie zuckt mit den Achseln. »Einer von diesen Gaunern.«

»Ein Albaner?«

»Einer von der Sorte.«

Ein stechender Schmerz in der Magengegend. »Und das Mädchen? Ich weiß, dass er mit einem Mädchen zusammenlebte.«

»Die Italienerin?«

»Ja.«

»Die haben sie verhaftet«, sagt sie zufrieden.

»Warum? Was hat sie denn getan?«

Mein Tonfall lässt sie wohl nicht zu Unrecht vermuten, dass ich sie am liebsten erwürgen würde. Die Megäre mustert mich eingehender, dann zieht sie ihre Kinder zu sich heran. »Das wissen doch alle, dass die eine«, sie senkt die Stimme, »P-R-O-S-T-I-T-U-I-E-R-T-E ist.«

»Ach, das wissen alle?«

»Bis auf Sie, wie es scheint.«

Grußlos lasse ich sie stehen und gehe auf den Eingang des Wohnhauses zu. Die größte Ansammlung steht direkt an der Absperrung der Carabinieri. Eine bunte Menschenmenge, nach sozialen Klassen getrennt, wie es sich gehört. Die

Hausfrauen in ihren Latschen sind am lautesten, eine einzige Brandung, die in die benachbarten Hauseingänge hinein- und wieder herausschwappt. An der Wand gegenüber lehnt ein Dutzend Schüler mit Ranzen auf dem Rücken. Fast alle haben ein Mobiltelefon in der Hand, um fernen Freunden das Ereignis zu schildern. Dann die Angestellten in der Mittagspause mit belegten Brötchen in der Hand. Außerdem sind da noch die Maurer, die am Wohnhaus arbeiten, die Einzigen, die sich jenseits der Absperrung befinden. Drei von ihnen sitzen mit dem fröhlichen Gesicht derjenigen, die unverhofft länger als vorhergesehen ihre Pause genießen, vor einem Eisentor. Der vierte steht nur herum und betrachtet mit finsterer Miene seine Hände, wobei er seine Glatze präsentiert. Es muss wohl der Vorarbeiter sein, oder derjenige, der zahlt.

Ich nehme in der Bar nebenan Platz und versuche, das dumme Geschwätz auszublenden. Der Barmann fährt Sonderschicht, Sandwiches und Croissants sind bereits ausgegangen. Bei einem Toten pro Tag könnte er sich ein neues Auto leisten, tönt er.

Durch das Fenster beobachte ich, wie das große Manöver weitergeht. Die Menge beginnt sich zu zerstreuen und die Uniformierten nehmen allmählich eine entspanntere Haltung ein. Als ich sehe, dass sie die Hausbewohner wieder einlassen, bezahle ich meine Schnäpse und verlasse die Bar.

In der Nähe gibt es einen kleinen Supermarkt, dort kaufe ich zehn Salatköpfe. Mit den Tüten im Arm, die mein Gesicht verdecken, schlendere ich an den Rand der Show. Ein Paar in den Sechzigern nähert sich dem Eingang. Sie schreiten energisch aus, die Hausschlüssel klirren in der Hand des Mannes. Ich folge ihnen und spreche sie an. »Was für ein Schlamassel, nicht wahr?«

»Das ist eine Riesenschweinerei.« Der Mann hat ein rotes Gesicht und stinkt nach Wein. »Ich wusste, dass so was passieren würde. Die kommen einfach her, machen in aller

Ruhe ihre Sauereien und halten sich für die Herren der Welt.«

»Dafür sollte es wieder die Todesstrafe geben«, setze ich eins drauf. »Und Folter.«

Der Bulle am Eingangstor mustert uns. Wir wirken wie eine nette kleine Familie. »Wohnen Sie hier?«, fragt er die Frau.

»Im ersten Stock. Muss ich mich ausweisen?«, antwortet sie hoffnungsvoll: Das hat man seit dem Referendum über die Republik nicht mehr von ihr verlangt. Ich vergrabe mein Gesicht noch tiefer in das Grünzeug, bereit, auf dem Absatz kehrtzumachen.

»Das ist nicht nötig. Bitte sehr.« Der Polizist tritt beiseite, auch ich gehe vorbei, wobei ich weiter vor mich hin schwadroniere. Ich lasse das Pärchen im ersten Stock hinter mir und steige weiter nach oben. Im dritten ist Veras Wohnungstür geschlossen, davor steht ein Bulle, der sich kratzt. Okay, okay, ich wusste ja, dass es nicht ewig so weitergehen konnte, aber gehofft hatte ich es. Dort komme ich jedenfalls nicht hinein.

Ich steige in den vierten Stock, stelle die Tüten auf dem Treppenabsatz ab und klingele an der Wohnung über der, die mich interessiert.

Eine Männerstimme. »Wer ist da?«

Ich lächle in den Spion. »Entschuldigung, ich muss da etwas überprüfen. Wissen Sie, wegen dem, was da vorgefallen ist ...«

Die Tür wird geöffnet. Ein etwa siebzigjähriger Mann in weiten Unterhosen und mit einem Hörgerät steht vor mir. »Was müssen Sie überprüfen?«

»Ihren Balkon. Sie haben doch nichts dagegen?« Ich gehe an dem alten Mann vorbei ins Wohnzimmer. Kohlgeruch und eine Affenhitze, produziert von einem Heizofen.

Der Alte folgt mir. »Sind Sie von der Polizei?«

»Nicht direkt.« Ich öffne die Fenstertür. Der Schweißfilm an mir gefriert sofort.

Der Herr des Hauses wickelt sich in eine Decke, um nicht zu erfrieren. Ich hoffe, dass er keinen Schlag bekommt. »Sind Sie von der Staatsanwaltschaft?«

»Beim nächsten Mal haben Sie es erraten.« Ich schiebe die Geranientöpfe beiseite und schaue nach unten. Auf Veras Balkon sind keine Köpfe zu sehen. »Auf jeden Fall vielen Dank, die Stadtverwaltung ist Ihnen zu Dank verpflichtet«, sage ich zu dem Alten und kämpfe gegen meine Schwindelgefühle an. Ich schwinge mich über das Geländer und halte mich am untersten Rand fest, während ich mich ins Leere hinablasse.

Er sperrt den Mund auf. »Aber ...«

»Machen ... Sie ... sich keine Sorgen«, keuche ich. »Wir vom *SWAT* sind ... an alles gewöhnt.«

Ich merke, wie ich allmählich den Halt verliere. Ich hole Schwung und springe nach unten. Ich lande auf Veras Balkon, wobei meine Wirbelsäule am Geländer entlangschrammt. Der Aufprall bringt meine Zähne zum Tanzen. Die Beine scheinen gleichmäßig geschädigt, Lamberto wäre zufrieden.

Ich presse meine Nase gegen die schmutzige Fensterscheibe und spähe durch die Gardinen. Das Schlafzimmer. Drinnen sind zwei Beamte in Zivil, die mir den Rücken zukehren, inmitten des Saustalls, der von der gründlichen Durchsuchung übrig geblieben ist. Das Fenster ist geschlossen. Ich schiebe mein Taschenmesser zwischen die Fensterflügel, die Klinke dreht sich und ich drücke die Tür auf. Ein fürchterliches Knarren, wie im Draculaschloss. Die beiden Rücken kümmern sich weiter um ihre Angelegenheiten. Einer verschwindet um die Ecke.

Entweder rein oder raus, Dickerchen. Ich drücke weiter und betrete das Zimmer mit einem Windstoß, der die Deckenlampe zum Schwingen bringt. Ohne hinzusehen schließe ich die Tür so geräuschlos wie möglich. Ich denke, dass mir nur ein paar Sekunden bleiben, bis man mich entdeckt, daher schaue ich mich so gut es geht um. Offene Schubladen, herumliegende Kleidungsstücke, hier und dort zerbrochene Gegenstände. Der Tisch, an dem ich mit Vera gesessen und geplaudert habe, liegt mit den Füßen nach oben auf dem Boden, der Fernseher ist auseinander genommen. Sie suchen nach Drogen. Oder nach Schlümpfen, das kann man nie wissen.

Der Geruch erreicht meine Nase. Blut und Exkremente. Jetzt sehe ich das Bett: Es hat dunkle Flecken. An der Tapete bogenartig angeordnete Spritzer in Form von Ausrufezeichen. Arterienblut, eine Stichwaffe. Es liegt keine Leiche herum. Die Alte hatte Recht, die Sanitäter haben aufgeräumt.

Einer der Bullen ist in der Küche und sammelt Haare auf, der andere steht vor dem Wohnzimmertisch und betrachtet Polaroids, die in geraden Reihen vor ihm angeordnet sind. Ich schaue ihm über die Schulter, das Motiv ist immer dasselbe, lediglich aus verschiedenen Blickwinkeln aufgenommen. Es ist Adrian, mausetot, auf dem Bett zusammengekrümmt. Er ist nur mit einer Unterhose bekleidet, die bis auf die Schenkel heruntergezogen ist, blutgetränkte Stofffetzen. Eine klaffende Wunde zerteilt eine seiner Wangen, ich kann die Zähne hindurch sehen, Arme und Beine sind mit Schnitten und Stichen misshandelt worden. Auf den Fotos in der mittleren Reihe ist er auf den Rücken gedreht, Wunden an Brust, Bauch und Hals. Man hat ihn regelrecht abgestochen.

Der Typ schreibt etwas in ein Notizbuch. »Musst du mir so am Arsch kleben?«, fragt er, ohne mich anzusehen.

Ich entferne mich schweigend in der Hoffnung, dass sein Kollege, der vor der Spüle kniet, nichts gehört hat. Ich habe gesehen, was ich sehen wollte. Es sind keine Fotos von Vera. Wo sie ist und wie es ihr geht, weiß ich nicht.

Ich gehe zur Eingangstür und fühle mich wie der unsichtbare Mann. Am Ort des Verbrechens, von niemandem bemerkt. Ich öffne die Tür. Der Wachposten starrt mich an, ich drehe mich zum Zimmer zurück. »Ich hol sie dir schon«, rufe ich. Der Mann am Tisch blickt auf und zwinkert. Ich schließe die Tür.

Das Gesicht des Polizisten ist ein einziges Fragezeichen. Er hat mich nicht hineingehen sehen, aber wenn ich von dort herauskomme, muss ich wohl zum Team gehören. Oder vielleicht doch nicht? Ehe er Fragen stellen kann, setze ich eine verärgerte Miene auf. »Immer muss ich den Laufburschen spielen«, brumme ich. »Ich bin gleich wieder da.«

Beinahe ruhigen Schrittes steige ich die Treppen hinunter, niemand kommt hinter mir her. Im ersten Stock gerate ich ins Stolpern: Ich muss mich an die Wand lehnen und warten, bis das Zittern aufgehört hat.

7

Um mich abzulenken, mache ich am nächsten Tag eine Inventur der Dinge, die ich mit den Jahren im Keller meiner Mutter angesammelt habe. Jedes Mal, wenn ich umzog, schob ich ihr so manchen Packen zu, bei dem ich nicht wusste, wohin damit. Möbelstücke, Bücher, Schlaghosen. Mein Spielzeug aus Kindertagen ist darunter und alle Bücher von Salgari, sorgfältig in eine Tiefkühltruhe gestapelt, die nur ein kurzes Leben hatte.

Schau, der Schwarze Korsar weint. Ich könnte das ohne große Mühe Wort für Wort aufsagen. Ich erinnere mich an alles, was ich lese oder höre, in der Schule musste ich mich auf den Stuhl stellen, um allen zu zeigen, was ich konnte. Ich habe eine gewisse Zeit gebraucht, um zu verstehen, was ich wirklich war, und dann lernte ich, mich zu verstecken. Fast genauso lange habe ich gebraucht, um zu lernen, mich zu akzeptieren.

Ich krame weiter, ohne wirklich wahrzunehmen, was ich in die Hand nehme. Ständig habe ich die Fotos von Adrian und die Spuren seines Todes vor Augen. Ich muss aufhören, daran zu denken. Es war ein Unfall am Wegesrand, ich werde ihn hinter mir lassen, sobald ich in diesen stinkenden Kohlenzug eingestiegen bin, der mich zurück nach Mailand bringen wird. An dieser Vorstellung halte ich mich hinreichend lange aufrecht. Ich mache die Glotze nicht an, ich gehe nicht aus dem Haus, ich spreche nicht einmal mit meiner Mutter, da ich befürchte, dass sie darauf zu sprechen kommen könnte. Ich esse etwas und werfe mich aufs Sofa in dem Versuch, einzuschlafen. Keine Chance.

Um Mitternacht rufe ich Lamberto an.

»Du hast mich beim Meditieren unterbrochen«, antwortet er. »Da wird Buddha aber böse werden.«

»Hol die Zeitung«, sage ich.

»Welche?«

»Die von heute. Lies mir den Artikel über die Geschichte mit den Albanern vor.«

»Ich dachte, das sei nicht deine Angelegenheit.«

»Lamberto …«

»Ich geh ja schon.« Er legt den Hörer beiseite. »Bist du bereit?«, fragt er eine Minute später. Ich habe im Hintergrund eine angesäuerte weibliche Stimme gehört: Die umtriebige Sekretärin mault über ein kaltes Bett.

»Leg los.«

Er räuspert sich. »Erste Seite: *Schon wieder ein Verbrechen unter Nicht-EU-Bürgern. Abrechnung unter Albanern endet in einer Tragödie. Auch eine Einwohnerin Cremonas ist darin verwickelt.* Dann folgt der Verweis auf den Lokalteil.« Papiergeraschel. »Neue Überschrift, etwas kunstvoller: *Das Horror-Haus.* Was für eine Prosa, hm? *Es war ein haarsträubender Anblick, der sich den Augen der Carabinieri bot, die gestern gegen 13.30 Uhr in den Viale Po 78 eilten. Alarm geschlagen hatte ein Rentner, Bewohner des Hauses, der von*

Schreien aus der Nachbarwohnung aufgeschreckt worden war. ›Beeilen Sie sich‹, hatte er bei der Notrufzentrale gesagt, ›sie bringen jemanden um.‹ Als die Polizei zu der angegebenen Wohnung kam, war die Tür zum Treppenhaus nur angelehnt. Sie traten ein und fanden auf dem Bett den blutüberströmten Körper eines Mannes, der später als Adrian Patoil, albanischer Staatsangehöriger, identifiziert wurde. Nach Aussage des Nachbarn, der den Beamten den Weg gezeigt hatte, herrschte in der Wohnung ›ein unbeschreibliches Chaos, mit Blutspritzern an den Wänden und sogar an der Decke‹. Trotz des sofortigen Eintreffens der Ambulanz kam für den Mann jede Hilfe zu spät. Er war bereits an den Wunden verblutet, die ihm an Hals und Brust mit dem Küchenmesser zugefügt worden waren, das die Ermittler später auf dem Fußboden entdeckten. Unverzüglich wurde die Fahndung nach den Mördern ausgelöst, die glücklicherweise nur kurz dauerte. Keine halbe Stunde später konnte eine Streife der Staatspolizei zwei Personen, die behaupteten, Ismail Kater und Sami Irades zu heißen, und die ebenfalls albanische Staatsbürger sind, auf der Auffahrt zur Autobahn nach Piacenza stellen: Sie waren in einem Pkw unterwegs, der sich als gestohlen herausstellte. Die beiden Verdächtigen befanden sich in einem sehr erregten Zustand und ihre Anzüge waren noch blutbeschmiert. Bei ihrem verzweifelten Fluchtversuch widersetzten sich die beiden Nicht-EU-Bürger gewaltsam der Festnahme und griffen die Beamten an. Ein Beamter hat sich dabei Prellungen zugezogen, die ihn nach Meinung der Ärzte fünf Tage dienstunfähig machen.« Hier stoppt Lamberto und ich höre, wie er sich eine Zigarette anzündet. »Er wird sich wohl die Knöchel aufgeschlagen haben, als er auf die beiden eingeprügelt hat.«

»Mach weiter.« Ich laufe barfuß auf dem Teppich im Kreis. Das schnurlose Telefon bringt mein Ohr zum Glühen.

»Jawohl! Also … *bei den beiden Übeltätern wurde Haschisch in einer Menge vorgefunden, die die Ermittler als ›signifikant‹ bezeichnet haben.* Auf gut Deutsch, einen halben

Joint. *Zur selben Zeit wurde die Mieterin der Wohnung festgenommen, Vera Mezza, achtundzwanzig, Angestellte bei Speranzi. Auch wenn sich Mezza zur Tatzeit an ihrem Arbeitsplatz befand, schließen die Ermittler die Möglichkeit einer Anklage wegen Beihilfe nicht aus, aber es wird noch Schlimmeres gemunkelt. Die Ermittler schließen nicht aus, dass die Wohnung als Stützpunkt für illegale Aktivitäten genutzt wurde. Alarmierte Bürger hatten der Polizei bereits Hinweise gegeben über das, was hinter den Mauern des Hauses in Viale Po geschah. Derselbe Rentner, der den Alarm ausgelöst hatte und dessen Namen wir verschweigen, um ihn nicht eventuellen Vergeltungsakten auszusetzen …*«

»Aber Veras Namen nennen sie«, knurre ich.

»So lernt sie was. Also, dieser verblödete Alte erzählt: *Seit ein paar Monaten hatten wir keine ruhige Nacht mehr. In diesem Haus gingen zu jeder Tages- und Nachtzeit merkwürdige Menschen ein und aus. Und bei gewissen Gesichtern …*«

»Genug, danke. Es reicht.«

»Jetzt erzähl du mir mal ein bisschen. Was hast du vor?«

»Nichts, ich war nur neugierig.«

»Neugierig, das kannst du meiner Großmutter erzählen.«

»Gute Nacht, Lamberto.« Ich hänge auf, nicht allzu sacht, und lege mich wieder aufs Sofa. Sobald ich die Augen schließe, sehe ich zum x-ten Mal die Fotos von Adrian, dann wieder ihn lebendig, zusammen mit den anderen beiden vorm Fernseher. *Typen, die sich gegenseitig mit dem Messer abschlachten?* Offensichtlich ja. Manchmal braucht es nur wenig, um die Kontrolle zu verlieren. Vor allem, wenn man zu viel getrunken hat oder niedergeschlagen ist, weil man kein Geld oder keine Arbeit hat … Wohlmeinende Erklärungen gibt es haufenweise, ebenso wie weniger freundliche: Drogenhandel, Prostitution. Sie sahen zwar nicht danach aus, aber auch Landru wirkte nicht wie ein Mörder. Obwohl, mit diesem Bart …

Ich wälze mich auf dem Sofa herum. Ich muss an Vera

denken. Mit einem toten Freund und den Angriffen aus der Zeitung muss sie sich ja toll fühlen. *Und was geht uns das an?*, frage ich mich mit der Stimme meines Partners. Vielleicht ist er es auch wirklich. Er kommt hervor, wenn ich schlafe, aber die Grenzen zwischen Schlaf und Wachzustand verschwimmen manchmal. Und momentan bin ich erschöpft.

Voller Zweifel antworte ich ihm: Theoretisch gar nichts. *Dann hör auf, hier rumzunerven.* Schau, das Mädchen gefällt mir wirklich. Als wir über dem Hühnchen zusammensaßen, wurde irgendetwas zwischen uns ausgelöst. Ein Stromstoß, ein Feeling ... *Die Abstinenz bekommt dir nicht.* Zyniker. *Idiot.*

Ich mache der Diskussion ein Ende, indem ich meine müden Knochen aufrichte und mir die Jacke anziehe. Votiv-Wallfahrt. Draußen sprüht ein eisiger Nieselregen. Ich schlage den Kragen hoch und laufe zum Viale Po, vorbei an herabgedimmten Laternen und zweifarbigen Katern, die gierig aus Tüten fressen, die ihnen von den Katzenweiblein hingestellt wurden. Dank der Diät aus Innereien sind sie riesig und fett. Es soll Leute geben, die sie sich anstelle von Kaninchen in den Suppentopf tun.

Das Horror-Haus liegt vor mir, geschmückt mit einem hübschen Streifenwagen. Jetzt nur noch einer, um die Souvenirjäger abzuschrecken. Der Bulle am Steuer ist knapp zwanzig Jahre alt und raucht mit grimmiger Miene. Ein feiger Mord, schau mich an, Mama. Der andere, weißhaarig, ist weniger bei der Sache und pinkelt gegen die Hauswand. An Veras Fenster ist schamhaft das Rollo heruntergelassen; ich bleibe stehen und betrachte es, bis mich der Regen gründlich eingeweicht hat.

Ich mache auf dem Absatz kehrt: Eine Geschichte, die beendet ist, bevor sie recht begonnen hat. Ich werde Vera ein Solidaritätstelegramm schicken, wie es bei den auf Demonstrationen Verhafteten üblich ist. Oder einen Blumenstrauß mit dem Billett *Für immer Dein.* Dann komme ich am Haus meiner Mutter an und begreife, dass das kaum mehr nötig sein wird. Vera wartet dort auf mich, noch nasser als ich.

8

Sie begrüßt mich nicht. »Ich habe geklingelt, aber so eine Schizo-Kuh hat gemeint, dass du nicht da wärst.«

»Die Schizo-Kuh ist meine Mutter.« Ich betrachte sie eingehender. Sie hat einen blauen Fleck auf der Wange, und ihre Lippe ist aufgeplatzt. »Wie geht es dir?«

»Eine Scheißfrage.« Beim Sprechen bewegt sie vor Schmerzen kaum die Lippen. »Lässt du mich rein?«

Ich habe Lust, Nein zu sagen, stattdessen nehme ich sie mit in die Wohnung und biete ihr in der Küche einen Platz an. Wir tropfen, also hole ich zwei Handtücher aus dem Bad. Als ich am Schlafzimmer meiner Mutter vorbeikomme, sehe ich, dass noch Licht brennt. Ich stecke den Kopf hinein. Sie liegt zugedeckt mit einem Krimi im Bett, die Lesebrille auf der Nase.

»Ich bin mit einer Freundin hier«, sage ich zu ihr. »Es ist alles in Ordnung.«

»Man sollte nachts keine Leute herausklingeln«, brummelt sie.

»Ich werd's ihr sofort ausrichten.« Ich verschwinde, ehe sie mir einen Pantoffel an den Kopf wirft.

Vera sitzt am Tisch und hat sich die Jacke ausgezogen. Die Bluse darunter ist völlig zerrissen. Sie war nicht lieb und brav gewesen, als man ihr die Handschellen anlegen wollte, aber daran hatte ich nie gezweifelt. Ich reiche ihr ein Handtuch.

»Möchtest du etwas Warmes?«, frage ich sie, während ich mir die tropfnassen Socken ausziehe.

»Das muss nicht sein.«

»Für mich schon, da es nichts Alkoholisches gibt.« Ich stelle den Wasserkessel auf den Herd und setze mich Vera gegenüber, die ins Leere blickt. »Habe ich dir meinen Personalausweis gezeigt, als wir uns kennen lernten?«, frage ich sie.

Sie reißt sich halbwegs aus ihren Gedanken. »Häh?«

»Wie hast du mich gefunden?«

»Wie viele Sandrones kennst du? Ich kenne bloß einen und der stand vor zwei Monaten in allen Zeitungen. *Er stammt aus Cremona, der Detektiv vom Leoncavallo*«, zitiert sie mit farbloser Stimme. »Erinnerst du dich?« Sie blickt wieder ins Leere.

»Ich wundere mich halt, dass du das noch weißt.«

Sie schnauft. »Einer meiner Kollegen war mit dir auf der Grundschule. Er hat einen Mordsbohei darum gemacht, was für dicke Freunde ihr wart.« Sie nennt den Namen: Filipponi. Ein brutaler Kerl, der mich ständig verprügelte und mir mein Pausenbrot klaute. »Ich habe ihn gefragt und er wusste noch, wo du gewohnt hast. Das Haus ist noch dasselbe, genau wie der Nachname auf dem Klingelschild.«

»Ich hätte ihn umbringen sollen, als er noch klein war, diese miese Zecke.«

Ein riesiger Fettnapf. Und Vera bemerkt es nicht einmal. Sie beschränkt sich darauf, ihren Blick langsam auf mich zu richten. Ihre vor Müdigkeit verquollenen Augen wirken noch blauer als sonst. »Wie viel kostest du?«, fragt sie langsam.

Ich schüttele den Kopf und konzentriere mich aufs Wasser. Eine alte Entspannungstechnik. Es beginnt zu kochen, ich schalte die Platte aus und tauche zwei Beutel Kamillentee hinein. Vera packt mich an einem Arm, als ich sie auf dem Weg zur Anrichte passiere.

»Ich habe dich gefragt, wie viel du kostest, verfickt!« Sie hat die Stimme erhoben.

»Darf ich noch Tassen holen oder möchtest du direkt aus dem Kessel trinken?«

»Wasschertmichdas.« Aber sie lässt mich los.

Ich stelle die Zuckerdose auf den Tisch, die aus Zinn für festliche Anlässe. »Eines sollte ich wohl besser von vornherein klarstellen«, sage ich, während ich einschenke. »Was passiert ist, tut mir Leid, aber wenn du noch lauter wirst, schmeiße ich dich hochkant aus der Wohnung. Ich lebe nicht allein.«

»Und deine Alte könnte sich ins Hemd scheißen, weil du mit mir zusammen bist, oder was?« Ihr Ton ist immer noch eine Spur zu laut. »Die Albaner-Hure.«

Von uns beiden bin ich derjenige, der ruhig bleiben muss, also tue ich es. »Trink. Im Knast machen sie keinen so guten Kamillentee wie ich.«

»Ich war nicht im Knast. Nur auf dem Polizeipräsidium.«

»Das heißt noch lange nicht, dass es dort besser ist.« In meinem Fall war es das fast nie. »Wessen hat man dich genau beschuldigt?«

Sie schlürft geräuschvoll. »Ich habe Einwanderer ohne Aufenthaltsgenehmigung beherbergt, aber ich war auf Maloche, als Adri ... Glücklicherweise gibt es dafür Zeugen. Diese Arschgeige von einem Nachbarn wäre glatt bereit gewesen, zu schwören, dass ich zu Hause war zum Zeitpunkt des ...« Sie macht eine Pause, während das Wort, das sie nicht ausspricht, in ihren Augen steht. »Man könnte mich wegen Beihilfe anklagen.«

»Haben sie bei dir zu Hause etwas gefunden, was man gegen dich verwenden könnte?«

»Abgesehen von Adris Leiche? Meinst du nicht, dass das langt?« Sie starrt wieder die Tapete an.

Ich nehme ihre Hand. Der Rücken ist ganz kalt, während die Innenfläche von der Tasse glüht. »Ist schon gut. Hast du einen guten Anwalt?«

»Darüber habe ich mir noch keine Gedanken gemacht. Ich werde schon einen finden. Aber Ismail und Sami könnte nicht einmal der Anwalt des Herrn aus der Kacke herausziehen. Und wenn sie nicht bald wieder rauskommen, dann können sie das mit der Arbeit bei der Kolonne auch vergessen. Ich habe mit *Ai*gor Corti telefoniert. Dieser Hurensohn ist mir auf die scheißfreundliche Tour gekommen. Mach dir keine Sorgen hier und mach dir keine Sorgen dort. Aber stell dir vor, wenn …«

Ich unterbreche sie. »Was kümmert dich das, wenn die beiden im Knast sitzen?«

»Sie waren es nicht.«

Ich trinke meine Tasse aus und stelle sie in die Nirosta-Spüle. Von meinem Platz am Tisch aus könnte ich das auch bequem tun, ohne aufzustehen, es ist nur eine Gelegenheit, um Zeit zu schinden.

»Sie waren voller Blut, als man sie festnahm, Vera«, sage ich mit dem Rücken zu ihr.

»Sie waren es nicht«, wiederholt sie.

»Du bist zu befangen und zu müde, um das beurteilen zu können. Geh und schlaf etwas, dann sprechen wir noch einmal darüber.«

Ich höre das Scharren eines Stuhls und drehe mich schnell um. Nicht schnell genug, um sie von einem Wurf in Richtung meines Kopfs abzuhalten. Ich ducke mich und die Tasse zerschellt an den Fliesen, eine Scherbe schneidet mir in die Wange.

»Und wer soll das dann beurteilen?«, schreit sie. »Diese Scheißstadt? Hast du denn nicht gelesen, was sie geschrieben haben? *Das Horror-Haus!*« Den letzten Satz heult sie heraus.

Meine Mutter klopft an die Wand und ich höre ihre Stimme aus der Ferne: »Passt bloß auf, gleich komme ich rüber und geb's euch beiden.«

Mich schaudert. »Sie ist im Stande und macht das wirklich, Vera. Setz dich wieder hin.« Sie bleibt stehen, immer noch auf dem Sprung, mich anzufallen. Ich fühle etwas Feuchtes an meiner Backe. »Hinsetzen!«, knurre ich.

Sie gehorcht. »Du blutest im Gesicht«, murmelt sie.

»Das weiß ich!« Ich stille die Blutung mit einem Geschirrtuch. Ich denke an zehntausend Zen-Geschichtchen, kontrolliere meinen Atem, beruhige mich. »Fühlst du dich jetzt besser?«, frage ich sie mit ruhigerer Stimme, während ich die Scherben zusammensammle.

»Nein.«

»Das macht nichts. Tu einfach so, als ob, und sei brav.«

Sie zündet sich eine Zigarette an. »Darf ich hier rauchen?«

»Ein Anfall von guten Manieren?«

»Entschuldige wegen vorhin.«

Ich reiche ihr den bronzenen Aschenbecher mit dem Engelchen. »Okay.«

»Es stimmt, was ich sage. Ismail und Sami hatten Adri gern. Sie waren wie Brüder.«

»Brüder streiten sich schon mal.«

»Man hat mir gesagt, dass Adri mit …«, ihr Kinn zittert, »zwanzig Messerstichen … ermordet wurde … Zwanzig, verfluchte Scheiße. Wer immer es gewesen ist, wollte ihn umbringen.« Sie holt tief Luft. »Man hat es mir nicht sofort gesagt, als sie mich gestern aus der Fabrik abgeholt haben. Ich habe mich gefragt, was zum Henker die wollten …« Sie beginnt zu weinen. Kacke. »Und sie haben mir nichts gesagt. Später haben sie dann geguckt, wie ich wohl reagieren würde. Diese … Drecksäcke.«

Ich vergesse meinen Zorn. Ich nehme sie in die Arme und streichle sie. Sie fasst sich bald wieder und löst sich von mir. »Ich habe das die ganze Zeit zurückgehalten.«

Ich kehre an meinen Platz zurück. »Küchentuch gefällig?«

»Danke.« Sie nimmt es und putzt sich die Nase.

»Okay. Pass auf, wir machen Folgendes. Morgen rufe ich einen Freund an, der Rechtsanwalt ist: Mirko Bastoni.« Vale arbeitet mit ihm in derselben Kanzlei, Pellaccia und Partner, wenn sie nicht durch die Gegend gondelt und Hulahula tanzt. Ich verdränge die störende Erinnerung. »Er ist auf arme Schweine und aussichtslose Fälle spezialisiert. Wenn es etwas gibt, was man für Ismail und Sami tun kann, dann wird er uns das sagen. Wenn nötig, könntet ihr ihn problemlos als Anwalt benennen.«

»Deswegen bin ich nicht hergekommen«, sie hat ihren entschiedenen Tonfall wiedergefunden. »Ich möchte dich anheuern.«

Ich seufze. »Hör zu, Vera, du hast dir falsche Vorstellungen gemacht. Ich bin kein Privatdetektiv. Ich bin Rausschmeißer, ich überwache höchstens mal die Partys von reichen Leuten.« Meine Zeit beim Bekloppten-Dienst erwähne ich lieber nicht, viel zu viel zu erklären, auch wenn ich Lust dazu hätte. »Was mich betrifft, finde ich, dass man Ermittlungen immer noch besser der Polizei überlässt.«

Sie schüttelt den Kopf, immer energischer. »Du standst in der Zeitung, weil du einen Mörder aufgespürt hast. Stimmt's oder etwa nicht?«

»Herrje!«, schreie ich so laut, dass mir die Kehle wehtut. Vera zuckt auf ihrem Stuhl zusammen. »Nicht ich habe ihn aufgespürt. *Er* hat *mich* aufgespürt! Und er hat mich fast *umgebracht!*« Ich höre wieder ein Bumm-Bumm und denke, es ist mein Herz, das auf tausend rast. Dann bemerke ich, dass es von der Wand zum Zimmer meiner Mutter kommt. Ich senke die Stimme, sie ist so angespannt, dass sie wie das Zischen einer Schlange klingt. »Willst du wissen, wie es sich abgespielt hat? Vier junge Leute sind zu mir gekommen und haben mich gebeten, einem Freund von ihnen zu helfen, der im Knast saß, und ich habe Ja gesagt. Ich habe Ermittlungen angestellt und herausgefunden, dass ihr Freund unschuldig war und der wahre Schuldige jemand anderes war, der bereits drei andere Personen getötet hatte. Zwei von ihnen habe ich in einem Keller gefunden, von ungelöschtem Kalk verbrannt.« Sie bleibt völlig ungerührt; wenn ich über Fußball geredet hätte, hätte ich dieselbe Wirkung erzielt. Ich lasse mich nicht beirren und rede weiter. »Die Dritte hat er um-

gebracht, bloß weil ich ihr ein paar Fragen stellen wollte. Dann hat er auch auf mich geschossen.«

»Hat man ihn verhaftet oder nicht?«

»Ja, aber aus reinem Zufall. Ich hätte alles versieben können, oder sterben, denn, jetzt sperr die Ohren auf, Detektivspielen ist nicht mein Beruf! Einmal langt, vielen Dank. Ich hänge sehr an meinem Leben.«

»Adri ging es ebenso.«

»*Das weiß ich.* Verdammt, es tut mir *Leid!*«

Sie gibt immer noch nicht auf. Sie ist aufgestanden, stemmt die Fäuste auf den Tisch. »Niemand wird etwas für Ismail und Sami tun, wenn nicht wir. Ich bitte dich ja nicht darum, es hart auf hart kommen zu lassen. Nur ... wie soll ich sagen, Scheiße! Die Indizien zusammentragen ...«

»Du weißt nicht, wovon du sprichst, Mädchen!«, zische ich wieder. »Ich habe nicht die Absicht, irgendwo zum Bündel zusammengeschnürt zu enden. Lass es gut sein.«

Sie wird rot. »Ich habe geglaubt, dass du ein besserer Mensch wärst.«

»Und ich habe geglaubt, dass du intelligenter wärst.«

»Verreck doch.« Sie greift sich ihre Jacke und rennt zur Tür. Ich folge ihr, um gerade noch verhindern zu können, dass die Tür zuknallt.

Ich mache sie noch einmal auf. *»Ich ziehe es vor, so lange wie möglich am Leben zu bleiben!«*, schreie ich ins Treppenhaus. Jetzt habe ich das ganze Haus aufgeweckt. Auch egal.

Ich gehe in die Küche zurück und sage mir immer wieder, dass ich absolut Recht habe. Mehr als Recht: Ich bin hier der weise Mann, der aus seinen Erfahrungen gelernt hat. Und wo ich schon mal dabei bin, ändere ich die Unterhaltung mit Vera an einigen Stellen, füge überzeugendere Worte ein, einen ruhigeren und geduldigeren Tonfall, geistreiche Reden.

Am Ende lässt sie sich überzeugen und vergisst all ihre Probleme. Sie erklärt mir auch, dass es ihr ein nicht mehr zu unterdrückendes Anliegen sei, mit mir zu schlafen, und beginnt, sich auszuziehen. Dieses Spielchen leistet mir Gesellschaft, bis meine Mutter aufsteht und Frühstück macht.

9

Ich spüre den kalten Wind und werde vollständig wach. Ein kreisförmiger Raum, Radius fünf Meter, aus hellem Marmor und Stein. Die Wand endet einen Meter oberhalb des Bodens, eine Reihe Marmorsäulen trägt das Kuppeldach. In der Mitte eine Glocke, arretiert von einem Metallträger, der im Boden verankert ist und in die Stützstreben einer Wendeltreppe übergeht.

Mittwoch, fünf Uhr nachmittags, mir fehlen ungefähr sechsunddreißig Stunden. Eine unmenschliche Kälte. Ich sitze auf einer Bank, zusammen mit einem knutschenden Pärchen. Weitere Touristen bewundern gegen die Schutzgitter gelehnt die Aussicht.

Ich finde den Zettel meines Partners in dem Bildband, den ich auf den Knien balanciere: *Cremona, Secret City.* Auf der einen Seite sehe ich ein Foto der Stadt und die Unterschrift: Cattedrale di Santa Maria Assunta. Turmaufstieg: 112,10 m. Die andere Seite, weiß, ist von seiner peniblen Handschrift bedeckt.

Genieße die Aussicht, schreibt der Bastard. *Während du die fünfhundertdreißig Stufen herabsteigst, mach dir ein paar Gedanken über unseren Kontostand: Wir haben den Dispositionskredit überzogen. Habe mit deinem Freund Luke gesprochen: Dieser Verleger hat absolut nichts mit Politik zu tun, niemand hat etwas gegen ihn. Luke ist überzeugt, dass es sich um »eine miese Tour handelt, die darauf abzielt, den Kampf des Proletariats in Misskredit zu bringen«. Glaube, dass es ein Scherz war. Hypothesen: gemeine Kriminelle, betrogene Ge-*

liebte, Eigenwerbung. Heute ein Bericht auf Telecolor über die Albaner. Aufnahme von deiner Freundin, wie sie Mittelfinger in die Kamera streckt. Vielleicht angebracht, dass du ihr zeigst, wie sie anderen ein besseres Bild von sich vermittelt.

Was den Rest betrifft: nichts Neues.

Ich zerreiße den Zettel und stehe abrupt von der Bank auf; das Pärchen am anderen Ende purzelt fast runter.

Ich werfe das Buch weg und strecke meine Beine: Sie tun zum Schreien weh und es wird noch schlimmer werden, sobald ich wieder sicheren Boden unter den Füßen habe, 112,10 verdammte Meter weiter unten. Mein Partner möchte unseren Körper so schnell wie möglich wieder auf Vordermann bringen, er würde sogar zu *Vigor-Salbe* greifen. Während ich tief durchtatme, betrachte ich die Stadt von oben. Der Turm steht genau in der Mitte von Cremona, eine Ansammlung niedriger Häuser mit Ziegeldächern, mittelalterlicher Plätze, rechtwinkliger Wege. Es sieht aus wie das Dorf von Asterix.

Als ich endlich unten angekommen bin, keuche ich und habe weiche Knie. Ich setze mich an den erstbesten Tisch, trinke etwas und lasse mir vom Kellner *La Provincia* bringen. Der Mord ist immer noch auf der ersten und zweiten Seite, und auf der dritten und der vierten. Es gibt einen Kasten mit der Überschrift: *Alles über die Frau der Banditen.* Genau so, die Frau der Banditen, wie zu Zeiten der Prohibition.

Ich knülle die Zeitung zusammen, ohne den Artikel zu lesen, und werfe damit nach den Tauben. Der Kellner findet das gar nicht gut und tadelt mich. Ich gebe ihm kein Trinkgeld und gehe.

Über Nacht hat man Plakate geklebt, patriotisch eingerahmt von der Trikolore. Wer schützt die Bürger? Eine Versammlung mit dem ehrenwerten Abgeordneten Xypsilon, Fackelzug gegen die fliegenden Händler, Sonderprämien und Werbegeschenke. Ein Stand vor der Galleria XXV Aprile sammelt Unterschriften für einen Kontaktbereichsbeamten. Dahinter stehen kräftige, untersetzte Glatzköpfe mit Ray Bans. Aus dem Lautsprecher scheppert der Walkürenritt.

Da habe ich den Salat. Einmal schläfst du ein bisschen länger, und schon setzen sie dich im Berlin der Dreißigerjahre ab. Zur Feier des Tages hat jede einzelne Gaststätte am Weg ihre Türen geöffnet. Ich versuche, das Gerede der anderen zu überhören, und halte mich zurück, wenn ich etwas verstehe. Ich schlängle mich an Leuten vorbei, die mich anzusprechen versuchen, an Flugblattverteilern, Fahnenschwingern, wütenden Alten, empörten Hausfrauen, Scientologen und Priestern.

Ich bin fast zu Hause und wähne mich schon in Sicherheit. Aber nichts da. Mein rechtes Bein macht plötzlich eine eigenständige Bewegung, und der Körper biegt um die nächste Ecke, schlägt einen vertrauten Weg ein. *Ach herrje*, denke ich. *Es ist noch zu früh fürs Nachhausegehen. Ein Spaziergang kann mir nur gut tun. Und selbst wenn ich zufällig an Veras Haus vorbeikomme, heißt das nicht, dass ich sie sehe. Und wenn doch, dann redet sie wohl kaum mit mir.*

Ich sehe sie tatsächlich nicht. Ich könnte jetzt hochzufrieden nach Hause gehen, aber dann fällt mein Blick auf ein paar Gestalten, die sich ungefähr dort zu schaffen machen, wo vor zwei Abenden noch das Auto der Bullen stand. Die hier sind Zivilisten, ordentlich gekleidet, einer ist mehr als einen Kopf größer als ich, der andere ist dünn und trägt eine Brille. Sie sprayen etwas mit schwarzer Farbe auf die Wand. Nur ein Wort: *Raus.*

Na ja, jeder hat das Recht, seine Meinung zu äußern. Ich entferne mich, nehme die erste Seitenstraße, mache eine komplette Runde um den Block. Als ich wieder an meinem Ausgangspunkt ankomme, sind die beiden immer noch da. Sie haben nur zwei Worte hinzugefügt: *aus Italien.* Sie sind furchtbar lahmarschig; so wie sie fluchen, haben sie wohl

Probleme mit der Sprühdose. Sie klopfen damit auf den Bürgersteig, scheint verstopft zu sein.

Ich marschiere wieder los und nehme den Weg von vorhin in entgegengesetzter Richtung. Sie sind immer noch nicht fort, verflucht noch mal. Jetzt lautet der Satz: *Raus aus Italien Albaner und.*

Resigniert trete ich näher. Der mit der Sprühdose, der Größere, bemerkt mich, macht aber weiter an seinem Werk. Ich baue mich hinter ihm auf. Jetzt schreibt er gerade *ihre.*

»Ihre was?«, frage ich höflich.

Er gibt vor, mich nicht zu bemerken, sein Rücken versteift sich. Er schüttelt weiter die Sprühdose. Stotternd kommt ein dünner Strahl Farbe heraus. *Hu,* schreibt er. Neuerliche Unterbrechung. Neuerliche Flüche.

Ich tippe ihm auf die Schulter. »Hu?«

»Sieh ja zu, dass du Land gewinnst«, meint der Gentleman und wedelt mit seinem freien Arm, um mich fortzujagen. Es ist ein schöner Arm, muskulös und männlich. Nein, ich sollte ihn nicht am Handgelenk packen, ich weiß, aber als er nur einen Zentimeter vor meinem Gesicht herummacht, kann meine Hand nicht anders und reagiert automatisch. Ich packe zu, verlagere das Gewicht auf die Absätze und rotiere um die eigene Achse. Mit mir rotiert auch der Mann, der mit dem Gesicht an der Mauer landet. Eine Frage der Hebelwirkungen, ich schaffe das, so klein und untergewichtig, wie ich bin. Die Nase des Idioten landet genau im *U* von *Hu,* Knacks.

Er findet das gar nicht gut. Er streckt die Hände nach meinem Hals aus, ich verpasse ihm einen Kniestoß in die Weichteile und drehe mich um. Sie kommen zu dritt angelaufen, der mit der Brille und zwei weitere, die in einem parkenden Auto gewartet haben. Ich stürze mich auf den Ersten, der seine Fäuste schwingt. Ich tauche darunter durch und strecke mich, wobei ich mit meinem Kopf gegen sein Kinn knalle. Er kippt nach hinten, stürzt mit nach oben verdrehten Augen. Die anderen beiden werfen sich auf mich. Wir kullern herum und klammern wie blöd. Zwar habe ich sämtliche Techniken vergessen, aber es ist herrlich, wie ich Zähne und Hände ins Fleisch grabe. Ich bin ein Wilder, bin ein tollwütiger Hund, bin *der unglaubliche Hulk.* Jemand in Uniform geht dazwischen.

Ist vielleicht auch besser so, ich hab ganz schön was abbekommen.

Um acht Uhr abends entlassen sie mich aus dem Polizeipräsidium, mit der Aussicht auf eine Anzeige wegen Schlägerei. Ehe ich hinausgehe, nutze ich ein herrenloses Telefon in einem leeren Büro, um bei Speranzi, Bonbon- und Schokoladenwerke, anzurufen. Ich gebe mich als jemand anderes aus, die Geräusche im Hintergrund helfen mir dabei. Sie fahren Sonderschichten wegen Weihnachten, sagt man mir, und Vera hat die Spätschicht von eins bis neun. Wenn ich mich beeile, dann kann ich es gerade schaffen.

Ich komme gerade noch rechtzeitig, um sie aus dem Tor kommen zu sehen. Allein. Sie verabschiedet sich von niemandem, niemand verabschiedet sich von ihr. Sie trägt eine Latzhose unter einem Anorak, der ihr bis zu den Springerstiefeln geht. Sie sieht mich und wechselt die Straßenseite. Kaum denke ich daran, sie ziehen zu lassen, schon lege ich einen Sprint hin, der all meine Schmerzen wieder aufflammen lässt. Die Hälfte meiner Epidermis ist von Fußabdrücken gemustert.

Sie schaut mich nicht an. »Verpiss dich!«

»Du bist schon die Zweite, die das heute zu mir sagt.« Sie beschleunigt ihren Schritt. Ich bleibe an ihr dran.

»Schade, dass du nicht hören kannst. Verschwinde, du Arsch, oder ich schreie hier alles zusammen.«

»Wenn ich jetzt gehe, kannst du mich nicht mehr anheuern«, beharre ich.

»Ich hab keinen Bock auf Scherze.« Aber sie bleibt stehen.

»Ich auch nicht. Im Gegenteil, mir ist zum Heulen zu Mute.« Ich nehme sie sanft bei den Schultern und zwinge sie, sich mir zuzuwenden. Wir geben ein schönes Paar ab: sie mit geschwollener Backe, ich mit dunklen Augenringen wegen der Nasenstüber. »Jetzt hör auf, mich durch die Gegend zu scheuchen. Ich bin alt und müde.«

Sie entschließt sich, mich anzusehen. »Was ist denn mit dir passiert?«

»Ich bin vom Pferd gefallen und hatte eine Erleuchtung. Du weißt schon, Kreuze am Himmel und so'n Scheiß.«

»Mach weiter damit, mich nicht zum Lachen zu bringen.«

»Schade. Aber du solltest mich engagieren, ehe ich es mir anders überlege.«

Sie denkt darüber nach, nicht sehr lange. Sie hat ein Funkeln in den Augen, das mich dahinschmelzen lässt, und ich fühle mich größer als zwei Meter, mindestens.

»Ich habe kein Geld, um dich zu bezahlen«, sagt sie. »Du musst mir Kredit geben.«

»Dann muss ich dich zum Abendessen in ein Lokal einladen, wo man mir ebenfalls Kredit gewährt. Du wirst allerdings mit vollem Mund sprechen müssen, denn es ist ein Arbeitsessen. Also? Hast du etwa schon bei Tomponzi Investigations angerufen?«

Scheinbar nicht.

In der *Trattoria del Sabbiaiolo* kann man gut essen. Außerdem kenne ich den Wirt schon seit so vielen Jahren, dass er uns einen Tisch etwas abseits zuweist und uns nach dem Kaffee und den Nachbrennern in Ruhe lässt.

Ich bin gut im Schweigen, wenn es angebracht ist. Vera spricht, und ich verzichte darauf, Fragen zu stellen, höre einfach nur zu und höre mir selbst zu, wie ich ihr zuhöre. Vera hatte den armen Adrian vor anderthalb Monaten aufgelesen, auf eine Art, die nur sie draufhat. Er lief ihr im Bahnhof über den Weg, als er versuchte, sich vor der Bahnhofspolizei zu verstecken. Er schnorrt sie um Geld an, sie nimmt ihn zu sich mit nach Hause, um ihm was zu futtern und die abgelegte Kleidung ihres Exfreundes zu geben. Aus irgendwelchen unerfindlichen Motiven finden die beiden Gefallen aneinander und Adrian verbringt die Nacht mit Vera. Und bleibt bei ihr hängen.

»Hat er dir erklärt, in welcher Art von Schlamassel er steckte?«, frage ich sie, während sie sich einen Nachschlag Zampone einverleibt. Es scheint, als hätte sie schon länger nichts mehr gegessen, und vielleicht ist dem auch so.

»Ja und nein. Er hat gesagt, dass er dort, wo er vorher war, Scherereien bekommen hatte. Ich glaube, es ging um die Aufenthaltsgenehmigung.«

»Du hast ihn nicht gefragt?«

»Das war doch seine Angelegenheit, oder?«

»Jetzt ist es aber unsere Angelegenheit, meine Liebe. Irgendeine Idee?«

Sie fetzt hasserfüllt an der Bratenscheibe herum. »Ich weiß nur, dass er in Turin war. Er wohnte in einem Nachtasyl. Bei einem Priester mit spanischem Namen.« Sie überlegt. »Molinas, glaube ich.«

Turin. Ich höre die Götter lachen.

Die Ménage von Adrian und Vera wird ein paar Wochen lang ruhig fortgeführt. Adrian beginnt, unregelmäßig bei der Kolonne zu arbeiten, und eines schönen Tages kommt er mit einem Freund nach Hause: Ismail.

»Den hast du auch aufgenommen?«

Sie zuckt mit den Schultern. »Du hast ihn doch gesehen, oder? Er ist ein ruhiger Typ. Und er sollte ja auch nicht lange bleiben, nur so lange, bis er eine Wohnung gefunden hat. Was sollte ich machen? Adrian hatte ihn ins Herz geschlossen.«

Ja richtig, was sollte sie machen? Eine Woche später stößt der ungelegene Dritte dazu: Sami. An diesem Punkt legt Vera ihr Veto gegen weitere Neuankömmlinge ein. Noch ein

Fremder in der Wohnung, und sie flögen alle raus. Die Situation stabilisiert sich. Man teilt sich die Kosten und die Hausarbeit.

»Die Abende verbrachten sie mit Schachspielen. So ein öder Quark. Kannst du das?«

»Ein wenig.« Mein Partner und ich hatten eine Art Briefschach gespielt. Sobald einer von uns wach war, machte er seinen Zug. Ich habe damit aufgehört, weil immer er gewann. »Fühlst du dich jetzt in der Lage, über vorgestern zu sprechen?«

»Ich muss ja«, erwidert sie grimmig. Sie ist beim Tiramisu angekommen. Sie schlingt es herunter.

Am Tag des Mordes hatte Vera ab zehn Uhr morgens Schicht in der Fabrik. Ehe sie sich dorthin begibt, begleitet sie Ismail und Sami zur Post, damit sie dort eine Einzahlung vornehmen können. Sie wollen ein paar Lire per Postanweisung nach Hause schicken. Vera geht mit, um ihnen bei den Formalitäten zu helfen. Nachdem das erledigt ist, fahren die beiden Vera zur Fabrik. Sie behalten den Wagen, weil sie zu einer Arbeit am anderen Ende von Cremona müssen. Adrian hat frei, oder er hat keine Lust zu arbeiten, das ist nicht ganz klar. Ismails und Samis Aufgabe ist es, die Bücher im Keller eines Privatarchivs einzupacken.

Was von da an geschah, hat Vera einem Polizisten entlockt, der etwas freundlicher war als die anderen, während sie darauf wartete, entlassen zu werden. Ismail und Sami arbeiten, gegen Mittag machen sie eine Pause, weil ihnen die Kartons ausgegangen sind. Sie trinken einen Aperitif und kehren zurück nach Hause. Nach Ansicht der Polizei streiten sie sich dort aus noch zu klärenden Gründen mit Adrian, dann töten sie ihn und flüchten, wobei sie ein Auto knacken, das in der Nähe des Hauses geparkt war. Sie werden dabei überrascht und zu Fuß von einigen Passanten verfolgt. Deswegen konnte man sie auch so rasch festnehmen. Ein aufmerksamer Mitbürger hatte sich das Nummernschild notiert.

Ende der Erzählung. Wir sprechen von etwas anderem, ich versichere Vera mein Interesse an dem Fall. Ich habe mir noch keine klaren Vorstellungen gemacht; ich brauche Zeit, darüber nachzudenken, und den Willen, ihr zu glauben.

Um zwei Uhr nachts schicke ich sie nach Hause, als sie vor Müdigkeit und Alkohol anfängt zu schwanken, während die Kellner die letzten Stühle hochstellen. Ich bleibe auf meinem Platz, in Gesellschaft meiner schlimmen Gedanken und meines Notizblocks.

Der gottverdammte Wirt kommt vorbei und drängelt. »Muss ich dich erst mit dem Besen raushauen?« Vom Volumen und dem Schnauzbart her könnte er Orestes Bruder sein. Vielleicht sind Schnauzbärte ja zwingend vorgeschrieben für Kneipenwirte.

Ich schüttel den Kopf. »Ich muss in Ruhe nachdenken. Lass mir die Schlüssel da, ich lege sie dann unter die Fußmatte. Du wohnst doch immer noch hier oben drüber, oder?«

»Hast du etwa kein Zuhause mehr?«

»Zuhause ist dort, wo das Herz ist, und die Flasche.«

Er schnaubt, dann macht er die Runde, um alle Lichter zu löschen, bis auf das über meinem Kopf. Er lässt das Rollgitter herunter und kehrt noch einmal zurück, um mir den Schlüsselbund zuzuwerfen. »Schließ gut ab und mach kein Durcheinander. Und denk dran, ich setz' dir alles auf die Rechnung, was du trinkst. Ich habe alle Flaschen markiert.«

»Uff.« Als er gegangen ist, höre ich einem Moment mit dem Schreiben auf und vertrete mir im leeren Lokal die Beine. Einen meiner ersten Jobs hatte ich in einem üblen Nachtklub. Der Geruch am Morgen war dort der gleiche, wie jetzt hier, abgestandener Wein und Rauch. Im Gegensatz zu damals gefällt mir das jetzt. Ich gehe hinter die Theke und krame in den CDs. Es gibt nur eine mit Jazz, aber dafür ein Meisterwerk: Miles Davis, *You are under arrest.* Das scheint mir gerade passend, daher schiebe ich sie in den

Player, die Lautstärke weit heruntergeschraubt, dann kehre ich mit einer frischen Flasche Bourbon an meinen Tisch zurück. Ich schreibe:

Schlussfolgerungen.

Erstens: Sie sind es gewesen. Zumindest hat Vera hundertprozentig nichts damit zu tun, es sei denn, sie wäre in der Lage, Aug in Aug mit dem Unterzeichneten perfekt zu lügen.

Zweite Schlussfolgerung: Sie haben nichts damit zu tun und hatten nur ein Scheißpech. Wären sie nur ein Stündchen eher zurückgekommen, wäre niemand umgekommen.

Frage: Wenn sie es nicht gewesen sind, warum sind sie dann nicht mit Veras Auto abgehauen? In dem Fall wären sie jetzt noch auf freiem Fuß.

Antwort: Vielleicht wollten sie ihre Gastgeberin nicht mit hineinziehen. Wenig und nur unausgegorene Einfälle.

Frage: Wenn sie es gewesen sind, warum haben sie ihren Freund nicht nachts in einem Wald fertig gemacht?

Antwort: Heftiger Streit aus heiterem Himmel.

Frage: Wenn sie es gewesen sind, warum konnten sie die Leiche nicht verschwinden lassen? Oder es zumindest versuchen?

Antwort: Panik wegen der Schreie.

Frage: Sind das Typen, die in Panik geraten?

Antwort: Nein, und sie wirken auch nicht so blöde, solch eine Sauerei zu veranstalten, zumindest nicht auf den ersten Blick.

Frage: Es gibt daher begründete Zweifel an ihrer Schuld.

Antwort: Ja, verfluchte Kacke.

Ich stehe erneut auf und tänzele zu den Klängen von Miles mit dem Glas in der Hand durch die Bar. Ein Spiegel wirft mein Bild zurück, wie ich im Halbdunkel vor mich hin kreisele. Ein leicht verquollener Blödmann. Da setze ich mich lieber wieder hin. Ich lese mir noch einmal durch, was ich geschrieben habe, und ändere hier und da noch ein paar

Kommata. Dann füge ich noch einige Unterstreichungen und Randbemerkungen hinzu. Ich reiße die Blätter aus dem Block und lege sie vor mir hin, bereit für meinen Partner. Er muss sie unverzüglich lesen, ich brauche seine Meinung. Glücklicherweise habe ich gelernt, auf Kommando einzuschlafen, indem ich mich auf meinen Herzschlag konzentriere. Es gelingt mir problemlos. Ich schwebe davon.

Das Gesicht und das rechte Knie tun ihm weh, er fühlt sich aufgedunsen vom Alkohol und dem Essen. Er zieht schnuppernd die Luft ein. Er ist sehr geruchsempfindlich, teils von Natur aus, teils antrainiert. Zigaretten, Whisky, Menschen. Der Menschengeruch ist fast verflogen. Er öffnet die Augen in der Gewissheit, allein zu sein. Er hat Recht.

Es ist ein Restaurant. Er tut so, als müsse er gähnen, und wendet den Kopf. Niemand da. Gedämpftes Licht, Musik aus den Lautsprechern. Er nimmt sich zwei Sekunden Zeit, um den Tisch zu untersuchen. Blätter. Sie stellen keine Bedrohung dar. Er kann sie im Moment ignorieren. Er steht auf, schaut in den Nebenraum. Leer und dunkel. Er inspiziert die Toilette: leer. Er beugt sich hinter die Theke. Aufleuchtende LEDs an der Stereoanlage. Er macht sie aus und genießt die plötzliche Stille. Sie ist so tröstlich wie eine alte Decke. Er lauscht. Schritte auf der Straße, Autos, Wasser in den Rohren.

Keine Bewegung.

Er wartet sechzig Herzschläge ab ohne zu atmen.

Immer noch nichts.

Er kehrt zum Tisch zurück, dreht den Stuhl so, dass er den Eingang im Blick hat. Der Spiegel an der Wand zeigt die Tür in seinem Rücken. Es ist eine gute Position, aber der wenig vertraute Ort macht ihn nervös.

Ehe er zu lesen beginnt, analysiert er aufmerksam die Anordnung der Blätter. Könnte die Tatsache von Bedeutung sein, dass das erste leicht schräg über dem zweiten liegt und dass das dritte rechts oben eine umgeknickte Ecke hat? Er beschließt, dass dem nicht so ist, sein Gesprächspartner ist nie so subtil. Leider. Er empfindet für ihn etwas, was ziemlich nahe an Mitleid herankommt. Aber nur für einen kurzen Moment, dann vertieft er sich in die Lektüre, wobei er alle zehn Zeilen einen schnellen Blick in den Spiegel wirft.

Er faltet jedes Blatt einzeln, zerreißt es zehn Mal und steckt die Fetzen ein. Dann reißt er ein neues Blatt vom Block und legt es in die Mitte des Tisches, perfekt ausgerichtet. Er findet es überhaupt nicht gut, in etwas heineingezogen zu werden, das seinem Gefühl nach nichts für ihn ist. Er kann sich nicht heraushalten, aber er kann seine Bedingungen stellen.

Und die schreibt er nieder.

Dann schläft er wieder ein.

10

Priester, Ministranten, der Leichenwagen mit dem Sarg und zwei Blumenkränzen. Vera geht dahinter in ihrem Anorak, den roten Springerstiefeln und einer großen verspiegelten Sonnenbrille. Zu ihrer Rechten der Unterzeichnete, mit einer irgendwo gefundenen Krawatte, der ihre Hand hält, zu ihrer Linken die Einzige ihrer Freundinnen, die sich zum Kommen herabgelassen hat, Roxie, ein kleiner, schon längst aus der Mode gekommener Grufti mit bleicher Haut, die von der Kälte gerötet ist, und Katzenaugen. In der zweiten Reihe der Ehrenpage, Lamberto, in einer schweren Kutte, die über den Boden schleift, einem silbern bestickten Gewand und Mönchssandalen. Ganz in Weiß gehalten, der orientalischen Trauerfarbe. Ein Stück dahinter der Elefant, schwarzer Anzug mit passender Krawatte. Er ist ins Gespräch mit Alex vertieft, dem Rest meiner Sturmtruppe.

Neben dem Elefanten ist Alex der Mensch, an den ich mich am liebsten wende, wenn ich jemanden brauche: Er kann austeilen trotz seiner ein Meter achtundsechzig, Brillengläsern noch dicker als meine und einem tauben Ohr, und er bleibt stets völlig ruhig, auch im größten Durcheinander. Er hat seine Erfahrungen im Gestrüpp abseits der Legalität gesammelt, in den Jahren, als er noch an der Nadel hing. Vor ein paar Jahren habe ich mich getraut, ihm von meinem Partner zu erzählen. Und sein einziger Kommentar dazu war: Also deswegen bist du so ein Arschloch.

Auch Alex ist schwarz gekleidet; er und der Elefant wirken wie die Blues Brothers in der Karnevalsversion. Sie sind wirklich dicke Freunde, so dicke, dass die jeweiligen Freundinnen eifersüchtig sind.

Dahinter folgt Mirko Bastoni in elegantem Zweiteiler und Kamelhaarmantel, müdem Gesicht und einem Zwei-Tage-Bart. Er sieht jünger aus als seine vierzig Jahre, und Roxie himmelt ihn bewundernd an. Wenn sie wüsste, dass er Anwalt ist, hätte sie wahrscheinlich Fantasien von nackten Männern in Hermelinroben.

Auf dem Bürgersteig herrscht ein Gedränge wie auf dem Jahrmarkt. Die Bürger gaffen uns beim Vorüberziehen geifernd an.

Glücklicherweise haben wir das Recht auf eine kleine Eskorte: sechs militante Mitglieder des Borboni, eines selbst verwalteten Sozialzentrums von Cremona, der Stolz aller örtlichen Freigeister. Zwei sind nordafrikanische Einwanderer und tragen voller Stolz ein Laken mit der Aufschrift *Nein zur Diskriminierung!*, die anderen sind Italiener, overfünfzig, overbärtig und oversized. Ich kenne sie alle, sie haben sich im Sozialzentrum Leoncavallo rumgetrieben, als auch ich dort verkehrte. Keiner von ihnen begrüßt den abtrünnigen Verräter, der zum halben Bullen geworden ist. Sie würden mich liebend gerne mit den trauergeränderten roten Fahnen verprügeln.

Auch die Staatsgewalt ist mit einer Delegation vertreten: zwei Zivilbeamte vom Antiterrorgeheimdienst Digos, mit der Miene derjenigen, die das kürzere Stäbchen gezogen haben. Der Ältere, korpulent und in Ehren ergraut, nickt mir einen herzlichen Gruß herüber. Er arbeitete in Mailand und er war keiner von der üblen Sorte. Wir hatten ihn Unterbüx getauft, weil ihm einmal bei einer Schlägerei anlässlich einer Demonstration die Hosen abhanden gekommen waren. Auch Unterbüx und sein Kollege werden eskortiert von zwei Wagen der Carabinieri, die im Schritttempo zehn Meter hinterherfahren.

Den Abschluss bilden zwei Verkehrspolizisten: Der eine ist zu Fuß und würde den Verkehr im Falle eines Volksaufstands unverzüglich stoppen; der andere ist mit dem Fahrrad da und würde für Verstärkung sorgen.

Gute wie Böse laufen wir durch den mit Eis gemischten Nieselregen, und nach zwanzig Minuten erreichen wir die kleine Kirche von Sankt Dingensheim. Ich gehe mit hinein zur Messe. Ich habe keine Lust, zuzusehen, wie sich Bullen und Militante zum Angriff bereit gegenüberstehen, und außerdem hoffe ich, dass es drinnen wärmer ist.

Es ist ein Kühlhaus.

Auf den Bänken verteilt sitzen drei alte Weiblein sowie ein Fotograf, der sich geschickt in den Schatten des Beichtstuhls gedrückt hat. Der Elefant tut so, als würde er stolpern, und stürzt auf ihn drauf, wobei die Kamera zu Boden fällt. Ich stelle einen Fuß darauf, ehe der Typ sie aufheben kann.

»Ich mache nur meine Arbeit«, flüstert er. Er trägt einen herabhängenden Schnurrbart und sieht jämmerlich aus.

»Ich auch, Bruder. Husch.« Ich bewege den Fuß und die Kamera schlittert über den Marmorboden. Alex nimmt den Pass an und kickt sie zur halb offenen Tür hinaus. Er hebt zwei Finger, und seine Lippen bilden das Wörtchen ›Tor.‹ Der Fotograf geht kopfschüttelnd hinaus. Wir bleiben und folgen der Messe, die bald mit einer kurzen und wenig einfallsreichen Homilie endet. Ich höre nicht allzu genau hin.

Wenn Gott existiert, dann kann er mich nicht leiden und darf auch nicht erwarten, dass ich allzu viel auf seine Fürsprecher gebe.

Wir steigen in die Autos und folgen dem Leichenwagen bis zum Friedhof. Ich steige zu Alex in den Wagen.

»Dein Partner ist nicht zufrieden«, sagt er.

»Was für eine Neuigkeit.«

Er guckt mich schief an. »Es befremdet mich, zu erfahren, dass ihr euch nicht einig seid.«

»Wir streiten uns schon wegen der Gardinen im Klo, da kannst du dir alles Weitere wohl lebhaft vorstellen.« Ich blicke nach draußen. Die ersten Zypressen tauchen auf. »Keiner von uns beiden hat sich den anderen ausgesucht und unsere Geschmäcker sind auch verschieden. Also ...«

»Also wird dir früher oder später der Kopf explodieren«, schlussfolgert er überaus fröhlich.

Fünf Minuten später sind wir da und steigen aus in den strömenden Regen. Die Bullen haben Schirme mitgebracht und stehen im Trockenen. Alle anderen nicht.

Adrians Sarg wird in einer Grabnische in drei Metern Höhe verstaut. Er wird in Italien beerdigt, da sich keine entfernten Verwandten gemeldet haben, um seine sterblichen Reste einzufordern. Es scheint, als habe er auf der Welt bloß Vera und die zwei Freunde gehabt, die ihn wahrscheinlich umgebracht haben.

Wir warten, bis der Totengräber mit den Mauerarbeiten fertig ist, dann kommen wir alle am Ausgangstor zusammen. Die Militanten umarmen Vera, rollen ihre Spruchbänder ein und gehen zusammen mit Lamberto weg. Desgleichen halten es die Uniformierten, die ihnen ganz gemächlich die Allee hinunter folgen. Wir blicken ihnen nach, bis sie hinter dem Horizont verschwunden sind.

»Wer war denn der Magier Zurlì?«, fragt Mirko und zündet sich eine völlig verkrumpelte Zigarette an.

»Mein Arzt.«

»Das erklärt manches.«

»Und nü?« Der Elefant hat sich die Krawatte abgenestelt.

»Und nü stellen wir uns vor. Vera, das sind Marco, genannt der Elefant, und Alex. Sie werden uns helfen.«

»Angenehm.« Sie ist verblüfft. »Sind das deine Kollegen?«

Die beiden Schufte lachen. »Ja, in der Armut«, sagt Marco.

»Nicht ganz. Der Elefant ist Informatiker und Alex ein Banker mit halber Stelle, aber sie wissen, wie sie bei Geschichten wie deiner mit anpacken können. Auch wenn sie nicht danach aussehen.«

»Vielen Dank«, grummelt Alex.

»Wohingegen dieser gut aussehende Mann hier der berühmte Mirko Bastoni ist, von dem ich dir schon erzählt habe. Er ist ab jetzt dein Anwalt. Er weiß mehr oder weniger über alles Bescheid.«

»Ich möchte trotzdem noch ein bisschen mit Ihnen reden, wenn es Ihnen nichts ausmacht«, wirft Mirko ein. Mit seinen Klienten ist er immer förmlich, auch mit denen, die nichts bezahlen. »Meinen Sie, dass wir später irgendwohin gehen können, wo es etwas ruhiger ist?«

»Ja natürlich«, Vera wirkt immer verstörter. »Entschuldigen Sie mich einen Moment?« Sie packt mich und zieht mich ein paar Schritte von den anderen fort.

»Was hast du?«, frage ich sie.

»Brauche ich wirklich all diese Leute? Ich habe eigentlich nicht vor, andere Personen mit hineinzuziehen.«

»Ein guter Anwalt ist für dich unerlässlich, damit du nicht im Knast landest«, erkläre ich ihr. »Die anderen beiden brauche ich: Sie werden sich in Cremona ein wenig umhören, während ich unterwegs bin.«

Diese Neuigkeit passt ihr überhaupt nicht. »Unterwegs wohin?«

»Ach je.« Ich hatte versucht, die Auflagen meines Partners so weit wie möglich zu verdrängen. Nur steckt die Zugfahrkarte bereits in meiner Tasche. »Das einzig Interessante, das du mir über Adrian erzählen konntest, ist, wie er in Cremona angekommen ist. Er ist geflüchtet, vor irgendetwas oder irgendjemandem. Ich muss nach Turin, um herauszufinden, was ihm Angst eingejagt hat.«

»Vielleicht spielt das gar keine Rolle.«

»Vielleicht, und vielleicht lachen auch die Hühner darüber, dass unser Killer von so weit her kommen soll, aber ich muss jeden Zweifel ausräumen.« Ich lege ihr die Hände auf die vom Regen durchweichten Schultern. »Und, da will ich gar nicht lange drum herum reden, ich muss diese ganze hübsche Unternehmung auch irgendwie finanzieren. Deshalb habe ich dort einen Auftrag angenommen.«

»Für wen?«

»Lassen wir das lieber.«

Zweiter Teil

Sekretärinnen-Cha-Cha-Cha

1

Meine Ankunft abends in Turin versetzt mir einen Schauder seniler Erinnerungen: Hier war es, wo ich einen meiner ersten Jobs fern von zu Hause hatte. Kaum raus aus dem Zug trieb irgend so ein Obermufti mich mit anderen Verlorenen zusammen, und danach verbrachte ich meine Stunden hauptsächlich damit, mir an der Absperrung zu irgendeiner Sporthalle oder einem Zelttheater in die Hände zu blasen, um sie zu wärmen. Ich sollte die Leute ohne Eintrittskarte erwischen, die darüber kletterten, aber ich tat nur so. Ja, die *Shadow-Agentur:* niedrige Bezahlung, große Zukunft.

Nach all der Zeit, die vergangen ist, kann ich heute immer noch nicht sagen, ob mir die Stadt gefällt. Sie hat viel von diesem Achtzigerjahre-Flair, mit diesen Lokalen in Echtholz, dieser vagen Wehmut nach Fabrikluft, mit all den Biker- und Punkergruppierungen, den Süchtigen, die auf der Straße dealen und fixen. Und auf der anderen Seite dieser merkwürdig wohltuende Fata-Morgana-Effekt. Du läufst eine Straße im Alphaville-Stil entlang, dann biegst du um eine Ecke und befindest dich mitten auf einem riesigen und hellen Platz oder inmitten eines Multi-Kulti-Völkchens, das in Ethno-Lädchen hin und her wuselt: fast schon wie Paris, fehlen bloß noch die *bateaux mouches.*

In Anbetracht der späten Stunde und eines Koffers ohne Rollen ist mir nicht danach, unverzüglich den verblassenden Spuren Adrians nachzuspüren. Ich setze mich an ein Tischchen in einer Passage im Zentrum, trinke etwas und meine Laune verschlechtert sich immer mehr. Ich habe einen Auftrag angenommen, den ich nicht mag, um damit sinnlose Nachforschungen zu bezahlen, die mir nichts als einen Haufen Scherereien einbringen. Kurz gesagt, ich habe mich anscheißen lassen, und ich habe es nicht einmal bemerkt. Und dabei bin ich noch in Rekonvaleszenz, verflucht nochmal.

Der Alkohol lässt mich vor mich hin brummeln, die Touristen um mich herum beginnen schon, mich anzustarren. Ich verabschiede mich mit einer Verbeugung und schleppe mich zu dem Zimmer, das Scotti für mich in einem Zwei-Sterne-Hotel reserviert hat. Es liegt am Rande des San-Salvario-Viertels, in dem der Einwandereranteil bei tausend Prozent liegt. In ein paar Jahren wird es da vermutlich so fröhlich zugehen wie in einer Kasbah; jetzt allerdings, mit all den leeren Läden, die zum Verkauf stehen, sieht es aus wie Sarajevo. Dafür ist das Hotel Texas nicht völlig zum Kotzen. Wohl mangelt es an Reisenden mit Zaster, aber man sieht weder Mäuse noch Scharen von Straßenhuren vor der Tür. Die vergilbten Tapeten und der muffige Geruch jedoch sind deprimierend, ebenso der Weihnachtsbaum in der Eingangshalle. Völlig krumm und schief blinkt und flackert er im Takt des Surrens des Netzteils, und ich fühle mich wie ein Waisenhauskind, das auf Geschenke wartet, die ihm niemand bringen wird. Und auf dem Zimmer natürlich keine Minibar.

Elf Uhr abends, null Schlaf. Ich überrede den Nachtportier zu diversen Pokerrunden hinter der Theke. Aus dem Kassettenrekorder dudelt Gloria Gaynor. Um zwei Uhr hat mir dieser grauenhafte Mensch den Gegenwert von einer Wochenmiete abgeknöpft. Um vier Uhr morgens entschuldige ich mich für einen Augenblick, gehe auf die Toilette in der Eingangshalle, setze mich aufs Klo, schließe die Augen und erlebe einen der schrecklichsten Träume meines Lebens.

Ich bin in Veras Wohnung, zusammen mit Adrian. Er sieht so aus, wie ich ihn auf den Fotos gesehen habe, in Unterhosen und blutüberströmt, aber auf den Beinen und sehr aktiv. Die Wunde im Gesicht sieht aus wie ein übertriebenes Lächeln.

»Warum lässt du mich nicht in Ruhe?«, fragt er mich.

Ich stehe mit dem Rücken an die Wand gepresst und habe

weiche Knie. »Ich möchte dich nicht belästigen«, bringe ich gerade noch heraus.

Er steckt sich einen Finger durch die Backe. Das Blut sickert langsam an ihm herunter. »Und was ist damit?«

»Das war ich nicht.«

Er lacht, und während er lacht, fallen ihm die Zähne aus dem Mund und kullern übers Kinn auf den Boden. Sie klicken wie Münzen. »Aber sicher bist du das gewesen. Du hast den Wunsch geäußert und der Gott der Huhnes hat dich erhört.«

»Ich konnte doch nicht wissen, dass es einen Gott des Huhnes gibt.« Ich drücke mich an der Wand entlang und taste mit den Händen nach der Tür. Ich weiß genau, dass sie irgendwo dort sein muss. Wenn ich mich umdrehen könnte, könnte ich fliehen. Aber ich kann den Blick nicht von Adrians Augen abwenden. Sie sind riesig, mit einer tanzenden Flamme darin. Und meinem Spiegelbild, klein, an die Wand geklebt.

»Es gibt in allem einen Gott, im Huhn wie im Messer«, sagt er. »Und auch in Projektilen. Schau dich an.«

Auch ich blute. Die Wunde auf meiner Brust hat sich wieder geöffnet. Ich versuche, das Blut aufzuhalten, aber meine Hände versinken im Fleisch. Ich fühle das Auf und Ab der Lungen unter meinen Fingern pulsieren, und wie sie aufhören zu atmen.

Plop, mein Partner lädt mich vor dem Verlagshaus ab. Von einem Albtraum zum nächsten. Er hat sich einen Zentimeter vor der Eingangstür in seine Hälfte des Gehirns zurückgezogen, mein Finger liegt auf der Klingel. Ich lese seinen Kurzbericht, während ich den Knopf drücke: Er hat beim Pokern all das wiedergewonnen, was ich verloren hatte, plus Zinsen. Unbegrenzter Kredit in der Bar, nicht schlecht.

Das Klingeln löst keinerlei Bewegung aus. Ich öffne mir selbst.

Der Verlag ist nicht das heruntergekommene Loch, das ich mir vorgestellt hatte, sondern hübsch ausstaffiert und hell. Die Räume sind ringförmig um den Treppenhausschacht angeordnet und gehen nach außen. Scotti kommt mir entgegen und hebt die Arme zum Himmel. Er muss mich gerochen haben. »Sandrone!«, ruft er. »Das wurde aber auch Zeit! Komm, komm in mein Büro.«

Er geleitet mich in sein Chefzimmer mit der Standard-Chefzimmereinrichtung: Schreibtisch aus Mahagoni-Imitat, Kunstledersessel, an der Wand ein Poster im Riesenformat mit Scotti auf einem Bücherstapel, so wie einst Citizen Kane auf dem Stoß Zeitungen. Auf dem Schreibtisch Unmengen von Fotos leicht bekleideter Frauen.

Scotti sieht, dass ich sie bemerkt habe, und zwinkert mir zu. »Für die Einbände, hey. Nicht dass du denkst, ich sei ein Sexbesessener.«

»Aber woher denn«, lüge ich und nehme Platz.

Er lümmelt sich hinter den Schreibtisch, Füße darauf und Hände auf dem Bauch. Er erkundigt sich nach der Fahrt und dem Hotel, ich beruhige ihn hinsichtlich meiner Befindlichkeiten.

»Also, erzähl mir, was du vorhast«, sagt er. »Organisierst du ein Treffen zwischen den Hausbesetzern und mir, oder arrangierst du dich allein mit ihnen?«

Das fängt ja gut an. »Ein Treffen weswegen?«

»Wie weswegen?« Er wirkt verdutzt. »Um einen Waffenstillstand zu schließen. Waren wir nicht so verblieben?«

»Nein.«

»Was heißt hier nein?«

Ich atme tief durch. »Nein wie nein. Ich bin hier, um dafür zu sorgen, dass es bei dem Fest keine Scherereien gibt. Punkt. Das, was vor meiner Ankunft passiert ist, betrifft mich nicht. Dafür ist die Polizei zuständig, ich möchte mich da nicht einmischen. Und dann erklär mir doch bitte eines: Warum wurde in keinem einzigen Artikel der Drohbrief erwähnt?«

Eine leichte Röte färbt seinen großen Schweinsrüssel. »Hmm,« antwortet er.

»Hmm?«

»Ich dachte, das wäre eine schlechte Publicity.« Harr, harr. »Ich habe ihnen den Teil des Zettels gegeben, auf dem nichts stand.«

»Sehr hilfreich.«

»Es hätten doch Fingerabdrücke drauf sein können, oder etwa nicht? Es war wirklich nicht nötig, das Gerücht in die Welt zu setzen, dass ... na ja ... dass man das Festival boykottieren will. Ich krieg doch sowieso schon genug Schwierigkeiten.«

»Und von dem Brand im Lager hast du mir auch nichts erzählt.«

»Es steht nicht fest, dass das hiermit was zu tun hat. Ich möchte keine ... Verschwörungsatmosphäre schaffen.«

Ich starre ihn eine Weile an und stelle mir dabei vor, wie er an einem Spieß brät. »Wie du willst«, platzt es aus mir heraus. »Ist ja deine Haut. Aber ermitteln werde ich nicht. Ich mache nur das Festival für dich. Punkt.«

»Und warum wolltest du dann schon vorher herkommen?« Die Röte hat sich über sein ganzes Gesicht ausgebreitet, aber jetzt nicht mehr aus Scham. »Darf ich dich daran erinnern, dass ich deinen Aufenthalt *bezahle!*«

»Ich muss das Terrain sondieren.«

»Du hättest pendeln können.« Auch die Ohren sind jetzt rot. Ich warte darauf, dass Dampf herauskommt. »Anstatt hier auf *meine Kosten* zu übernachten.«

»Was wird dich diese erbärmliche Absteige schon kosten ...«

Wir streiten uns ein paar Minuten wie Donald und Dagobert Duck. Um dem ein Ende zu bereiten und um zu vermeiden, dass er mir die Spesen kürzt, verspreche ich schließlich, ein paar Informationen im Umfeld der besetzten Sozialzentren zu sammeln. Ich sage ihm nicht, dass sich meine Kontakte auf Relikte meiner Generation beschränken, die noch dazu bei meinem Anblick rotsehen, und auch nicht, dass ich eventuell wenig erfreuliche Nachrichten für mich behalten werde. Ich sage nichts, bleibe ganz ruhig, aber Scotti scheint das zu spüren, da er, als wir uns die Hand drauf geben, nicht eben glücklich dreinschaut. Dann geht er zur Tür und ruft lauthals nach einer gewissen Svetlana. Sie schlendert seelenruhig herbei und ist eine angenehme Überraschung. Hübsch und gertenschlank, ein umwerfendes Lächeln. Sie hat salatgrün gefärbte Haare, was aber nicht weiter stört.

»Sandrone, das hier ist Svetlana Minareva, meine Sekretärin«, sagt Scotti. »Sie ist außerdem die Redaktionssekretärin, die PR-Assistentin et cetera. Das hier ist Sandrone, unser Schutzengel. Möglicherweise«, ergänzt er säuerlich.

Ich schüttle ihre Hand. »Der beste Mann mit dem schlechtesten Posten. Angenehm.«

»Angenehm. Duzen oder siezen?« Sie hat einen leichten Pugacioff-Akzent, wie der russische Wolf aus dem Comic, keineswegs unangenehm.

»Duzen, danke.«

»Svetlana, klapperst du mit ihm mal alles ab? Ich muss wieder an die Arbeit und die Einbände aussuchen.« Jetzt bricht der Chef in ihm durch. »Hier macht ja sonst kein Schwein etwas, Scotti muss immer an alles denken.« Er hat immer noch einen Hals wegen der Streiterei mit mir.

»Natürlich. Soll ich dir erst mal die anderen vorstellen?«, fragt die holde Maid.

»Danke.«

Das erste Zimmer ist das des Buchhalters, Carmelo, der einen höckrigen Zinken und weiße, sauber gescheitelte Haare hat. Er ist in den Sechzigern und raucht eine von diesen toskanischen Aniszigarren, die all denen schmecken, die verrückt nach aromatisierten Tumoren sind.

»Ich habe sie gefunden«, legt er gleich los, ohne mich zu grüßen.

»Was?«

»Na die Bombe, herrje«, entrüstet er sich. »Sie lag auf dem

Fußabtreter. So ein Päckchen, es sah aus wie ein ganz normales Päckchen. Ich habe einfach angenommen, dass es Bücher waren, aber das würdest du auch, bei all den Büchern, die man uns schickt.«

»Ich danke Ihnen, dass Sie mir das gesagt haben, aber eigentlich …«

Er lässt mich nicht einmal ausreden. »Also habe ich es genommen und auf Francos Schreibtisch gelegt. Ich war derjenige, der sie gefunden hat, weil ich immer der Erste bin, der ins Büro kommt. Jeden Morgen um acht Uhr, Samstag eingeschlossen.«

»Ich werde Sie für den Nobelpreis vorschlagen.«

»Jawohl, jeden Morgen um acht Uhr, Samstag eingeschlossen«, wiederholt er mit ersterbender Stimme.

Ich beuge mich über die Barrikade aus Papierkram. Er ist in perfekter Buchhalterpositur eingeschlafen, in einer Hand den Stift und mit der anderen das Papier festhaltend.

Svetlana nimmt mich am Arm und zieht mich hinaus, wobei sie mir ein Zeichen gibt, leise zu sein.

»Passiert ihm das öfter?«, frage ich sie.

»Ja, der Arme hat Diabetes. Aber er ist bald wieder wach, falls du ihn noch weiter befragen möchtest.«

»Ich denke nicht einmal daran.«

Sie führt mich zu nächsten Tür. »Stimmt es, dass du uns alle ins Kreuzverhör nimmst?« Sie hat ein silberhelles Lachen, wie eine etwas zu groß geratene Fee Glöckchen.

»Wer hat denn diesen Blödsinn verzapft? Sag nichts … Scotti.«

»Aber sicher doch.«

»Damit ich mich gleich herzlich willkommen fühle.«

»Wenn du mich befragen willst, ich bin bereit.«

Sie sagt das in einem völlig neutralen Ton, aber ich habe als kleiner Junge viele Pornoheftchen gelesen, sodass mir ein Hormonstoß direkt in den Herzmuskel fährt. Ich muss mich an der Wand abstützen, um nicht zu stürzen.

Im nächsten Zimmer, doppelt so groß wie Scottis, arbeiten zwei Angestellte an vier Computergroßbildmonitoren mit leichten Abnutzungserscheinungen. Die erste, in weite Wollstoffe gehüllt, muss so viel wie Scotti wiegen, aber die Masse ist viel schlechter verteilt. Sie hat einen rasierten Schädel und ein Tattoo auf der Stirn. Verbissen starrt sie auf die Tastatur und dreht sich nicht einmal um, als Svetlana sie als Edith vorstellt. Der zweite, mit dem Aussehen eines fanatischen Vielsportlers, tanzt in Shorts und T-Shirt herum, auf den Ohren die Kopfhörer eines Walkman. Blond, mit schulterlangen offenen Haaren, um die dreißig, ganz helle Augen. Surfer-Bräune. Er heißt Panz. Tanzen scheint zu seiner Arbeitsweise zu gehören. Er tanzt und bewegt die Maus und verändert so die Zeichnung auf dem Bildschirm. Eine halbnackte Frau, die von den Tentakeln eines Riesenkraken umschlungen ist.

»Gefällt es dir?«, schreit er.

Ich gebe ihm ein Zeichen, die Kopfhörer abzunehmen, wenn er sich unterhalten will. Er zieht eine Muschel weg. »Ich hätte dich auch so verstanden«, sagt er. »Also, gefällt es dir?«

»Ist das Werbung für eine Fischhandlung?«

»Du bist vielleicht nett. Nein, es ist der Umschlag für *Horror vom zehnten Planeten.*«

»Nach der Handlung frage ich wohl lieber nicht.«

»Du wirst ja immer netter.« Er mustert mich aufmerksam. »Bist du der Kerl, der die Bombenleger finden soll?«

»Nicht ganz. Ich organisiere bloß den Sicherheitsdienst bei der Party.«

Er schüttelt mir mit seiner Riesenpranke die Hand. »Na dann, viel Glück. Wir hoffen inständig, dass bis dahin niemand unseren Chef abmurkst.«

Edith meldet sich aus dem Hintergrund. Sie hat sich wohl aus ihrem Bann gelöst. »Was erzählst du denn da? Der arme Franco, nach all dem, was hier passiert ist.«

»Der arme Franco«, äfft er ihr Lispeln nach. »Das arme unverstandene Dickerchen. Sag mal, Detective, ist da was dran an dieser Geschichte, oder hat sich unser Fettwanst das alles bloß ausgedacht?«

»Meinst du, dass es ein Bluff sein könnte?«

Edith steht mit raschelnden Gewändern auf und quetscht sich zwischen mich und den Blonden. »Er meint es nicht so, er sagt das nur, weil er gerne scherzt. Nicht wahr, Panz?«

Er stülpt ihr die Lippen zu einem lautlosen Maulfurz hin, dann wendet er sich wieder dem Bildschirm zu und setzt die Kopfhörer auf. Edith mustert mich einen Moment zu lange. Als ich schon glaube, dass sie mich gleich küssen wird, leckt sie sich die Lippen und murmelt dann: »Zwillinge?«

»Wie bitte?«

»Zwillinge, dein Sternzeichen. Du hast diese typische Stirn von Zwillingen.«

Ich applaudiere ihr kurz. »Kompliment. Erraten Sie auch den Aszendenten?«

Sie konzentriert sich. »Stier, würde ich sagen.«

»Das ist ja unglaublich. Wirklich.«

Sie reckt stolz ihr Kinn. »Das ist mein Hobby, Astrologie. Fast wie ein zweiter Beruf. Wenn du willst, erstelle ich dir deine komplette Astralkarte.«

»Danke. Ich werde darauf zurückkommen.«

Im Flur schaut mich Svetlana glücklich an. »Ich verstehe mich sehr gut mit Zwillingen.«

»Schade eigentlich, denn ich bin Skorpion mit Aszendenten Krebs.« Ich ziehe sie Richtung Ausgang. »Lass uns was trinken gehen, ehc ich anfange zu schreien.«

Svetlana bringt mich in eine Bar gleich neben dem Verlag. Dieses Viertel ist das Prachtstück von Santa Chiara. Um sechs Uhr abends kommen allmählich die hyperangespannten Gesichter mit ihren diagonal gestreiften, farblich abgestimmten Krawatten hervor.

»Was genau macht das Weib?«

Sie nippt an ihrem Kaffee. Ich ebenso, nur dass meiner aus einer großen Portion mit zwei Schuss Whisky besteht. »Edith? Sie ist Art Director der Lingerie-Reihe.«

»Die Sex-Reihe? Weiß sie denn überhaupt noch, wie das geht?«

»Jetzt werd mal nicht gemein.«

»Bist du sicher, dass sie ganz richtig im Kopf ist?«

Sie zögert. »Ja. Die Ärmste ist nur ein wenig traurig, weil sie keinen Freund hat.«

»Und du, hast du einen?«

Sie gibt mir einen Klaps auf die Finger. »Nein, leider. Man merkt, dass du Skorpion bist.«

»Das war eine ganz unschuldige Frage.« Ich versenke mein Gesicht in der Tasse.

»Und du, hast du eine Freundin?«

»Ja. Seit vier Jahren.« Wenn ich mich recht besinne, müsste in einem Monat unser Jubiläum sein. Als den Beginn unserer Beziehung betrachten wir den Tag, an dem ich ihr im Kampf mit einem Verrückten mit der Geflügelschere in der Hand ins Haus geschneit bin. Wir waren beim Ringen durch Vales Tür geknallt. »Die Tätowierung von Edith habe ich schon mal gesehen, ist das nicht eine von Baba Dingsbums?«

Svetlana nickt. »Bravo. Edith ist bei ihm in Indien gewesen.«

»Und warum ist sie zurückgekehrt?«

»Ihr ist das Geld ausgegangen.«

Es ist der geheime Wunschtraum meines Partners, eine neue Religion zu begründen und sich dann wie Ron Hubbard dumm und dämlich zu verdienen.

Svetlana erzählt mir noch mehr über Edith, die sich anscheinend schon in allen brotlosen Künsten dieser Welt erprobt hat, von der Reiki-Massage bis hin zur Wahrsagerei aus Tiereingeweiden.

»Gibt es denn in eurem Verlag auch jemand Normales?«, frage ich.

»Mich.«

»Nein, du bist anormal schön.«

Erneut ein strahlendes Lächeln. »Wow. Endlich mal jemand, der mir ein paar Komplimente macht.«

»Und zum Essen lade ich dich auch noch ein. Dann kannst du mir ein wenig von deiner Heimat erzählen. Du bist Russin, oder?«

»Ja, aus Moskau.«

»Seit wann bist du in Italien?«

»Seit zwei Jahren.«

»Und wie bist du bei Scotti gelandet?«

Sie zündet sich eine Zigarette an. Ihr Lächeln ist verschwunden. »Ich habe nichts Besseres gefunden.«

»Auf die Ehrlichkeit, *Do dna!*«, sage ich und leere meine Tasse.

Sie schaut mich verblüfft an. »Sprichst du Russisch?«

»Nur ein bisschen. Ich weiß jedenfalls, wie man einen Trinkspruch ausbringt.«

»Dazu braucht man Wodka. Sagen wir morgen Abend?«

»Was?«

»Das Essen, du Dummkopf.«

Ich sage zu und stehe auf, um zu bezahlen und um das lüsterne Aufblitzen in meinen Augen zu verbergen. Während ich vor der Kasse anstehe, betritt Panz die Bar. Er nähert sich Svetlana mit einem breiten Grinsen, hebt die Hand, um sie zu berühren. Dann erblickt er mich und führt seine Bewegung nicht zu Ende.

»Bist du auf der Suche nach uns?«, frage ich ihn.

»Nicht nach dir, Detective. Nach Svetlana. Der Fettwanst will was von ihr. Würde es dir etwas ausmachen, wenn wir schon mal vorausgehen?«

»Nein, den Weg habe ich mir gemerkt.«

Panz zieht sie nach draußen, ich bleibe zurück und hänge einsamen Gedanken über innerbetriebliche Affären nach.

Der Letzte, den ich kennen lerne, ist ein ebenbürtiger Zeitgenosse der vorherigen, Svetlana ausgenommen. Es ist der Cheflektor Raffaele, mit kastanienbrauner Zauselmähne, die ihm über die Brille hängt, und dem typischen Aussehen eines abgehalfterten Professors. Sein Zimmer ist das kleinste von denen, die ich gesehen habe, und voll gestopft mit Manuskripten und Büchern, in Kartons oder auf dem Boden verteilt. Auch das Fensterbrett ist zugestellt, aber da er das Rollo runtergelassen hat, kann sowieso kein Licht hereindringen. Er hat mich schon ungeduldig erwartet. »Ich sage dir gleich, dass ich hinsichtlich der Bombe eine ziemlich klare Vorstellung über die Hintergründe habe.«

»Gut, dann geh zur Polizei und erzähl es ihnen. Sie werden dich mit offenen Armen empfangen.«

Seine Miene verfinstert sich. »Das habe ich bereits versucht. Wenn du mit mir kommst, kann ich es dir erklären.«

Er zieht mich ins Nebenzimmer, den Elefantenfriedhof. Regale bis unter die Decke, voll gepfropft mit Papieren. Unmengen von Staub.

»Weißt du, wie viele Manuskripte wir von Anfängern zugeschickt bekommen?«, fragt er mich, wobei er mit einer Drehung um sich zeigt. »Versuch zu raten.«

»Tausend pro Tag?«

Er klappert mit den Augenlidern und streicht sich den Pony von den Gläsern. »Nein, das gerade nicht. Das wäre dann doch zu viel. Zehn, manchmal das Doppelte. Hier liegen nur die letzten Exemplare, die anderen sind im Keller.«

Es müssen mindestens tausend sein. »Warum schickt ihr sie nicht zurück?«

»Es würde zu viel kosten. Aber wir wollen auch nichts wegwerfen.«

Ich greife mir eines heraus. Es trägt den Titel *Der letzte Kavalier des Universums*. »Das hier sieht doch ganz lecker aus.«

»Das ist Kacke. Grauenhaft.« Hass lodert aus seinen Augen. »Sie sind alle grauenhaft. Keiner liest mehr, aber alle meinen, schreiben zu können. Einige lassen sogar auf eigene Kosten drucken, dann schicken sie uns die komplette Reihe. Wie der hier. Mein persönlicher Favorit.« Er zeigt mir eine Reihe gestapelter Heftchen, in Leder gebunden. »Er hat die Figur eines Vampirdetektivs erfunden und zehn Fortsetzungen davon geschrieben. Er schickt sie mir alle, säuberlich getippt, einfacher Zeilenabstand und gespickt mit Grammatikfehlern. Sie enden alle damit, dass der Vampir den Schuldigen aussaugt.«

»Slurp, slurrpp«, mache ich mit Hühnerpopo-Mund.

Seine Schultern ziehen sich noch weiter zusammen. »Seit geraumer Zeit habe ich immer denselben Albtraum. Ich träume, dass ein Atomkrieg ausbricht und dass durch ein Wunder von allem, was jemals auf der Welt geschrieben worden ist, nur dieser Schund gerettet wird. Unsere Nachfahren würden meinen, dass dies unsere Literatur gewesen sei, obwohl es doch nur Kacke, Kacke, Kacke ist.« Er unterstreicht seine Worte, indem er Stöße von Papier auf den Boden wirft. »Sie würden sie in der Schule studieren. Sie würden sie ...«

»Raffaele, hör zu«, sage ich und ziehe meinen Fuß unter einem kleinen Stapel Heftchen hervor, die aus dem Regal gepurzelt sind. »Das Einzige, was ich im letzten Jahr gelesen habe, war das Schild im Aufzug: *Max. Traglast fünf Personen.* Daher wäre ich dir sehr dankbar, wenn wir jetzt langsam mal zur Bombe kämen.«

»Wovon reden wir denn gerade? So einer wie der Vampir würde alles tun, um berühmt zu werden, ja. Auch töten, ja. Daher habe ich mich darangemacht, die alten Manuskripte noch einmal eins nach dem anderen zu lesen. Ich katalogisiere sie und sortiere sie nach Kategorien. Die Verrückten, die sehr Verrückten und die gefährlichen Verrückten. Es ist eine langwierige Arbeit, deshalb wollte ich mit dir darüber sprechen. Ich brauche deine Hilfe.« Er dreht mir den Rücken zu und kniet sich über einen überquellenden Karton. »Hier sind die vom letzten Monat, du könntest ...«

Ich flüchte.

2

Auf der Straße ist es dunkel und es regnet, öfter mal was Neues: Ich schlage den Kragen meines Mantels hoch und stülpe mir ein Hütchen über den Schädel. Ich irre eine halbe Stunde zu Fuß umher und suche die Adresse, die ich in einer Pinte dem Telefonbuch entnommen habe. Es kostete mich nur drei Telefonanrufe, um den richtigen Ort herauszufinden, und die Anfahrt war einfach. Man kann sich in Turin nicht verlaufen, es ist wie Monopoly quadratisch angeordnet: Wenn ich die Orientierung verliere, rufe ich mir einfach den Stadtplan ins Gedächtnis und stelle mir mich darauf vor, von oben gesehen. Ganz in der Nähe der Piazza del Balôn steht ein altes Lagerhaus. Es ist gedrungen und grau, über der Metalltür tropft eine schadhafte Regenrinne, von den Mauern bröckelt der Putz und wo nicht, sind sie über und über beklebt mit Plakaten der selbst verwalteten Zentren. Eins davon ist von Radio Specchiorosso, mit dem Programm der Sendungen.

Unter einem durchlöcherten Vordach stehen ein Dutzend Nordafrikaner plaudernd beisammen. Ich lächle. »Ich suche Pater Molinas«, sage ich.

Sie ignorieren mich. Ich versuche es mit Englisch, Französich, Arabisch und improvisierter Pantomime. Sie wenden sich angewidert ab. Ich gebe auf und gehe auf gut Glück hinein. Ein Geruch nach Frittiertem, Stimmen hinter den Türen, aus der Ferne ein Radio, aus dem Raï-Musik hämmert. Der Raum, den ich durch die einzige offene Tür erspähe, wirkt wie ein Krankenhauszimmer. Schlechte Erinnerungen, schnell weiter. Über den schummrigen, eisigen Flur schlurfen zwei alte Männer, Decken wie einen Poncho um die Schultern gehängt. Der gebrechlichste hat die Reflexe einer Python. »Hast du was für mich? Hundert Lire?«, nuschelt er, noch ehe er mich richtig angesehen hat.

Ich wühle in meinen Taschen. Eine Hand stoppt mich sachte. Es ist ein Priester mit Elvis-Presley-Tolle in der Tausend-Knöpfe-Ordenstracht. »Lassen Sie es bitte stecken«, sagt er.

»Gibt es irgendein Problem damit?«

»Wir möchten nicht, dass hier drinnen gebettelt wird. Wenn Sie uns helfen wollen, gibt es andere Wege.« Er droht dem Alten mit dem Zeigefinger. »Das weißt du doch, oder?«, sagt er zu ihm. »Warum versuchst du es bloß immer wieder?«

Der andere schnäuzt sich mit den Fingern, dreht sich um und verschwindet zusammen mit seinem Kumpel ins feuchte Dunkel.

Der Priester schüttelt den Kopf. »Es stimmt wirklich, dass man im Alter wieder zum Kind wird.«

»Eine harte Arbeit?«, frage ich ihn.

»Wenn es Arbeit wäre, würde ich es nicht machen.« Er mustert mich. »Kann ich Ihnen helfen?«

»Ich suche Pater Molinas. Sind Sie das?«

»Nein, ich gehe ihm nur zur Hand. Er ist in der Kantine.«

»Ich dachte, dies hier wäre nur ein Nachtasyl.«

»Wir müssen zwangsläufig auch etwas zu essen machen. Und es gibt sogar einen kleinen Aufenthaltsraum, auch wenn der im Moment wegen des Regens unbenutzbar ist.« Er zeigt auf eine rote Metalltür. »Die Kantine ist dort. Ich wollte gerade gehen, aber wenn Sie wollen, bringe ich Sie hin.«

»Ich wäre Ihnen sehr dankbar.« Himmel, was bin ich manierlich, das muss wohl am Oratoriums-Flashback liegen.

Der Saal ist proppenvoll. Um die hundert Personen aller Couleur sitzen an langen Tischen, die aus Brettern und Böcken improvisiert wurden. Weitere fünfzig stehen in kleinen

Gruppen zusammen oder sitzen auf dem Fußboden. Sie essen von und trinken aus Pappgeschirr oder stehen nach ihrer Ration an. Andere stieren vor sich hin. Die dominierende Farbe ist Grau: die Kleidung, die entweder verdreckt ist oder so oft gewaschen, dass sie die ursprüngliche Farbe verloren hat, grau die Gesichter und die Hände. Nackte Neonröhren an der Decke, dicke Kerosin-Öfen in den Ecken. Der einzige Farbtupfer besteht aus der Weihnachtsdekoration: mit Schleifen und Plastikkugeln geschmückte Tannenzweige, eine Krippe auf einem Tisch an der Wand. Ganz hinten eine Gulaschkanone, an der zwei junge Kerle im Dampf mit Schöpfkellen hantieren, eine Reihe großer Fenster, die ins Dunkle hinausschauen. Der Geruch von Körpern ist Grauen erregend. *Versuch du doch mal, auf der Straße zu leben,* tadle ich mich selbst, *dann werden wir sehen, ob du immer noch nach* Mennen for men *duftest.* Der Lärmpegel ist ebenfalls gewaltig: Die Gespräche und das Gemurmel hallen im Gewölbe wider.

»Pater Molinas ist dort. Auf Wiedersehen.« Der Priester zeigt auf einen kleinen Mann in einem reichlich weltlichen Paar Jeans und einem Pullover. Weiße Haare, untersetzt, um die sechzig, sitzt er mit drei Burschen aus dem Mittleren Osten am Tisch.

Ich gehe zu ihm, wobei ich im Vorübergehen die Gespräche zum Erliegen bringe. Ich bin noch nie so aufgefallen. »Pater Molinas?«, frage ich.

Er hebt den Blick. Er hat sehr helle und klare blaue Augen. »Ja?«

Ich stelle mich vor, strecke ihm die Hand hin, er schüttelt sie. »Kann ich Sie kurz sprechen?«

»Ich bin hier. Machen Sie es sich doch bequem.«

Das tue ich, die drei Jungs röntgen mich mit ihren Blicken. Für alle Fälle lasse ich meine Hände die ganze Zeit für alle gut sichtbar. »Es geht um etwas Privates«, sage ich.

»Ich höre.«

»Das heißt, ich würde Sie gerne allein sprechen.«

Er zuckt mit den Schultern. »Es tut mir Leid, hier gibt es nur wenig Privatsphäre.« Er versetzt dem Arm eines der Kerle einen freundschaftlichen Stoß. Der Typ starrt mich weiterhin an und wirft mit jedem Lidschlag Messer. Er hat eine Narbe, die sein rechtes Ohr geteilt hat. »Und das hier ist meine Familie.« Trotz seines Namens hat der Monsignore keinen besonderen Akzent.

»In Ordnung.« Ich setze mich zurecht, wobei ich Halbiertes Ohr streife, der empört abrückt. »Vor einigen Monaten war ein Bekannter von mir für eine Weile Ihr Gast. Ein Albaner, er hieß Adrian Patoil. Es wäre schön, wenn Sie das bestätigen könnten.«

Die Temperatur sinkt rasch um zwanzig Grad. »Wir beherbergen hier viele Personen«, erwidert er, Raureif verströmend. »Wir fragen niemanden nach seinen Papieren.«

»Das habe ich mir gedacht.« In meiner Jackentasche habe ich eines der Fotos, die Vera mir überlassen hat. Adrian auf der Motorhaube eines Autos sitzend und auf einen Punkt irgendwo hinter der Kamera starrend. Ich ziehe es mit ganz langsamen Bewegungen heraus. »Es handelt sich um diesen Burschen hier.« Ich lege das Foto auf den armseligen Tisch. »Erinnern Sie sich an ihn?«

Er betrachtet es, wechselt den Gesichtsausdruck. Besorgnis. Er fängt sich sogleich wieder. »Nein, tut mir Leid«, murmelt er.

»Wie kommt es nur, dass sich mir das Gegenteil aufdrängt?«

»Sie irren sich.« Er ist wieder ganz der Alte. »Ich habe kein gutes Gedächtnis für Gesichter.«

Ich hebe die Hände in einer Geste des Friedens. »Und meines flößt Ihnen nicht viel Vertrauen ein.«

Er erhebt sich. »Es sind schon schlimmere Leute als Sie gekommen, um mir Fragen zu stellen.«

»Ich bin kein Polizist, Pater Molinas. Wenn Sie so freundlich wären, mich erklären zu lassen ...«

Er hört nicht einmal hin. »Entschuldigen Sie mich, ich habe etwas zu erledigen.« Er geht zu den Küchenmeistern.

Ich stecke das Foto wieder ein und stehe ebenfalls auf. Die drei Jungs sind sofort um mich herum. Sie berühren mich nicht, aber in ihren Gesichtern kann ich lesen, dass sie zu mehr bereit wären.

»Alles in Ordnung«, sage ich auf Französisch und halte meine Hände gut sichtbar vor mich hin. *»Ich bin ein Freund.«*

»Alles in Ordnung. Aber sicher.« Halbiertes Ohr antwortet mir auf Italienisch.

»Wisst ihr, was ich denke? Ihr wollt mir eigentlich gar nicht helfen.«

Er wird noch unfreundlicher. »Bist du nun Polizist oder nicht?«

»Sie haben mich für untauglich erklärt. Zu genial.«

Er spuckt mir ins Gesicht. Ich wische es mir mit dem Ärmel ab. »Hau ab«, sagt er. Er bewegt sich einen Schritt auf mich zu, und die anderen tun es ihm gleich. Ich weiche zurück, sie kommen einen weiteren Schritt vor. Ich bewege mich durch den Saal und den ganzen Flur rückwärts zurück. Als ich mit dem Rücken am Ausgang stehe, versetzt mir Halbiertes Ohr einen Stoß vor die Brust. Ich übertreibe den Effekt, um ihm die Genugtuung zu lassen, und falle auf den Bürgersteig, wobei ich pathetisch aufschnaufe. Ich bleibe so lange liegen und lasse mir die Brille voll regnen, bis die drei Türen knallend wieder hineingehen.

Na gut: Dann eben Plan B.

3

Radio Specchiorosso befindet sich im Dachgeschoss eines Wohnhauses, das so heruntergekommen ist, dass die Fenster im ersten Stock mit Brettern vernagelt sind. Kein Sponsor, keine Kohle. Die einzige Veränderung seit dem letzten Mal, als ich hier war, besteht in der Videokamera über der gepanzerten Tür zur Redaktion. Ich klingele.

Aus dem Schutzgitter des Lautsprechers statische Geräusche. »Wer ...« Eine junge Männerstimme, die sich sofort unterbricht. Er muss mich auf dem Monitor gesichtet haben. »Was zum Henker willst *du* denn hier?«

»Vielen Dank für den freundlichen Empfang. Ich wollte zu Luke.«

»Luke will *dich* sehen?«

»Er will mich erlösen, scheint es.« Ich grinse ins Objektiv. »Machst du mir jetzt auf oder nicht?«

Türsummer, ich drücke und trete ein. Abgesehen von den Sendestudios besteht die Radiostation aus einem einzigen Zimmer voller Papier, Plattengestellen und überquellenden Aschenbechern. Einer der letzten freien Sender auf der Welt, früher oder später wird man ihn zum nationalen Kulturdenkmal erheben.

Der Typ, mit dem ich gesprochen habe, bildet die gesamte Besetzung der Redaktion und sitzt vor dem Tisch mit den Telefonen und dem Faxgerät. Höchstens fünfundzwanzig, Punker-Irokesenkamm und angewiderter Gesichtsausdruck. »Ich weiß schon, wie ich einen wie dich erlösen würde.«

»Kennen wir uns?«

»Das war einmal. Als du noch auf Genosse gemacht hast.« Er weist mit dem Daumen auf die Tür des Studios. »Luke ist da drinnen.«

»Danke, mein Bester.«

Das Studio ist ein mit Eierkartons und Schaumstoff ausgekleideter Verschlag. Luke verliest ein Flugblatt in ein Mikrofon, das von Klebeband zusammengehalten wird. Vor sich hat er einen Pappbecher voll Coca-Cola. Er grüßt mit der Hand, beendet seine Vorlesung und lässt eine Platte abspielen. Luke, groß und hager, blasses Gesicht und rote Wangen, ist vierzig Jahre alt, von denen er mindestens fünfundzwanzig als außerparlamentarischer Militanter verbracht hat. Uniabschluss in Philosophie, ein bißchen Knast hier und dort, soundso viele laufende Verfahren.

»Was ist denn mit deinem Gesicht passiert?«, fragt er, als er mich umarmt. Unter seiner Jeansjacke ist er nur Haut und Knochen.

»Normaler Alterungsprozess. Dir dagegen geht's ja gut.«

»Der Kampf hält einen jung. Welchem Umstand verdanke ich deinen unerwarteten Besuch?«

Ich bringe ihn in aller Ausführlichkeit auf den neuesten Stand, während ich neben ihm vor dem Mischpult sitze. Ab und an wechselt er die Platte oder kündigt irgendeine Initiative von selbst verwalteten Zentren an.

»Also ist Scotti doch einer von deinen Klienten.« Er lacht. »Du sollst doch den Papa nicht anlügen.«

»Als wir darüber gesprochen haben, hatte ich noch nicht zugesagt. Bist du wirklich sicher, dass keiner deiner Freunde dem Fettwanst an den Kragen will?«

»Absolut.«

»Du weißt doch, dass du mir trauen kannst, oder?«

»Vielleicht. Ich habe nicht den Eindruck, dass du für den Sieg des Proletariats arbeitest.«

»Aber ich versuche immer, auf der richtigen Seite zu stehen.«

»Und genau das gelingt dir nicht.« Er spielt mit dem Kabel der Kopfhörer herum, die er um den Hals gehängt hat. »Ich habe nichts vor dir zu verbergen, Gorilla. Bei den wenigen, die wir noch sind, ist es nicht schwer, in Erfahrung zu bringen, wenn jemand einen Brass auf jemanden hat. Von Scotti hatte ich vorher noch nie etwas gehört, ehe du mich angerufen hast. Ich habe mich auch umgehört. Sein Name ist nicht bekannt.«

»Zu meiner Zeit hast du keine Lügengeschichten erzählt und dich damit zum Narren gemacht.«

»Was für Lügengeschichten?«

»Ihr Squatter wart doch ständig auf der ersten Seite. Das solltest du eigentlich wissen, bei all den Zeitungen, die du liest.«

Er winkt verärgert ab. »Benutz nicht diesen Ausdruck, der kotzt mich an. Und glaub doch den Medien nicht.«

»So blöde bin ich auch wieder nicht. Allerdings hat irgendjemand Scotti tatsächlich eine Paketbombe ins Haus geschickt.«

»Und warum sollte ich etwas darüber wissen? Glaubst du, dass alle Attentäter zu mir kommen, um mir wie dem Großen Weisen Alten Bericht zu erstatten?« Er beginnt, ernsthaft sauer zu werden.

»Das nicht, aber ...«

»Oder glaubst du immer noch, dass wir Anarchisten alle eine verschworene Gemeinschaft sind, dass wir Listen mit den Namen der zu treffenden Feinde herumgehen lassen?« Mit dem Handrücken fegt er den Pappbecher Richtung Papierkob. Er rollt zu Boden auf einen kleinen Hügel identischer Exemplare. Oh, oh, jetzt ist er wirklich wütend. »Im Grunde genommen hättest du sogar Recht. In Italien sind die Anarchisten die Einzigen, die ins Gefängnis wandern. Die Mafia existiert nicht, die Geheimdienste arbeiten zum Wohle des Landes, die Anschläge waren nie gegen den Staat gerichtet, das Flugzeug von Ustica ... bla, bla und superbla.« Er macht noch etwa zehn Minuten so weiter, angefangen bei Pinelli und zurück bis Adam und Eva.

Ich nutze eine Atempause, in der es mir gelingt, mich dazwischenzuschalten. »Luke, hab Erbarmen. Ich kenne die Lektion.«

»Das scheint mir aber nicht so.«

»Hör auf damit, wir haben vom selben Teller gegessen. Ich habe immer noch den größten Respekt vor dir und deinen Genossen, Brüdern, Freunden et cetera.«

»Das will ich auch gehofft haben.« Er vertieft sich in ein Poster der Sex Pistols. Als er seinen Blick wieder auf mich richtet, ist er wieder der sympathische Langzeitstudent wie eh und je. »Pass auf. Wenn selbst ein Tölpel wie du in der Lage ist, selbst eine Bombe zu basteln ...«

Ich verwende alle Kraft darauf, über meinem Kopf einen Heiligenschein auftauchen zu lassen. »... ich weiß gar nicht, wovon du dich sprichst ...«

»... dann kann das jeder. Ich weiß nur, dass Scotti, dein Freund Scotti, nichts mit Politik oder der öffentlichen Ordnung zu tun hat. Er bringt nur unterhaltsame Schundheftchen heraus.«

Ich hebe die Arme. »In Ordnung. Danke.«

»Reden wir nicht mehr darüber«, sagt er und gibt mir einen Klaps auf die Schulter. Ein Telefonanruf kommt herein, den er sofort liveschaltet. Eine Anzeige wegen Schwarzarbeit.

»Was hältst du von der Sache mit dem Albaner?«, frage ich ihn, als er nicht mehr auf Sendung ist. »Irgendwie interessiert sie mich, auch wenn ich dir keinen genauen Grund dafür nennen kann.« Und dann erzähle ich ihm alles, was ich weiß.

Er grübelt darüber nach. »Das klingt nicht gut. Glaubst du wirklich, dass Molinas dir helfen könnte?«

»Zumindest hoffe ich das. Doch bei ihm bin ich Persona non grata.«

»Das glaube ich gern, mit einem Gesicht wie dem deinen ...« Er schüttelt seinen Pferdeschwanz. »Weißt du, wie viele ihm an die Eier wollen? Vor einiger Zeit hat man ihn ordentlich verprügelt. Dann gibt es da Bullen, die nur darauf warten, dass er seinen Laden schließen muss, und die Petitionen des Anwohnerkomitees. Unter uns gesagt, legt er es auch ein wenig darauf an, weil er ein unglaublicher Querulant ist. Er hat sich schon mit dem *Gruppo Abele,* mit dem gesamten Stadtrat und dem Bischof angelegt. Wenn er sich über etwas aufregt, organisiert er kurzerhand eine Demo und geht mit all seinen Schützlingen auf die Straße. Er hat sich auch schon vor der Präfektur angekettet. Ich habe nicht genau kapiert, ob sie ihn schon *a divinis* suspendiert haben, aber viel kann da nicht mehr fehlen.«

»Ich habe so das Gefühl, dass er ganz dein Typ ist.«

Er lacht. »Wie hast du das nur erraten?«

»Instinkt. Und wo er dir nun mal sympathisch ist, heißt das für mich, dass du mich zum Nachtasyl begleiten wirst. Wenn du ihn nicht überzeugen kannst, kannst du mir immer noch bei der anschließenden Schlägerei helfen.«

Einen Moment lang ist er sprachlos. »Du bist und bleibst ein hässlicher Bastard. Ich wusste doch, dass da ein Haken war.«

Glücklicherweise ist es nicht nötig, Gewalt anzuwenden. Im Nachtasyl ist Luke so bekannt und willkommen wie Mario Merola in Little Italy. Alle drängeln, um ihn zu umarmen, zu berühren, ihm etwas zu erzählen. Halbiertes Ohr sieht uns schon von weitem, peinlich berührt. Dann ringt er sich dazu durch, mir die Hand zu reichen, und besteht darauf, dass ich mit ihm ein Glas säuerlichen Weißwein teile. Dann tun wir, glaube ich, so, als würden wir eine Runde boxen.

Der Monsignore wirkt wie ausgewechselt. Er lächelt sogar, während er sich aus seinen Schützlingen und Helfern herauswindet, militärisch klingende Kommandos von sich gebend.

Er führt uns in sein Quartier, ein Mittelding zwischen Sakristei und Gefängniszelle: ein beunruhigendes Kruzifix, Schreibtisch, drei Stühle, ein aufgeschlagenes Bett, eine Minikrippe mit Spieluhr. Auch ein mit Echtleder bezogenes Betpult für die schnelle Beichte zwischendurch. Er setzt sich hinter den Schreibtisch und bedeutet uns, es uns bequem zu machen, während er sich eine Zigarette anzündet. »Es tut mir Leid wegen vorhin.« Sein Tonfall sagt das Gegenteil.

»Es war mein Fehler. Ich habe es mir zu einfach gemacht.«

»Vielleicht ja«, nickt er großmütig. »Auf jeden Fall, auch

wenn ich Sie mit Freuden als einen Freund betrachte, möchte ich dennoch nichts über meine Gemeinde preisgeben, wenn es nicht wirklich nötig ist.« Er richtet seinen Blick auf den halb hingeflegelten Luke. »Ist es das?«

Luke wedelt mit einer Hand. »Hör es dir an, dann entscheide selbst. Ich möchte dich nicht beeinflussen.«

»Überanstreng dich bloß nicht«, schnaube ich.

»Das ist *deine* Arbeit«, unterstreicht Luke.

Ich hatte mir die geistreiche Bemerkung gemerkt, um sie irgendwann zu benutzen. »Wenn es Arbeit wäre, würde ich es nicht machen.« Ich fasse noch einmal den Cremoneser Kladderadatsch zusammen. Der Monsignore gibt sich nicht mit dem Wesentlichen zufrieden, er stellt Zwischenfragen, ich gehe geduldig auf alle ein. Als ich zum Mord an Adrian komme, werden wir Zeugen eines interessanten Phänomens: Der Monsignore altert schlagartig. Seine Energie verschwindet und er scheint immer weiter in sich zusammenzusinken. Am Ende sieht er aus wie siebzig, was möglicherweise seinem wahren Alter entspricht.

»Was für eine Tragödie«, murmelt er und schaut die Zigarette an, die zwischen seinen Fingern heruntergebrannt ist.

»Tja, wir leben in fröhlichen Zeiten. Und jetzt frage ich Sie noch einmal, ob Sie Adrian Patoil kannten. Wenn Sie wollen, zeige ich Ihnen noch einmal das Foto, aber ich bin überzeugt, dass das nicht nötig sein wird.«

»In der Tat. Der Vorname stimmt, an den Nachnamen erinnere ich mich nicht.«

»Ist er hier gewesen?«

»Ja.« Der Monsignore lehnt sich in seinem Sessel zurück und erzählt mit leiser Stimme. Adrian war Anfang des Jahres aufgetaucht, es gab einen freien Platz und mit seiner Aufnahme hatte es keine besonderen Schwierigkeiten gegeben. Er hatte keine Krankheiten oder Anzeichen von Unterernährung, er übernahm ohne zu murren seinen Teil der Arbeit innerhalb der Gemeinde. Nach knapp zwei Monaten war er ohne Vorankündigung verschwunden. Ich rechne schnell nach: Ich könnte wetten, dass das kurz vor seinem Auftauchen in Cremona war, wenn nicht sogar am selben Tag.

»Wissen Sie, seit wann er in Italien war?«

Er konzentriert sich. »Er hat mir gesagt, dass er erst vor kurzem angekommen sei und dass er sich sofort aus Brindisi davongemacht habe, um der Polizei zu entgehen. Ich denke, dass er seit einer Woche in Italien war, einen Tag mehr oder weniger.«

»Hat er etwas hier gelassen, als er fortgegangen ist?«

»Nein. Er muss alles heimlich fortgeschafft haben.«

»Merkwürdig. In Cremona ist er ohne irgendetwas angekommen.« Ich speichere dieses Detail auf einem Neuron. »Dieser plötzliche Aufbruch Adrians kam Ihnen nicht irgendwie seltsam vor? Oder machen Ihre Gäste das alle so?«

»Nein, nicht alle machen das so. Normalerweise bleiben sie erheblich länger, und manchmal kehren sie auch wieder zurück. Aber es sind ja auch nicht alle auf der Flucht.«

Aaahhh. Langsam wird es zu schön, um wahr zu sein. »Und wie haben Sie davon erfahren?«

»Indem ich mit einer der Personen zu tun bekam, die nach ihm suchten.« Am Morgen nach Adrians Verschwinden hatte der Monsignore eine Begegnung vor der Haustür. Ein etwa fünfzigjähriger Riese mit roten Haaren und Schnauzbart. Italiener, Dialekt vom Veneto, stinkwütend. Noch ehe er den Mund aufmachte, schlug er erst einmal zu.

»Er fragte mich, wo sich Adrian versteckt hielt, aber ich wusste es nicht. Schließlich wurde ich ohnmächtig und er ist verschwunden. Ich bin erst im Krankenhaus wieder aufgewacht.« Er breitet die Arme aus. »Das ist einer der Gründe, wenn nicht der einzige, weshalb ich es vorgezogen habe, endgültig in meine Gemeinde umzusiedeln. Hier fühle ich mich geschützter.«

»Haben Sie Anzeige erstattet?«

»Selbstverständlich, und ohne Ergebnis. Ich habe meinen

Angreifer beschrieben, wobei ich es vermied zu erwähnen, wen er suchte. Ich wollte nicht, dass die Polizei Adrian Schwierigkeiten machte, aber vielleicht …« Er schaut wieder auf seine Zigarette. Das Eingeständnis fällt ihm schwer. »Vielleicht war es nicht die richtige Entscheidung.«

»Es hätte nichts gebracht«, sage ich aufrichtig. »Wenn sie schon nicht den gefunden haben, der Sie angegriffen hat, vorausgesetzt, sie haben wirklich nach ihm gesucht, dann sind sie mit Sicherheit auch nicht in der Lage, einen bestimmten unter den vielen Albanern aufzustöbern, die sich im Lande herumtreiben.«

»Denkst du auch so, Luca?«, fragt der Monsignore.

»Na klar«, antwortet er. »Auf welcher Seite stehen wohl die so genannten Ordnungskräfte? Haben sie dir jemals geholfen, wenn man mit Molotow-Cocktails nach dir geworfen hat, oder wenn …«

»Hör auf damit, Luke, oder ich nehme dich nicht mehr mit nach draußen«, unterbreche ich ihn. »Und noch eins, Pater Molinas, wir wissen nicht einmal, ob der Typ etwas mit dem Mord zu tun hat. Haben Sie ihn noch einmal wiedergesehen?«

»Nein.«

»War er bewaffnet?«

»Nur mit einem Knüppel.«

»Kann er irgendwie erfahren haben, dass Adrian in Cremona war?«

»Nicht von mir und auch nicht von jemand anderem aus der Gemeinde. Ich wüsste nicht, dass sich Adrian noch einmal gemeldet hätte. Aber vergessen Sie dabei nicht, dass hier die Leute kommen und gehen und dass ich fast einen Monat lang im Krankenhaus war.« Er zündet sich eine weitere Zigarette an. »Auf jeden Fall war Adrians Verschwinden nicht unsere größte Sorge. Zu der Zeit hatten wir fast ständig Polizeipräsenz in der Gemeinde. Einige unserer Schützlinge wurden festgenommen.«

»Als illegale Einwanderer?«

»Nein.« Er verzieht den Mund. »Zwei Nigerianer dealten mit Drogen. Sie versteckten sie ganz in der Nähe des Nachtasyls. Unter einem Baum. Auch wenn die Mehrzahl unserer Schützlinge ehrliche Menschen sind, ist manchmal auch ein fauler Apfel darunter.«

»Glauben Sie, dass Adrian gemeinsam mit den Nigerianern Geschäfte gemacht haben könnte?«

»Das kann ich mir schwer vorstellen. Trotz unserer Bemühungen neigen die verschiedenen ethnischen Gruppen wenig dazu, sich untereinander zu mischen.«

»Was können Sie mir über die Freiwilligen sagen? Die, die kochen, putzen, Ihr Kollege, der aussieht wie Little Tony ...«

»Don Alberto Giupponi?« Sein Gesicht zeigt unverhohlenen Widerwillen. »Er ist nicht der Typ Priester, der zu Vertraulichkeiten neigt. Hier bei uns fühlt er sich nicht wohl, und das lässt er alle spüren. Er möchte zurück nach Brindisi, wo die Arbeit mit illegalen Einwanderern seiner Meinung nach wesentlich wichtiger ist. Als ob wir hier bloß spielen würden.« Er wendet sich wieder Luke zu, der herumtigert und dabei die Rücken der Bücher in einem Regal studiert. »Aber da war doch ... Wie hieß noch mal das Mädchen, das die Musik aufgelegt hat?«

»Welches?«

»Sie hat uns geholfen, das Fest zum Jubiläum zu organisieren. Du kanntest sie, glaube ich. Zierlich, mit einem Ring in der Nase.«

»Ja sicher, DJ Oink. Eine vom *Budino Occupato.*«

»Du wirst es wissen, ich verstehe nichts von diesen Dingen.« Molinas wendet sich wieder mir zu. »Sie hatte sich mit Adrian angefreundet. Nach dem Fest hat sie sich noch ein paarmal hier mit ihm getroffen.«

»Wo finde ich sie?«, frage ich Luke.

»Ich kann mich umhören.«

»So gefällst du mir.« Ich stehe auf. »Pater Molinas, ich danke Ihnen vielmals. Ich denke, Sie haben mir weitergeholfen. Wie sollen wir es halten, falls ich Sie noch einmal sprechen muss?«

Er erhebt sich, um mir die Hand zu schütteln. »Kommen Sie bei mir vorbei, wann immer Sie wollen. Und halten Sie mich auf dem Laufenden.« Er zögert. »Denken Sie, dass der, der mich angegriffen hat ...«

»Man kann nie wissen.« Ich ziehe meine Jacke an. »Aber Ihrer Beschreibung nach macht er auf mich eher den Eindruck eines Trottels als den eines Killers. Sie haben sein Gesicht gesehen, und er hat Ihnen nicht die Kehle durchgeschnitten. Noch etwas, woran ich anknüpfen kann.«

Er lächelt stolz. »Ich habe Ihnen ein Indiz geliefert, wie im Film.«

»Ein Grund mehr, dranzubleiben«, erwidere ich. »Klein, aber sicherlich besser als gar nichts.«

4

Ich nehme ein Taxi zurück ins Hotel und ziehe mir trockene Sachen an. Beim Fall auf den Bürgersteig ist meine Hose aufgeplatzt, und ich bin damit durch die Gegend gelaufen und habe allen meine Boxershorts mit Schweinchen gezeigt.

Ich esse einen Diätriegel, stelle den Fernseher an, zappe mich durch die Programme, bis ich mir fast das Handgelenk ausrenke. Dann schalte ich auf MTV und greife zum Telefon. Auf dem Anrufbeantworter zu Hause nichts, nicht einmal die klitzekleinste Nachricht von Vale, die mit ganz anderen Dingen beschäftigt zu sein scheint. Ah, was für ein Seufzer.

Wehmütig denke ich an all die Male, die ich mit ihr in einem Hotelzimmer verbracht habe. Wenige Male nur, wenn man es recht betrachtet. Wenn ich reise, dann überwiegend aus beruflichen Gründen, und ich bin ein ganz lausiger Tourist. Ich fahre nach London und erinnere mich nur noch an die Pubs. Hast du Piccadilly Circus gesehen, fragt man mich, oder den Johnson-&-Johnson-Turm, den Parthenon von Alicarnasso? Hm, vielleicht, glaub schon. Und außerdem macht mich die Rückkehr stets noch trauriger als die Abreise. Ich rufe bei meinen Freunden an, um mich vom Flughafen abholen zu lassen, und dann muss ich feststellen, dass sie alle schon in der Pizzeria oder im Theater reserviert haben. Kein spontaner Überraschungsempfang hinter den Absperrungen.

Ich rufe meine Mutter an, um zu überprüfen, ob mein Partner sich auch ordentlich von ihr verabschiedet hat: Sie ist ein wenig vergrätzt wegen meiner überstürzten Abreise und belädt mich mit Schuldgefühlen. Dann erreiche ich den Elefanten auf seinem Handy. Er sitzt gerade am Steuer.

»Wie läuft's denn so bei dir?«, begrüßt er mich mit seinem gewaltigen Organ. Am Telefon schreit er immer.

»Ich habe mich bereits mit dem Jetset angefreundet. Bei euch was Neues?«

»Ein Scheißdreck. Wir haben mit den Leuten von der Corti-Kolonne gesprochen. Die Bullen waren schon da gewesen, aber der Chef hat trotzdem mit uns geredet.«

»Was hat er euch erzählt?«

»Er bestätigt, den beiden einen Auftrag gegeben zu haben. Aber er weiß nicht genau, wie lange sie vor Ort waren. Er ist im Übrigen von der Unschuld der beiden überzeugt. Er sagt, dass Ismail und Sami zwei brave Christenmenschen sind.«

»Und irgendwas über Adrian?«

»Es tut ihm alles sehr Leid und so weiter, er hat Geld für Vera gesammelt. Für einen Sklavenschinder ist er gar nicht mal so übel.«

»Warum hat Adrian nicht mit den beiden zusammen gearbeitet?«

»Weil es eine Arbeit für zwei Leute war, very simple. Wir haben versucht, mit ein paar Kollegen unserer Freunde zu sprechen, aber sie ergriffen sofort die Flucht. Ich werde das Gefühl nicht los, dass dort die wenigsten offizielle Einwanderer sind.« Er gähnt. »Und jetzt sind wir fix und foxi und auf dem Weg zurück nach Mailand.«

»Wie geht's Vera?«

»Heute Nacht ist sie bei Lamberto, weil sie nicht allein schlafen wollte. Ich wäre ja sehr gerne bei ihr geblieben, aber Stefania hätte sicher einiges dagegen gehabt.«

»Denk nicht mal daran, oder ich mache dir einen Knoten in deinen Rüssel«, drohe ich ihm.

»Oh Gott, er ist eifersüchtig.« Er lacht. »Ich gebe dich an Alex weiter, denn die Fahrt durch diesen Scheißnebel ist ganz schön anstrengend.«

Alex sagt nicht einmal Hallo. »Wann lässt du ein bisschen Kohle rüberwachsen? Die Hin-und Herfahrerei geht ganz schön ins Geld.«

»Noch vor dem Wochenende habt ihr einen Scheck.«

»Das habe ich doch schon mal gehört.«

»Ich schwöre es, ich hab das Geld in der Tasche. Hörst du? Raschel, raschel.«

»Oh, ah, mehr davon.«

»Was hältst du von der Sache?«

»Eine absolute Scheißgeschichte, wie du sie noch nicht oft erlebt hast.«

»Das sagst du immer, das zählt nicht mehr.«

»Irgendeinen intelligenten Vorschlag, wo wir armen Arbeiter jetzt ansetzen sollen?«

Auf der Mattscheibe des Fernsehers wiegt sich ein Mädchen im Bikini in den Hüften. Ich verrenke mich in dem Bemühen, sie besser sehen zu können, ohne mich mit dem Kabel zu erwürgen. »Yes. Lass dir morgen von Vera erzählen, wo sie sich mit Adrian und den anderen so bewegt hat, und dann sieh dich dort um. Frag sie, ob sie jemanden besucht haben, Landsleute oder Italiener. Erkundige dich auch, ob es in Cremona Ausländervereine gibt. Es wäre interessant herauszufinden, ob die drei wirklich so dicke miteinander waren.«

»Dann bist du dir also verflucht nicht mal sicher, dass der Mörder aus Turin kam?«

»Nach allem, was ich bis jetzt weiß, könnte er genauso gut vom Mond kommen. Ich denke zwar nicht, dass viel dabei herauskommt, aber macht auch noch ein schönes Screening der Nachbarschaft.«

»Ein Stück vom Arsch darf es vielleicht auch noch sein?«

»Deiner ist zu trocken. Offiziell arbeiten wir für die Anwaltskanzlei von Mirko, daher kannst du Fragen stellen, ohne Probleme zu kriegen.«

»Erzähl das jemand anderem.«

»Okay, lass dich einfach nicht von der Bullerei erwischen. Und wo du schon mal dabei bist, mach auch ein hübsches Screening von Corti. Er wirkt ein wenig zu freundlich, und er wusste, wo Adrian wohnte, und er wusste auch, dass er an jenem Morgen nicht arbeitete.«

»Dir fehlt nur noch ein Motiv und ein hübscher Fingerabdruck.«

»Du hast es erfasst. Wie auch immer, in ein paar Tagen stoße ich wieder zu euch. Hier passiert rein gar nix, da kann ich auch hin- und herpendeln.« Das Mädchen im Fernsehen wurde durch eine Gitarrengruppe mit Lippen-Piercings ersetzt. Vielleicht gibt's in diesem Hotel auch Erotik-Kanäle. Ich klicke die Fernbedienung rauf und runter: Dauerwerbesendungen und Talkshows. »In der Zwischenzeit zähle ich auf eure raffinierten Einfälle«, schließe ich.

»Erwarte nicht zu viel.«

»Nur das Beste von meinen besten Freunden ...«

»Du mich auch.«

Ich bleibe ausgestreckt auf dem Bett liegen, um die Muskeln zu entspannen, auf kleinster Lautstärke läuft ein Film aus den Fünfzigern. Urrg, aaah, knall, bumm. Das Drehbuch dazu muss der Vampir-Detektiv geschrieben haben. Luke ruft kurz vor dem Schluss an, gegen Mitternacht. Er ist immer noch im Studio, um die Presseschau zu machen.

»Ich habe die Freundin gefunden, die du gesucht hast«, sagt er. »Keine Namen, die CIA hört mit.«

»Die Macht der Medien. Ist sie einverstanden, sich mit mir zu treffen?«

»Ja. Ich habe ihr nichts von deiner Angelegenheit erzählt, du musst selbst schauen, was du für angemessen hältst. Ich habe ihr nur versichert, dass du im Grunde deines Herzens fast ein guter Mensch bist.«

»Wo wohnt sie?«

»Sie möchte dich lieber an einem öffentlichen Ort treffen.«

»Hmm, ich gäbe was drum zu erfahren, was du ihr über mich erzählt hast. Wo?«

»Morgen Abend gibt es ein Fest zur Eigenfinanzierung des Senders.«

»Was für eine Art Fest?«

»Sagen wir ein Rave.«

»Ein Rave? Ohrenbetäubende Musik und kaputte Typen?« Mir sträuben sich die Haare.

»Nach Meinung der gewöhnlichen Lohnschreiberlinge, ja. Wir nennen es trendigen Wohlklang und Geselligkeit. Es wird eine fliegende Besetzung, daher kann ich dir den Ort nicht sagen. Es gibt über die ganze Stadt verteilt ein paar Sammeltreffpunkte.«

»Das wird ja immer besser«, maule ich resigniert. »Etwas Einfacheres für einen von außerhalb ist dir nicht eingefallen?«

»Mann, du bist mit dem Alter ein ganz schon fauler Sack geworden.« Er denkt darüber nach. »Ich könnte dich ja abholen lassen.«

»Mit einem Sack über dem Kopf?«

»Nicht nötig, wenn du nicht versuchst, jemandem auf die Eier zu gehen.«

»Ich werde mich bemühen.« Pause. »Und vielen Dank für die Umstände«, füge ich unwillig an.

»Gern geschehen. Morgen sage ich dir, wann man dich abholen kommt.«

»In Ordnung.«

»Was treibst du gerade? Gibst du dich dem schönen Leben hin? Ich würde dich ja auf ein Glas einladen, aber ich habe noch ein Treffen wegen Palästina.«

»Mach dir mal keine Sorgen, ich habe jede Menge Dinge zu erledigen.«

Wie zum Beispiel chinesische Schattenspiele im Lichtkegel des Lampenschirms. Ich bin absoluter Experte für den bellenden Hund, ich kenne zehn verschiedene Varianten davon.

Manchmal wünschte ich mir, so schlafen zu können wie andere Leute.

5

Achtzehn Uhr. Das Minibüro, das Scotti mir zur Verfügung gestellt hat, ist eine zwei mal zwei Meter große Abstellkammer, die bis zur Decke grün gekachelt ist. Außer dem Regal und dem wackeligen Schreibtisch gibt es nur den Stuhl, auf dem ich sitze und an dem ein Fuß fehlt. Das winzige Fenster wirkt wie das Bullauge eines Schiffs und geht in den Hof hinaus, von dem aus Verschrottungslärm heraufdringt. Es riecht nach feuchtem Smog.

Ich blättere mich durch den Tagesbericht meines Partners, der unter seiner Entspannungslektüre *De bello Gallico* lag. Er hat die Wächter des abgebrannten Lagers aufgesucht, die ihm Art und Weise des Anschlags beschrieben haben: Benzin unter den Türspalt und Zündhölzer. Unter Berücksichtigung des Überwachungsniveaus hätte das sogar die Panzerknackerbande geschafft.

Dann ist mein Partner ins Büro zurückgekehrt und hat sich darangemacht, der Belegschaft auf den Zahn zu fühlen. So erfahre ich, dass Carmelo verheiratet ist und einen Sohn hat, der ebenfalls Buchhalter ist, dass Raffaele Junggeselle ist und eine Vergangenheit als Feuilletonjournalist hinter sich hat und dass Panz allein lebt. Keiner von ihnen hat für den Abend vor der Paketbombe ein Alibi, bei dem sich ein Nachhaken lohnen würde. Allein im Kino, zu Hause, im Bett. Svetlana und Scotti waren auf Geschäftsreise und sind gemeinsam gegen Mittag zurückgekehrt, als Scotti das Paket geöffnet hat. Niemand kann sich daran erinnern, was er gemacht hat, als das Lager in Flammen aufging. Außer von Carmelo, der immer nach dem Sandmännchen einschläft und davon ausgeht, dies auch an jenem Abend getan zu haben.

Ich nehme die Blätter mit dem Bericht und stopfe sie in den Papierkorb. Wie viel vergebliche Liebesmüh. Ich kann den tollen Sci-Fi-Konvent kaum erwarten, um dort die Fans in Schranken zu halten und dann mit Scottis Kohle nach Hause zurückzukehren. Danach können sie ihn von mir aus mit einer B52 bombardieren, ihn und ganz Agnellopolis. Und wenn ich damit durch bin, dann ist endlich Schluss, Schluss, Schluss mit Ermittlungen. Ich werde es mir auf die Brust eintätowieren. Ich mache wieder den respektablen Rausschmeißer, wo die Regeln glasklar sind. *Nein Signora, Sie können leider die Ming-Vase des Hausherrn nicht mit nach Hause nehmen. Nein, Signore, Sie können nicht hinein, wenn Sie keine vom Stylisten Sackgesicht persönlich gezeichnete Einladung haben.* Solche Sachen eben. Schnelle Demütigungen, die keine Narben hinterlassen.

Es klopft an der Tür. Ich nehme sittsam die Schuhe vom Tisch, während Raffaele sich hereinquetscht, so gut es eben geht, etwa eine Schulter breit, mehr oder weniger. Er bleibt stehen und starrt mich an.

»Bitte«, sage ich zu ihm. »Mach es dir doch auf dem Gästekarton bequem.«

Er zittert. »Ich bleibe lieber stehen, ja.«

»Wie du willst, ich hänge an deinen Lippen.«

Er hebt den Zeigefinger, aber er schaut mir dabei nicht in die Augen und schafft es nicht, wirklich bedrohlich zu wirken. »Ich glaube, ja, ich glaube, dass wir etwas unter uns klären müssen, du und ich«, sagt er.

»Ich hänge weiter an deinen Lippen.«

»Ich habe, ja, ich habe es nicht sehr schön gefunden, dass du mich gestern in der Manuskriptkammer eingeschlossen hast. Man hat mich erst, ja, nach drei Stunden herausgelassen.«

»Na ja, wenigstens hattest du was zu lesen«, sage ich. Ich muss mir in einen Hoden kneifen, um mich nicht vor Lachen auf dem Boden zu wälzen. »Nein, entschuldige, das muss aus Versehen passiert sein. Ich habe die Tür zugemacht und dabei muss sich der Schlüssel bewegt haben.«

»Da gibt es gar keinen Schlüssel.«

»Ach nein?«

»Es ist ein Riegel, und Riegel verrutschen nicht von alleine.« Dann holt er tief Luft und schleudert in einer ellenlangen Tirade seine Verachtung für einen Menschen wie mich heraus, der sich in eine harmonische Arbeitsgruppe hineindrängelt und Unfrieden stiftet, nur um einen so genannten Attentäter zu finden.

Ich hebe die Hände. »Raffaele, es tut mir Leid, wenn du gekränkt bist, aber zum letzten Mal: Eure Bombe interessiert mich nicht.«

»Und das soll ich, ja, dir glauben, ja?« Er tippt sich an die Stirn. »Hier steht nicht Blödmann drauf. Außerdem hast du wenig Grund, hier den Schlaukopf zu spielen. Du denkst wohl, dass dich hier alle nett finden? Da irrst du dich, weißt du? Wenn du wissen möchtest ...«

»Nein danke.«

»Alle hier sehen in dir einen Parasiten ...«

»Und ich hatte dich noch gebeten, es mir nicht zu sagen.«

»... der gekommen ist, um sich Francos Geld unter den Nagel zu reißen.«

Ich gähne ihm ins Gesicht. »Nicht einmal Arsène Lupin würde es schaffen, ihm Geld aus der Tasche zu ziehen, mein Lieber. Trotzdem danke ich dir, dass du es mir gesagt hast. Sonst noch was?«

Offensichtlich ist die Luft bei ihm raus. »Nein ... Dann ... gehe ich mal.«

Er dreht sich um und geht. Ich rufe ihn zurück, er steckt den Kopf durch die Tür. »Ja?«

»Wenn du damit durch bist, leihst du mir die Reihe über den Vampir? Ich habe richtig Lust darauf bekommen.«

»Du bist wirklich ein Arschloch«, sagt er im Fortgehen.

Da hat er nicht völlig Unrecht. Aber ich mag halt niemanden, der Jagd auf Verrückte macht.

Pinocchio ruft zu später Stunde an, als das Büro sich allmählich leert. Alle zwei Wörter zieht er die Nase hoch. Die Hälfte von dem, was er verdient, endet dort drinnen in Form von weißem Pulver, und er hat chronischen Schnupfen. »Sandrone?«

»Nein, hier ist der Gasmann.«

»Korrekt. Ich habe weitere Nachforschungen angestellt, wie du mich gebeten hattest.« Mein Partner, offensichtlich. »Sei unbesorgt wegen deines Kunden, er ist nicht nur sauber, sondern rein. Du könntest auf ihm essen.«

»Sicher?«

»Ja. Keine Geschichten, keine schwarzen Konten oder merkwürdigen Gerüchte. Er verdient wenig mit seinem Verlag, aber er stammt aus reichem Hause, stinknormal angelegtes Geld, Fonds und Schatzbriefe. Die Steuererklärung hat mich überzeugt, und wenn die Geschäftsbilanz gefälscht ist, bin ich bereit, sie mir in dreifacher Ausfertigung in den Arsch zu schieben. Er überweist auch regelmäßig Alimente an seine Exfrau, aber wenn du möchtest, dass ich mit ihr spreche, dann wird das zu bezahlter Arbeit, wenn du verstehst, was ich meine.«

»Ich verstehe. Es ist aber nicht gesagt, dass ich später nicht vielleicht doch nochmal was für dich habe. Vielen Dank und auf Wiedersehen.«

»Korrekt. Immer zur Verfügung.«

Ich rufe Luke an und vereinbare mit ihm, wann und wo ich abgeholt werde. Treffpunkt ist mein Hotel, und ich habe noch ein paar Stündchen Zeit, mir die Füße zu vertreten. Wo ich schon mal ein kostenloses Telefon zur Verfügung habe, rufe ich Alex auf dem Handy an. Diesmal ist er in einer Bar in Cremona und hat gerade sein Tagwerk mit dem Elefanten beendet. Nur negative Neuigkeiten. Die vier fröhlichen WG-Bewohner haben niemals in der Öffentlichkeit gestritten und haben auch an keinen auffälligen Orten verkehrt. Darüber hinaus war unser *Ai*gor Corti am Tag des Mordes bei einer Firma, um dort Be-und Entladearbeiten zu leiten. Ein wasserdichtes Alibi, staatlich geprüft. Ich verabschiede mich von meinem lieben Freund, beruhige ihn noch einmal wegen des Geldes und gestatte mir ein paar Sekunden, um einige Tränen zu zerquetschen. Als ich mir gerade meine Jacke anziehen will, kommt Svetlana herein.

»Bist du fertig?«

Das Abendessen, heiliger Himmel, sie hat es ernst gemeint. Ich bin so oft versetzt worden, dass ich gar nicht mehr an meine Verführungskünste glaube. »Aber sicher. Hast du irgendwelche Vorlieben?«

»Entscheide du. Mir ist alles recht, wenn es nicht russisch ist.«

Dann bei dir zu Hause, denke ich, aber ich sage: japanisch. Sie stimmt zu.

Natürlich gibt es da noch ein Hindernis. Panz. Wir treffen ihn auf dem Treppenabsatz, kurze Hosen und T-Shirt trotz der Kälte.

»Ciao Svetty«, sagt er, küsst sie auf die Wange und hakt sich bei ihr unter. Die gemäß der Verhaltensforschung angemessene Reaktion darauf wäre die, ihm eins mit der Faust in die Fresse zu verpassen, aber ich bin ein braves Kerlchen und beschränke mich darauf, Svetlana am freien Arm zu ergreifen. Sie entwindet sich vorsichtig uns beiden, vielleicht aus Angst, dass wir beginnen könnten zu zerren.

»Gehst du schon, Detective?«, sagt Panz.

»Nein, ich komme gerade an. Ich laufe rückwärts, um den Feind zu verwirren.«

»Genial. Ich wollte euch gerade ein gemeinsames Abendessen vorschlagen, damit wir uns ein wenig unterhalten können. Passt euch das?«

»Nein«, sage ich.

»Ja«, sagt gleichzeitig Svetlana. Dumm gelaufen.

Ich wechsle die Tonart. »Svetlana und ich hatten bereits beschlossen, uns eine Sushi-Bar zu suchen. Ich kann mir gut vorstellen, dass du keinen rohen Fisch magst.«

Er strahlt. »Aber ja doch, das ist fast mein Leibgericht. Ich kenne ein tolles Lokal mit günstigen Preisen. Wenn ihr einen Moment wartet, ziehe ich schnell meine Arbeitsklamotten aus. Ich war gerade einen Aperitif trinken, glücklicherweise bin ich noch rechtzeitig zurückgekehrt.«

»Ja wirklich«, brummle ich.

Wir folgen ihm Richtung leeres Büro, das nur vom Straßenlicht beleuchtet wird, das von draußen hereinkommt. Svetlana bleibt vor der Tür stehen, um eine Freundin anzurufen. Ich folge der Nervensäge in das Zimmer, in dem ich ihn am ersten Tag kennen gelernt habe. Er öffnet einen Spind und legt Shorts und T-Shirt ab. »Ich kann einfach nicht in langen Hosen arbeiten. Dann schon eher in Unterhosen. Aber wenn ich durch die Gegend ziehe, ist das was anderes.« Er zieht einen schlichten grauen Anzug zum weißen Hemd an. »Ich bin das Gegenteil von einem Bankangestellten: Die motzen sich zum Arbeiten auf und ich lege dazu ab. Das müssen meine proletarischen Wurzeln sein. Mein Vater steckte die ganze Woche über im Overall, aber am Samstag ging es zum Barbier.« Er mustert sich in dem Spiegel, der in der Spindtür hängt, und bindet sich die Haare zu einem langen Pferdeschwanz.

»Schon merkwürdig, dass du mit mir sprichst«, sage ich. »Ich dachte, ich würde hier allen im Büro auf den Wecker gehen.«

»Hat Raffaele das gesagt?«

»Du hast einen Globus gewonnen.«

»Du hast ihm doch hoffentlich nicht geglaubt.« Er betrachtet sich noch einmal im Profil und wirkt zufrieden. Das wäre ich an seiner Stelle auch. »Heute Nachmittag hat Raffaele uns allen wegen deiner Anwesenheit ein Ohr abgekaut, hat lamentiert, dass unsere Privatsphäre nicht respektiert wird und dass man dir nicht trauen dürfe. Wir haben ihm nur zugestimmt, damit er endlich Ruhe gibt.« Er zwinkert mir zu und bückt sich, um die Ledertasche aufzuheben. »Von uns hat niemand etwas zu verbergen.«

»Vielleicht ist es gerade dein Kollege, der etwas *zu verbergen* hat.«

»Der ist nur deprimiert.« Er geht mir voran auf den Flur und schließt das Büro hinter uns. »Und lästig.«

»Die Sorte ist gerade im Kommen.«

»Zweifelsohne. Aber ein bisschen hast du das ja auch provoziert.«

»Ich war es gar nicht, der ihn in der Abstellkammer eingesperrt hat. Dazu hatte ich es viel zu eilig, zu flüchten.«

Panz lacht.

»Ach, langsam dämmert's ...«

»Bravo, Detective. Ich war derjenige, der ein kollektives Bedürfnis umgesetzt hat. Was glaubst du wohl, warum Raffaele zwei Stunden lang eingesperrt geblieben ist, obwohl er an die Tür getrommelt hat?«

»Was habe ich dann also verbrochen?«

»Na ja, du hast so eine Art ... Heute Morgen warst du wirklich sehr penetrant mit deinen Fragen.«

Es ist mir nie gelungen, meinem Partner Diplomatie beizubringen. »Ich habe nur meine Arbeit gemacht.«

»Mit einem Gesicht wie Lieutenant Kojak.« Er bleibt stehen, um mich zu betrachten. »Du bist nicht zufälligerweise zyklothym? Ich hatte da mal eine Freundin: Wenn sie aufwachte, war alles eitel Sonnenschein, und zwei Minuten später malträtierte sie mich mit Fußtritten, weil ich nicht in der Lage war, den Fernseher richtig einzustellen.«

»Ich habe so eine immer noch.« Irgendwo.

»Ich verstehe, Bruder. Aber das sind Dinge, die kommen und gehen.«

Wir sammeln Svetlana auf, dann den Wagen von Panz, einen polierten Espace. Wir wirken wie zwei New-Economy-Schnösel mit einem Model im Schlepptau. Ich korrigiere mich, als ich einen Blick in den Beifahrerspiegel werfe. Bei ihm stimmt's, nur ich wirke wie der übliche aufgebrezelte Bauernlümmel.

Freundliche Gespräche, entspannte Atmosphäre, eine tatsächlich echte Sushi-Bar. Ich erzähle den Witz von dem verstümmelten Pianisten, Panz den von der Nonne mit dem Schnabeltier. Svetlana hat ein paar Probleme mit den Stäbchen, und wir Jungs überschlagen uns dabei, ihr die richtige Technik beizubringen. Ich muss leider zugeben, dass die von Panz ebenso gut wie meine ist, und das ist das erste Mal, dass ich das bei einem Abendländer erlebe. Ich versuche ihn auszustechen, indem ich das Sashimi mit einer einzigen Hand schneide, aber er kontert, indem er das Tempura teilt, ohne die Teighülle zu zerbröseln. Eins zu eins.

Während wir speisen, erzählt Panz zu meiner Erbauung von seiner ersten Begegnung mit Scotti. Er kam frisch von der Kunstschule und hatte sich erste Sporen mit Heavy-Metal-Fanzines verdient. Scotti meinte, er wäre der perfekte Mann für seine Buchumschläge mit den leicht bekleideten Damen.

»Aber du wolltest doch Künstler werden«, unterbrach ihn Svetlana.

»Ich *bin* Künstler. Kunst ist heutzutage ein weites Feld. Wie Bücher, Postkarten und Internet-Seiten. Und außerdem kann ich herumexperimentieren. Leuchtfarben, verschiedene Maltechniken, neue Materialien für die Schutzumschläge.«

»Und Scotti lässt dich machen? Kostet das nicht zu viel?«, wundere ich mich.

»Er lehnt grundsätzlich alles ab.« Er wedelt mit einem Stück Futomaki herum. »Aber ich mache weiter. Und wie läuft deine Arbeit so, abgesehen von dem Abstecher nach Turin?«

»Ich versuche, schneller zu sein als die Schwierigkeiten.« Ich gehe zum Persönlichen über, um das Thema nicht zu vertiefen. »Warum wirst du Panz genannt?«

»Wegen meiner Bierwampe.« Er klopft sich auf den flachen Bauch, der wie eine gut gespannte Trommel klingt. »Ich habe sie zwar nicht mehr, seit ich mit Sport angefangen habe, aber Spitznamen bleiben einem nun mal.«

»Das brauchst du mir nicht zu erzählen. Und du, Svetlana, hast du einen Spitznamen?«

»Nein. Aber wenn du willst, kannst du mir einen geben«, flötet sie.

»*Oci Ciornie*«, sagt Panz.

»*Schwarze Augen*, wie originell.« Ich bestelle eine weitere Flasche Sake. »Was haltet ihr eigentlich von der ganzen Angelegenheit? Ich spreche von der Bombe.«

»Bevor du gekommen bist, war das so eine Art Gesellschaftsspiel. Wer ist es gewesen und wo wird der maskierte Irre das nächste Mal zuschlagen? Aber niemand hatte wirklich Angst.« Panz wird ernst und kneift die hellen grünen Augen zusammen. »Jetzt haben sich die Dinge geändert. Zum Schlechteren.«

Ich bin etwas bestürzt. »Ach. Das ist eigentlich nicht das, wofür ich bezahlt werde.«

»Es ist nicht deine Schuld«, springt Svetlana ein. »Aber Panz hat Recht. Wenn Franco dich engagiert hat, heißt das, dass er sich Sorgen macht.«

»Ein echter Detective, das bedeutet echte Gefahr«, schlussfolgert Panz.

»Wenn du mich noch einmal Detective nennst, stecke ich dir ein Stäbchen in die Nase.«

»Autsch. Und was hältst du selbst davon? Meine Einladung zum Abendessen geschah nicht ganz ohne Eigeninteresse.«

»Dann hättest du dir die Mühe sparen können. Erstens, weil ich nicht wegen der Bombe ermittle.« Der übliche ungläubige Gesichtsausdruck. »Zweitens, weil ich mittlerweile überhaupt nichts mehr verstehe. Die Leute von den Sozialzentren jedenfalls können wir uns klemmen.«

Er pickt die letzten Reiskörner auf. »Sicher?«

»Ja. Und es gibt auch keine erbosten Gläubiger oder Schutzgelderpresser der Verlage.«

»Was sind denn Schutzgelderpresser der Verlage?«, fragt Svetlana.

»Das sind Leute, die nur Baricco oder die Tamaro lesen und alle hassen, die etwas anderes herausbringen.« Sie starrt mich verblüfft an. »Keine Sorge, das habe ich mir gerade ausgedacht.« *Glaube ich.* »Soweit ich weiß, könnten es wirklich die abgelehnten Autoren sein. Der Zauselkopf ist ja davon überzeugt.«

»Wenn er das sagt, dann wird es wohl stimmen, denn er gehört zu denen, die nicht einmal dann veröffentlicht werden, wenn sie dafür zahlen«, sagt Panz. »Scotti hätte zwar kein Problem damit, eines seiner Bücher zu verlegen, aber für Raffaele wäre das eine Schmach. Seine außerordentlichen Gedichte in einem viertklassigen Verlag zu veröffentlichen? Dann lieber der Tod.«

»Wenn er bei euch arbeitet, dann sollte er nicht so empfindlich sein.«

»Er war dazu gezwungen. Sie haben ihn bei dem Blatt, bei

dem er vorher war, gefeuert, als er angefangen hat, wie ein Loch zu trinken.«

»Das ist nicht nett von dir, Panz«, sagt Svetlana. »Er hatte Probleme. Er hat mir erzählt, dass ihn seine Frau betrogen hat, der Ärmste.«

»Das hat er allen erzählt, die es hören wollten.«

»Er wirkt aber gar nicht wie ein Säufer«, sage ich.

»Schau doch mal am Dienstagabend bei den Anonymen Alkoholikern vorbei. Da triffst du ihn. *Ciao, ich heiße Raffaele und ich bin Alkoholiker.*«

»Mach damit keine Scherze. Ich habe Freunde gehabt, die daran krepiert sind.«

»An irgendetwas muss man ja sterben. Grünes Eis?«

Ich leere das Fläschchen. »Ja. Aber in Whisky ertränkt. Ciao, ich heiße Sandrone und ich bin Alkoholiker.«

Wir begleiten Svetlana nach Hause, und sie verteilt Wangenküsschen zu gleichen Teilen. Dann lädt mich Panz in der Hotelhalle ab, wo wir uns herzlich verabschieden. Es gefällt mir nicht, Leute sympathisch zu finden, die mehr Haare haben als ich, aber bei ihm kann ich nicht anders.

Eine Stunde später trifft mein Abholdienst zum Rave ein. Es ist eine Gruppe Jugendlicher mit Palästinenserfeudel, Mehrfachohrringen und Nietenjacken in einem abgewrackten Tipo. Genau das Richtige, um nicht aufzufallen. Selbstverständlich bringen sie mich nicht direkt dorthin, wo ich hinmuss. Zu früh, sagen sie.

Die erste Etappe ist eine rosa Neonkneipe, in der nur Harley-Davidson-Besessene verkehren. Wir trinken Bier, dann fahren wir bei voll aufgedrehter Musik aus dem Autoradio weiter. Etappe zwei ist eine Diskothek im Souterrain eines Bürohauses. Sie nennt sich *Aria Liquida,* alles ist voller pulsierender Lichter und Spiegel. Die Besucher tragen Lederklamotten, gefärbte Haare und verlorene Blicke zur Schau. Der Trupp lümmelt sich auf einem der Sofas und bändelt mit einer Jungschar Mädchen an. Ich schwitze und nehme das Eis aus dem Whisky, um mir die Stirn zu kühlen, wobei ich an das Eis denken muss, das sie mir auf die Wunde getan hatten. Remixes von Siebzigerjahre-Musik, die Leute wiegen sich auf einer mikroskopisch kleinen Tanzfläche: Ich schaue so lange zu, bis man mich weiterschleppt.

Die dritte Etappe sind die Murazzi, ein Spaziergang den Lungopo entlang. Meine Eskorte schlüpft ins *Giancarlo,* eine Diskobar, die so alternativ ist, dass die Türsteher ungebetene Gäste mit Exemplaren des *Kapitals* fortjagen. Ich entschließe mich, nicht zum Gedränge beizutragen, bleibe draußen und sehe dem Wasser beim Fließen zu. Ich verspüre Sehnsucht nach den *Navigli,* den Kanälen Mailands, und nach zu Hause. Es hat aufgehört zu regnen und auf dem Kilometer Bürgersteig lustwandeln Tausende von Menschen. Die Schwarzen verkloppen Gras, die Weißen Koks, die gemischten Gruppen verkaufen Brötchen mit auf improvisierten Grills gebratenen Würstchen. Alle konsumieren und sind fröhlich, auch wenn sich alle naselang einer wehtut. Es ist eine Weile her, da wurde hier ein Algerier in den Fluss geworfen und mit einem Staubsaugerrohr so lange verprügelt, bis er ertrunken ist. Er war in einer Bar unangenehm aufgefallen.

Und weiter geht's. Weder ist die nächste Station die richtige noch die danach. Wir klappern eine ganze Reihe verschiedener Lokalitäten ab, von besetzten Häusern hin zu Cafés mit Piranhas unter der Theke, ich kenne sie alle nicht, sie sind voll gestopft mit freundlichen Zwanzigjährigen, die wenig an meiner Person interessiert sind. Wir bleiben niemals lange an einem Ort, ich höre die Musik, ich bemühe mich, mit den Weggefährten zu plaudern, aber die Kluft zwischen uns umspannt mindestens zwei Generationen, zwischen uns liegen Welten. Bis auf den Fahrer, einen kahl rasierten Kleinen, wechselt die Besatzung entsprechend den Zwischenstopps. Immer wieder neue Vertreter des Nachtvolks, die wir von einem Punkt der Stadt zu einem anderen kutschieren. Unvermeidlich laut und aufgedreht, unvermeidlich gepackt vom Zauber der Gianduia-Nacht. Um drei, als ich endlich den japanischen Ingwer und Rettich verdaut habe, entfernen wir uns aus der Altstadt, Fahrtziel unbekannt. Dichte Nebelbänke tauchen unvermittelt auf, wir rasen schnell dahin, und ich warte nur auf den großen Knall.

»Wohin fahren wir?«, frage ich.

»Nach Nichelino, wir sind fast da,« antwortet mir der Fahrer. »Dort ist das Ripart-Manori.«

»Eine Fabrik?«

»War es. Jetzt ist da Rave. Könnt'n cooles Ding werden.«

Was er meint, verstehe ich, als wir die dahingeklotzten abgetakelten Industrieanlagen erreichen. Geparkte Autos bilden eine unüberwindliche Barriere, und Hunderte von jungen Leuten strömen zu einer alten Werkhalle rein und raus. Die Frontseite wird beherrscht von einer Art metallenem Skelett. Mehr als drei Meter hoch, Scheinwerfer an Stelle der Augen. Beeindruckend, um es kurz zu sagen. Die Musik lässt das Blechdach erzittern. Am Eingang verlangen ein paar mit Daunenjacken uni-formierte kräftige Jungs Wegegeld, wofür sie uns einen Stempel auf die Hand drücken. Ich zahle für alle, das scheint mir das Mindeste, und wir treten ein.

In der Halle mindestens tausend tanzende Personen, Temperaturunterschied zwanzig Grad. An den Zementstreben Trauben von Stroboskopleuchten. An allen Ecken zu monströsen Tierfiguren verschweißter Schrott. Etwas wie ein Stier mit Hörnern aus Motorradlenkern, ein Pferd aus Rohren, ein Tiger mit Streifen aus Flaschenscherben. Ein Totempfahl aus Verstärkern und rotierenden Lasern im Zentrum der Tanzfläche aus Zement. Er ballert die Musik direkt in meinen Magen.

»Stark, was?«, brüllt mir mein Begleiter ins Ohr.

»Wollt' ich gerade sagen. Aber ist das nicht erst heute besetzt worden?«

»Doch.«

»Wie haben die es denn geschafft, das alles an einem einzigen Tag aufzuziehen?«

»Das meiste von dem Kram wandert von einem Rave zum anderen.« Er schaut sich um. »Ich mach mich auf die Suche nach E. Willst du was?«

Ich schlage in meinem Wörterbuch des Jugendslangs nach. E = Pillen von Ecstasy und/oder halluzinogenen Stoffen. »Nein danke.«

Er lacht. »Prohibitionist?«

»Zu alt. Geh nur, ich komme jetzt allein zurecht.«

Ich schlendere an den verschiedenen Ständen an den Seiten entlang: Dort wird alles verkauft, von T-Shirts bis zu Guarana-Gesundheitsgebräuen. Ein unglaubliches Gedränge.

Ich komme zu einer kleinen, mit violetten Neonröhren beleuchteten Bar, die von einem verrosteten Metallgitter eingerahmt ist. Der Barmann hat fast mein Alter, bärtig und bis zu den Achselhaaren tätowiert.

»Keine harten Spirituosen«, schreit er mir zu und besprüht mich mit seinem Schweiß.

»Bier?«

»Das schon.«

Er reicht mir ein Fläschchen, warm wie ein Fußbad. Ich tue so, als würde ich davon trinken. »Hast du Oink irgendwo gesehen?«, frage ich ihn.

Er packt mich an einer Schulter, dreht mich herum und zeigt mit der Hand auf eine Art Meldeturm. Oben wiegen sich drei Gestalten hinter einer Konsole.

Ich bedanke mich und bahne mir meinen Weg durchs Gewühl. Der Turm hat eine Metallleiter. Beim Hinaufklettern spüre ich Stiche im Kreuz, die mich an meinen Rekonvaleszenzstatus erinnern. *Ein bisschen spät, um jetzt daran zu denken,* sage ich mir.

Es gibt nur ein Mädchen in der Gipfeltruppe, von Kopf bis zu den gestiefelten Füßen in Silber gekleidet. Auch die

Haare im Pagenschnitt sind versilbert. Sie hat einen Kopfhörer auf den Ohren, der mit dem Mischpult verbunden ist. Sie tanzt mit geschlossenen Augen, wobei sie die Schallplatten mit den Fingerspitzen bewegt. Ich betrachte sie ein paar Sekunden. Um die zweiundzwanzig, wirklich hübsch. Sie hat einen Ring in der Oberlippe.

Ich schüttele sie sanft, sie schaut mich an und macht ihre Ohren frei. »Ich bin Sandrone«, schreie ich.

Nickend schlägt sie sich die Hand an die Stirn. »Der Gorilla?«, lese ich von ihren Lippen ab.

»Genau! Ich muss mit dir sprechen!«

»Worüber?«

»Adrian! Adrian Patoil!«

»Adrian!«, schreit sie glücklich. Sie wirft sich gegen mich und umarmt mich. Ich genieße den Kontakt, ehe ich mich daran erinnere, warum ich hier bin.

Ich rede mit ihr einen Millimeter vom Ohr entfernt: »Schlechte Nachrichten«, sage ich verlegen.

Ihr Lächeln erstirbt. »Man hat ihn ausgewiesen?«

Ich schüttle den Kopf. »Es tut mir Leid. Er ist tot.«

Sie hat eine Platte in der Hand. Lässt sie fallen. Sie fällt rotierend auf die Köpfe der unten Stehenden.

»Es tut mir Leid«, wiederhole ich. Zartfühlend war das nicht gerade, aber wie zum Teufel soll man das in einer Situation wie dieser schon sein.

Ihre silberne Wimperntusche fängt an zu verlaufen. »Was ist passiert?«

Ich lege ihr eine Hand auf die Schulter. »Lass uns in eine ruhigere Ecke gehen, falls es so was hier gibt.«

Sie nickt. Sie tuschelt mit einem Kerl, der drei Pitbulls an einer Kette hält; er löst sie am Mixer ab. Wir klettern hinunter. Sie führt mich in eine Ecke der Halle, die durch weite, von der Decke hängende Schals abgeteilt ist, die die Musik dämpfen. Am Boden stapeln sich Personen in komatösem Zustand.

Oink putzt sich die Nase und versucht sich die Augen zu wischen, ohne ihr Make-up komplett zu ruinieren. Es gelingt ihr nicht. »Also, erzähl schon. Wann ist das passiert?«

»Vor einer Woche. Adrian wohnte bei einer Freundin von mir in Cremona. Man hat ihn umgebracht.«

»Man hat ihn umgebracht …« Sie ringt nach Atem. »Wie?«

»Erstochen.«

»Scheiße«, murmelt sie leise. »Scheißescheißescheißescheiße.« Sie hat wieder begonnen zu weinen, ich warte, dass sie sich beruhigt, und schaue mich um. Wäre da nicht die Musik, wäre der Vorhangraum sehr still. Der überwiegende Teil der Anwesenden schläft und der Rest knutscht rum. Glückliche Jugend.

»Wer war das?«, fragt Oink etwas später. Ihre Stimme ist wieder sicherer, aber ihr Gesichtsausdruck bleibt starr. Sie hockt sich breitbeinig auf den Boden. Wirkt wie eine Puppe.

»Das versuche ich gerade herauszufinden.« Ich hocke mich neben sie, sie riecht nach Patschuli und Schweiß. »Ich möchte dir ein paar Fragen über ihn stellen.«

Sie antwortet nicht.

Ich wiederhole. »Ich möchte …«

»Ich hab verstanden. Was bist du? Ein Bulle?«

»Wäre ich dann deiner Meinung nach ein Freund von Luke?«

»Nein. Weiter?«

»Sie haben zwei Albaner wegen des Mordes verhaftet. Ich helfe dem Anwalt der Verteidigung.«

»Warum glauben die Bullen, dass sie es waren?«

»Weil sie ihren Statistiken vertrauen. Doch das Mädchen, das sie alle drei aufgenommen hatte, ist davon überzeugt, dass sie unschuldig sind.«

»Wie heißt sie?«

»Vera.«

»Kenne ich nicht.«

»Sie war Adrians Freundin.«

Oink reagiert seltsam auf meine Worte. Ein nervöser Anfall, der sie zum Zittern bringt. Sie nimmt eine Zigarette, schafft es aber nicht, sie anzuzünden. Ich nehme ihr das Feuerzeug aus der Hand und übernehme das für sie.

»Wart ihr eng befreundet, du und Adrian?«, frage ich sie.

»Sehr.«

Oh, oh. »Wart ihr zusammen?«

»Mehr oder weniger.«

»Wann hast du das letzte Mal von ihm gehört?«

»Seit er verschwunden ist, habe ich nichts mehr von ihm gehört.«

»Und wann ist er verschwunden?«

»Vor knapp zwei Monaten.«

»Wie lange ist das gelaufen zwischen euch?«

»Einen Monat. Mehr oder weniger.«

»Habt ihr euch oft gesehen?«

Sie schnaubt. »Du fängst an zu nerven. Entschuldigung.«

Sie hat Recht, ich bin schon wie mein Partner. »Entschuldigung zurück, aber ich muss mir ein Bild machen. Und du bist da ziemlich geizig mit Worten.«

»Und wenn du dir dein Bild gemacht hast, was soll das nützen?« Ich antworte nicht, sie raucht langsam. »Wir trafen uns fast jeden Tag. Nachts gab es immer ein Riesentrara. Wenn du im Nachtasyl schläfst, musst du abends zurück sein, sonst verlierst du deinen Platz. Manchmal hat er sich heimlich rausgeschlichen. Er ist dann über die Mauer.«

Romeo, Romeo, warum bist du Romeo? »Und kam zu dir nach Hause.«

»Adrian wollte zu mir ziehen. Er hatte schon seine Sachen rübergebracht. Dann ist er verschwunden und hat alles dagelassen.«

»Was hat er dir gesagt, bevor er abgehauen ist?«

»Nichts. Ich hab gedacht, dass er Schwierigkeiten bekommen hätte.«

»Was für Schwierigkeiten?«

»Er hatte keine Aufenthaltsgenehmigung. Hätte ja sein können, dass sie ihn geschnappt und zurückgeschickt haben.«

»War das alles?«

»Nur das, ja. War ja so ein Ruhiger, auch wenn er Albaner war. Er dealte nicht und klaute nicht und war auch kein Zuhälter.« Sie wirft die Kippe weg, wobei sie um Haaresbreite einen Weggetretenen verfehlt, der vor sich hin schnarcht. »Kann mir gut vorstellen, dass du mir nicht glaubst.«

»Ich glaube alles. Wovon hat er gelebt?«

»Weiß ich nicht. Etwas Geld habe ich ihm geliehen.«

»Wusstest du, dass Pater Molinas verprügelt wurde, nachdem Adrian verschwunden ist?«

Sie schweigt eine Weile. »Ja.« Weiteres Zaudern. »Weißt du, ich bin wegen dieser Geschichte total durchgedreht. Ich hatte Angst, dass Adrian ...«

»Dass er damit zu tun hätte?«

»Ja. Auch wenn mir das erst blöd erschien. Adrian sprach nur gut von Priestern, er war überzeugter Christ. Er betete sogar vor dem Essen. Und dann gab es da dieses merkwürdige Zusammentreffen. Ich dachte, dass sie vielleicht aneinander geraten wären.« Sie kauert sich zusammen und legt das Kinn auf die Knie. »Stattdessen war er nur zu einer anderen gegangen, dieser Scheißkerl. Nein ... der Arme.«

»Das war kein merkwürdiges Zusammentreffen – der, der Molinas zusammengeschlagen hat, hat nach Adrian gesucht. Hast du eine Idee, wer das gewesen sein könnte?« Ich beschreibe den Typen.

Oink schüttelt den Kopf. »Glaub nicht.«

»Mit wem traf sich Adrian sonst noch, außer mit dir?«

»Keine Ahnung. Leute aus dem Nachtasyl, glaube ich. Es gab da eine Menge Albaner, und er war mit allen befreundet. Er sagte, dass ihn alle gut leiden konnten.«

»Nicht alle.«

Bleiernes Schweigen. Sie bricht es. »Tja.« Sie steht auf und klopft sich den Hintern ab. »Können wir draußen weiterreden? Ich brauche frische Luft, sonst dreh ich noch durch.«

Auf dem Parkplatz beschert mir die Kälte fast einen Herzinfarkt. Aber das ist nicht das Schlimmste. Rundrum, nicht einmal fünfzig Meter von uns entfernt, ist die Straße ein einziges Blaulicht. Gepanzerte Fahrzeuge, Kastenwagen und Polizeiautos, so viele, dass das Auge kaum reicht. Die ersten Blaumänner sind schon ausgestiegen, bereit, den Durchgang zu versperren.

»Scheiße, die räumen uns!« Oink bricht in Lachen aus.

6

Wir kehren in die Halle zurück.

»Wir müssen den anderen Bescheid sagen«, meint Oink.

»Die wissen es schon.« Der Großteil der Feiernden tanzt weiter, aber es bilden sich bereits Grüppchen von besorgten Menschen. In wenigen Minuten wird hier ein Chaos erster Güte losbrechen.

»Dann müssen wir uns eben organisieren, um Widerstand zu leisten.«

»Womit? Mit Schwallen von Kotze?« Ich zeige auf ein Pärchen, das sich in einer Bierpfütze umarmt.

Ihr Gesicht verdüstert sich. »Und was dann?«

»Du und ich, wir gehen. Die anderen sollen machen, was sie für richtig halten. Kennst du irgendeinen Hinterausgang? Der nicht auf die Straße geht?«

»Woher zum Teufel soll ich das wissen?«

»Auch wahr.« Ich schaue mich um, versuche mich zu orientieren. Ich bin ein Idiot, dass ich die örtlichen Gegebenheiten nicht gründlich untersucht habe, als ich angekommen bin. Mein Partner wird mir das nie verzeihen.

Oink unterbricht meine Schlachtplanung. »*Ich* habe sowieso nicht die Absicht, von hier zu verduften und die anderen hängen zu lassen.«

Der Zorn kocht in mir hoch, ehe mir klar wird, was sie in mir sehen muss: einen Wurm, der es vorzieht, abzuhauen, anstatt sich auf den Barrikaden aufzuopfern. In ihrem Alter hatte ich nur allergrößte Verachtung übrig für diejenigen, die sich in ›alternativen Kreisen‹ umtaten und nicht bereit waren, ihren Preis zu zahlen. Die immer gerade dann nicht da waren, wenn es Knüppelhiebe und Anzeigen hagelte, und die doch immer die Ersten waren, auf Versammlungen das Maul aufzureißen. Irgendwas muss mit mir passiert sein.

Ich fasse Oink bei den Schultern und zwinge sie, mich anzusehen, während eine kleine Gruppe schreiender Rasta-Leute an uns vorbeiläuft und uns gegen eine Mauer drängt. Und unversehens liegen wir uns in den Armen. Wir bleiben so, sprechen uns gegenseitig in die Ohren.

»Hör zu, Oink, wenn sie mich verhaften, könnten sie mich aus dem Verkehr ziehen. Ich habe keine Lust, in den Untergrund abzutauchen, wenn ich noch einen Job erledigen muss.«

»Dann verpiss dich. Du hast einen Scheiß mit dem hier zu tun.«

»Ich will aber noch mit dir zu Ende reden, und ich möchte mir Adrians Sachen ansehen, die bei dir zu Hause stehen. Die gibt's doch noch, oder?«

»Ja. Aber wir können uns doch morgen treffen …«

»Lieber gleich. Es tut mir Leid, das sagen zu müssen, aber Adrians Tod geht vor.« Ich bin mir nicht sicher, ob ich ehrlich bin ihr gegenüber. Vielleicht habe ich einfach nur Angst, dass Oink zurückbleibt und ihr jemand wehtut.

Die Spannung in ihren Schultern löst sich. »Ich glaube nicht, dass wir hier rauskommen.«

»Lass es uns doch einfach probieren, in Ordnung?«

»Glaubst du wirklich, dass es so wichtig ist?«

»Ja.«

Sie lässt den Kopf sinken. »Also gut.«

»Halt dich hinter mir.«

Wir gehen einmal die gesamte Halle ab, ohne auf einen Ausgang zu stoßen. Es gibt nicht einmal Fenster. Ich rufe mir die Topografie des Ortes ins Gedächtnis. Die Riesenblechschachtel grenzt an ein anderes Gebäude, einen Fabrikbau. Ich orientiere mich irgendwie, dann zeige ich auf eine primitive Konzertbühne aus Brettern und Gerüststangen. Wir steigen über haufenweise leere Flaschen und zwängen uns dahinter. Wir finden eine Eisentür, die mit einer Kette und einem brandneuen Vorhängeschloss verschlossen ist. Ich rüttele kurz daran: stabil.

»Hast du eine Haarnadel?«, frage ich Oink.

»Was soll ich denn mit so was?«

»Für deine Lockenwickler.« Ich mustere sie. Eines ihrer Armbänder ist ein einfacher bunter Eisendraht, der spiralförmig zusammengedreht ist. »Das da, gibt mir das.«

Sie reicht es mir, ohne zu protestieren. Ich biege es mir zurecht und stecke es ins Schlüsselloch.

»Bist du sicher, dass du das kannst?«, fragt Oink.

»Ich habe viele Diabolik-Comics gelesen ... Ah, na also.« Das Vorhängeschloss springt auf, als eine Stimme die Musik ersetzt. *»Ah ... Ah ... Test.«*

Eine vertraute Stimme, die mir einen Schlag versetzt.

Ich drehe mich um, um mich zu vergewissern. Eine dürre Gestalt mit einem Pferdeschwanz hat den Mixerturm erklommen. Luke, der musste ja dabei sein. Ich bin kurz davor, umzudrehen und ihn ebenfalls mitzunehmen. Ich weiß, dass er nur schwer zu überzeugen sein würde, aber ich könnte ihm ja einen Schlag auf den Schädel verpassen und ihn dann fortschleppen. Oder ...

Stattdessen bin ich Wurm und versetze der Tür einen Stoß mit der Schulter. Ein gähnendes Loch. Wir stolpern hinein und ich schließe die Tür hinter uns, während ich in meinen Taschen nach dem Zippo wühle.

»Hört mir alle zu«, dröhnt Lukes Stimme ein bisschen ge-

dämpfter weiter. *»Wir haben erfahren, dass die Polizei das Gelände umstellt …«*

Im Licht der Flamme kann ich erkennen, dass wir uns in einem kurzen Gang voller Anlagenteile und Kabelrollen befinden. Der Backstage-Bereich. Am Ende gibt es eine weitere Tür, auf die ich mich stürze, um sie zu öffnen. Abgesperrt, von außen. Ich fluche. Sie hat auf dieser Seite kein Schloss.

»Sitzen wir fest?«, fragt Oink.

»Im Moment schon. Da, halt mal das Feuerzeug.«

»Heiß!« Dunkelheit. Etwas klappert zu Boden. »Entschuldigung, ich such schon.«

»Wir müssen Ruhe bewahren und nach draußen gehen. Ich wiederhole, wir gehen alle geschlossen nach draußen …«

Als Oink das Feuerzeug wiedergefunden hat, stemme ich mich bereits gegen die Tür. Sie leistet nur in der Mitte Widerstand, dort muss ein Riegel sein.

»Wenn wir alle zusammenbleiben, können sie uns nichts anhaben. Es ist unser Recht, brachliegende Gelände zu besetzen, um sie …«

Über meinem Kopf ist ein Rohr, das quer durch den Flur verläuft. Ich prüfe es vorsichtig, es hält, ich hänge mich daran. Meine Wirbel krachen, die Wunden schreien auf, die Lunge brennt. Ich beginne, hin- und herzuschwingen, nach jedem Schwung gegen den oberen Teil der Tür tretend. Schwingen, Stoß, Schwung zurück: Ich nutze den Schwung, um mehr Kraft in die Fußtritte zu legen. Die Stöße dröhnen in meinen Knien.

Ein Jammerlaut von Oink. Erneute Dunkelheit.

»Es wird zu heiß«, entschuldigt sie sich wieder.

»Ich wiederhole, wir bleiben ruhig. Ich verlese das Flugblatt, das wir verfasst haben, um die Initiative für diesen Abend auf die Beine zu stellen … aah, Drecksäcke! Drecksäcke!«

Diesmal ist der Impuls umzukehren enorm, aber ich stoße weiter mit den Füßen und versuche, die Explosionen der Tränengasgranaten zu überhören.

Aus den Lautsprechern tönen noch ein verstärkter Hustenanfall und ein Rückkopplungspfeifen. Als das verstummt ist, kann ich den Krawall besser hören: Schreie, Schläge, zerbrechendes Glas, Sirenen. Der Schmerz hüllt mich ein, ich würde am liebsten ohnmächtig werden, während ich hier wie eine Salami herumhänge, ich *spüre,* dass ich drauf und dran bin, ohnmächtig zu werden. Etwas gibt nach, die zwei Türflügel spreizen sich einen Millimeter auseinander.

»Jetzt geht's da voll ab, Scheiße«, keucht Oink. Sie hat jegliches Interesse an meinen Bemühungen verloren und konzentriert sich darauf, die Schlacht draußen zu verfolgen. Ein dünner Lichtstrahl dringt durch die kaum geöffnete Tür. »Sie haben die Leute zurückgedrängt und prügeln jetzt auf sie ein. Hurensöhne ... Scheiße. Jetzt gehen sie auf den Turm los, auf dem Luke steht ...« Ich höre, wie etwas Großes und Metallisches dumpf zu Boden kracht. Armer Luke. Ich Armer.

»Diese Scheißkerle!« Oink macht das Feuerzeug wieder aus, die Dunkelheit hat uns wieder. »Sandrone, ich will nicht in dieser Abstellkammer gefunden werden. Wenn die uns hier drin allein erwischen, dann reißen sie uns den Arsch auf.«

»Wart ... ab.« Ich setze einen letzten doppelten Fußtritt: Der verfluchte Riegel gibt tatsächlich nach. Ein Türflügel knallt gegen die Mauer, der andere öffnet sich halb. Ich lasse los und falle runter wie ein Sack, unfähig, mich zu bewegen. Ich stöhne gotterbärmlich, Oink erkundigt sich nach meinem Befinden, ich habe nicht einmal mehr die Kraft, es zu überspielen. Ganz langsam stehe ich wieder auf und gehe auf Erkundung.

Der Raum dahinter ist ein großer Saal, etwa halb so groß wie der, aus dem wir soeben geflüchtet sind. Aus Zement mit großen vergitterten Fenstern. Die Blaulichter lassen Schatten über den Boden gleiten.

»Und jetzt?«, fragt Oink, die jetzt neben mir steht.

»Lass mich nachdenken.«

Die Szenerie draußen ist nicht gerade ermutigend. Auch hier überall gepanzerte Fahrzeuge. Im Entengang nähere ich mich dem Fenster. Blaumänner in Anti-Aufruhr-Montur steigen einer nach dem anderen aus den Kastenwagen. Zwei Zivilbeamte rauchen, Schutzhelm in der Hand und Schlagstock unterm Arm, kaum einen Millimeter von der einzigen Tür entfernt, die uns von draußen trennt.

»Hier kommen wir nicht raus«, meint Oink.

»Ach was.«

»Und vielleicht kommen sie hier auch nicht rein.«

»Da verlass dich mal nicht drauf. Wenn die mit der Halle fertig sind, machen sie einen kompletten Rundgang. Versuchen wir es da lang«, sage ich und zeige auf eine Tür auf der linken Seite. Gebückt passieren wir sie. Treppen, die nach oben führen, und Mäusedreck. Auf dem Treppenabsatz zum zweiten Stockwerk stoßen wir auf eine schmutzige Matratze neben den Resten einer Feuerstelle.

»Hier hat jemand gewohnt«, sagt Oink. »Igitt.«

»Du hast mein Zuhause noch nicht gesehen. Spring einfach drüber weg und lass uns weitergehen.«

Wir steigen weiter nach oben, und schließlich endet die Treppe vor einer Metalltür mit einer Klinke. Dahinter ein Flachdach. Die Teerpappe darauf knirscht unter unseren Füßen. Wir laufen das Dach der ganzen Länge nach ab, am Ende ein dunkler Abgrund, der unseren Bau von dem Nachbargebäude trennt. Mindestens drei Meter breit und viermal so hoch. Die Staatsgewalt ist noch nicht bis in den Zwischenhof vorgedrungen, aber von Springen kann keine Rede sein.

»Hmm, Ende der Vorstellung.« Oink hockt sich aufs Geländer. »Warten wir eben hier, und wenn sie zu nahe kommen, drohen wir damit, dass wir uns hinunterstürzen.«

Ich hocke mich neben sie. »Ich hoffe, das ist nicht dein einziger Plan.«

»Du bist doch der mit den Plänen, nicht ich.«

Von unten der Lärm von der im vollen Gange tobenden Schlacht. Vorsichtig lehne ich mich vor. Etwa hundert Jugendliche mit Tüchern vor dem Gesicht, die mit Steinen und Erdklumpen die Reihen der Bullen bewerfen. Die weichen zurück, werfen Tränengas, stürmen wieder nach vorne. Die Jugendlichen flüchten die Straße hinunter, schieben Autos vor, bleiben dahinter stehen und werfen Steine. Tränengas, Steine, Tränengas. Glücklicherweise ist uns hier oben der Wind gnädig gesinnt.

Ich setze mich wieder hin. »Wenn diese Idiotenfeste immer so sind, kapiere ich nicht, warum sie so ein Erfolg sind.«

»Ja, Papa.« Oink umschlingt ihre Beine. »Mir ist kalt.«

»Da, nimm die Jacke, ich hab ja noch meinen Pullover.« Dreimal so groß wie sie, ragen von ihr bloß noch die Nasenspitze und der Haarschopf heraus. Nur bin jetzt ich derjenige, der friert. Eine tolle Nacht. Ich gehe zur Dachtür zurück, um sie zu schließen. Und höre etwas, was mir gar nicht gefällt. Stimmen im Treppenhaus. Nachdem die Raver abgeräumt worden sind, beginnen die Bullen jetzt mit der Feinsäuberung.

Ich schaue wieder nach unten, wobei ich der Dachkante an der Rückseite folge. Nach der Hälfte mache ich eine kleine Entdeckung. Dort gibt es noch ein Dach, etwas tiefer, rechteckig, das bis zum Nachbargebäude reicht. Es muss der Abschluss von einer Garage oder etwas Ähnliches sein.

Ich winke Oink zu. »Gefunden.«

Sie schaut es sich an. »Das sind doch mindestens sechs Meter. Ich breche mir die Knochen und sterbe. Und überhaupt, was sollen wir dort?«

»Siehst du dieses Muster an der Mauer des Nachbargebäudes? Da, wo das Dach beginnt.«

»Ja.«

»Sieht aus wie eine Wartungsleiter, eine von denen, die man zur Montage von Antennen benutzt. Wir klettern auf das andere Gebäude, und wenn wir dort sind, sehen wir weiter.«

»Ich springe nicht.«

»Du bist mindestens ein Meter sechzig.«

»Achtundfünfzig.«

Ich zeige ihr die Fassade. »Wenn du dich da runterlässt, reichst du bis dahin, wo das Fenster ist. Siehst du die Querstreben? Setz einen Fuß auf die erste, halt dich hier an den Kabeln fest, lass den anderen Fuß auf das Fensterbrett rutschen und halte dich mit den Händen fest. Dann ziehst du den anderen Fuß nach und springst. Von dort aus sind es höchstens zwei Meter. Das schaffst du locker.«

»Ich lasse mich nirgendwo runter.« Sie setzt sich wieder hin, die Arme verschränkt.

»Okay, aber ich gehe.« Ich klettere über die Brüstung und lasse mich, auf die Ellenbogen gestützt, baumeln, der Kopf noch oberhalb des Randes. Es ist das zweite Mal innerhalb einer Woche, dass ich so etwas mache, ich habe schon jetzt die Schnauze voll. »Überlegst du es dir noch?«

Sie ist aufgestanden, schaut nach unten. »Ich habe Angst.«

»Ich halte dich.«

»Hältst du mich auch wirklich?«

»Ja, aber beeil dich, Jesus, ich hol mir noch einen Leistenbruch!«

Sie lässt sich aus der Hocke über den Rand fallen. Fast wäre sie abgestürzt, aber ich halte sie mit einer Hand, wobei sich mein Arm so anfühlt, als würde er in die Länge gezogen wie bei Mister Fantastic. Ich führe ihren Fuß bis zum Fenster, dann lasse ich mich neben ihr herab. Der Platz reicht für uns beide, wir hängen da wie die Katzen. Hinter dem Fenster steigen zwei Polizisten die letzten Treppenstufen hinauf. So leise wie möglich lasse ich mich fallen.

Ich lande wundersamerweise gut und kann gerade noch rechtzeitig aufstehen, um Oinks Aufprall abzumildern. Und ende erneut mit allen vieren in der Luft. Diesmal fällt das

Aufstehen merklich schwerer, in sämtlichen Gelenken knirscht und knarzt es.

Sie lächelt selig. »Das hat richtig Spass gemacht«, flüstert sie. »Morgen machen wir das nochmal.« Die Leiter gibt es wirklich, und wir haben sie fast bis zum Ende erklommen, als die Blaumänner das Dach betreten, das wir soeben verlassen haben. Dank eines Scheinwerfers stehen wir im vollen Rampenlicht und sie sehen uns.

Sie schreien etwas in der Art von *Bleibt stehen!* und *Jetzt kriegen wir euch!* Ich tue so, als würde ich sie nicht hören, Oink bleibt auf der obersten Sprosse stehen und dreht sich um, um ihnen den Finger zu zeigen.

»Den Finger kannst du dir in den Arsch stecken! Hast du verstanden, du Dreckshure?«, schreit einer von ihnen.

»Steck ihn doch deiner Schwester in den Arsch, Scheißbulle!«, schreit Oink zurück. Fast fliegt sie von der letzten Sprosse.

Unser neues Dach hat eine verrostete Luke und eine Brandschutzaußentreppe, die uns auf einen uniformfreien Rasen entlässt. Dann folgt ein Dauerlauf bis zur ersten Landstraße, dann ein weiterer bis zur nächsten Telefonzelle, von wo aus wir ein Taxi rufen. Dem Typen, der uns aufsammelt, erzählen wir, dass wir einen Unfall gehabt haben. Er kommentiert das nicht weiter und legt eine Decke über den Rücksitz, ehe er uns einsteigen lässt. Wir starren förmlich vor Dreck, vom Scheitel bis zur Sohle.

7

Oink wohnt im fünften Stock eines Gebäudes aus dem neunzehnten Jahrhundert, im Barockviertel zwei Schritte vom Po entfernt. Beletage, Steinmauern, Innenhöfe verschachtelt wie chinesische Kästchen. Ihre Wohnung besteht aus einem einzigen Zimmer von fünfzig Quadratmetern, L-förmig, mit offen liegenden Holzbalken. Sie hat es mit zusammengewürfelten Möbeln und einem Haufen bunter Kissen eingerichtet, chinesischen Papierlampen, Postern von Tarantino-Filmen, Obstkisten als Regalersatz. Das Prunkstück ist ein riesiger Tisch mit einer Marmorplatte, auf dem sich Teller mit Essensresten stapeln. An dem breche ich ermattet zusammen, während sie umherhüpft, die Stereoanlage einschaltet und Räucherstäbchen anzündet. Radio Specchiorosso sendet Musik, keine Nachricht von der Räumung. Wahrscheinlich sind gerade alle Redakteure auf dem Polizeipräsidium und lassen sich misshandeln.

»Möchtest du etwas trinken?«, fragt sie mich.

»Gern. Wodka und Tonicwater, wenn es das gibt.«

»Nein, ich habe nur Whisky und zum Strecken ...« Sie kramt im Kühlschrank. »Gingerale.«

Ginger trank ich seinerzeit in der Betschule, es kostete zwanzig Lire, wie eine Partie Tischfußball. »Ich hätte nicht gedacht, dass das heute noch hergestellt wird«, sage ich.

Sie schenkt zwei große Gläser ein und reicht mir eines davon. »Weil du kein kultivierter Typ bist. Es nennt sich Highball, auch wenn eigentlich noch eine Orangenscheibe hineingehört. Probier's.«

Es ist gut, leicht süß und stark. »Wie kannst du noch so voller Energie stecken?«, frage ich sie. »Ich bin völlig fertig.«

»Ich habe mir eine Prise Speed reingezogen, bevor wir uns getroffen haben. Ich habe noch eine Linie, wenn du willst.«

Speed = Amphetamin in Pulverform. Killer des Biorhythmus. »Nein, danke.« Ich trinke noch ein wenig und fühle mich bereits besser. Ich spüre einen leichten Anflug von Rheumatismus in den Knien, ich hoffe, dass die Wärme in der Wohnung reicht, mich von innen und außen zu trocknen.

Oink setzt sich vor mich hin. Ohne dass ich sie danach gefragt hätte, beginnt sie, mir die Geschichte von sich und Adrian zu erzählen. Die ziemlich normal verlief, mal abgesehen vom Finale. Sie waren zusammen, wann immer es ging, schliefen häufig miteinander. Adrian offenbarte unerschöpfliche sexuelle Energien und einen sanftmütigen Charakter, erzählte von seiner Heimat und beschrieb sie in anmutigen Farben, deklamierte Gedichte auf Albanisch. Er sprach wenig über sich, niemals von der Vergangenheit. Oink hatte sich vorgestellt, dass Adrian seine Familie bei den Unruhen von Valona oder etwas in der Art verloren hätte, doch er hatte sich darauf beschränkt, ein trauriges Gesicht zu machen, ohne je auf ihre Fragen zu antworten. Er hatte lediglich erzählt, dass er kurze Zeit in Florenz verbracht habe, ehe er nach Turin gekommen sei.

»Da bist du dir sicher?«, frage ich sie.

»Ja. Ist das wichtig?«

»Ich weiß es nicht. Ich hoffe nicht.« Die Vorstellung, auch noch einen Abstecher nach Florenz zu machen, behagt mir gar nicht. »Molinas wusste davon allerdings nichts.«

»Adrian erzählte wenig von seinen Angelegenheiten.«

»Das habe ich auch schon gemerkt.«

Der Tag von Adrians Abreise lief genauso ab wie die vorherigen. Ein gemütliches Frühstück zu zweit, bis zum Mittag im Bett, dann war Oink aufgebrochen zu ihren Eltern. Adrian sollte sich um das Abendessen kümmern, dann stand ein Videofilm auf dem Plan und ein Sprung zum *Budino Occupato.* Als Oink nach Hause kam, war kein Adrian da. Er hatte keine Nachricht hinterlassen und kam an diesem Abend nicht mehr, genauso wenig am nächsten Morgen. Sie hatte ihn danach weder gesehen noch von ihm gehört, und schließlich hatte sie sich wieder eingekriegt. Dann kam ich mit den tollen Neuigkeiten.

Es ist fünf Uhr morgens. Oink hat ihre Elfenstiefeletten ausgezogen und massiert sich die Füße. »Ich brauche jetzt dringend ein Bad. Du kannst auch baden, wenn du möchtest, dann kommst du aus deinen eingesauten Klamotten raus.«

»Ich muss sie ja doch wieder anziehen.« Draußen dämmert es bereits. Es ist noch nicht der Sonnenaufgang, aber man sieht, dass der Himmel sich verändert. Die ersten Vögel sind zu hören. »Mach du nur. Inzwischen werfe ich einen Blick auf Adrians Sachen, wenn du nichts dagegen hast.«

»Nein, ach was ...« Sie schließt die Augen. »Ich krieg dabei nur die Krise.«

»Ich würde auch gerne darauf verzichten.«

»Das glaube ich dir.« Sie geht zu einem Wandschrank und zieht eine etwa ein Meter mal achtzig Zentimeter große Holztruhe mit Eisengriffen hervor. Sie schleift sie über den Boden bis vor meine Füße. Ich schaffe es nicht, ihr dabei nicht auf den Hintern zu gucken, der sich straff unter dem Latexrock abzeichnet. Wie lange hatte ich schon keinen Sex mehr? Mindestens drei Monate. Ich habe schon längere Zeiten der Abstinenz verbracht, aber es gibt Momente, in denen ich schwer daran zu knabbern habe. Im Geiste sage ich das Zwölfer-Einmaleins auf.

»Ist da alles drin?«, frage ich, als sie mit der Räumerei fertig ist.

»Ja. Ich habe auch das Zeug reingepackt, das er in der Wohnung herumliegen hatte.« Ihre Stimme zittert und mir ist klar, dass sie einen weiteren schlimmen Moment durchmacht. »Tu mir einen Gefallen und sei damit fertig, wenn ich aus dem Bad komme. Bring dieses Dings vor die Tür und schaff es fort, wenn du gehst. Mir ist es lieber so.«

»Gib mir zwanzig Minuten.«

»Zwanzig Minuten?« Sie tänzelt davon. »Ich werde *eine Stunde* in der Wanne bleiben.«

Die Truhe hat kein Schloss, der Deckel öffnet sich knarzend. Der Geruch von Lavendelsäckchen. Drinnen eine gefütterte Jeansjacke, eine Hose, Unterwäsche, Wollstrümpfe, T-Shirts mit Werbeaufdrucken, alles gewaschen und sorgfältig zusammengelegt. Fingerlose Wollhandschuhe, eine

Kappe. Ein Paar einstmals weiße Turnschuhe mit abgelaufener Sohle und ausgefransten Schnürsenkeln. Wenn Adrian all seine Sachen hier gelassen hat, dann muss er es verdammt eilig gehabt haben, aus Oinks Wohnung zu verschwinden. Die Jacke hätte ihn auf der Fahrt nach Cremona warm gehalten.

Mit anderen Augen schaue ich mich noch einmal im Zimmer um und suche nach Hinweisen, die mir helfen könnten zu verstehen, was passiert ist. Ein dringender Anruf? Unwahrscheinlich. Ist jemand auf der Suche nach ihm hierher gekommen? Derselbe Typ, der dann den Monsignore aufgemischt hat?

Das könnte ein Ansatz sein. Er steht unvermutet vor der Tür, klingelt. Adrian begreift und verschwindet. Wohin?

Wir sind im vierten Stock, ich öffne ein Fenster und schaue nach unten. Es gibt keine Haltemöglichkeiten, Vordächer oder Balkone, wie ich sie in letzter Zeit als Leitersatz benutze.

Ich inspiziere den Rest der Wohnung, das Gleiche in Grün. Ich klopfe an die Badezimmertür.

Geplätschere. »Was ist?«, fragt Oink.

»Was kann man von deinem Fenster aus sehen?«

Sie lacht. »Schwirr ab.«

»Ich meine das ganz im Ernst, ich schwöre es.«

»Du schwörst? Dann komm rein.«

Das habe ich nicht erwartet. Ich bereite mich geistig darauf vor und öffne die Tür, wobei ich versuche, unbefangen zu wirken. Oink sitzt in der Wanne, ich vermeide es, sie mit heraushängender Zunge anzustarren. Die beschlagenen Brillengläser sind dabei hilfreich.

»Was gibt es denn so Wichtiges?«, fragt sie. Sie hat die Arme vor den Brüsten verschränkt, aber sie verbergen nicht viel. Ein hübsches Tribes-Tatoo auf der linken Schulter.

»Eine Idee, die mir gekommen ist.« Ich schiebe die Gardinen zur Seite, sehe das Dach des Hauses gegenüber. Das

Fenster geht auf die Straße, in der sich die Haustür befindet. Ich öffne es und beuge mich hinaus. Auf der rechten Seite verläuft das Abflussrohr der Regenrinne. Ich würde es auch in Lebensgefahr nicht benutzen, aber vielleicht war Adrian gelenkiger als ein Affe. Ich suche nach irgendeinem hilfreichen Indiz, so etwas wie einem Papierfetzen. Ich habe kein Glück.

»Brrr!« Oink macht sich bemerkbar. »Mach zu, mir ist kalt.«

»Entschuldigung.« Ich gehorche. Als ich mich umdrehe, gebe ich dem Impuls nach und schaue sie direkt an. Sie versucht schon gar nicht mehr, sich zu bedecken. Wir lächeln uns an. Was da zwischen uns passiert, ist wärmer als der Dampf, der das Zimmer füllt.

»Ähem, soll ich dir vielleicht den Rücken waschen? Ich bin ganz toll bei Rücken.«

»Ich bin fertig.« Sie steht plätschernd auf. Vielleicht wird ihr, wenn sie einmal in meinem Alter ist, das welke Fleisch überall herumwabbeln und sie wird einen Hängebusen haben, aber jetzt siegt ihre amphorengleiche Figur locker über die Schwerkraft. Ihre Scham ist rasiert. Ich gehe zum Siebenundzwanziger-Einmaleins über, zu den Logarithmentafeln. »Reichst du mir den Bademantel?«

»Auch zwei.« Ich nehme ihn von der Heizung und helfe ihr hinein. Dann schließe ich ihn vorne und beginne, ihr die Schultern zu massieren.

»Herrlich«, sagt sie. »Du hast goldene Hände.«

Ich murmele irgendetwas Blödes und ziehe sie sanft an mich heran. Sie umarmt mich, wir küssen uns. Sie schmeckt nach Seife und Zigaretten, ich fühle, wie meine Lungen weiter werden, ich atme reinen Sauerstoff.

Sie macht sich fast augenblicklich los. »Warum gehst du nicht rüber und wartest auf mich?«, fragt sie.

Ich küsse sie wieder, ganz gierig. »Ich habe Angst vor der Dunkelheit.«

»Ich möchte mich aber erst in aller Ruhe abtrocknen und meine Bemalung abschminken. Ohne dass du an mir klebst.« Sie streicht mir zärtlich übers Gesicht. »Ich komme schon nach, keine Bange. Und zieh dir deine Klamotten aus, ehe du ins Bett steigst. Ich habe gerade erst die Bettwäsche gewechselt.«

»Zu Diensten, Signora. Mach nicht zu lange oder ich trete die Tür ein.«

Ich komme beschwingten Mutes aus dem Bad heraus: *Sempre libero degg'io folleggiare di gioa in gio* ... Uups, die Truhe. Oink sollte besser nicht noch einmal darüber stolpern, wenn ich nicht die Stimmung verderben will.

Ich raffe die herumliegenden Sachen zusammen, um sie wieder dorthin zu packen, wo ich sie hergenommen habe, doch etwas hält mich zurück. Ich bin mit meiner Arbeit noch nicht fertig, so unangenehm sie auch ist. Das Geräusch des Föns hinter der geschlossenen Tür gibt mir Sicherheit. Noch habe ich ein paar Bonus-Minuten. Außerdem bin ich ein Geschwindigkeitsmeister im Ausziehen. Guinness-Buch der Rekorde im Unterhosenweitwurf.

Ich knie mich wieder hin und taste schnell Adrians Kleider auf der Suche nach harten Gegenständen oder Papier ab. Nichts hoch drei. Ich will gerade wieder zu meinem ursprünglichen Plan zurückkehren, da gleitet mein Blick über den Boden der Truhe. Filz, verklebt. Ich vergleiche die Innen- und Außenmaße und meine Heiterkeit verfliegt. Der Boden ist mindestens zwei Finger hoch. Ich fahre mit der Handfläche darüber, es gibt Erhebungen. Fast nicht wahrnehmbar, aber sie sind da.

Die ganze Zeit mit einem Ohr auf die Geräusche aus dem Badezimmer lauschend, laufe ich zur Kochnische, um mir ein Messer zu holen. Ich fahre mit ihm am Innenrand entlang auf der Suche nach einem Spalt, den man mit dem bloßen Auge nicht sehen kann. Es gibt wirklich einen. Ich hebe eine Ecke des Filzes hoch, packe sie mit den Händen und ziehe. Er lässt sich lösen. Ein paar Augenblicke lang starre ich auf das, was da ans Licht gekommen ist.

Das war's dann wohl mit dem guten Jungen Adrian. Der Boden der Truhe ist mit Schaumstoff ausgekleidet, und im Schaumstoff steckt ein zerlegter Revolver. Aus meiner Jacke hole ich Handschuhe hervor und nehme die mit Motoröl gefetteten Teile heraus. Ich setze sie zusammen und drehe die Schrauben mit dem Messer fest. Das Handbuch, das ich verinnerlicht habe, öffnet sich in meinem eidetischen Gedächtnis an der richtigen Stelle. Also: Kaliber .357 Magnum, gerändelte Nussholzbacken, Marke Zastava, Modell 1983/1987. Serbische Fabrikation, in Italien praktisch unbekannt. Ich schnuppere an der Mündungsöffnung, kein anderer Geruch als der von Öl. Sehr sauber, die Spuren am Schlagbolzen zeigen, dass sie wenig benutzt wurde. Die Seriennummer ist ›weggefeilt‹, würden die Bullen sagen. Zehn Projektile, die in Klebeband gewickelt sind, liegen zum Einsatz bereit.

Scheiße hoch drei. Jetzt fügt sich alles zusammen: die übliche Kiste von den ausländischen Mafiabanden. Adrian ist nach Turin gekommen, hat irgendwelche Schiebereien angefangen, das ist schief gelaufen, dann ist er nach Cremona geflüchtet, hat wieder mit den Schiebereien begonnen, man hat ihn abgemurkst. Stopp. Die einzige Sache, die noch zu klären bleibt, ist, ob seine zwei Freunde damit zu tun haben, aber alles andere würde mich sehr wundern. Sie wohnten zusammen, oder etwa nicht? Nur jemand wie Vera konnte von all dem nichts mitbekommen.

Ende meiner Ermittlungen, lange habe ich dafür nicht gebraucht.

Oink trällert irgendetwas auf Englisch, ich überlege fieberhaft, wo ich die Knarre verstecken kann, ehe sie sie zu Gesicht bekommt. Ich stecke sie in die Innentasche meiner Jacke. Sie wiegt ein knappes Pfund und zeichnet sich mit deutlicher Hervorwölbung ab, aber ich habe nicht die Absicht, sie lange mit mir herumzuschleppen. Gerade so lange, um sie in den erstbesten Abwasserkanal zu werfen.

Das Föngeräusch erstirbt. Ich stopfe alles in die Truhe und bringe sie im Laufschritt auf den Treppenabsatz vor der Tür. Dann rase ich zum Bett, ziehe mich aus und schmeiße meine Kleidungsstücke auf den Boden. Zuunterst die Jacke. Ich schlüpfe zwischen die kühlen Laken und ziehe mir die Decke bis unters Kinn. Von meinem Platz aus kann ich die Badezimmertür sehen. Noch ist sie verschlossen.

Ich weiß, dass meine Gedanken in diesem Moment ganz woanders sein sollten, zum Beispiel bei der Person, die gleich bei mir sein wird. Doch ich kann nur an das denken, was ich unter den Kleidern versteckt habe, an Adrian und an seine Fotos post mortem.

Jetzt langt's. Das ist nicht der richtige Zeitpunkt. Ich konzentriere mich auf das Licht, das aus dem anderen Zimmer hereindringt, auf Oink und wie ich sie in der Badewanne gesehen habe. Auf ihren Duft.

Die lässt sich aber Zeit.

Vielleicht liegt es daran, dass ich sehr müde bin, aber die Angespanntheit beginnt, von mir abzufallen. Der Körper sinkt in die Matratze.

Ich schlafe ein.

8

Geklirre von Gläsern und Bestecken.

»... wie viele Leute werden Ihrer Meinung nach nötig sein?«

Ich öffne die Augen. Scotti starrt mich an. Und nicht nur er. Wir sitzen zu viert am Tisch. Svetlana ist da und ein Unbekannter, um die fünfunddreißig, Kinnbart und ein sauber getrimmter Schnurrbart wie aus der Rasierer-Werbung von Braun. Er ist es, der mich angesprochen hat. Wir sind alle schick angezogen, vor uns leere Teller und Flaschen. Im Mund habe ich den Geschmack des Abendessens. Um mich herum ein Ambiente, das ein Zwischending zwischen einem Luxusrestaurant und einem Nachtclub unterster Kategorie ist. Gedämpftes Licht und im Hintergrund Musik von Charles Aznavour. Etwa fünfzig Personen nippen an Cocktails oder beenden gerade lachend und plaudernd ihr Mahl.

Der Unbekannte spricht erneut, verwirrt. »Ich habe Sie gefragt ...«

Jetzt begreife ich. Ich kann es einfach nicht glauben, ich will es einfach nicht glauben. »Scheiße!«, schreie ich und haue mit der Faust auf den Tisch. Ich springe auf, wobei die Serviette herunterfällt, die ordentlich gefaltet auf meinen Knien lag. Dabei spüre ich, dass mein Rücken brennt. *Das darf doch wohl nicht wahr sein.*

»Was hat er denn? Habe ich ihn mit meiner Frage beleidigt?«, fragt der Unbekannte irgendjemanden hinter mir.

Ich suche die Herrentoilette, bin so stinksauer, dass ich einen Typen über den Haufen renne, der sich beim Herausgehen den Hosenschlitz zumacht. Ich stelle mich vor den Spiegel und brülle. »Das hättest du mir nicht antun dürfen! Das ist ja wohl das Letzte! Wer zum Henker hat sie denn vom Rave fortgebracht, hä? Wer hat denn den Helden gemacht? Und dann kommst du und schnappst dir das Beste!« Im Spiegel ist nur mein dämliches Gesicht über dem eleganten Jackett zu sehen. Ich ziehe es aus und schmeiße es auf den Boden. Ich reiße mir die Krawatte herunter, knöpfe das Hemd auf. »Hättest du dich nicht einmal um deinen eigenen Kram kümmern können, hä? Aber nein. Du hast die Situation ausgenutzt, wie immer!« Ich ziehe das Hemd aus und sehe das, was ich befürchtet habe. Mein Hals ist voller Bisse. Ich drehe mich um und versuche, meinen Rücken zu betrachten. Die Ursache für das Brennen. Kratzer. Kratzer, verflucht. »Du hattest wohl eine tolle Nacht, hä?«

Ein Kellner kommt zur Toilettentür herein. Ein bestürzter Gesichtsausdruck, um es mit wenigen Worten zu umschreiben. »Haben Sie ein Problem?«

»Ja. Gürtelrose! Wissen Sie, was das ist?«

Er schüttelt den Kopf.

»Also, das ist eine Sache, die brennt! Verflucht brennt! Aber es geht vorüber! Machen Sie sich keine Sorgen!«, schreie ich ihm so laut ins Gesicht, dass sein Toupet flattert.

Er weicht einen Schritt zurück, wobei er mit den Augen nach einem stumpfen Gegenstand sucht. »Es ist nur so, man kann Sie bis in den Speisesaal hören ...«

Ich senke meine Stimme. »Alles in Ordnung, ich bin nicht betrunken. Sehen Sie, ich kann auf einem Bein das Gleichgewicht halten. Möchten Sie, dass ich noch ein Rad schlage?«

»Nein ...«

»Dann raus mit Ihnen, ich will mich wieder bekleiden.«

Er verschwindet, immer noch verwirrt. Ich packe meine Sachen, um mich in ein Klo zu verziehen. Die Tür der Kabine schließe ich hinter mir ab.

Der Zettel steckt in der Hemdtasche. Ich wette, dass *er* nicht aus Versehen eingeschlafen ist. Ich wette, dass *er* das ganze Abendessen genossen hat, und als man dann aufs Geschäftliche zu sprechen kam, hat er mir den Schwarzen Peter überlassen. Und so ist es auch.

Mein Partner ändert nie seine Handschrift. Eine gleichmäßige Druckschrift, wie mit der Maschine geschrieben, aber diesmal ist ein vages Zittern in den Buchstaben. Er hat gelacht, der Bastard, während er mich auf den neuesten Stand brachte.

Ich bin gezwungen, von seiner Nacht zu lesen. Es fehlt bloß noch, dass er sich bei mir bedankt. Himmel, bin ich wütend. Ich hämmere mit den Fäusten an die Tür.

Er hat keine Aufzeichnungen von mir gefunden, denn ich hatte ja keine gemacht, und musste sich den Ablauf des Abends mittels diskreter Fragen an Oink rekonstruieren. Als er die Pistole fand, hat er nicht lange gebraucht, um herauszufinden, woher sie stammte. Als er Oinks Wohnung verließ, warf er Adrians Truhe auf den Müll und steckte die Pistole in den erstbesten Postkasten. *Das ist die einzige Möglichkeit, sie der Polizei zukommen zu lassen*, erklärt er mir, *und sie der Polizei zukommen zu lassen, ist die einzige Möglichkeit, um zu erfahren, ob mit dieser Waffe jemand getötet wurde. Das sollte man besser eruieren, oder?*

Grrrr.

Anschließend verbrachte er einen mehr oder weniger geregelten Tag bei Scotti und befragte die Nachbarn nach eventuellen verdächtigen Bewegungen. Nada.

Der laufende Abend ist eine Party, um die Geburt des *Verlorenen Raumschiffs* zu feiern. Wir speisen mit dem Eigentümer einer Agentur, die sich um die Veranstaltung von Events kümmert, die Mod Squad. Der Typ, den ich nicht kenne, ist der Inhaber, ein Dottor Longo. *Der Laden kommt mir ein wenig windig vor. Der Inhaber fungiert auch als Animateur. Aber sieh selbst.* Und dann dringt der letzte Absatz durch die Röte, die vor meinen Augen wabert. *Svetlana ist sehr angespannt. Behalte sie im Auge.*

Ich zerreiße den Zettel und ziehe mich wieder an. Das Schlimmste ist, dass sich in meinem Inneren etwas verändert hat. Wie nach einer sehr gründlichen Massage, die Muskeln und Nerven sind entspannt. Die Wohltaten des Sex. *Das nächste Mal steige ich mit einem geilen Fernfahrer ins Bett*, denke ich. *Dann werden wir schon sehen, wie er aus der Nummer wieder rauskommt, der Saftsack.*

Beinahe ruhig kehre ich in den Saal zurück.

Scotti unterhält die Runde mit dem Witz vom Käse-Geist.

»Entschuldigt mich, ich musste einen dringenden Anruf erledigen«, sage ich im Hinsetzen.

»Auf dem Klo?« Scotti trocknet sich die Augen, die vom Lachen tränen. Er ist der Einzige, der sich amüsiert, aber das kümmert ihn nicht. Er sollte den Animateur machen, nicht Freund Stutzbart.

»Ach, das war das Klo? Und ich dachte schon, die Einrichtung wäre zu gehoben.« Vor mir steht eine Reihe Gläser. Mein Partner hat nur das Wasserglas benutzt. Ich fülle es mit dem Rest aus der Rotweinflasche. »Bestellen wir noch eine, zum Verdauen.«

»Aber hallo, lasst uns feiern!«, schreit Scotti so laut, dass sich alle Gäste nach ihm umdrehen. Ich ernte unerklärlich viel zustimmendes Gelächter. Irgendetwas ist mir entgangen. »Ich gehe mich umziehen.«

Er steht auf und verschwindet im hinteren Teil des Saals. *Mich umziehen?*

Der Animateur lächelt unsicher, Svetlana sieht blass aus und presst die Lippen zusammen.

»Alles in Ordnung?«, frage ich sie.

Sie zuckt mit den Schultern, ohne zu antworten.

Ich mache mir Sorgen. »Habe ich mich danebenbenommen?« Mein Partner ist niemals sehr galant.

»Ich habe Kopfschmerzen, entschuldige. Reden wir ein anderes Mal darüber.«

Ich drehe mich zu dem Typen um, der so getan hat, als würde er meinen Dialog mit Svetlana nicht belauschen. »Was hatten Sie mich vorhin gefragt?«

»Ach ja. Ich wollte wissen, wie viele Leute Ihrer Meinung nach für den Sicherheitsdienst beim Konvent nötig sind.«

»Das hängt davon ab, mit wie vielen Leuten Sie anrücken.«

Er zupft sich an den Lippenborsten, noch unentschlossener.

»Hm, na ja, gar nicht mal so viele. Abgesehen von den Hostessen wären da noch meine Frau und ich, aber wir kümmern uns nur um die Show und das Implanting.«

»Ach, sogar um das Implanting?«

»Ja, das Sandwiching und das Beveraging.«

»Eine verantwortungsvolle Aufgabe.«

»Ach, na ja …« Er reißt die Augen auf. »Mann, das war ein Witz! Ha, ha. Nett.« Er kramt in seinen Taschen und zieht ein reichlich zerknülltes Stück Papier hervor. »Schauen wir uns den Lageplan an?«

»Gerade wollte ich Sie danach fragen.«

Er schiebt die Gläser beiseite und entfaltet auf dem Tisch einen schlecht gezeichneten kleinen Plan. Ein rechteckiges Gebäude, Typ Lagerhaus. Das bringt mir den Rave in Erinnerung, weiß der Geier, ob Luke auf freiem Fuß ist.

Auf dem Plan sind zwei Räume abgeteilt. Fünfzig mal fünfzig Meter, wenn ich die Millimeterskala richtig umsetze. Im ersten sind in Rot Kreise und schiefe Quadrate eingezeichnet. Heino tippt mit einem Finger auf ein Quadrat. »Das sind die Stände. Der größte, der da, ist der vom Verlag. Die anderen sind an verschiedene Buchhandlungen und Vereine vermietet. Es werden um die zwanzig sein. Brauchen Sie eine Liste?«

»Wenn nicht der Serienkiller-Verein darunter ist, können wir uns das sparen. Und die Kreise?«

»Das sind die Imbissstände. Ich habe fünf vorgesehen. Hier«, er zeigt auf ein Rechteck, »hier wird das Organisationsbüro sein. Und hierhin stellen wir den Empfang. Es wird nur die Haupttür geöffnet sein, hier.«

»Ist das ein Theater?«

Er schüttelt den Kopf. »Um die Wahrheit zu sagen, das ist der ehemalige Fischmarkt. Die Kommune plant, ihn zu renovieren und in einen Konzertsaal zu verwandeln. Wir haben ihn für drei Tage gemietet.«

»*Vor* der Renovierung? Das wird ja was Schönes werden.«

»Wir werden ihn ein wenig dekorieren.« Er senkt die Stimme. »Es war der günstigste Saal in ganz Turin, und in Anbetracht unseres Budgets ...«

Dann erklärt er mir, dass der zweite Raum bestuhlt wird, für Vorführungen auf der Leinwand und Podiumsdiskussionen. Große Eröffnung am Freitagabend, mit Maskenball.

»Es gibt auch einen Preis für das schönste, von Science-Fiction inspirierte Kostüm«, fährt er fort, »und den Scotti-

Preis für die schönste Maske, inspiriert von Büchern des Scotti-Verlags. Und dann wählen wir noch eine Miss Science-Fiction oben ohne.«

»Ich gehe davon aus, dass Scotti in der Jury sein wird.«

»Na ja ...«

Das Licht geht aus. Im Saal bleibt nur ein Scheinwerfer an, der einen Mikrofonständer anstrahlt. Ein Augenblick der Stille, dann fängt die Musik an zu dröhnen: *New York, New York.* Scotti kommt tänzelnd heraus, fast verschlucke ich mich am Wein. Jetzt trägt er einen mit Pailletten besetzten Frack und singt aus vollem Hals in ein Funkmikrofon. Seine Aussprache ist ganz besonders grauenhaft, dann begreife ich, dass er den Text nicht genau kennt und sich darauf beschränkt, den Klang zu imitieren. Nur beim Refrain brechen die *New Yorks* aus ihm heraus, dass einem die Haare auf den Armen zu Berge stehen. Er macht einen Rundgang an den Tischen vorbei, bleibt dann im Scheinwerferkreis stehen und schmettert das letzte *Yoork* schaurig zerdehnt hinaus. Dann steckt er das Mikrofon in die Halterung, hebt die Arme und schreit: »Möge die Macht mit euch sein! Harr, harr.«

Die Anwesenden sind völlig geplättet. Irgendjemand im Hintergrund applaudiert, die engsten Freunde. Scotti verbeugt sich, als ob man ihn mit Blumensträußen überschüttet hätte. Mit schweißüberströmter Stirn verteilt er Kusshändchen.

Ich drehe mich zu Svetlana um, die in ihr Glas stiert, als wollte sie komplett darin versinken. »Wieso lässt man ihn sich so zum Affen machen?«

»Er hat dafür bezahlt«, antwortet sie unwirsch.

Scotti kommt wieder zu Atem. »Oh je, was für eine Anstrengung. Möchtet ihr, dass ich noch etwas für euch singe?« Unbestimmtes Gemurmel. Ich suche nach einem Brötchen, das ich im Dunkeln nach ihm werfen könnte, doch die Kellner haben alles abgeräumt. »Nein? Gut, dann kommen wir jetzt zum Höhepunkt des Abends, der Moment, auf den ihr alle gewartet habt. *Das verlorene Raumschiff.*«

Der Applaus hält sich in noch deutlicheren Grenzen. Aus dem Hintergrund ein Ruf: *Los, Franco.* Ich drehe mich um, um nachzusehen, wer das war: Es ist der Kellner mit dem Toupet. Scotti winkt dem Lakaien zu und fährt fort. »Zunächst bedarf es aber einer gebührenden Ankündigung. Ihr müsst wissen, dass ihr diese Perle, die ich euch gleich präsentieren werde, beinahe niemals zu Gesicht bekommen hättet. Jawohl, *niemals.* In Italien und in fast dem ganzen Rest der Welt ist sie wegen des Boykotts des Medienkartells nie herausgekommen. Aber wir vom Scotti-Verlag scheren uns einen Dreck um die Mächtigen, wir kämpfen für die Freiheit des künstlerischen Ausdrucks!« Pause in Erwartung von Applaus, der diesmal völlig ausbleibt. »Ihr werdet heute Abend die erste Episode der Serie sehen können. Ihr werdet echte, gesunde Science-Fiction aus Zeiten sehen, als Männer von Geist noch große Dinge hervorbrachten, die es den Menschen auf der ganzen Welt ermöglichten, sich zu amüsieren mit Werken von Geist, die es den Menschen auf der ganzen Welt ...« Er hat sich verheddert. Mit einem Sprung fängt er sich wieder. »Wie dieses Wunder! Seid ihr bereit?« Das Licht geht aus und eine Leinwand senkt sich von der Decke herab. Play, on.

Übergangsloser Anfang. Es gibt noch keinen Vorspann, daher geht es direkt mit einer Aufnahme des Weltalls los. Sterne aus Magnesium, Gebrumme. Ein Metallzylinder mit Flügeln kommt surrend heran. Elektronische Musik. Zoom auf das Raumschiff, Nahaufnahme eines Bullauges. Schnitt. Im Innern des Schiffes, Typ Unterseeboot. Drei Gestalten in braunen Overalls sitzen an einer Konsole. Schwarze Haare, dunkler Teint. Einer von ihnen mit Vollbart.

»Wie schnell fliegen wir, Erster Pilot?«, fragt der Haarige.

»Mit neun Komma fünf Parsek, Commander George.«

»Reduzieren Sie um zehn Pik, Erster Pilot.«

»Sofort, Sir.« Der Erste Pilot hantiert mit Schaltern und Hebelchen. Die drei schaukeln auf ihren Sitzen, als ob sie auf eine plötzliche Geschwindigkeitsreduzierung reagieren würden.

»Da ist etwas vor uns«, sagt der dritte Overall. Er schaut in eine Art Periskop, das im Boden eingelassen ist.

Schnitt. Erneute Aufnahme des Weltraums. Jetzt sieht man einen leuchtenden Ball, so etwas wie ein brennender Papiermeteor. Ein schreckliches Prasseln. Lauter werdende Musik.

Dieselbe Einstellung wie vorhin. Sie haben wohl nur eine Kamera und setzen sie sehr sparsam ein.

»Was ist das Ihrer Meinung nach, Erster Wissenschaftsoffizier?«, fragt Commander George.

»Ich habe keine Ahnung, Sir.«

Ein mitreißender Dialog. Ich versuche, nicht auf die Synchronisation zu achten, und konzentriere mich auf die Lippen. Es wird Spanisch gesprochen. Von wegen Commander George. Sie sagen *Señor Gonzalo.*

Ich stupse Longo an. »Aber das ist doch nie im Leben ein amerikanischer Fernsehfilm?«, raune ich ihm zu.

»Doch«, flüstert er in mein Ohr zurück. »Aus Südamerika. Mexiko, glaube ich. Was halten Sie davon?«

»Entzückend.«

Innerhalb der nächsten fünf Minuten überstürzen sich die Ereignisse. Das Raumschiff wird in das Gravitationsfeld des Papierballs gezogen und verschluckt. Geschaukel und Geprassel. Aufnahmen von verschiedenen Sektionen des Raumschiffs, wo sich vier oder fünf Komparsen wie von Koliken geschüttelt am Boden wälzen. Dann taucht das Raumschiff in einer Galaxie auf, von der man ahnt, dass sie unbekannt ist, auch wenn sie genauso aussieht wie die vorige. Die Triebwerke qualmen und spucken. Commander George/Gonzalo, der ohnmächtig am Boden liegt, träumt von Frau und Kindern, die er in einem unterirdischen Bunker zurücklassen musste, mit Blechrobotern, die die Wohnung sauber machen. Die Welt der fernen Zukunft. Da gibt es Blut saugende radioaktive Vampire. Schwere Hiebe, Explosionen.

Astronauten, die unter Zurücklassung von Kondensstreifen in der Tiefe des Alls verschwinden. Jedes Mal, wenn ein Schauspieler an die Kulisse stößt, verbeult sich die Pappe.

Ich kann mich nicht erinnern, jemals etwas derart Grottenschlechtes gesehen zu haben. Das Gelächter im Publikum ist hemmungslos. Scotti bemerkt es und drückt auf die Fernbedienung. Die Lautstärke steigt schlagartig an.

»Erster Pilot, übernehmen Sie das Kommando!«, explodieren die Lautsprecher.

Ich schnappe mir das Handy von Heino und entfleuche auf die Toilette. Ich komme kaum hinein. Knapp die Hälfte der Leute, die an den Tischen gesessen haben, ist schon dort, um durch die Lüftungsklappe zu flüchten.

Ich lehne mich an die Wand und rufe bei Radio Specchiorosso an. Es muss an meinem Karma liegen. Am Apparat ist der Typ mit dem Irokesenkamm, der mich hasst.

Als ich sage, wer ich bin, macht er einen verächtlichen Maulfurz und legt auf. Glücklicherweise hat Heinos Handy Wahlwiederholung. Beim dritten Mal gibt mich der Punk an Luke weiter. »Wer sich dem Kampf entzieht, ist ein Riesendrecksack«, meldet er sich.

»Dieser Ausdruck ist nicht politically correct. Wie geht es dir?«

»Gut. Bis auf eine Beule.«

»Haben sie dich verprügelt?«

»Nicht direkt. Ein Gerüst ist mit mir umgefallen.«

»Das war nicht zu überhören.«

»Psst, sag so etwas nicht. Wer uns abhört, könnte sonst auf die Idee kommen, dass du auch da warst. Fünfzig von uns haben bereits eine Anzeige, sind aber alle auf freiem Fuß. Ich möchte allerdings klarstellen, dass, selbst wenn du da gewesen wärest, du gut daran getan hättest, auf mysteriösen Wegen zu verschwinden und dich um eine liebe Freundin zu kümmern. Denn wenn man sie geschnappt hätte, hätte es richtig Ärger gegeben ...«

»Warum?«

»Weil sie minderjährig ist, oder nicht? Ständig rufen ihre Eltern an und legen sich aus irgendeinem unerfindlichen Grund mit mir an.«

Ohrensausen. »In welchem Sinn minderjährig?«, stammele ich. »Nach welchem Kalender?«

»Dem christlichen, veraltet, aber immer noch gültig. In einem Monat wird sie siebzehn. Sie wirkt älter, nicht wahr?«

»Na ja, kann schon sein, ich habe nicht so genau hingeschaut.«

»Wie das denn nicht ...«

»Höre ich da irgendeine Unterstellung?«

»Keine Unterstellung, Signor Girolimoni. Das Feministen-Kollektiv wird deinen Fall in der nächsten Woche besprechen. Wenn du möchtest, kannst du mit einem Anwalt daran teilnehmen. Du könntest ja Valentina mitbringen ...« Er bemerkt mein Schweigen. »Hey, ich mache doch nur Spaß. Ich weiß doch, dass du keine kleinen Mädchen betatschst.«

»Genau«, hauche ich mit sehr dünner Stimme. Eine Minderjährige, Herrgott, das ist mir noch nie passiert, selbst dann nicht, als ich im entsprechenden Alter war. Ich war ein Spätzünder.

»Wo steckst du?«, fragt Luke. »Das ist ja ein Wahnsinnsspektakel.«

Großartige Gelegenheit, das Thema zu wechseln. »Das errätst du nie! Warte, ich lass dich mithören.« Ich öffne die Tür der sich stetig weiter füllenden Toilette. Ein Lärmschwall. Im Raumschiff befindet sich Comandante Gonzalo im Nahkampf mit einem Mann mit zwei Köpfen. »Hör zu und rate, was das ist.« Ich halte das Telefon Richtung Lautsprecher.

Bumm.

Die Explosion ist so stark, dass die Fenster des Nachtclubs klirren. Meine Güte, was für ein Spezialeffekt. Aber es ist nicht der Film. Hinter den Glastüren im Eingang lodern Flammen.

»Ich ruf dich wieder an«, sage ich zu Luke und laufe nach draußen, wobei ich gegen das Gedränge der panikerfüllten Menschen ankämpfe. Vor dem Lokal brennt ein Auto fröhlich vor sich hin, schwarzer Qualm und große Hitze. Ein brandneuer Mercedes. Zumindest war er das vor der Misshandlung. Ich erkenne ihn am Nummernschild. Es ist der von Scotti. Der ist hinter mir herausgekommen und beginnt, jammervolle Klagelaute auszustoßen.

Am Fenster im ersten Stock des Wohnhauses gegenüber steht eine alte Frau im Morgenrock. Sie schreit. »Ich habe ihn gesehen! Er ist da lang gelaufen! Mit einer Fackel!« Sie zeigt die Straße hinunter. Ich setze mich in Bewegung, während hinter mir der Tumult zunimmt. Ich weiß nicht, wen ich verfolge, aber ich denke, ein Fackelläufer wird mir wohl auffallen. Nichts zu machen, nur lauter normale Passanten. Um sicherzugehen, umrunde ich den Block und stelle fest, dass ich in der Gegend bin, wo das Nachtasyl des Monsignore liegt. Welch ein Zufall.

Vor der Tür die übliche Ansammlung von Einwanderern. Ich schlendere ganz nahe vorbei und tue ganz unauffällig. Kein verdächtiger Benzingeruch festzustellen. Und sie sind ganz ruhig. Ich grüße sie, aber wie üblich erwidern sie nichts. Ich gehe weiter und kehre zum Lokal zurück.

Der Brand hat sich weiterentwickelt. Bei der Explosion von Scottis Auto wurde brennendes Benzin auf die umstehenden Autos geschleudert. Zwei Kellner versuchen, die Flammen mit Feuerlöschern aus dem Lokal zu löschen, genauso gut könnten sie Selterswasser-Siphons benutzen. Die Feuerwehr kommt nach ungefähr zehn Minuten, dann trifft die Polizei ein, die nach einer weiteren Weile Scotti fortbringt, der einen hysterischen Anfall hat. Er sieht schlimmer aus als ein Schornsteinfeger, von Kopf bis Fuß rußgeschwärzt. Wenn sie ihn nicht mit zehn Mann festhielten, würde er losstürmen, um die Flammen mit bloßen Händen zu löschen.

Als ich in seine Sichtweite komme, nehmen seine Schreie an Lautstärke zu. »Hast du das gesehen, hast du das gesehen? Warum, zum Teufel hast du das nicht verhindert? Er war neuuuuuu!«

Ich kehre ihm den Rücken zu, ich ertrage es nicht, meine Arbeitgeber weinen zu sehen. An einer Hauswand, fünfzig Meter von der Tür des Lokals entfernt, beleuchten die Blaulichter der Einsatzwagen einen aufgesprayten Schriftzug. Er lautet: *Scotti fassist.*

9

Obwohl der nächste Tag ein Samstag ist, sind fast alle in den Verlag gekommen. Die Neuigkeit hat sich übers Telefon verbreitet, niemand möchte den Klatsch und Tratsch verpassen, selbst wenn das bedeutet, Einkäufe und Freizeitaktivitäten mit der Familie zu unterbrechen. Panz schaut von einem Set herein, wo man ihn als Komparsen engagiert hat: Er soll in einem Film über den Zweiten Weltkrieg den Deutschen spielen und hat sich dafür die blonden Haare zu einer Bürste geschnitten.

»Was tut man nicht alles für den Ruhm«, grinst er. Mit dem Tarnanzug und dem Kommissschnitt ähnelt er so sehr einem Nazi, dass es mir in den Fingern juckt. Raffaele der Zauselkopf ist dagegen immer noch zauselmähnig. Er gibt vor, zufällig vorbeigekommen zu sein, und kramt in einem großen Karton mit Manuskripten, der nach Schimmel stinkt. Er weicht meinem Blick aus, ich werfe ihm ein paar Bemerkungen über engagierte Literatur zu, aber er reagiert nicht. Carmelo raucht seine übliche Toskanerzigarre, Edith wringt in höchster Anspannung die Hände. Jetzt fehlt bloß noch das arme Opfer sowie Svetlana, die mit Kopfschmerzen zu Hause sitzt.

Bis auf den Zauselkopf, der sein Schweigegelübde streng einhält, überschütten mich alle mit Fragen: Sie möchten jede Einzelheit wissen über Scottis Gesicht, wie er reagiert hat, ob er geweint hat. Ich versuche, diskret zu bleiben, aber das gelingt mir nicht gut. Als er schließlich eintrifft, schwarz umflorte Augen wie Eleonora Duse, fehlt nicht viel und Applaus wäre ausgebrochen. Er erzählt mit rauer Stimme, krallt sich an den Vorhängen fest. Die Belegschaft fordert noch eine Zugabe, dann entschwinden sie alle in ihre Zimmer. Scotti lässt die Leidensmiene fallen. Er drängt mich in eine Ecke seines Büros und verbringt die nächste halbe Stunde damit, auf mir wie auf einem Fußabtreter herumzutrampeln. Die Essenz seiner Strafpredigt: Entweder du arbeitest oder ich jage dich davon, nachdem ich dich angezeigt habe. Um ihn zu beruhigen, erzähle ich ihm eine bereinigte Fassung meiner Unterhaltungen mit Luke.

»Wenn es nicht die Squatter waren, wer zum Henker war es dann?«

»Ich habe keinen blassen Schimmer. Die Polizei ermittelt doch, nicht wahr?«

»Und wofür bezahle ich dich? Um mein Brot zu fressen?«

»Für den Sci-Fi-Konvent. Er wird ganz toll, du wirst schon sehen.«

Er zieht eine Grimasse. »Das hoffe ich. Denn da gibt es auch nur Probleme.«

»Was du nicht sagst. Was für Probleme?«

»Xavier Mendez ist eingetroffen, du weißt schon, der Darsteller von Commander George.«

»Ein bisschen früh.«

»Das war Teil des Vertrags. Eine Woche Urlaub in Italien und Taschengeld. Doch jetzt lässt er alles platzen. Gestern Abend hätte er eigentlich anwesend sein sollen, aber er hat sich nicht blicken lassen, und heute hat mich das Hotel angerufen, um mir mitzuteilen, dass er verrückt spielt.« Er seufzt erschöpft. »Als ob ich nicht schon genug Schwierigkeiten hätte.«

»Und was habe ich damit zu tun?«

»Du musst hin und mit ihm sprechen, mein Lieber.«

»Ich bin kein Sozialarbeiter.«

»Aber du sollst meine Probleme lösen, wenn du sie schon nicht verhindern kannst. Ich glaube, dass Mendez Angst bekommen hat wegen dem, was geschehen ist. Vielleicht hat er ja Gerüchte gehört. Du bist der Einzige, der ihn davon überzeugen kann, dass er nichts zu befürchten hat.«

»Davon müsste ich erst einmal mich selbst überzeugen. Soll heißen: nein.«

Scotti legt die Füße auf den Tisch. Unter der rechten Sohle klebt ein Fetzen Toilettenpapier. »Hör zu, Sandrone, seit du hier bist, habe ich praktisch nichts von dir verlangt.«

»Praktisch.«

»Du bist gekommen und gegangen, wie du wolltest, du hast keine Versammlung abgehalten, die man als eine solche hätte bezeichnen können, du sperrst meine Angestellten ein und stellst meiner Sekretärin nach. Das ist alles kein Problem, Scotti ist ein Liberaler und von Natur aus großzügig. Aber jetzt solltest du ... deine Talente entfalten.«

Ich versuche es mit einer letzten Karte, der schlechtesten. »In Anbetracht dessen, was gestern passiert ist, sollte ich vielleicht lieber ein wenig bei dir bleiben.«

Er blinzelt tückisch. »Zu spät. Die Polizei hat mir bereits eine Eskorte zugeteilt. Schau aus dem Fenster und bewundere den Streifenwagen. Endlich bekomme ich die Behandlung, die ich verdiene. Harr, harr.«

Ein kurzer Moment nur, dann schaut er wieder finster. »Du hast gesagt, dass du den Sci-Fi-Konvent betreuen würdest. Mendez ist Teil davon, also kümmere dich darum.« Er räkelt sich, betrachtet die Decke. »Oder zieh dich zurück. Vielleicht genügt für den Konvent jetzt ja auch der Polizeischutz, und es ist gar nicht nötig, dass ich weiter bluten muss …«

Jetzt bin ich mit Seufzen an der Reihe. »Wo steckt er?«

Er setzt sich auf, gibt mir einen Klaps auf die Schulter. »Das wollte ich von dir hören, mein Junge.« Er nennt mir den Namen des Hotels. »Überrede ihn wenigstens für die Eröffnung am Freitag.«

»Ich werde ihn nicht mit Gewalt zwingen.«

»Sag ihm, dass ich seine Rechnung nicht bezahlen werde, wenn er sich weiterhin so beschissen anstellt. Du wirst sehen, dass das reicht, er ist ein armer Schlucker.«

Ich stehe auf. »Weißt du, was mir so an dir gefällt, Franco? Dass du ein echter Gentleman bist.«

Er reckt stolz die Nase. »Ich bin Geschäftsmann. Du zahlen, du sehen Kamel. Das gilt im Übrigen auch für dich.«

»Ich weiß.«

Ich schließe mich in meinem Kämmerchen ein, um nachzudenken. Ein Schauspieler mit Allüren hat mir gerade noch gefehlt. In der nächsten halben Stunde kommen zwei Anrufe für mich, die mir Carmelo lauthals quer über den Flur verkündet. Der erste ist von Oink, und ich lasse mich verleugnen. Sie hat auch im Hotel angerufen, und da habe ich dieselbe Taktik abgezogen. Verleugnen, stets verleugnen. Und verschwinden. Den zweiten nehme ich vom Nebenstellenapparat entgegen. Es ist Vera, volljährig und geimpft.

Sie schreit unzusammenhängendes Zeug. Ich muss sie erst einmal beruhigen, um irgendetwas zu verstehen. »Ich mach das nicht mehr mit!«, höre ich heraus. »Diese Scheißstadt!«

»Was ist denn passiert?«

»Man hat mich gefeuert. Diese Scheißkerle!«

»Hast du Mirko davon erzählt?«

»Ja, das schert ihn einen Scheißdreck.«

»Das glaube ich nicht, so ein Typ ist er nicht.«

»Er hat gesagt, dass das Aufgabe der Scheißgewerkschaft

ist und dass er vom Scheißarbeitsrecht einen Scheißdreck versteht. Aber dieser Scheißgewerkschaftler voller Scheiße hat mir gesagt, dass es ein komplizierter Fall ist, dass weilichunterverdachtstehesiedasmitmirmachenkönnendiesescheißkerle!« Sie hat die ganze Litanei heruntergerasselt, ohne Luft zu holen. Das macht sie jetzt, ehe sie zum finalen Schlag ansetzt. »Und wenn man mir noch mal was ans Haus schmiert, dann bringe ich sie um! Hast du verstanden?«

Es schüttelt mich. »Vera, du musst ruhig bleiben. Sonst wird alles …«

Sie lässt einen solchen Schrei los, dass mein Ohr davon taub wird. Dann beschimpft sie mich gut zehn Minuten lang. Ich halte den Hörer vom Ohr weg und studiere die Flecken an der Wand. Einer sieht aus wie Scotti, der ein Kind im Maul hat. »Es ist nicht gut für dich, wenn du alleine in dieser Wohnung bleibst, Vera«, sage ich, als sie doch noch einmal Atem holt. »Warum wohnst du nicht für eine Weile bei einer Freundin, bei deinen Eltern, bei Lamberto?«

»Spinnst du? Die Freundin von Lamberto hasst mich.« Die ersten beiden Möglichkeiten hat sie bereits verworfen, im Hinblick auf moralischen Beistand sieht es bei ihr wirklich schlecht aus. »Und dann sind sie nie da, sie könnten mir gar nicht helfen, wenn der Mörder zu mir kommt.«

»Warum sollte er zu dir kommen, Vera? Und außerdem wissen wir nicht einmal, ob es einen Mörder gibt.«

»Nach allem, was du weißt, ist Adri etwa erfroren?«, sagt sie gekränkt. »Du bist wirklich ein feiner Ermittler.«

An diesem Punkt müsste ich ihr eigentlich meinen Entschluss mitteilen, aber ich knicke feige ein. »Ich tue mein Möglichstes«, stammele ich. »Und ich würde besser arbeiten, wenn ich mir keine Sorgen um dich machen müsste.«

»Du musst dir um mich keine Sorgen machen.« Ihre Stimme ist eisig geworden. »Ich stecke mir die Lenkradsperrkralle in meine Handtasche. Sollen sie doch versuchen, an mich ranzukommen …«

Ich versuche noch, mir auf die Zunge zu beißen, aber der Impuls kommt zu spät. »Komm doch her.« Früher oder später muss ich sie ja doch treffen.

»Möchtest du das wirklich?« Die Erleichterung ist ihr deutlich anzuhören, sie hat mich ein weiteres Mal hereingelegt.

»Ja. Du kannst in meinem Zimmer im Hotel wohnen. Es gibt zwei Betten, mach dir keine Sorgen«, füge ich eiligst an.

»Wer redet von Sorgen? Wann?«

»Wann immer du willst.«

Sie hatte nichts anderes erwartet. Ich rufe Alex an, um ihm die Neuigkeit mitzuteilen. Ausgeschaltetes Handy. Das Gleiche beim Elefanten. Samstag ist der Tag, der den Geliebten gehört. Glücklicherweise hat Mirko sein Handy auch dann an, wenn er schläft, eine äußerst professionelle Einstellung.

»Störe ich?«, frage ich ihn.

»Du weißt doch, dass ich kein Privatleben habe.« Geräusche im Hintergrund. »Flo ist hier und will dir guten Tag sagen.«

Sie übernimmt das Telefon. »Leck mich am Arsch, Sandrone. Musst du uns ständig auf den Keks gehen?«

»Ich hatte gerade die schöne Idee, euch beim Aperitif Gesellschaft zu leisten.«

Ich höre sie schlucken. »Das würde ich mir an deiner Stelle nochmal überlegen.«

Zwischen der einen oder anderen Salzstange informiert mich Mirko. Die Überprüfung der Fingerabdrücke durch die Bullen-Internationale hat bei allen dreien ein negatives Ergebnis erbracht, sie waren also nicht polizeilich erfasst, aber bei dem albanischen Kuddelmuddel besagt das nicht allzu viel. Die zwei Überlebenden sitzen noch brav hinter Gittern.

Ich erzähle alles, was ich von Oink und vom Monsignore erfahren habe, um Zeit zu schinden. Dann gebe ich mir einen Ruck. »Mirko, ich habe eine schlechte Nachricht für dich.«

»Du wirfst das Handtuch.«

»Bist du Telepath?«

»Nein, aber wenn du diesen winselnden Ton anschlägst, stimmt irgendetwas nicht. Warum?«

»Adrian beginnt zu stinken, und ich habe wenig Lust auf noch eine blutige Nase.«

»Kannst du etwas mehr erzählen?«

»Nicht am Telefon.«

»Aber du bist dir sicher.«

»Leider.«

Er seufzt. »Diesmal hast du mir wirklich ein dickes Ei ins Nest gelegt, mein Lieber.«

»Ich weiß, und es tut mir Leid. Ich hatte gehofft, dass es anders laufen würde, aber ich glaube ja auch noch an Märchen.«

»Weiß die Signorina Mezza schon von deinem Entschluss?«

»Sie wird es bald erfahren, sie kommt mich besuchen. Und was hast du vor?«

»Es passt mir gar nicht, eine Verteidigung vor dem Ermittlungsverfahren niederzulegen. Aber wenn die Klienten mir nicht die Wahrheit erzählen, neige auch ich zu drastischen Maßnahmen.«

Ich zögere ein wenig. »Die Tatsache, dass Adrian nicht sauber ist, bedeutet nicht unbedingt, dass seine Freunde ihn umgebracht haben …«

»Hast du schon mit Max und Moritz gesprochen?«, fragt Mirko finster.

»Alex und der Elefant? Leider nein: Sie haben nie ihr Handy an.«

»Ich sollte von ihnen lernen … Dann bringe ich dich auf den neuesten Stand, auch wenn dich das allem Anschein nach nicht mehr interessiert. Max und Moritz haben das Wohnhaus abgeklappert. Zum Zeitpunkt des Mordes war das Haus praktisch leer, bis auf ein paar alte Knacker und Hausfrauen.«

»Und von den alten Knackern oder Hausfrauen kann niemand das Gemetzel angerichtet haben?«, frage ich, ohne selbst daran zu glauben.

Mirko schnaubt. »Nach Meinung des Gerichtsmediziners verfügte die Person, die das Messer geführt hat, über die Kraft eines Mannes. Erwachsen, nicht gebrechlich. Die Klinge hat tief in die Knochen eingeschnitten und es gibt Spuren von Schlägen. Wenn du möchtest, lasse ich dir per Fax eine Kopie des Berichts zukommen, dann muss ich nicht zu sehr in die Einzelheiten gehen. Flo hat wenig Interesse, sie vor dem Essen zu hören.«

»Ich auch nicht, und auch nicht darauf, sie nach dem Essen zu lesen. Na gut, schließen wir also die alten Knacker aus, dann bleibt immer noch der Rest der Welt. Ich glaube nicht, dass irgendjemand Buch darüber geführt hat, wer in der entscheidenden Stunde ein- und ausgegangen ist.«

Pause. Mirko mag es nicht, seinen Klienten schlechte Nachrichten mitzuteilen, auch wenn sie versuchen, ihn vorzuführen.

»Doch.«

»Ach.«

»Ach ja. Der, der die elektrischen Anlagen repariert.«

»Noch ein alter Knacker, nehme ich an.«

»Gerade siebzig geworden und ein verstümmelter Arm ...«

»Wenn's mehr nicht ist.«

»Aber klar im Kopf. Ich glaube nicht, dass ich dem Richter mit einer Arterienverkalkung kommen kann. Er hat den ganzen Morgen im Eingangsbereich gearbeitet, der einzige Zugang zum Haus. Er kennt die Bewohner, und er hat während der gesamten Zeit, die uns interessiert, keine Fremden hinaufgehen sehen. Er hat auch die drei Maurer herauskommen sehen, nachdem sie mit ihren Arbeiten fertig waren. Um genau elf Uhr fünfzehn, alle zusammen. Das stimmt mit den Protokollen der Polizei überein. Der Autopsie zufolge starb Adrian zwischen zwölf und ein Uhr. Der Elektriker hat auch die Signori Kater und Irades hereinkommen sehen, die Einzigen, die um die Mittagszeit eingetroffen sind.«

»Hat er sie auch wieder herauskommen sehen?«

»Nein. Er hat mit seiner Arbeit um Viertel vor eins aufgehört, als unsere Klienten die Treppen hochstiegen. Er hatte am Nachmittag noch woanders zu tun, und vom Mord hat er erst aus den Fernsehnachrichten erfahren. Daher ...«

»Daher kann er nicht bezeugen, wie lange Ismail und Sami dort gewesen sind. Ob die Zeit reichte, eine Leiche zu entdecken oder eine zu machen.«

»Die Autopsie kann nicht die exakte Todesminute feststellen. Aber wir haben den Anruf vom Wohnungsnachbarn bei der Polizei. Mehr oder weniger zum Zeitpunkt des Eintreffens der beiden.« Er legt die Hand über die Muschel und spricht vom Hörer weg. »Wenn es das war, würden wir jetzt gerne essen gehen«, sagt er dann. »Ich habe zu viel Hunger, um jetzt noch irgendwelche Theorien aus der Luft zu zaubern.«

»Ciao.«

Alle sind unterwegs und vergnügen sich mit ihren Frauen, nur ich zappele wie ein Fisch auf dem Trockenen. Und wer weiß, wo sich Valentina im Moment herumtreibt.

Pfff.

Mein intimistischer Moment währt nicht lange, denn Edith stört die Ruhe in meiner Gruft, angetan mit wallenden Gewändern. Flammenden Blicks mit bebenden Lippen.

»Die Hexe Gundula hat mir gerade noch gefehlt«, sage ich wenig galant zu ihr.

»Hast du wirklich die Absicht, hier untätig herumzusitzen? Pfui Teufel!« Sie hockt sich auf den Gästekarton, der unter ihrem Gewicht zusammensackt.

»Nimm Platz. Und pass auf, denn für deinen Kollegen Raffaele veranstalte ich eh schon zu viel.«

»Ach, der. Der muss gerade reden.«

»Da geb ich dir nicht Unrecht. Aber wo wir schon einmal dabei sind, was müsste ich denn deiner Meinung nach unternehmen? Alle Science-Fiction-Fanatiker befragen? Vielleicht ist ja einer beleidigt wegen des Mülls, den dein Chef in Umlauf bringt. *Dies sind die Reisen des Raum…*«

»Ist dir gar nicht aufgefallen, dass heute jemand fehlt?«, giftet sie.

»Es ist Samstag. Nicht alle sind scharf auf Überstunden.«

»Ach so. Und außerdem hat sich gestern jemand sofort nach dem Anschlag davongemacht. Ohne die Befragung durch die Polizei abzuwarten.«

Allmählich bin ich es leid. »Was hast du gegen Svetlana? Sie hat neben mir gesessen. Wenn sie den Molotow-Cocktail geworfen hätte, dann hätte ich das sicherlich gemerkt.«

»Ach so«, wiederholt sie. »Meinst du, eine wie die findet keinen, der bereit ist, die schmutzige Arbeit für sie zu erledigen. Zum Beispiel, indem sie ihm zwei, drei schöne Augen macht?«

»Warum hätte sie das tun sollen? Aus purer Bosheit?«

»Du verstehst wirklich nichts von Frauen«, sagt sie mitleidsvoll zu mir. »Seit sie hier ist, hat sie versucht, Franco in ihr Bett zu bekommen. Du hättest sehen sollen, wie lächerlich sie sich gemacht hat. Sie hat sich ihm förmlich an den Hals geworfen. Aber es ist ihr nicht gelungen, weil Franco niemals Arbeit mit Vergnügen vermischt. Niemals, ich kenne Franco schließlich gut. Er ist ein korrekter Mensch.«

Ich hole tief Luft. »Das meinst du jetzt ernst?«

»Sicher meine ich das ernst.« Sie erhebt sich wieder und stützt die Hände auf den Schreibtisch. Mir weht homöopathische Zahnpasta und Gift und Galle ins Gesicht. »Svetlana wollte Francos Freundin werden, nur um Karriere zu machen, und das ist ihr nicht gelungen. Hast du nicht bemerkt, wie falsch sie ist? Vielleicht hat sie ja auch dir irgendetwas in Aussicht gestellt, etwas Weiches, Warmes.«

»Ihr habt euch alle so lieb in diesem Büro, dass ich darüber nachdenke, mich hier zu bewerben. Hast du mir sonst noch etwas zu sagen, ehe ich dich hinauswerfe?«

»Ja.« Sie kramt in einer ihrer Riesentaschen und zieht einen Schlüsselbund hervor, den sie mir zuwirft. Ich fange ihn im Flug auf. Sie sind frisch gefräst. »Das sind die Wohnungsschlüssel von dieser Nutte.«

»Wie bist du denn an die gekommen?«

»Ich habe sie aus ihrer Handtasche genommen und sie nachmachen lassen. Warum fängst du nicht endlich an, deinen Job zu machen, und durchsuchst ihre Bude? Du wirst sehen, dass du dort irgendetwas findest.«

»Eine betriebsbereite Paketbombe?«

»Warum nicht?«

Ich werfe die Schlüssel in den Papierkorb. »Es tut mir Leid, ich bin darum gebeten worden, eure Privatsphäre zu respektieren. Und ich bin da sehr korrekt, fast wie Scotti. Allerdings, wenn du mir vielleicht auch etwas Weiches, Warmes in Aussicht stellen würdest ...«

Sie verpasst mir eine Ohrfeige und versucht noch eine zweite. Ich packe sie am Handgelenk. »Jetzt komm mal wieder runter!«

Sie schäumt, dann verlässt sie Türen knallend das Büro.

Ich zähle bis zehn, ehe ich zum Papierkorb stürze und die Schlüssel hervorhole.

Ich ziehe mir meine Jacke an und gehe nach draußen, wobei ich aufpasse, mich nicht von Scotti erwischen zu lassen. Ich habe immer noch das Handy von Heino, der, misstrauisch wie er ist, die Nummer hat sperren lassen. Ich werfe die SIM-Karte weg, dann kaufe ich im erstbesten Geschäft eine wiederaufladbare, zusammen mit einem nicht zugelassenen Akkuladegerät. Geringer Aufwand, Eigentumswechsel vollzogen.

Das Hotel von Commander George ist ein anständiger Vier-Sterne-Laden. Als ich an der Rezeption sage, wer ich bin, ruft der livrierte Portier sofort den Direktor. Ziemlich geladen kommt er angetrabt, ein yuppiehafter und übergewichtiger Fünfziger.

»Wir wollten gerade die Ordnungskräfte rufen. Nehmen Sie ihn gleich mit?«

Ich hebe einen Finger. »Mal ganz langsam. Der Signor Mendez ist ein angesehener Gast und möchte wie ein solcher behandelt werden.«

»Und dies ist ein angesehenes Hotel, da dürfen wir erwarten, dass ein gewisses Benehmen an den Tag gelegt wird. Leider scheint der *Signor* Mendez die Grundregeln bürgerlichen Zusammenlebens nicht zu kennen. Also? Was machen wir jetzt?«

Ich wechsle die Taktik. »Ich kann Sie ja durchaus verstehen. Aber so ein Rauswurf wäre keine gute Werbung für Signor Scotti.« Pause. »Und damit auch nicht für Ihr Hotel. Der ist nämlich fähig, hier direkt vor dem Portal eine Pressekonferenz abzuhalten.«

Seine Miene spiegelt abgrundtiefes Unglück wider. »Die Zimmernachbarn beschweren sich und dann ...« Er senkt die Stimme. »Ich habe auch vom Personal Beschwerden erhalten. Er hat ein Zimmermädchen quasi angegriffen.«

»Was heißt hier ›quasi‹?«

»Er hat«, seufzt er, »mit schmutziger Unterwäsche nach ihr geworfen. Er will nicht, dass man sein Zimmer aufräumt.«

»Ein bisschen schwach für eine Attacke.« Ich lächle ergeben. »Lassen Sie uns doch eine gütliche Einigung finden. Signor Scotti wird für die Spesen und die Unannehmlichkeiten aufkommen. Und ich spreche mit Signor Mendez, lassen Sie es mich versuchen.«

Er zögert. »Aber das ist der letzte Versuch.«

»Vielen Dank.«

Ich lasse mir das Zimmer zeigen. Ich klopfe an die Tür. »Signor Mendez?« Das Geräusch von etwas, das umhergeschleift wird. »Signor Mendez?«

Grabesstimme. Auf Spanisch: »Gehen Sie weg.«

»Signor Mendez, ich muss mit Ihnen sprechen.« Ich fahre in seiner Sprache fort. »Mein Name ist Sandrone. Scotti schickt mich.«

»Bitte, gehen Sie. Haben Sie ein wenig Mitleid mit einem alten Mann. Ich ... mir geht es nicht gut.«

»Whisky oder Tequila?«

»Wie bitte?«

»Was trinken Sie lieber? Ich gehe eine Flasche holen.«

»Lieber Himmel. Whisky.«

Ich gehe wieder nach unten und lasse mir eine halb volle Flasche geben. Ich übersehe geflissentlich den Gesichtsausdruck des Barmanns.

Dann gehe ich zurück zu dem Zimmer und klopfe. »Ich habe etwas zu trinken. Möchten Sie, dass ich es unter der Tür durchschütte?«

Mendez flucht ausdrucksvoll, aber ohne Zorn. Dann öffnet er. Er muss siebzig Jahre alt sein. Kurze Hosen und das Hemd über der ausgemergelten Brust aufgeknöpft, grauer Schnurrbart, ein blasses und eingefallenes Gesicht. Und er sieht Alfredo so ähnlich, wie ich ihn im Krankenhausbett zurückgelassen habe, dass sich mein Blick verschleiert. Ich muss ihn unbedingt anrufen, denke ich schuldbewusst.

Mendez missdeutet meinen Gesichtsausdruck. Er macht eine halbe Verbeugung. »Ich bin es wirklich, Xavier Mendez. Bitte, nehmen Sie Platz. Entschuldigen Sie die Unordnung.«

Die Fensterläden sind halb geschlossen, das Bett ungemacht. In einer Zimmerecke ein Haufen Lumpen. Ich schaue sie mir genauer an. Es sind Plastikunterhosen, solche für Menschen mit Inkontinenz. Der Gestank von schwarzem Tabak kann den Uringeruch kaum überdecken. Filterlose Kippen liegen überall auf dem Boden. Mendez reißt mir die Flasche aus der Hand und setzt sich aufs Bett. Ich lasse mich vorsichtig auf einen Stuhl nieder. Mein Rücken schmerzt wieder.

»Auf Ihr Wohl«, sagt er. Dann nimmt er einen langen Zug direkt aus der Flasche. Als er sie absetzt, haben seine Wangen ein wenig Farbe bekommen. »Sie arbeiten also für Scotti. Und worum kümmern Sie sich?«

»Sicherheitsdienst.«

Er nickt, dann nimmt er einen weiteren Schluck, etwas moderater als beim ersten. »Und sind Sie gekommen, um mich zusammenzuschlagen, weil ich mich nicht ordentlich benehme?« Er erhebt die Stimme, diesmal gestützt, nach Schauspielerart. »Weil ich mich nicht an einer Kette zur Schau stellen lassen will, wie ein Äffchen, das zur Musik der Drehorgel tanzen soll?« Er schwenkt den Arm, deutet einen gezogenen Hut an. »Weil ich keine Almosen einsammeln möchte?«

»Scotti würde das vielleicht gefallen. Ich allerdings bin bloß hier, um mit Ihnen zu reden.«

Er nickt erneut. »In einem guten Spanisch. Wo haben Sie das gelernt?«

»Ich habe ein gutes Gedächtnis.« Das einzige Geschenk, das mir die Schizophrenie gemacht hat, abgesehen von dieser Nervensäge von einem Partner.

»Dann sollten Sie Schauspieler werden. Heutzutage braucht man nur ein hübsches Gesicht und ein bisschen Gedächtnis, um sich die Dialoge zu merken.«

»Dafür fehlt mir das hübsche Gesicht. Signor Mendez, wo ist das Problem? Im Verlag sind alle sehr in Sorge wegen Ihnen.«

»Das Problem? Haben Sie jemals *Der Geizige* von Molière gesehen?«

»Nein, aber einmal habe ich die *Muppets Show* gesehen.«

»Eben, genau das ist das Problem!« Er steht auf, dreht sich ins Profil, die Faust unterm Kinn. »Ich war Harpagon. Und Don Quichotte. Und Cyrano. Glauben Sie das?«

»Aber sicher.«

»Lügner. Sie sind ein junger Mann, dumm wie alle jungen

Menschen. Nur noch in der Lage, fernzusehen.« Er funkelt mich über die Schulter an. »Solche wie Sie kennen nur die Schauspieler, die sich an die Glotze verkaufen, womöglich für eine *Soap*. Ich dagegen, *ich,* ich habe an den besten Theatern Amerikas gespielt. Ich habe begonnen, als Sie noch nicht geboren waren. Einmal bin ich mit vierzig Grad Fieber auf die Bühne gegangen, ein anderes Mal mit einer akuten Blinddarmentzündung. Und ich habe Applaus eingeheimst. Ich bin ein Schauspieler, ein *wahrer* Schauspieler!« Er spuckt auf den Boden, dann zündet er sich eine filterlose Zigarette an. »Sie können Ihrem Chef ausrichten, dass ich nicht die Absicht habe, mich in dieser Posse zur Schau zu stellen, die er für mich vorbereitet hat. Und das ist mein letztes Wort, aber danke für den Whisky.«

»Haben Sie Geld, um das Hotel und die Rückreise zu bezahlen?«

»Ich werde auch an der Straßenecke spielen, wenn es sein muss.«

Ich kann nicht anders. Ich lache. Mendez runzelt die Stirn. »Machen Sie sich lustig über mich?«

»Nein. Herr im Himmel. Sie sind mir sympathisch, und ich bin durchaus in der Lage, einen wahren Künstler zu erkennen. Wie sind Sie denn bei so einem Blödsinn wie *Das verlorene Raumschiff* gelandet?«

Er grinst und präsentiert mir ein perfektes weißes Gebiss.

»Na ja, ich war gerade mitten in einer Flaute und hatte die einzigen Schulden, die ein Gentleman zu zahlen verpflichtet ist. Wissen Sie, welche das sind?«

»Spielschulden.«

Er grinst erneut. »Vielleicht sind Sie ja doch nicht so dumm. Und weiter, ich weiß nicht, ob Ihnen das Mädchen aufgefallen ist, das den Navigationsoffizier gespielt hat. Der Ärmsten lag so viel daran, eine Chance auf eine Filmrolle zu bekommen. Ich setzte durch, dass sie zusammen mit mir engagiert wurde, und sie erwies sich mir sehr dankbar dafür.

Wer weiß, wo sie jetzt ist und was sie macht … Doch wie unhöflich, ich habe Ihnen ja gar nichts von Ihrem Mitbringsel angeboten.« Er reicht mir den Alkohol. »Leider habe ich keine Gläser.«

»Das geht schon so.« Ich trinke und reiche die Flasche wieder zurück. »War das *Raumschiff* denn wenigstens bei Ihnen ein Erfolg?«

Er schüttelt den Kopf. »Glücklicherweise ist es nie gesendet worden. Keiner wollte die Serie kaufen, trotz aller Bemühungen des Produzenten. Er hieß Lazlo Benedittini, ein Italoamerikaner. Er hatte in den Vierzigerjahren mit den Gangstern gute Geschäfte gemacht. Ich weiß nicht, ob Sie jemals von Leuten wie Stompanato und Mickey Cohen gehört haben.« Ich nicke. Er fährt fort. »Benedittini verdiente gutes Geld mit ihnen, doch als er den Atem der G-Men in seinem Nacken spürte, zog er es vor, über die Grenze zu ziehen und sich zur Ruhe zu setzen. In den Jahren davor hatte er mit Schutzgelderpressung in Hollywood zu tun gehabt, und davon ist ihm die fixe Idee vom Kino geblieben. Er meinte, dass man mit geringen Kosten in Mexiko drehen könnte. Nur dass der Ärmste eine Kamera nicht von seinem Arsch unterscheiden konnte. Nach der ersten Woche feuerte er den Regisseur und machte daraufhin alles selber. Eine Qual. Dann erwischte es ihn selbst, seine Verlobte hatte ihm aus Eifersucht ins Gesicht geschossen.« Er kippt nach, dann zündet er sich einen neuen Stinker an der Glut des ersten an. »Das gesamte abgedrehte Material war jahrelang verschollen. Stellen Sie sich meine Überraschung vor, als man mit mir Kontakt aufnahm wegen des Filmstarts in Italien.«

»Signor Mendez, das Problem ist, dass Sie akzeptiert haben. Poster und Spielfiguren sind bereits in Arbeit. Sie könnten sich doch überwinden …«

»Sie lassen nicht locker, hm?«

»Ich sähe Sie nur zu gern auf einer Bühne im Kontakt mit den Fans.«

Er hebt seine zierliche Hand und winkt ab. »Ach, führen Sie mich nicht in Versuchung. Ich habe doch nur unterschrieben, um Italien kennen zu lernen. Ich war noch nie hier, und heutzutage kann ich mir leider keine großen Reisen mehr leisten. Früher saß ich am Steuer eines weißen Rolls-Royce, und meine Bewunderinnen warfen Rosenblätter vor die Räder. Glauben Sie das?«

»Vielleicht übertreiben Sie jetzt ein wenig.«

Er lacht. »Nur ein wenig. Machen wir es so, sagen Sie Signor Scotti, dass ich darüber nachdenke.«

Ich stehe auf und schüttele ihm die Hand. »Einverstanden, in der Zwischenzeit verwüsten Sie bitte nicht das Hotel. Und lassen Sie die Zimmermädchen in Ruhe.«

»Diese dumme Gans hat ihre Nase in meine Sachen gesteckt. Sie hat sie *angefasst!*«

»Sie wollte bloß ihre Arbeit machen. Ich zähle auf Sie.«

Er verbeugt sich leicht. »Ich versuche, mich einigermaßen zu benehmen. Auch weil Sie mir sympathisch sind. Aber sagen Sie dem Barmann, dass er mich nicht mehr auf dem Trockenen sitzen lassen soll. Das macht mich nervös.«

Das ist das Erste, was ich mache, als ich ins Erdgeschoss zurückgekehrt bin. Mendez soll sich aus der Bar bedienen können, allen vorherigen Anweisungen dieses Geizkragens Scotti zum Trotz.

Svetlana Minareva wohnt nicht weit entfernt vom Hotel. Jetzt ist sie an der Reihe.

Ich rufe sie übers Handy an.

»Jaa«, antwortet sie zittrig.

Schade, sie ist zu Hause. »Ich bin's, Sandrone. Ich wollte hören, wie es dir geht. Immer noch Kopfschmerzen?«

»Ein wenig, danke.«

»Möchtest du, dass ich vorbeikomme und dir einen Kamillentee mache?«

»Oh nein. Ich mache gerade … sauber.«

»Weißt du, ich habe gedacht, dass es doch eigentlich sehr

schade ist, dass wir uns niemals unter vier Augen unterhalten konnten. Gilt die Einladung zum Abendessen immer noch?«

»Ja, aber ... nicht heute Abend. Entschuldigung, es geht mir wirklich nicht gut ...«

»Dann lass uns auflegen, ich möchte nicht, dass es dir schlechter geht.«

»Ciaaouu.«

Die Warterei zieht sich, und am Anfang ist es Langeweile pur. Personenbeschattung ist vor allem ein Kampf mit der Widerstandskraft. Wenn du allein bist, dann kannst du nie mal kurz weggehen und dir einen Kaffee reinziehen. Eine Minute genügt, und dein Zielobjekt fliegt aus und du wartest weiter vor einem leeren Haus. Aber man kann auch nicht wie festgewachsen an einem Ort auf dem Bürgersteig stehen. Man muss ständig ein wenig in Bewegung bleiben. Noch besser ist es, wenn man in einem parkenden Auto sitzt und stündlich den Parkplatz wechselt. Aber ich habe kein Auto, daher muss ich mir die Sohlen platt laufen. Meine einzige Hoffnung ist, dass es Svetlana doch nicht so schlecht geht und sie bald beschließt, den ersten Tag ohne Regen zu nutzen. Sonst müsste ich bis Montag warten, und bis dahin können eine Menge Dinge passieren.

Nach der ersten Stunde, die ich damit verbracht habe, die weihnachtliche Festbeleuchtung anzustarren, stellen sich wieder Rückenschmerzen ein, aber auch die alten Automatismen. Ich denke an nichts und wieder nichts, an das Geräusch einer klatschenden Hand, an den Baum, der im Wald umfällt, ohne dass ihn jemand hört, ich sehe den letzten Film rückwärts und vergesse die Minuten. Der Körper ist in Bewegung, meine Augen sind offen, aber ich bin nicht wirklich da in dieser verfluchten Straße. Ich bin ganz in meinem Kopf.

Nach der zweiten Stunde des Wartens kommt Svetlana zur Haustür heraus. Sie ist nur fünfzig Meter entfernt und ich beeile mich, hinter einer Säule zu verschwinden. Sie schaut sich um, dann geht sie mit schnellen Schritten los.

Ich folge ihr, um mich zu vergewissern, dass ihre Erledigungen mir genügend Zeit für eine rasche Durchsuchung geben: Friseur wäre ideal. Es weht ein eisiger Wind, die Bisa, die einem aus irgendeinem wundersamen Grund stets ins Gesicht bläst, egal in welche Richtung man geht. Ich habe daher eine gute Entschuldigung, den Kragen hochzuschlagen und die Mütze bis zu den Augenbrauen herunterzuziehen, doch meine Augenlider gefrieren mir trotzdem.

Nach einer halben Stunde des Umherlaufens muss ich einsehen, dass es länger dauern wird. Svetlana wirkt merkwürdig orientierungslos. Wir gehen wieder und wieder dieselben Straßen entlang, sie bleibt vor Schaufenstern stehen, auch wenn diese leer sind, sie spricht immer wieder in ihr Handy und blickt sich dabei um. Ich schelte mich einen Idioten, dass ich nicht sofort die Signale erkannt habe: Svetlana hat Angst, verfolgt zu werden, und versucht festzustellen, ob das stimmt. Interessant. Und von nun an wird ihre Verfolgung wichtiger als das Betreten ihrer Wohnung.

Wir biegen in eine Straße voller Fabrikbauten und hässlicher Gebäude mit verrosteten Balkongittern im Stil sozialer Wohnungsbau. Svetlanas Ziel ist ein zweistöckiges Fertighaus. Ich warte, bis sie geklingelt hat und hineingegangen ist, dann lese ich das Bronzeschild am Türpfosten. Dort steht: *Verein Große Mutter*. Jetzt bin ich so schlau wie vorher.

Ich gehe einmal ums Haus herum, indem ich von der Hauptstraße in ein Seitengässchen einbiege. Alle Fenster sind geschlossen, die Sicht ist durch metallene Rollläden oder getöntes Glas versperrt. Einbruchsicherung, würde ich meinen. Stimmen von drinnen dringen nicht zu mir durch, auch wenn ich den Eindruck habe, eine orientalische Melodie zu hören, sehr weit weg und gedämpft.

Ich gehe wieder zurück, noch unentschlossen, ob ich mir eine Nische zum Warten suchen soll oder nicht, als ich gegen ein menschliches Hindernis renne. Es ist eine Frau, aber auf den ersten Blick hätte ich das nicht gedacht. Sie ist genauso groß wie ich, aber doppelt so breit, mit grau meliertem Lockenkopf, feuchte Haare, als ob sie gerade aus der Dusche käme.

»Was zum Henker suchst du hier?«, knurrt sie.

»Nichts«, lächle ich. »Ich muss mich verlaufen haben.«

»Und deshalb spannst du hier zum Fenster rein, du Hurensohn?«

Versteckte Überwachungskameras, bravo Schlaukopf. Ich öffne den Mund, um irgendein Märchen zu erzählen. Doch dazu komme ich nicht mehr.

Die Dicke schnellt kraft ihrer Schenkelmuskulatur unvermittelt mit einem mächtigen Satz in die Luft. Im Flug dreht sie sich und trifft mich mit einem Fuß an der Schläfe. Darauf war ich nicht gefasst und ich kann nur mit dem Schlag mitgehen, indem ich mich nach hinten fallen lasse. Ich lande auf dem Pflaster, spüre einen Luftzug und rolle weiter. Ein Quadratlatschen landet dort, wo sich gerade noch mein Brustkorb befand. Ich raffe meine Brille hoch, die mir auf den Hals gerutscht ist, rolle über die Schulter nach hinten ab und schaffe es, mich wieder aufzurichten. Dann laufe ich aufs Geratewohl drauflos, wobei ich über die Motorhaube eines parkenden Wagens hechte, und schlüpfe in eine Einfahrt. Der Mann am Steuer sperrt den Mund auf.

Das Monster bleibt stehen und so verharren wir, starren uns über das Dach des Autos zwischen uns an. Sie knurrt: »Lass dich hier nicht wieder blicken, Drecksack! Sonst setzt's was!«

Ich verschwinde schleunigst aus ihrem Dunstkreis. Mir dröhnt der Kopf. Ich laufe schneller, als ich kann, zu Svetlanas Haus. Für heute kann von einer Beschattung keine Rede mehr sein. Zumindest kann ich jetzt noch zu meinem ursprünglichen Plan zurückkehren.

Der geklonte Schlüsselbund besteht aus drei nachgemachten Schlüsseln, den für die Haustür erkenne ich sofort. Mit unbeteiligter Miene beginne ich im letzten, dem fünften Stock und steige die Treppen hinunter bis zum ersten Absatz. Svetlana Minareva steht auf keiner Klingel. Ich steige wieder hinauf, wobei ich an allen namenlosen Türen Halt mache. Die im zweiten Stockwerk hat ein Schloss, das zu dem Sicherheitsschlüssel in meinem Besitz passen könnte.

Und so ist es auch. Ich läute einmal kurz. Kein Gebell von wilden Hunden. Ich drehe den Schlüssel herum und trete ein.

Ich weiß nicht, was ich erwartet habe, aber mit Sicherheit nicht das, was ich vorfinde. Die Wohnung, zwei Zimmer, Küche, Bad, ist das absolute Chaos. Kleider auf dem Fußboden und überall Scherben. Anfangs denke ich, dass jemand vor mir da gewesen ist, aber dann sehe ich, dass fast alle Schubladen und Schranktüren geschlossen sind. Niemand ist hier durchgewütet außer einer Hausherrin in einem hysterischen Anfall. Das passt wenig zu der Frau, die ich kenne.

Ich mache einen schnellen Rundgang durch die Wohnung. Die Laken auf dem Bett stinken nach Schweiß. Das Mädchen lässt sich eindeutig gehen.

Es gibt eine Unmenge Bücher, alle auf Russisch. Das Einzige auf Italienisch sind die Telefon- und Stromrechnungen, die gesammelt unter einem bronzenen Briefbeschwerer liegen. Die Anschrift überrascht mich: Elisa Scotti. Ein Mitglied der Familie, das mir noch nicht vorgestellt wurde.

Ich entdecke weiter nichts Interessantes, keine Bomben oder Pistolen. Abgesehen von der Unordnung eine ganz normale Wohnung einer ganz normalen Frau. Mit den üblichen Plüschtieren, Kleidern, gerahmten Fotografien von sich selbst. Auch eine von zwei älteren Menschen, die auf einem Sofa sitzen. Ihre Eltern, nehme ich an.

Ich durchsuche den Spülkasten, klopfe die Fliesen, die Fußleisten und die Matratze ab. Nada. Die Kippe eines Joints unter dem Bett ist schon der Gipfel des Verruchten.

Ein Auto hält unter dem Fenster, das nach vorne rausgeht. Ich habe es angelehnt und bin jedes Mal hingelaufen, wenn ich Schlüsselgeklirre gehört habe. So auch jetzt, und diesmal ist es tatsächlich Svetlana. Sie hat sich von dem Monster herbringen lassen, das mir Fußtritte verpasst hat.

Noch während ich meinen Kopf zurückziehe, beleuchtet ein vorbeifahrendes Motorrad kurz ein Auto, das etwa hundert Meter hinter dem Wagen hält, mit dem Svetlana gekommen ist.

Hoppala. Das Auto ist dasselbe, über das ich vor kurzem abgerollt bin. Dasselbe Modell, dieselbe geknickte Antenne. Ich rufe mir in Erinnerung, was ich vom Fahrer wahrgenommen habe. Vierzig Jahre, dunkler Typ. Große Hände auf dem Lenkrad.

Für seine Anwesenheit hier kann es nur eine Erklärung geben. Er ist dem Auto des Monsters bis zu Svetlanas Wohnung gefolgt. Und vorher hat er die Große Mutter observiert. Möglicherweise ein Polizist, aber falls nicht, könnte Ärger ins Haus stehen. Es ist eher selten, dass einen Leute verfolgen, um anschließend mit Rosensträußen um sich zu werfen. Während mir all das durch den Kopf geht, verlasse ich bereits die Wohnung. Ich laufe so rasch ich kann hinunter und bete darum, dass das Monster noch ein paar Minuten mit Svetlana tratscht.

Aber so läuft es nicht. Svetlana beginnt zu schreien, noch während ich auf der ersten Etage bin. Ich rase weiter. Und sehe sie.

Sie klammert sich an den Pfosten der offenen Tür. Der dunkle Mann aus dem Auto zerrt an einem ihrer Arme. Ich bremse meinen Lauf nicht, sondern nutze die Geschwindigkeit, um Kraft in meinen Fußtritt zu legen.

Der Mann sieht mich, lässt Svetlana los und pariert den Stoß mit den Unterarmen, dann beginnt er, mit Füßen und Fäusten um sich zu keilen.

Eine präzise Technik, wie bei einem Kickboxer. Er ist groß und kräftig gebaut, daran gewöhnt, Schläge auszuteilen. Ich weiche zurück, wehre ab, weiche weiter zurück. Ich versuche, ihm ein paar zu verpassen, aber er weicht mühelos aus. Inzwischen sehe ich aus dem Augenwinkel, wie Svetlana zur Treppe läuft. Der Typ kommt aus dem Konzept, ich nutze die Gelegenheit für einen Gegenangriff. Ich umschlinge ihn und gebe ihm eins mit dem Kopf auf die Nase. Er grunzt und versucht, mir das Knie in den Unterleib zu rammen. Ein Hieb in den Nacken, ich lasse mich fallen und packe seinen rechten Arm, wobei ich gleichzeitig in Richtung seines Gesichts trete. Ich treffe ihn mit der Stiefelspitze am Kinn. Das steckt er weg und grunzt nur. Ich verdrehe seinen Arm und versuche einen weiteren Fußtritt. Diesmal treffe ich ihn an den Zähnen, aber er weicht nicht zurück. Zäh, der Bastard.

Ich nehme Füße wahr, die zur Tür hereinkommen. Der dunkle Typ ist nicht allein, verfluchter Mist. Der zweite Riese, fast kahl, stürzt sich auf Svetlana, die erst die Hälfte der ersten Treppe erklommen hat. Er ohrfeigt sie, sie versucht, rechts an ihm vorbeizukommen. Einen Moment lang kann ich nichts mehr sehen, der behaarte Riese hat die Position geändert. Ich drehe mich, befreie mich und lande auf den Händen. Als ich mich wieder aufrichten will, sehe ich Svetlana kopfüber über dem Geländer hängen, während der Kahlkopf sie praktisch nur noch an ihrem Rock baumelnd hält. Dann lässt er sie los, Svetlana fällt schreiend herunter, und der andere stürzt sich auf mich. Ich kann dem Tritt gegen die Schläfe nicht mehr ausweichen. Ich spüre ein Knirschen …

Schmerzen. Körper. Druck gegen den Leib. Keine Brille. Zwei Männer. Er rollt nach hinten ab. Schmerzen im Rücken, am Kopf. Auf die Füße. Linke Finte, die Rechte dem Nächsten ins Gesicht. Auf die blutende Nase. Dann ein weiterer Fausthieb, diesmal auf den Kehlkopf. Der sitzt, der Mann sackt zusammen.

Er dreht sich um, um sich dem anderen zu stellen. Zu spät, der stürmt bereits mit gesenktem Kopf heran. Und knallt ihm in Widdermanier voll in den Leib. Er fällt nach hinten, schlägt mit dem Genick auf.

Es muss etwas passiert sein. Ich hatte das Bewusstsein verloren, weiß aber, dass ich nicht mehr in derselben Position bin wie vorhin. Der Dunkle sieht übel zugerichtet aus, er hat Schwierigkeiten zu atmen. Aber der andere ragt über mir empor und setzt einen Fuß auf meine linke Hand. Ein heftiger Schmerz in den Fingern. Ich hebe meine rechte Faust mit meiner ganzen verbliebenen Kraft. Ich ziele auf die Hoden. Er lässt sich auf mich fallen, rammt mir die Knie in den Brustkorb. Mir wird die ganze Luft aus den Lungen gepresst, ich sehe rot …

Er kann nicht mehr atmen. Zwei Hände umklammern seinen Hals. Blut im Mund, Schmerzen in der Brust. Er zieht ruckartig die Knie hoch. Er trifft den Mann über ihm in den Rücken, der weiter zudrückt. Er streckt die Beine aus, benutzt die Knöchel, um seinen Kopf zu packen. Er spürt, wie in seinem Brustkorb etwas nachgibt, aber er zieht weiter. Dann öffnet er seine Umklammerung und schlägt mit den Schienbeinen auf die Ohren seines Angreifers. Der Griff des Mannes verliert an Kraft. Er schlägt noch einmal zu, und noch einmal. Dann kreuzt er die Füße unter dem Kinn seines Angreifers und zieht. Er wirft sich zur Seite. Er rutscht auf die Knie. Jetzt sitzt er auf dem Rücken des anderen, packt ihn an den Haaren und schlägt sein Gesicht auf den Boden. Dann geht das Licht an. Ein Schrei. Ein Schlag von hinten …

Ich versuche, durch das Blut hindurch, das mir von der Stirn läuft, etwas zu erkennen. Die zwei Typen sind auf den Beinen, sie flüchten zur offenen Tür hinaus. Ich kann nicht einmal einen symbolischen Versuch machen, sie aufzuhalten. Ich kann nicht sprechen, ich kann nicht atmen, ich kann mich nicht aufrichten.

Ein besorgtes Gesicht beugt sich über mich. Es ist ein junger Mann.

»Was ist passiert?«, fragt er mit schriller Stimme.

Ich antworte nicht, ich schaffe es einfach nicht. Ich krieche auf allen vieren zu der Stelle, auf die ich Svetlana habe hinabstürzen sehen. Ich kann ihre Gestalt ausmachen. Sie liegt dort, wohin sie nach ihrem Sturz längs des Treppenrandes gefallen ist. Der Boden ist blutig. Jesus, so viel Blut. Es ist eine regelrechte Pfütze. »Svetty?«, krächze ich.

Millimeterweise schiebe ich mich zu ihr hin.

Ihr Kopf berührt nicht den Boden. Als der Riese sie über das Geländer geworfen hat, ist sie mit dem Gesicht voran in einen Kasten leerer Flaschen geknallt. Der Hals einer Colaflasche ist ihr in die linke Augenhöhle gedrungen. Ich hebe ihren Kopf und höre ein entsetzliches Geräusch, als ich sie emporziehe. Schleimig. Ich rolle sie von dem Scherbenhaufen herunter und versuche, sie auf mir landen zu lassen. Denn sie lebt, ich höre, wie sie atmet.

Und sie wacht auf.

Sie öffnet das gesunde Auge, schaut mich auf kürzeste Distanz direkt an. Ich packe ihre Hände, damit sie sich nicht in die Wunde fasst, und sie beginnt zu schreien. Auch ich schreie, bis der Idiot, der mir das Leben gerettet hat, sich in Bewegung setzt und einen Krankenwagen und die Polizei ruft.

Die Sanitäter müssen mich mit Gewalt von Svetlana lösen. Aber sie müssen sich nicht allzu sehr anstrengen. Ich werde fast augenblicklich ohnmächtig.

10

Reichlich abgefuckt, wenn das ein Traum ist. Da gibt es gar nichts, außer einem hellblauen Zimmer und dem Geruch von glühendem Metall. Dann sehe ich ihn und begreife, dass nicht ich derjenige bin, der träumt. Zumindest muss ich davon ausgehen, es ist sehr schwierig, bei diesen verworrenen Verhältnissen die Orientierung zu behalten.

Er ist dort und macht Gymnastik.

Sit-ups, die Füße auf einem Stuhl von der gleichen Farbe wie die Wände. Während ich ihn betrachte, frage ich mich, wie es passieren kann, dass die Leute uns miteinander verwechseln. Der Körper ist derselbe, aber er benutzt ihn auf eine völlig andere Weise als ich. Seine Haltung, die Gesten. Und dann dieser Gesichts-ausdruck. Jetzt, wo er keine Maske für die Öffentlichkeit aufgesetzt hat, ist sein Gesichtsausdruck die absolute Leere. Nicht ein Zucken, nicht ein Lächeln. Wenn er sprechen würde, würden sich die Lippen kaum bewegen.

Dann bemerkt er mich und zieht eine verächtliche Grimasse. *»Ach, du bist auch da. Mir war doch gleich so, als wäre hier ein wenig zu viel Unordnung unterwegs. Ich muss daraus schließen, dass wir ohnmächtig geworden sind, Brüderchen.«*

»Oder tot, Partner.«

»Tote träumen nicht.« Er setzt sich auf in den Lotossitz. *»Wer waren die zwei Typen, die wir verprügelt haben?«*

»Die wir verprügelt haben? Du hast ein enormes Ego. Ich weiß nur, dass sie Svetlana angegriffen haben. Sie haben sie seit einer Weile beschattet.«

Ich gebe ihm eine kurze Zusammenfassung des Tages, der er ohne erkennbare Neugier lauscht. Am Ende saugt er zufrieden die Lippen ein. *»Bestens.«*

»Was ist daran denn bestens? Die Nähte, die sie uns verpassen werden?«

»Die Dinge klären sich.«

»Für mich sieht das aber nicht danach aus.«

»Wir wissen jetzt, warum deine Freundin mit den grünen Haaren so nervös ist.«

»Ein paar Dinge haben sich tatsächlich geklärt,« räume ich ein. »Ich dachte, dass Svetlana mit den Attentaten zu tun hätte, stattdessen hatte sie nur Angst, selbst ins Visier zu geraten. Jetzt müssen wir nur noch die Lücke schließen, weshalb man es auf den Scotti-Verlag und seine Angestellten abgesehen hat.«

Er steht auf und beugt sich, bis seine Finger die Zehenspitzen berühren. *»Weißt du, was dein Problem ist, Brüderchen?«*, sagt er.

»Aber sicher, mein Problem bist du.«

Er zieht sein schiefes Grinsen. Widerlich. *»Dein Problem ist, dass du es nie gelernt hast, die Wirklichkeit zu betrachten, ohne sie auszuschmücken. Fantasie kann in vielen Berufen nützlich sein, aber nicht in dem, den wir uns ausgesucht haben. Da ist die nüchterne Sicht wesentlich eindeutiger.«*

»Und was sagt deine nüchterne Sicht?«

Er schüttelt den Kopf, ohne die Miene zu verändern. *»Dass es zu früh für jedwede Theorie ist. Erzähl mir von der anderen Geschichte. Die du aus reiner Gefälligkeit erledigst.«*

»Mit der sind wir fertig. Du wirst zufrieden sein.«

»Erzähl mir trotzdem davon. Weißt du, deine Zusamenfassungen sind immer unnötig ausschweifend, wenn's um deine Empfindungen geht, und extrem knapp im Hinblick auf deine konkreten Erfahrungen. Es wird höchst interessant sein, die Vorstellungen, die ich mir gemacht habe, mit dem zu vergleichen, was aus deiner Sicht tatsächlich passiert ist.«

»Möchtest du, dass ich dir alles erzähle, was ich von Cremona bis jetzt gesehen habe?«

»Was du gesehen hast, was du gehört hast, was du erschnüffelt hast. Meinst du, dass du dazu in der Lage bist?«

Am liebsten würde ich ihn zum Teufel schicken, aber der gegenseitige Informationsaustausch war bislang immer unser Mittel gewesen, um nicht im Irrenhaus zu landen.

Am Ende zieht er erneut sein schiefes Grinsen. *»Kompliziert, wirklich. Falls es da einen anderen Mörder als die beiden Albaner gibt, hör gut zu, falls, dann hat er sich in einem sehr, sehr engen zeitlichen Rahmen bewegt. Wenn er nicht einfach nur Glück gehabt hat, dann muss er geradezu ein Genie sein.*

Aber man müsste ihn erst verstehen, um ihm auf die Spur zu kommen.«

»Zeit, dich daran zu erinnern, dass wir draußen sind. Wir sind fertig damit, basta, finito, Stopp.«

»Erst warst du so begierig darauf, dich da hineinziehen zu lassen, und jetzt hast du es furchtbar eilig damit, dich zurückzuziehen. Und alles nur wegen einer Pistole. Bist du sicher, dass sie von Adrian war?«

»Es war seine Truhe.«

»Er könnte sie einem Zimmergenossen gestohlen haben, die Pistole könnte ein Familienerbstück gewesen sein, das er nicht in Albanien zurücklassen wollte, ein Mittel, um sich vor Feinden zu schützen, die wir nicht kennen. Du willst dich doch nicht etwa davonmachen, weil du mit deinem Latein am Ende bist?«

Ich bewege mich auf ihn zu. »Ich glaube, dass ich dir jetzt erst einmal kräftig in den Arsch treten sollte.«

»Das wäre ein interessantes Experiment angesichts unseres Zustands.« Er hebt eine Hand zum Zeichen des Friedens. *»Aber es wird nicht funktionieren. Ich spüre eine Veränderung der Umgebung. Wir sollten uns verabschieden.«*

Ich versuche, ihm trotzdem einen Tritt zu verpassen, aber er verblasst schon, mein Fuß geht durch ihn hindurch. Er verschwindet. Dann verschwindet auch der ganze Rest und um mich herum bildet sich ein neues Zimmer, jenes in Cremona, in dem ich die ersten Jahre meines Lebens verbracht habe. Endlich ein echter Traum. Ich bin darüber so glücklich, dass ich im ersten Moment gar nicht bemerke, dass ich nicht allein bin. Neben mir im Bett liegt Adrian, der durch die Wunde im Gesicht lächelt. Ich drehe mich um, um zu fliehen, doch er stürzt sich brüllend auf mich. In der Hand hält er eine abgeschlagene Flasche.

11

Man gipst mir das linke Handgelenk und drei Finger ein. Man macht ein CCT. Man näht mir die Nase, die Augenbrauen, die Ohren. Man zieht mir den letzten Splitter eines toten Zahns. Man verbindet mich. Man bestreicht mich mit Jodtinkturen. Man gibt mir eine Tetanus-Spritze.

Man befragt mich, ein Polizist in Zivil, den ich am Abend des Attentats auf Scottis Auto gesehen habe. Er hatte mir damals seinen Namen nicht genannt, und jetzt kann ich ihn nicht lesen, als er mir mit der Metallplakette vor der Nase herumwedelt. Unter Auslassung der Beschattung und der Hausdurchsuchung erzähle ich, was ich beobachtet habe, angefangen mit dem Anschlag auf Scottis Wagen. Sein Interesse hält sich in deutlichen Grenzen, und er fragt mich immer wieder, ob die beiden Albaner waren. Allmählich begreife ich, dass das Svetlanas Version ist: Angriff aus Geilheit, verübt durch zwei Ausländer. Pures Delirium.

Ich erinnere mich an die Flüche des Mannes, mit dem ich mich auf dem Boden gewälzt habe. Er war Italiener wie ich. Ich teile meine Zweifel mit, der Bulle zuckt mit den Schultern und geht.

Mein Zimmergenosse ist so freundlich, mir eine Zeitung zu leihen. Ich bin neugierig, ob etwas über Scotti darin steht, und tatsächlich finde ich einen kleinen Artikel in den Lokalnachrichten, in Verbindung mit einem viel größeren über Hausbesetzer und die neue Terroristengeneration. Man spricht auch wieder über das abgebrannte Lager. Es hat auch bereits Hausdurchsuchungen in anarchistischen Kreisen gegeben. Ich reiße die Seite heraus und stecke sie ein, dann schiebe ich die Laken millimeterweise beiseite. Jedes Mal, wenn ich den oberen Teil meines Körpers bewege, verspüre ich Angststiche in meinem Brustkorb. Auch das Atmen tut weh. Ich strecke die Beine heraus und versuche, sie auf den Boden zu setzen, als die Krankenschwester kommt und den Paravent beiseite schiebt. Um die vierzig, brünett, hübsch. »Wie geht's?«, fragt sie.

»Gut.«

»Möchten Sie das Urinal?«

»Nein. Ich uriniere zu Hause, danke.«

Die Krankenschwester kräuselt die Lippen. »Ich weiß nichts davon, dass Sie entlassen werden sollen.«

»Dann entlasse ich mich selbst ...« Ich nehme eine Bewegung hinter ihr wahr. »Ah, da bist du ja. Hat du die Klamotten mitgebracht?«

»Sicher.« Ich bin betroffen, wie sehr sich Vera in so kurzer Zeit verändert hat. Sie wirkt älter und eindeutig magerer. »Soll ich dir helfen?«

»Ich fürchte, dass das nötig sein wird.« Ich habe nur das Krankenhaushemdchen an.

Ich drehe mich um, damit Vera die Schleifen lösen kann, und blicke wieder die Krankenschwester an, die immer ärgerlicher wird. »Ich gehe und hole den Dienst habenden Arzt«, sagt sie.

»Tun Sie, was Sie nicht lassen können.«

Als ein mir unbekannter Arzt hereinkommt, bin ich nackt, abgesehen von den paar Kilo Verbänden, die über meinen Körper verteilt sind, und Vera zieht mir die Unterhosen an. Der Arzt versucht, mich davon zu überzeugen, wegen der Schläge auf den Kopf noch eine weitere Nacht zur Beobachtung zu bleiben. Dabei begeht er den Fehler, mich am gesunden Arm zu berühren, und Vera schubst ihn von mir weg. Sie ergreift einen Infusionsständer und zielt damit auf ihn. »Fassen Sie ihn nicht an, kapiert?«, schreit sie. »Wenn Sandrone gehen will, dann geht er!«

»Vera«, stöhne ich vom Bett aus, auf das ich wieder gesunken bin. »Es ist alles in Ordnung. Wir sind hier nicht in

Einer flog übers Kuckucksnest. Sie können mich nicht hier behalten.«

Der Arzt hat einen Satz zurück gemacht, wobei er der Krankenschwester auf den Fuß tritt, die losplärrt. Von den anderen Betten erheben sich die Nicht-Todkranken, um das Spektakel zu genießen.

»Sie müssen nur ein Formular unterzeichnen«, keucht der Doktor.

Vera ist unangenehm berührt. »Ach so. Na dann …«

Ich rufe sie wieder zur Ordnung. »Könnten wir die Einkleidung dann beenden?«

Mit dem Auto, das Vera auf einem für Ärzte reservierten Parkplatz abgestellt hatte, fahren wir zum Hotel. Ich leide bei jedem Stoß, aber Vera scheint nicht in der Lage zu sein, unter hundert zu fahren. Dennoch danke ich dem Himmel dafür, dass ich sie im Hotel erreichen konnte, als ich dort anrief. In dem, was jetzt zu unserem Zimmer geworden ist, fragt mich Vera, ob ich mich hinlegen möchte, was ich verneine. Kopf und Brust tun mir weh, egal in welcher Stellung, und ich möchte mir ein wenig die Beine vertreten, und sei es auch nur, indem ich im Kreis herumlaufe.

»Soll ich dir die Schuhe ausziehen?«, fragt Vera, während sie sich an das Tischchen lehnt.

»Nein danke.«

»Möchtest du einen Kaffee, etwas zu essen?«

»Nein.« Ich ernte einen ihrer seltsamen Gesichtsausdrücke. »Was ist los, Vera?«

Sie zündet sich eine Zigarette an. Ich werde mich daran gewöhnen müssen, mit dem Gestank von Rauch zu leben. »Deine Mama hat angerufen.«

Ich bleibe stehen. Ja, mir dreht sich wirklich der Kopf. Ich lehne mich an die Wand zwischen Garderobe und Schrank. »Du hast ihr doch hoffentlich nichts vom Krankenhaus erzählt. Sie neigt dazu, sich Sorgen zu machen.«

»Ich bin ja nicht blöd.« Sie zögert. »Sie sagt, dass ... Uff. Ich bin ziemlich schlecht in so was. Es ist wegen deinem Freund Alfredo.«

Eine Nadel aus Eis in meiner Wirbelsäule. »Nein.«

»Seine Frau hat deine Mama angerufen ... Sie sagt, dass ... Es ist gestern passiert.«

»Nein. Jesus.« Ich fühle etwas in mir pumpen, ich sehe rot. Ohne nachzudenken versetze ich der Schranktür einen Schlag mit der Faust. Der stechende Schmerz im Brustkorb raubt mir die Luft.

»Sandrone!« Vera versucht, mich zu umarmen, ich schiebe sie mit der Hand beiseite. »Geht's dir gut?«, fragt sie mich.

Ich schnappe nach Luft. Die Worte kleben mir im Mund. »Wie soll es einem Stück Scheiße schon gehen? Wo ist er jetzt? Hat man ihn schon beerdigt?«

»Nein. Deine Mutter hat gesagt, dass sie ihn in seine Wohnung gebracht haben. Sie hat auch gesagt, dass man früher oder später damit rechnen musste.«

Sie nimmt meine gesunde Hand. »Du konntest nichts mehr für ihn tun.«

»Ich hätte ihn anrufen können. Als ich im Krankenhaus war, habe ich ihn jeden Tag genervt. Als ich weggegangen bin, habe ich kaum noch einen Gedanken an ihn verschwendet.« Ich blicke sie an. »Ich muss ihn sehen. Bring mich bitte zum Bahnhof.«

»In diesem Zustand? Bist du verrückt?«

»Ich habe schon Schlimmeres mitgemacht. Wenn du nicht willst, nehme ich ein Taxi, mir ist das schnuppe.«

Sie wirft voller Zorn die Kippe auf den Fußboden, wo sie ein schwarzes Löchlein in den Teppichboden zischt. »Du bist wirklich eine Arschgeige. Ich bring dich hin.«

»Bist du sicher? Es ist in Mailand, das sind zwei Stunden mit dem Auto.«

»Das weiß ich. Aber wenn du schon wegen mir Prügel kassieren musstest, kann ich dir wenigstens dabei helfen.«

»Das war nicht wegen dir, Vera. Aber trotzdem danke.«

Während der Fahrt kann ich nicht sprechen. Vera versucht, eine Unterhaltung in Gang zu bekommen, aber nach dem dritten Versuch, auf den ich nicht reagiere, gibt sie auf. Ich sollte höflicher zu ihr sein, aber ich schaffe es einfach nicht. In meinen Gedanken ist gerade genug Platz für heftige Schuldgefühle.

Alfredos Haus ist leicht zu finden, auch wenn ich noch nie dort gewesen bin. Vor der Tür zu seiner Wohnung liegen ein paar Blumensträuße. Ich lege meinen dazu. Feldblumen, die ich an einem Automaten gekauft habe, sie machen sich ganz gut.

Es ist kurz nach Mitternacht. Alfredos Frau öffnet, drückt mir die Hand und dankt mir mit leiser Stimme. Ein paar Angehörige in der Küche vor Espressotässchen und leeren Gläsern. Ich kenne niemanden, ich stelle mich nicht vor.

Alfredo liegt auf seinem Bett. So sieht also der gelassene Tod aus. Ich bin an den heftigen gewohnt, der dich schlagartig fortträgt mit einem Messer oder einer Kugel. Oder an den grausamen, der dich auf dem Boden verbluten lässt. Ich weiß, wie man damit umgeht, woran man denkt, wenn ich mich über eine Leiche beuge. Der langsame Tod dagegen, der dich von innen her aushöhlt, macht mir Angst. Das ist kein Arbeitsunfall, den man vermeiden kann, indem man aufpasst. Das ist das unausweichliche Schicksal, die Endabrechnung.

Und doch war der Tod gnädig mit Alfredo. Er macht zwar nicht den Eindruck, als würde er schlafen, sieht aber auch nicht so aus, als hätte er gelitten. Ein um den Kopf geschlungenes Taschentuch hält das Kinn. Ein dunkler Anzug, sein Gesicht wirkt fast gesünder als bei unserer letzten Begegnung.

Ich bin allein in seinem Zimmer, und das ist gut so, denn so kann ich ohne Scheu mit ihm reden. Und ein paar Minuten lang tue ich das auch.

Dann gehe ich hinaus. Ich winke seiner Frau einen Abschiedsgruß zu, aber sie läuft mir entgegen und lässt den Verwandten stehen, mit dem sie gerade gesprochen hat.

»Versuchen Sie, sich zu schonen«, sagt sie mir. »Man sieht, dass Sie noch nicht völlig genesen sind.«

»In Ordnung, danke. Lassen Sie es mich wissen, wenn Sie Hilfe brauchen.«

»Machen Sie sich darüber keine Sorgen. Hier«, sie reicht mir eine kleine Papiertüte, die mit Klebeband verschlossen ist.

Ich drehe sie in meinen Händen. »Was ist das?«

»Alfredo hat mir gesagt, dass er vergessen hat, Ihnen das im Krankenhaus zu geben. Ich dachte mir, dass Sie das vielleicht jetzt gern hätten.«

Ich öffne die Tüte. Es ist eine alte Ausgabe von *Dr. Jekyll und Mr. Hyde.*

Du alter Scheißkerl, denke ich. Aber seltsamerweise geht es mir besser.

Auf der Rückfahrt verliere ich die Besinnung.

Dritter Teil

Maskenball

1

Die Schmerzen im Gesicht haben sich beruhigt, die Nase beginnt schon wieder, Gerüche wahrzunehmen. Vor allem abgestandenen Rauch. Und, schnüff, schnüff, meinen eigenen Körper, würde ich mal sagen. Ich brauche dringend eine Dusche. Ich öffne die Augen. Überall im Zimmer verstreut liegen Damenkleidungsstücke, Fastfood-Kartons, Bücher und Zeitungen. Meine vorläufige Mitbewohnerin scheint ausgesprochen saumäßige Gewohnheiten zu haben. Ich höre ihren Atem. Sie schläft mit offenem Mund zu meiner Rechten, einen Arm angewinkelt unter dem Körper, der andere quer über die schmale Ritze zwischen unseren nebeneinander geschobenen Betten. Sie rührt mich an, mit dem unvermeidlichen Speichelfaden, der auf ihr Kopfkissen rinnt. Ich bewege meinen gesunden Arm, um ihr übers Haar zu streichen, und insgeheim genieße ich dieses Gefühl von Intimität, das ich schon seit geraumer Zeit nicht mehr verspürt habe. Auch diese Schläfrigkeit, die mich schwach und ein bisschen benebelt fühlen lässt. Jetzt fehlte nur noch meine Mutter, die mir das Frühstück ans Bett bringt, und die Regression wäre perfekt.

Ich bewege die Füße unter der Decke, ich strecke mich, ganz vorsichtig wegen der Wehwehchen an den Rippen, spiele mit der eingegipsten Hand und halte sie unter den Lichtstrahl, der durch die Rollläden dringt. Etwas ist neu: Es sind Unterschriften auf dem Gips. Vera und ein lang gezogenes M, das in einem Rüssel endet. Als ich das wiedererkenne, verschlechtert sich meine Laune schlagartig. Das ist die Unterschrift des Elefanten. Er wird doch nicht etwa im Zimmer nebenan pennen? Von wegen Frühstück. Der bringt es fertig und platzt mit einem Joint in der Hand herein.

Schließlich ringe ich mich dazu durch, auf die Armbanduhr zu schauen. Was ich sehe, braucht ein paar Sekunden, um sich den Weg in mein träges Bewusstsein zu bahnen. Ich werde schlagartig völlig wach, wie elektrisiert. Es ist acht Uhr morgens, das hatte ich wegen des Zwielichts mehr oder weniger geahnt. Aber laut der Datumsanzeige sind seit meiner Entlassung aus dem Krankenhaus …

Drei Tage vergangen.

Ganz langsam lege ich Veras Arm zur Seite, dann rolle ich aus dem Bett. Mein Partner war noch nie so lange am Stück wach. Noch nie.

Die Rippen machen sich bemerkbar, aber ich schaffe es, mich aufzurichten. Schmerzen auch im Rücken, dem Kopf geht es gut.

Himmel, ich habe drei Tage verloren. Nicht zu fassen.

Ich suche hinter dem Badezimmerspiegel, der Ort, wo mein Partner normalerweise die Zettel deponiert, wenn wir mit jemandem zusammen schlafen. Dort ist nichts. Ich kehre ins Zimmer zurück und durchsuche die Klamotten. Nichts. Es wird immer schlimmer, ich atme langsam durch, um mich zu beruhigen.

Eigentlich gibt es jetzt nur eine einzige Lösung, und bei dem Gedanken daran dreht sich mir der leere Magen um. Wieder einschlafen, damit mein Partner sein Versäumnis nachholen kann. Doch der Adrenalinspiegel in meinem Kreislauf steigt an. Und wenn ich diesmal eine Woche lang schlafen würde? Ich müsste alles meinem Partner überlassen, und ich weiß nicht, wie er mit einer Sache wie dem Sci-Fi-Konvent klarkommen würde.

Und dann ist da noch Vera …

Lieber erst mal einen anderen Ausweg finden.

Ich hole das Handy aus der Hosentasche und gehe ins Bad zurück. Alex ist zu Hause, er macht sich gerade fertig, um zu der Finanzierungsgesellschaft zu gehen, die ihm merkwürdigerweise seinen Lebensunterhalt bezahlt.

»Frühaufsteher, was?«, fragt er mich. »Macht es dir was aus, wenn ich dabei weiterfrühstücke?«

»Mach du nur. Was zum Henker habe ich denn in den letzten Tagen angestellt?«

Hamm hamm. »Irgendeinen Scheiß bestimmt. Warum?«

»Schnell gesagt. Mein Partner hat drei Tage lang das Steuer übernommen und dann die Berichterstattung vergessen.«

»Donnerwetter.« Schluck. »Euer Haussegen hängt aber in letzter Zeit ziemlich schief. Was möchtest du wissen?«

»So viel wie möglich.«

»Na ja … Ich habe nichts von ihm gehört, seit ich ihn das letzte Mal getroffen habe. Wann war das noch … vor drei Tagen.«

»Bist du etwa zusammen mit dem Elefanten nach Turin gekommen?«

Schmatz. »Also, eigentlich warst es du, der nach Cremona gekommen ist. Oh, uups, dein Partner.«

Leichter Schwindelanfall. Ich stütze mich an der Badewanne ab. »Oh Gott. Was hat er gemacht?«

»Eine Stippvisite bei Veras Haus. Du hast, Entschuldigung, *er hat* den halben Tag damit zugebracht, mit den Leuten zu sprechen. Dem Elektriker, den Nachbarn. Mit allen, die mit ihm reden wollten, was nicht all zu viele waren. Muss man verstehen, allmählich haben sie genug von Leuten, die ständig nachbohren. Apropos, dich haben sie ja sauber zugerichtet. Kompliment.«

»Lass mal gut sein.« Mein Partner interessiert sich tatsächlich für Adrians Fall. Unglaublich. »Und er hat dir nicht gesagt, dass wir die Absicht hatten, die Angelegenheit in den Sack zu hauen?«

»Nein.« Hamm. »Weißt du, dass dies eine der absurdesten Unterhaltungen ist, die wir je geführt haben?«

»*Weißt du, dass dies eine der absurdesten* … Alex, bitte, ich bin sowieso schon in Panik. War Vera auch mit dabei?«

»Er hat sie nicht mitgebracht.«

»Warum nicht?«

»Warum, verflucht, soll ich das wissen? Er war so kurz angebunden, dass der Elefant ganz beleidigt war. Früher oder später musst du ihn über deine Probleme im Kopf aufklären.«

»Sobald ich möchte, dass es ganz Mailand erfährt.«

»Ach komm, er kann ein Geheimnis durchaus für sich behalten.« Er kichert vor sich hin. Wasserplätschern auf Geschirr. »Was soll das heißen, dass wir jetzt die Finger von der Sache lassen sollen?«

»Das weiß ich im Moment auch nicht. Hat mein Partner dir Anweisungen hinterlassen?«

»Er hat uns gebeten, die Maurer aufzusuchen, die am Haus deiner Freundin gewerkelt haben, und mit ihnen zusammen Minute für Minute ihres Tagesablaufs zu rekonstruieren, vor und nach dem Verbrechen. Keine leichte Aufgabe. Sie haben ihre Arbeit beendet und sind ins Bauarbeiter-Depot zurückgekehrt, irgendwo im Val Brembana. Rate mal, wer heute einen Ausflug dorthin machen wird?«

»Der Elefant?«

»Bravo. Ich wäre sehr gerne mit ihm gegangen«, Lüge das, »aber wie du weißt, habe ich noch einen Job, der es mir erlaubt, die Miete zu bezahlen.«

»Du Glücklicher.« Die Maurer haben gerade noch gefehlt. »Na ja, trotzdem vielen Dank für alles.«

»Bitte sehr. Ich schick dir dann die Rechnung. Psychiater sind nicht billig.«

»Wem sagst du das.«

Ich hänge auf und wecke Vera, indem ich sie an einem Arm schüttle. Sie bewegt sich und verflucht mich.

»Wie spät ist es?«, knurrt sie.

»Halb neun.«

Sie öffnet die Augen. »Kannst du nicht warten?«

»Nein.«

»Verfluchte Scheiße.« Sie setzt sich auf. »Was ist los?«

»Wir haben einen Haufen Dinge zu erledigen.«

»Auf einmal?« Sie schiebt ihr Kissen hoch, zündet sich eine Zigarette an und schaut mich mit blutunterlaufenen Augen an. »Bist du sicher, dass es dir gut geht?«

»Wie man's nimmt ... Wieso?«

Sie wirkt überrascht. »Erinnerst du dich wirklich an nichts?«

»Was meinst du?«, frage ich vorsichtig. Ohne Anweisungen weiß ich nicht, was mein Partner mit ihr angestellt hat und riskiere, ins Fettnäpfchen zu treten.

»Na ja, vielleicht ist das ja normal ...«, murmelt sie.

»Was?« Ich würde sie am liebsten schütteln, aber ich halte mich zurück.

Schließlich rappelt sie sich auf. »Dass du gepennt hast.«

»Was ist da so Besonderes dran?«

»Zwei Tage lang. Wenn ich dich gerüttelt habe, hast du irgendwas genuschelt, dann warst du wieder weg.«

Ein weiterer Adrenalinstoß. Ich bekomme gleich einen Herzinfarkt. »Das kann doch gar nicht sein«, stöhne ich.

»Doch. Erinnerst du dich daran, dass ich dich ins Bett gebracht habe? Vorgestern?« Ich schüttle den Kopf. »Nein, hä? Hin und wieder bist du aufgestanden, um ins Bad zu gehen, aber du warst im Halbschlaf. Oder du hast mit geschlossenen Augen etwas getrunken. Erinnerst du dich wenigstens daran, dass der Arzt da war?« Ich wackle mit dem Kopf. »Nichts. Dein Organismus muss sich wieder erholen, hat der Doktor gesagt. Das ist der Schock.«

»Das ist der Schock ...«, wiederhole ich. Schlimmer hätte es gar nicht kommen können. Die Prügel, die ich eingesteckt habe, haben auch meinen Partner durcheinander gebracht. Wir haben alle beide geschlafen: Das passiert uns sonst nur unter Betäubung oder wenn es uns wirklich sehr dreckig geht.

»Ich freue mich, dass du dich wieder fit fühlst.« Vera schlägt die Laken beiseite und steht auf. Sie trägt eines meiner T-Shirts. Und sonst nichts. Kein Zweifel, an ihr sieht es besser aus. »Wollen wir frühstücken? Ich könnte mir denken, dass du Hunger hast. Ich habe dir Brühe eingeflößt, aber ...«

»Ja.« Daher also das Magenknurren. Ich suche den Nachttisch ab und versuche, das Bild von meinem Partner zu vertreiben, wie er ohnmächtig auf dem Boden liegt. »Hast du meine Brille gesehen?«

Sie geht ins Bad und schließt die Tür. »Du hast sie zum Optiker gebracht«, schreit sie. »Das neue Gestell ist heute früh fertig.«

»Gut.«

Am Fußende liegt eine Tüte, so voll gefüllt mit Medikamenten, dass das Rote Kreuz sich darüber freuen würde. Ich schlucke drei Aulin-Tabletten, dann ziehe ich mich vor dem Spiegel aus, um mich aus den zwei Zentimetern Entfernung zu mustern, die meine Kurzsichtigkeit zulässt. Mit all den blauen und schwarzen Blutergüssen und den Nähten sehe ich aus wie Braveheart nach der Autopsie. Aber mein wahres Problem liegt im Kopf. Mein Partner schläft ein und ich wache erst achtundvierzig Stunden später auf. Erneut steigt Panik in mir auf, ich beruhige mich mit einer Serie Mantras. Wenn es einen Arzt für Menschen wie mich geben würde, dann würde ich ihn jetzt aufsuchen.

Ich warte, bis Vera aus dem Bad kommt, dann nehme ich eine wohltuende Dusche, wozu ich den Gipsarm in eine Plastiktüte hülle. Als ich ins Zimmer zurückkehre, ist sie leider schon wieder angezogen. Ich werfe ihr eine Verbandsrolle zu. »Hilf mir mal.«

»Wobei?«

»Du musst mich fest bandagieren, hier den ganzen Brustkorb, vorn und hinten. Dann mach es mit einem Pflaster fest.«

Die Operation ist so schmerzhaft, dass der Schweiß nur so fließt, aber schließlich habe ich einen prächtigen Panzer am Leib, der mich zusammenhält. Würde ich jetzt auf den Rücken fallen, würde ich enden wie eine umgedrehte Küchenschabe. Ich ziehe den weitesten Pullover an, den ich besitze, und eine bequeme Hose.

Vera mustert mich zweifelnd. »Bist du in Ordnung?«

»Bereit fürs Gefecht. Holst du bitte den Koffer runter? Er liegt da auf dem Schrank.«

»Zu Befehl.« Sie legt ihn auf mein Bett. Darin befindet sich nur meine Werkzeugtasche und der tragbare PC. Ich öffne die Tasche und breite den Inhalt auf der Decke aus.

»Was ist das denn für Zeugs?«, fragt sie.

Ich nehme das Teil, das wie eine eingefahrene Teleskopantenne aussieht. »Das ist ein Ninjastick, der meistverkaufte Artikel in den Martial-Arts-Läden, in denen ich verkehre. In dem Rohr ist eine Feder. Wenn du mit dem Handgelenk ausholst, schnellt sie hervor.« Ich öffne und schließe ihn ein paarmal, um es ihr zu demonstrieren. Die Feder ist dreißig Zentimeter lang, mit einer Metallkugel am Ende. »Man benützt das wie einen Stock oder eine Peitsche. Wenn du dich verteidigen musst, öffnest du ihn und schlägst zu, nach Möglichkeit auf die Nase oder auf den Mund. Aber Vorsicht, damit kann man echten Schaden anrichten.«

Sie wendet ihn in der Hand hin und her, probiert ihn mit grimmigem Lächeln auf der Handfläche aus. Ich verstehe, warum mein Partner sie nicht mit nach Cremona genommen hat. Sie hätte sich sofort auf jeden Verdächtigen gestürzt. »Glaubst du, dass sie uns auf die Pelle rücken werden?«, fragt sie.

»Ich hoffe nicht, aber es ist nie zu spät, ein wenig vorauszudenken. Ich nehme das hier.« Ich stecke den Schlagring aus Messing ein, eine Antiquität, die ich auf einem Flohmarkt in Senigallia gekauft habe. »Und das hier.«

»Ein Deodorant?«

»Für Schmeißfliegen. Das ist eine Minispraydose mit Tränengas. In halb Europa gegen Vergewaltiger empfohlen, in

Italien verboten. Ich bin im Internet darauf gestoßen, auf einer Schweizer Seite.« Ich stecke sie mir in die linke Tasche. Für die reichen die heil gebliebenen Finger meiner linken Hand. »Jetzt können wir los.«

Vera bewegt sich nicht von der Stelle. »Hör zu, Sandrone, es freut mich, dass du dich um meinen Arsch sorgst, aber ehe wir da rausgehen, sollten wir eins klarstellen.«

»Und was?«

»Du hilfst mir, und das völlig umsonst, und dafür habe ich dich gern.« Einen Moment lang ist sie verlegen, doch das verfliegt rasch. »Aber diese ganze Kiste entwickelt sich ziemlich merkwürdig. Erst verschwindest du für einen Tag, dann schläfst du zwei Tage lang, und jetzt bist du ganz ›Mach hin und packen wir's an‹.«

»Entschuldigung.«

»Scheiß auf die Entschuldigung. Ich verstehe ja, dass du im Moment nicht so ganz auf dem Damm bist, aber mir geht's auch nicht gerade toll. Wenn du mich also irgendwohin mitnehmen willst, erklär mir vorher bitte schön, was verflucht du vorhast, dann sage ich dir, ob ich da auch mitkommen will!« Die Lautstärke ist progressiv angestiegen. Die letzten Worte hat sie herausgeschrien. »Klar?«

Ich hebe die Hände, so gut ich kann. »Klar. Knie dich hin.«

»Spinnst du?«

»Auf die Knie, mach schon.« Ich drücke ihr sanft eine Schulter hinunter, bis sie gehorcht.

»Hast du irgendetwas Bestimmtes vor? Ich beiße ihn dir zur Not gnadenlos ab.«

»Ruhe, ich muss mich konzentrieren.« Ich setze ein inspiriertes Gesicht auf. Dann lege ich ihr den Gipsarm auf den Kopf. »Im Namen des Gottes der Blöden und der Säufer ernenne ich dich zu meiner Adjutantin. Und als meine Adjutantin hast du ein Anrecht auf präzise Anweisungen, freundschaftlichen Schutz und ausführliche Erläuterungen, Letztere bei dem berühmt-berüchtigten Frühstück. Sobald du dich erhebst, küsse ich dich auf die Wangen. Mit dem Runterbeugen habe ich es nämlich zurzeit nicht so.«

Sie lächelt, zum ersten Mal seit längerem. Ich mag es, wenn sie lächelt. »Du bist verrückt, weißt du das?«

»Das ist eine der wenigen Gewissheiten in meinem Leben.«

Vera stößt im kleinen Speisesaal des Hotels zu mir, als ich gerade mein drittes abgepacktes Croissant vertilgt habe. Allmählich fühle ich mich besser. Sie hat eine Scheußlichkeit in der Hand, die sie mir reicht, als sie sich an den Tisch setzt.

»Soll das etwa meine Brille sein?«, frage ich sie.

»Mhm mhm.«

»Ein violettes Gestell?«

»Das andere war Schrott, die neue ist eben ein bisschen moderner, verflucht.«

»Hast du die bezahlt?«

»Mit deiner Kreditkarte. Da hast du sie wieder.«

Ich stecke sie in meine Brieftasche zurück. »Ich möchte gar nicht wissen, wie viel ich ausgegeben habe.« Ich setze die Brille auf die Nase und betrachte mich im Spiegel der stählernen Zuckerdose. Ich sehe aus wie Elvis Costello. Aber zumindest kann ich wieder sehen.

Vera bestellt einen Cappuccino und schaut mir dabei zu, wie ich mit der leeren Tasse herumspiele. »Ich bin bereit für berühmt-berüchtigte Erklärungen. Brauchst du dafür noch eine besondere Vorbereitung?«

»Nein. Ich erzähle, du hörst einfach zu. Fragen am Ende.«

»Ja, Chef.«

Spricht's und unterbricht mich ein ums andere Mal. Und regt sich fürchterlich auf, als ich ihr von der Pistole in der Truhe erzähle. Ich habe meine liebe Not damit, sie davon zu überzeugen, dass es nicht Oink war, die sie da hineingelegt hat.

Am Ende schluckt sie. »Na ja, halb so wild. Eine Pistole, und vielleicht hätte er sie ja nie …«

»Sicher, es hätte auch eine Atombombe sein können.« Grrr. »Hör zu, wenn Adrian ein Schießeisen hatte, dann war das nicht so normal. Bist du sicher, dass er in Cremona keins hatte?«

»Red keinen Scheiß. Außerdem hätten die Bullen sie längst gefunden.«

»Richtig. Aber stell dich schon mal drauf ein, es kommen bestimmt noch andere Überraschungen auf uns zu. Ich hab da so ein Gefühl.«

»Ach wie toll. Ein parapsychologischer Detektiv.«

In einem nicht ganz einträchtigen Schweigen setzen wir unser Frühstück fort. Ich bestelle noch einen Kaffee. Der Kellner serviert ihn schlurfend.

Es ist Vera, die als Erste nachgibt. »Mit der anderen Geschichte verplemperst du aber hoffentlich nicht zu viel Zeit?«, fragt sie. »Abgesehen davon, dass du dabei was aufs Maul bekommst?«

»Ich kümmere mich so wenig wie möglich darum, wäre auch völlig unnötig. Die Polizei wird eine hübsche Fahndung nach Anarchisten veranstalten, und das war's dann. Glücklicherweise sind es nur noch drei Tage bis zu diesem dämlichen Sci-Fi-Konvent.«

»Und dann?«

»Dann lasse ich hier alles stehen und liegen und kehre nach Mailand zurück, Schwester. Ob ich dann noch etwas für Adrian tun kann, werden wir sehen, aber sicher werden mich Scotti und Turin eine ganze Zeit lang nicht mehr wiedersehen. Hier herrscht eine so trostlose Atmosphäre.«

»Aber waren denn die Leute aus den Sozialzentren nicht deine Freunde?«

»Das sind sie immer noch. Wenn auch nicht alle.«

»Macht es dir gar nichts aus, wenn sie jemanden einfach so festnehmen?«

Ich vertiefe mich in den Kaffeesatz und studiere jeden einzelnen Partikel. »Vera, ein für alle Mal: Ich bin nicht Simon Templar. Überall in der Welt gibt es haufenweise Menschen, die unschuldig im Knast sitzen, und ich möchte diese Zahl nicht durch meine Wenigkeit erhöhen. Haben wir uns da verstanden?«

»Mehr als genug.« Das hat ihr nicht gefallen. »Und was machen wir jetzt?«

»Jetzt gehen wir zum Scotti-Verlag.«

Vor dem Scotti-Verlag steht der übliche Streifenwagen, und drinnen herrscht ein solches Chaos, dass man kaum zur Tür hereinkommt. Der ringförmige Korridor und die Zimmer sind völlig mit Papp- und Styroporteilen, bunten Videoverpackungen, Faltblättchen und Büchern zugestellt. Es gibt einen extra langen Garderobenständer auf Rädern mit verschiedenen Monsterkostümen und einen Weihnachtsbaum mit Beleuchtung. Anstelle von Kugeln sind mit Schleifchen versehene Bücher aufgehängt. Was für eine nette Idee.

Scotti kommt aus seinem Büro geschossen, eine einen halben Meter lange Havanna zwischen den Lippen. Er wirkt nicht mehr wie das arme Opfer, jetzt ist er ganz der erfolgreiche Geschäftsmann. Er schlägt die Hand vor den Mund, gibt vor, von dem, was er sieht, betroffen zu sein. »Mann, siehst du vielleicht Scheiße aus!«

»Sehr freundlich, vielen Dank.«

»Nimm's mir nicht übel. Aber diese Riesenbastarde haben dich wirklich übel zugerichtet. Diese albanischen Vergewaltiger haben uns gerade noch gefehlt, als ob uns die Hausbesetzer nicht schon reichen würden. Aber die werden sie schon kriegen, ha. Ich bin drauf und dran, eine Belohnung auszusetzen.« Er schubst mit dem Ellenbogen Carmelo an, der auf dem kleinen Sofa im Eingang zusammengesunken ist. »Denkst du, dass das drin wäre?«

Carmelo wacht auf und antwortet, als hätte er zugehört. »Nein.« Dann fängt er wieder an zu schnarchen.

»Schade. Hör mal, du kannst doch arbeiten, oder? Ganz langsam, versteht sich, aber ich brauche dich.« Er erblickt Vera und beginnt zu strahlen. »Wer ist denn diese fantastische Frau? Deine Freundin?«

»Meine Assistentin.«

Scotti reibt sich die Hände. »Gut, gut.« Er zieht mich zur Seite. »Wäre es vielleicht möglich, dass sie als Hostess arbeitet? Wir sind ein wenig knapp mit Personal. Ich gebe dir auch einen Zuschlag, dann kannst du ihr geben, was du für richtig hältst. Allerdings«, fügt er an und stupst mich in die gesunde Seite, »habe ich so das Gefühl, dass du ihr bereits was gibst. Harr, harr.«

Ich bin drauf und dran, ihm die Fresse zu polieren, doch dann denke ich noch einmal darüber nach. Vera in Reichweite ist besser als unbeaufsichtigt mit dem Ninjastick durch die Gegend marodierend. »Warum nicht?«

»Bestens. Diesmal reißen wir allen den Arsch auf, harr harr harr.«

Er wendet sich Vera zu. »Du bist engagiert!«, sagt er, den Zeigefinger auf sie gerichtet.

Vera sperrt den Mund auf, schnell ziehe ich Scotti in sein Büro, ehe das Inferno losbricht. Er hält mir eine Schachtel mit Zigarren der Sorte hin, die er in seiner Hand hält. »Nimm dir eine. Auf Kosten des Hauses.«

»Um Gottes willen. Wie laufen die Vorbereitungen für den Konvent?«

Er zuckt mit den Schultern. »Es geht voran. Meinst du, du schaffst das mit der Überwachung allein?«

Ach ja, ich bin etwas in Verzug. »Nein, ich brauche noch sechs Leute. Mindestens.«

»Wir könnten ein paar Jungs flottmachen. Einer meiner Freunde hat da so eine Werbeblättchenfirma …«

»Nicht einmal im Traum. Ich habe in der Vergangenheit schon mit den verschiedensten Typen zusammengearbeitet. Aber da standen auch keine Schwierigkeiten ins Haus. Hier brauche ich Profis. Ich rufe die *Shadow-Agentur* an. Ich habe mal für sie gearbeitet, und seriös sind sie auch.«

Er kratzt sich am Kopf. »Sind die teuer?«

»Ich lass mir einen Rabatt geben, der guten alten Zeiten wegen.«

»Gut, gut. Es tut mir Leid, dich in diesem Zustand an die Arbeit zu schicken, aber wir sind mitten im Endspurt.« Er spielt mit der völlig eingesabberten Zigarre herum. »Und hier haben die Angestellten die Tendenz, einer nach dem anderen zu verschwinden. Das ist nicht deine Schuld, nicht dass wir uns da falsch verstehen, aber wenn du ein wenig effektiver wärst ...«

»Bis später dann, Scotti.«

»Nimm's mir nicht krumm, eh ...«

Vera spricht mit Edith im Korridor. Edith läuft mir entgegen. »Ich muss dich sprechen.«

»Oh, öfter mal was Neues! Aber ich möchte auch mit dir reden.«

Ich ziehe sie in mein Kämmerchen und schließe die Tür mit einem Stoß. Meine Rippen machen Krickkrack. Ich schlucke eine zusätzliche Tablette. »Ich bin Svetlana gefolgt, ganz wie du es gewollt hast, und vielleicht hatte das ja auch sein Gutes. Nur deswegen erwürge ich dich nicht auf der Stelle.«

»Oh, immer noch diese Hure ...«, murmelt sie, ohne mich anzuschauen.

»Weißt du etwas, was ich nicht weiß? Und Schluss jetzt mit den Märchen, dass sie Scotti in ihr Bett zerren will, das nehme ich dir nicht mehr ab. Scotti würde sogar das *verlorene Raumschiff* vernaschen, wenn es einen Minirock tragen würde.«

»Du kennst Franco einfach nicht. Aber das ist es nicht, worüber wir jetzt sprechen müssen. Panz ist verschwunden.«

»Panz? Seit wann?«

»Heute Morgen ist er nicht zur Arbeit erschienen und er hat auch nicht angerufen.«

»Ihm wird etwas dazwischengekommen sein, ich glaube nicht, dass ...«

»Nein«, sagt sie entschieden. »Er hätte Bescheid gesagt.«

»Vielleicht ist er ja mit dem Film beschäftigt ...«

Sie schüttelt den Kopf, dass ihre Zigeunerohrringe klingeln. »Er ist seit Samstag nicht mehr dort gewesen, und wir waren heute Morgen ganz früh verabredet, um mit der Arbeit voranzukommen. Ich habe bei ihm zu Hause angerufen, aber da geht niemand ran.« Sie beißt sich auf die Lippen. »Sandrone, du musst etwas tun.«

»Ich bin nicht dein persönlicher Laufbursche. Sag mir, was deiner Meinung nach passiert ist, und dann kann ich dir vielleicht weiterhelfen.«

»Ich weiß nur, dass er sich merkwürdig verhält seit dem Angriff auf diese Hure. Er ist besorgt.«

»Das sind wir doch alle, oder nicht?«

»Nicht so«, sagt sie und schaut aus meinem Bullauge. »Er ist nicht mehr richtig bei der Sache. Ich hatte ja zunächst ...«, sie beißt sich auf die Lippen, »Svetlana im Verdacht, und vielleicht habe ich mich ja geirrt. Aber jetzt mache ich mir wegen Panz wirklich Sorgen. Es ist nicht meine Schuld, wenn sich hier niemand darum kümmert.«

Ich seufze. »Weißt du denn, was Panz gestern Abend gemacht hat?«

»Nein.« Sie wirkt erleichtert, dass ich ihr Glauben schenke. »Ich weiß nur, dass er früher gegangen ist, obwohl er mit seiner Arbeit in Verzug ist.«

Sie ist so pathetisch, dass ich gar keine Lust mehr habe, ihr in den Hintern zu treten. »Ich weiß nicht, ob etwas dabei herauskommt, Edith. Aber ich werde mein Möglichstes tun.«

»Danke«, sagt sie nur und schreitet mit wogendem Blumenrock hinaus.

Endlich allein rufe ich per Handy die *Shadow* an. Ich habe

keine Lust, dass die anderen das Gespräch mithören. Der Geschäftsführer erinnert sich an mich, auch wenn wir mehrere Jahre lang nichts voneinander gehört haben. Er ist ein Carabiniere im Ruhestand, ein fähiger Typ. Wir verständigen uns über einen Satz Mitarbeiter, die ich am nächsten Tag direkt am Fischmarkt treffen werde.

»Ich kann dir nicht mehr als zehn Prozent Provision geben«, sagt Signor *Shadow* zum Schluss.

»Sagen wir fünfzehn. Schlag das ruhig auf die Rechnung drauf, Scotti schadet's nicht.«

»Das ist ein Wort. Auf Wiedersehen.«

Der zweite Anruf gilt Pinocchio.

»Verstehst du etwas von Kino, Produktionsfirmen und so?«, frage ich ihn. Nur um die Zweifel wegen Panz auszuräumen.

»Korrekt. Was brauchst du?«

»Hier in Turin wird ein Film gedreht. Über den Krieg, über Nazis.«

»Nie was davon gehört.«

»Mach den Set ausfindig und setz dich mit demjenigen in Verbindung, der die Statisten engagiert. Ich gebe dir meine Handynummer.«

»Wenn er dir Geld schuldet, könnte ich mich darum kümmern. Dann müssten wir uns bloß über die Provision einigen.«

»Nein, ich muss nur mit ihm reden. Bleib ganz ruhig.«

Wir verhandeln ein wenig über sein Honorar, ich komme billig davon, dann gehe ich hinaus, um Vera zu holen, die von einem Scotti in Action in einer Ecke festgenagelt wird. Erleichtert wischt sie davon.

Im Auto erkläre ich ihr, dass wir zum Krankenhaus müssen.

»Um die Frau zu besuchen, die verdroschen wurde?«

»Ja.«

»Entschuldige, wenn ich das frage, aber wann fangen wir wieder an, uns um Adri zu kümmern?«

»Wir schauen nur auf einen Sprung vorbei, meine Liebe. Hab Geduld.«

Sie drückt auf die Hupe, um einen Fußgänger wegzufegen, der nicht den Zebrastreifen benutzt. »Geduld ist nicht gerade meine Stärke.«

»Das habe ich bereits bemerkt.«

Vor Svetlanas Zimmer steht kein Wachposten mehr, falls je einer davor gestanden hat. Für Schwierigkeiten von Nicht-EU-Bürgern werden keine öffentlichen Mittel verschwendet. Das einzige Privileg, das man ihr zugestanden hat, ist ein Einzelzimmer. Sie liegt im Bett, mit einem Verband, der ihr das halbe Gesicht bedeckt. Der sichtbare Rest sieht aus wie ein kurz gebratenes Steak.

»Ciao, Svetlana. Wie geht es dir?«

Sie schaut mich mit ihrem einen Auge an und antwortet nicht.

»Das ist Vera«, fahre ich fort. »Sie ist eine Freundin von mir und hilft mir bei der Arbeit.«

»Ciao«, sagt Vera verlegen.

Svetlana schließt das Auge.

»Svetlana, es tut mir Leid, dich zu stören, wo es dir nicht gut geht. Aber da gibt es etwas, was du mir erklären musst. Du hast der Polizei gesagt, dass du von zwei Albanern angegriffen wurdest. Ich weiß, dass das nicht stimmt.«

Schweigen. Ich fahre fort. »Wenn du gelogen hast, und das hast du, dann ist die einzige Erklärung dafür, dass du weißt, wer die beiden waren. Aber du machst einen Fehler.«

Sie benetzt ihre Lippen, sonst nichts.

Ich setze mich auf die Bettkante. »Ich verstehe ja deine Ängste. Ich habe immer einen ganzen Arsch voll davon. Aber wenn du mir nichts erzählst, kann dir noch einmal etwas zustoßen. Oder einem deiner Kollegen.« Ich könnte ebenso gut mit der Wand reden. Ich ändere die Taktik. »Panz ist verschwunden.«

Ein leichter Schauder schüttelt sie.

»Weißt du etwas darüber?«

Sie schweigt noch immer.

»Du bist die letzte Person, die ihn gesehen hat. Weißt du, was …«

Sie versucht, mit der Faust nach mir zu schlagen. Ich springe auf. »Svetlana …«

Sie schreit. »Drecksack! Es ist alles deine Schuld. Sie doch, was sie mit mir gemacht haben! Ich bin für den Rest meines Leben entstellt!« Sie streckt die Hand aus und drückt die Klingel.

Als die Krankenschwester hereinkommt, gibt Svetlana unter Tränen ein Zeichen, dass man uns hinausschmeißen soll. Was auch geschieht. Im Hinausgehen treffen wir auf den Arzt, den Vera mit dem Infusionsständer bedroht hat. Er erkennt sie wieder und erblasst.

Vera spricht nicht, bis wir ins Auto steigen. »Das hast du ja klasse hingekriegt mit dem Verhör. Braucht es lange, bis man so gut wird wie du?«

Ich bin deprimiert. »Ich möchte nicht darüber sprechen.«

»Es tut mir Leid, dich zu stören, aber da gibt es etwas …«, versucht sie meine Stimme zu imitieren, und ärgerlicherweise gelingt ihr das auch.

»Du hättest wahrscheinlich versucht, ihr das andere Auge auszukratzen, kann ich mir vorstellen.«

»Sie hätte es verdient, diese Scheißkuh. Ihretwegen hast du dich schließlich verhackstücken lassen. Sie ist dir gegenüber nicht besonders dankbar dafür.«

»Der Stern der Helden auf dem weißen Ross ist ein wenig am Sinken«, gebe ich zu. »Vor allem, wenn sie keinen Pfifferling wert sind.«

»Ach was, du bist toll«, streichelt sie mir über die Wange.

»Vielen Dank, aber das stimmt nicht. Versuchen wir einen anderen Weg. Bieg da ab.«

Ich lasse sie bis zur Großen Mutter fahren, jenem vergnüglichen Ort, wo die Korpulente auf mich wie auf eine

Trommel eingedroschen hat. Nichts zu sehen von verdächtig herumstehenden Autos. Stattdessen eine Gruppe Frauen, die zur Tür herauskommt. Einige sehen orientalisch aus und tragen einen Tschador.

»Jetzt bist du dran«, sage ich zu Vera. »Geh zur Tür. Ich lasse mich lieber nicht blicken.«

»Nach wem soll ich fragen?«

»Sag, dass du Svetlanas Freundin suchst und dass du draußen auf sie wartest. Irgendwer wird schon kommen, keine Bange.«

Vera gehorcht, spricht in die Sprechanlage, dann kehrt sie zum Auto zurück. Ich schlucke noch ein paar Pillen. Wer weiß, ob man sich daran gewöhnt.

»Eine Ausländerin hat geantwortet. Sie sagt, dass sie bei ihr anruft.«

Ich nicke. »Gut, warten wir.«

Ich winde mich aus dem Auto und lehne wartend an der warmen Motorhaube. Vera gesellt sich zu mir, und so warten wir Seite an Seite. Ein Moment der Ruhe im kalten Mittagslicht. Wir müssen nicht lange warten. Das Auto des Monsters kommt reifenquietschend heran und parkt vor dem Tor der Großen Mutter. Das Monster steigt aus. Sie hat wieder einen Jogginganzug an, zu dem sie diesmal einen Anorak trägt, wodurch sie aussieht wie eine Kugel. Eine Kugel aus Muskeln.

Sie sieht mich, bleibt stehen, steckt die Hände in die Taschen. So verharren wir und mustern uns auf Distanz. Ich winke mit dem gesunden Arm. Das Monster kommt mit gesenktem Kopf zu uns herüber und bleibt einen halben Meter vor uns stehen, ohne etwas zu sagen.

Ich beginne. »Ich bin wegen Svetlana hier. Du und ich, wir müssen reden.«

Sie streckt eine Hand vor, die in einem Pelzhandschuh steckt. Nicht um mich zu schlagen, nur um meine Hand zu schütteln. Das tue ich.

»Ich wusste, dass du früher oder später aufkreuzen würdest«, sagt sie. »Du heißt Sandrone, nicht wahr?«

»Gut erkannt.«

»Ich habe dich im Krankenhaus gesehen, als ich Svetlana besuchen wollte. Ich bin Elisa.«

Vor meinem geistigen Auge tauchen wieder die Rechnungen in Svetlanas Wohnung auf, und ein paar Puzzleteile rücken an ihren Platz. »Elisa Scotti?«

»Nicht mehr, zum Glück.« Sie lächelt müde, und ich sehe sie mit dreißig Kilo weniger, ich sehe die schöne Frau unter der Fleischmaske, die sie sich zugelegt hat. »Jetzt ist eine andere die arme Sau, die er seine Frau nennt.«

2

»Wo soll ich anfangen? Es gibt da so vieles ... Als ich klein war, hatte ich nur den einen Traum, zu heiraten und eine Familie zu gründen. Ich wollte Kinder und jemand Besonderen. Aber die Ehe mit Franco war ein kompletter Reinfall. Nicht von Anfang an. Er war ein Junge aus gutem Hause, sein Vater sah es gar nicht gern, dass er mit einer aus dem Volk ging, wie er es ausdrückte. Aber da war Franco absolut großartig. Das kümmerte ihn überhaupt nicht. Er sagte, dass er mich liebe und dass das genügen müsse, auch wenn ich bloß einen Mittelschulabschluss hatte und nur ein Jahr auf dem Sprachengymnasium war. Und ich denke, dass das stimmte, anfangs zumindest ohne Wenn und Aber.

Er arbeitete viel, noch war er nicht der Chef, aber er war überzeugt von seinen Büchern und meinte, dass man kommerzieller werden müsste, um auf dem Markt bestehen zu können. Er stritt darüber viel mit seinem Vater. Dann hatte sein Vater einen Herzinfarkt, und Franco war nun derjenige, der die Entscheidungen traf. Und er begann, nach Möglichkeit auch mehr zu arbeiten. Ich versuchte, ihm das Leben so leicht wie möglich zu machen, ich glaubte wirklich, dass man nur Hausfrau sein könnte und dass einen das glücklich machen würde. Ich versuchte, immer gut auszusehen, wenn er nach Hause kam, und ich war stets elegant, wenn wir ausgingen. Ich wollte, dass er stolz auf mich war, und je mehr die anderen in mir nur die Deckstute sahen, wie er es ausdrückte, desto zufriedener war er. Alle begehren dich, aber nur ich kann dich haben. All den Mist halt, mit dem wir uns zuschütten lassen und der uns glücklich machen soll. Da ich ihm alles gegeben habe, da es nichts mehr gab, was er mir nehmen konnte, ging es zu Ende. Ganz allmählich.

Er kam immer später nach Hause, manchmal kam er gar nicht. Er begann, allein zu den verschiedenen Kongressen und Messen zu fahren. Er nahm mich nicht mehr mit. Schließlich habe ich herausgefunden, was außer mir bereits alle wussten. Dass er jedes Mädchen bumste, das ihm unter die Finger kam, auch seine Sekretärin, die seine feste Geliebte war. Sie rief bei uns zu Hause an, diese Schlampe, und er tat immer so, als ob es ums Geschäft ginge. Entschuldigung, weißt du, ich muss weg, es ist etwas dazwischengekommen, ein Autor hat vorbeigeschaut ... Dieser ganze Mist, ich begriff es nur nicht, weil ich es nicht begreifen wollte. Dann habe ich die Briefe gefunden. Verrückt, er bewahrte sie zu Hause auf. Die Briefe von seinen Geliebten. Eine hatte ihm sogar ein Gedicht geschrieben, das lautete: *Du bist wie ein Wirbelwind, der in mein Leben dringt und alles durcheinander bringt.* Ich kenne es heute noch. Als ich sie alle gelesen hatte, habe ich das Barschränkchen geöffnet. Ich hatte nie zuvor so viel getrunken. Ich dachte, dass eine Dame, die man respektiert, nicht trinken dürfe. Dass sich das nicht gehöre. Stattdessen trank ich nun fast eine halbe Flasche Magenbitter, danach ging es mir richtig dreckig. Als Franco nach Hause kam, war ich bereits dabei, alles zu zerkleinern. Die Vorhänge, die ich mit so viel Sorgfalt ausgewählt hatte und die er noch nicht einmal bemerkt hatte. Die Nippessachen, das gute Service, das für die wichtigen Abendessen, die wir schon so lange nicht mehr gaben, dass das Porzellan schon ganz gelb angelaufen waren. Und die Spiegel. Sieben Jahre Pech hatte ich ja schon gehabt. Er versuchte, mich aufzuhalten: Aber Liebes hier, aber Liebes da. Beruhige dich doch bitte. Ich lachte, fuhr fort, alles zu zertrümmern. Ein paar Mal hat er versucht, die Hand zu erheben, aber er hat es nicht gewagt, der Wurm. Er wusste, dass ich ihn umgebracht hätte. Ich habe seine Kleidung zerfetzt, die Bücher, die er zum Angeben im Hause hatte, seine Pfeifensammlung, seine Scheißgemälde. Dann bin ich gegangen. Es war Nacht und ich bin gegangen, ganz allein. Ich wusste nicht einmal, wohin.

Ich fand ein Hotel, es war das erste Mal in meinem Leben, dass ich allein in ein Hotel ging. Ich hatte Angst, dass man mich für eine Prostituierte halten würde, ohne Koffer und ohne gar nichts. Ich bin zwei Tage lang nicht ausgegangen, ich ließ mir das Essen aufs Zimmer bringen. Das Zimmermädchen, das mir saubere Unterwäsche besorgte, sagte: Liebes, du weißt doch, wie die Männer sind, sie wollen immer nur das eine. Ich dachte an Selbstmord und hoffte, dass er mich holen käme. Er ist nicht gekommen und ich habe mich nicht umgebracht. Ich bin zu meinen Eltern zurückgekehrt. Und nach einem Jahr habe ich aufgehört, daran zu denken.

Er war mein letzter Mann, und ich habe eine Weile gebraucht, um zu begreifen, dass ich nicht allzu viel verloren hatte. Es war Grazia, meine erste Frau, durch die ich das begriff. Und ich begriff auch, dass ich mich einen Scheiß darum scheren musste, um jeden Preis schön zu sein und immer brav Diät zu halten. Je mehr ich zunahm, desto glücklicher wurde ich. Ich begann, Sport zu treiben, und es verschaffte mir Befriedigung, besser und zäher als meine Lehrer zu sein. Keiner sah in mir mehr die Deckstute. Jetzt lagen mir die Frauen zu Füßen. Ich hätte nie gedacht, dass ich für Lesben so attraktiv sein könnte, doch je mehr ich zunahm, desto mehr begehrten sie mich. Diesmal war ich der starke Teil. Und das Gefühl gefiel mir. Mit Grazia hat es nicht lange gedauert, aber wir sind eng befreundet geblieben, die Schwester, die ich nie hatte. Sie hat mich einen Beruf gelehrt, die Fotografie, und ich bin sehr gut darin geworden. Bei der Arbeit behandeln mich die Männer als ihresgleichen, manchmal versuchen sie es noch bei mir, vielleicht weil ich so männlich geworden bin, dass ich ihre latenten homosexuellen Fantasien bediene, ohne dass sie darüber in eine Krise geraten müssen. Aber sie interessieren mich nicht mehr.

Mich zu verlieben ist mir eine ganze Weile nicht mehr passiert: viele Freundinnen, aber keine Liebe. Sie verzweifelten, ich hielt sie auf Distanz.

Dann, vor drei Jahren, haben wir einen Ausflug gemacht. Vier Freundinnen, zwei, die zusammen waren und die auch jetzt noch zusammen sind, ein Paar wie Pech und Schwefel. Ein Ausflug zu den Thermen von Saturnia, den ganzen Tag im Schwefelwasser einweichen. Eine von uns kam dann auf die glorreiche Idee, in Rom in eines dieser Lokale für geile Machos zu gehen, wo die Mädchen auf der Theke stolzieren und sich ausziehen. Warum sollen wir uns nicht auch einmal etwas Niedliches gönnen? Sollen sie es doch versuchen, uns deswegen anzumachen. Ich war von der Vorstellung begeistert, eine Schlägerei anzuzetteln, ich hatte ein bisschen zu viel getrunken, ich war fröhlich. Das Lokal war ziemlich leer, aber wir waren nicht die einzigen Frauen. Ich trank weiter, betrachtete die Mädchen, die oben ohne tanzten. Alle mit einem falschen Lächeln, leerem Blick, Müdigkeit im Gesicht. Dann kam sie. Sie war nicht die Schönste unter den tanzenden Mädchen, vielleicht war sie zu schlank, so schlank, wie ich es nie war, auch als ich nur ein Salatblatt am Tag aß, einem Franco gegenüber, der sich wie ein Schwein den Bauch voll schlug und immer mehr in die Breite ging. Schlank, aber äußerst gelenkig, mit zwei Augen ... Sie tanzte und sah mich dabei an, als ob sie mich kennen würde. Ich bin in diesen Augen ertrunken. Ich hatte ein Gefühl, als würde etwas tief in mir drinnen zerspringen, und ich begann zu weinen, mitten im Lokal, mit meinen Freundinnen, die mich fragten: Aber was hast du denn, geht es dir gut? Möchtest du, dass wir nach Hause fahren?

Ich blieb in Rom, und am nächsten Abend bin ich allein wieder hingegangen, und auch am darauf folgenden Abend. Und jedes Mal sah sie mich an. Sie tanzte nur für mich, auch wenn vielleicht all die Machos, die ihr etwas zu trinken spendierten, das Gleiche dachten. Erst am dritten Abend fand ich den Mut, sie anzusprechen, als sie schweißüberströmt von der Bühne kam. Und sie sagte: Warum hast du so lange dazu gebraucht? Ich habe so gehofft, dass du mich früher ansprechen würdest, aber ich hatte Angst, dir nicht zu gefallen. Ich verstand, dass ich bezahlen müsste, und ich habe bezahlt. Wir sind in ihr Hotel gegangen, und als unsere Liebesnacht zu Ende ging, wusste ich, dass es um mich geschehen war. Zwei Monate lang bin ich jedes Wochenende nach Rom gefahren. Und schließlich habe ich sie gefragt: Komm mit mir nach Turin. Du kannst bei mir wohnen, ich kann für deinen Unterhalt aufkommen, mach Schluss mit diesem Scheißleben, mit all den Männern, die dich anstarren und dich voll geifern. Und hör damit auf, dich gegen Geld ficken zu lassen. Ich kam mir vor wie eine Verrückte, ihr diese Dinge zu sagen, Dinge, die du einfach nicht zu einer Frau sagst, die du dafür bezahlst, dass sie mit dir ins Bett steigt, aber sie hat nicht gelacht. Sie hat mir lediglich geantwortet: Ich kann nicht. Ich würde gerne, aber ich kann nicht mitkommen. Frag mich nicht warum, aber es geht nicht. Dann ist sie vom Bett aufgestanden, hat sich wieder angezogen und gesagt: Vielleicht ist es besser, wenn wir uns nicht mehr wiedersehen. Ich kann mich nicht auf so was einlassen, es wäre nicht gut, für keine von uns. Glaub mir, das würde schlimm enden. Geh einfach.

Ich bin wieder gefahren, und ich fühlte mich wieder so, als wäre ich von zu Hause fortgegangen. Nichts, absolut gar nichts war mir mehr wichtig. Grazia merkte, dass ich mit dem Kopf nicht bei der Arbeit war, aber ihr habe ich die Geschichte nicht erzählt. Einen Monat später war sie da. Sie hat mich in der Nacht angerufen, und einfach gesagt: Ich bin in Turin, hol mich bitte am Bahnhof ab. Ich bin gefahren. Und da war sie, wartete auf einer Bank auf mich und weinte. Und sagte: Frag mich nichts, frag mich niemals irgendetwas. Du wolltest, dass ich komme, hier bin ich. Kann ich bei dir bleiben? Sicher, habe ich zu ihr gesagt. Sicher, es wird wunderbar, du wirst sehen, dass wir gut zueinander passen. Aber so war es nicht.«

Vera und ich sind ganz erschlagen von dem Wortschwall, den Elisa Scotti erbarmungslos auf uns abgeladen hat. Sie hat länger als eine Stunde geredet, ohne dabei die Stimme zu heben und ohne eine Pause zu machen. Sie quoll förmlich über. Hat kaum an dem Glas Wein genippt, das ich ihr eingeschenkt hatte, an dem Tisch in der Pinte, wo wir uns einen Platz gesucht hatten.

»Du warst das, die ihr den Job besorgt hat, nicht wahr?«, frage ich, als ich die Gewalt über meine Stimme wiedererlange.

Elisa löst den Blick von der Tapete in meinem Rücken. »Ja, zu Franco hab ich jetzt ein freundschaftliches Verhältnis. Er hat mir einen Gefallen getan.«

»Und wie viele hast du ihr getan? Du hast ihr einen Job besorgt, du hast für sie eine Wohnung angemietet … Wie lange seid ihr nicht mehr zusammen, du und Svetlana?«

»Praktisch von Anfang an. Einen Monat, höchstens, hat das gedauert. Aber ich bedaure es nicht, ihr geholfen zu haben. Wenigstens muss sie sich jetzt nicht mehr prostituieren.«

»Ach ja. Und du hast sie nie gefragt, was in Rom passiert ist?«

»Doch. Aber sie hat mir nicht geantwortet.«

»Habt ihr euch noch oft getroffen, nachdem es zwischen euch aus war?«

»Nein. Nicht oft.«

»Warum ist sie dann vorgestern zu dir gekommen? Als ich, sagen wir mal, deine Bekanntschaft machen durfte?«

»Ich hatte nichts gegen dich, aber zu denen, die wissen, was die Große Mutter ist, gehörst du sicher nicht.«

»Ein Homotreff für Frauen?«

»Nicht ganz, es kommen auch Heteros zu uns, nur Männer dürfen nicht hinein. Es gibt eine Sauna, eine kleine Bar, ein Raum für Massagen. Ab und an kommt da irgend so ein Lustmolch, der versucht, durchs Schlüsselloch zu linsen, und ich sorge dann dafür, dass er es sich anders überlegt. In deinem Fall habe ich mich geirrt, aber so was ist mir noch nie zuvor passiert, ich schwöre es.« Sie lächelt, und für einen Moment wird sie wieder zu der Frau, die mich über den Bürgersteig gekullert hat. »Glaube ich zumindest.«

Vera mischt sich zum ersten Mal ein. »Das klingt so, als wäre es ganz nett bei euch.«

»Wenn du uns besuchen willst, bist du willkommen«, meint Elisa. »Svetlana hat sich in den letzten Tagen häufig mit mir getroffen. Sagen wir so, dass seit kurzem unsere Beziehung intensiver geworden ist.«

»Seid ihr wieder ein Liebespaar?«

Sie lacht. »Du bist mir vielleicht einer, du kommst sofort auf den Punkt. Svetlana hat mir sehr deutliche Avancen gemacht, aber mir war nicht danach, das wieder anzufangen. Sie wirkte verängstigt. Sie sagte, dass sie Geld bräuchte, mehr, als ich hatte.«

»War das vor oder nach der Bombe für deinen lieben Exmann?«

»Davor. Ungefähr eine Woche.«

»Habt ihr euch dann nochmal getroffen?«

»Nein, nicht bis letzte Woche. Svetlana versuchte es nochmal. Sie sagte, sie habe etwas Geld auftreiben können, sie bräuchte allerdings noch den Rest. Ungefähr die Hälfte der Summe, fünfzig Millionen.«

»Hast du sie ihr gegeben?«

»Nein. Ich habe nicht so viel. Ich habe sie gefragt, was denn das Problem wäre, aber sie hat sich immer geweigert, mir zu antworten. Vorgestern, als sie vorbeikam, haben wir deswegen sogar gestritten.«

»Was denkst du, was sie mit dem Geld anstellen will?«

»Vielleicht nach Russland zurückkehren. Wäre vielleicht auch besser so, nach allem, was ihr zugestoßen ist.« Sie schüttelt ihren großen Kopf. »Halt mich nicht für zynisch, aber das hier ist nicht der richtige Platz für sie.«

»Erinnerst du dich an den Namen des Lokals, in dem sie in Rom tanzte?«

»Sicher, *La Tigre,* Via dei Popoli Uniti. Ich weiß nicht, ob es das immer noch gibt oder ob es den Namen geändert hat. Es gab ja keinen Grund mehr, sich dafür zu interessieren.« Schließlich nimmt sie ihr Glas und leert es. »Ganze zwei Jahre Schonfrist hat sie gehabt, die arme Kleine.«

3

Kaum im Auto ziehe ich das Handy aus der Tasche: vier unbeantwortete Anrufe. Ich habe das Klingeln gar nicht gehört, zu leise eingestellt. Ich probiere eine Reihe anderer Klingeltöne aus, was Veras Zorn hervorruft, die ihr Bestes gibt, Fußgänger über den Haufen zu fahren.

»Bist du bald fertig mit dem Generve?«, fragt sie mich.

»Fast.« Ich wähle den Triumphmarsch aus *Aida,* dann konzentriere ich mich auf die erhaltenen Anrufe. Drei kamen von ein und demselben Handy, dem von Pinocchio. Ich rufe ihn zurück.

»Hier bin ich«, sage ich zu ihm.

»Ich habe ein paarmal versucht, dich zu erreichen.«

»Weiß ich, aber ich war in einer Sitzung. Neuigkeiten?«

»Korrekt. Bespielte Sets im laufenden Zeitraum in Turin: Zero.«

»Zero? Nicht einmal kleine Produktionen?«

»Nur die Kids der Cammelli-Filmschule, aber ich glaube nicht, dass die dich interessieren dürften. Dann ein paar Regisseure, die *locations* suchen, aber aktuelle Filmproduktionen, mit oder ohne braune Kameraden, absolut rein gar nichts. Mit Gütesiegel der grünen Limone.«

»Lass mich eine Sekunde nachdenken.« *Ciao, ich bin Panz und ich bin ein Schwindler.* Langsam entwickelt sich die Geschichte merkwürdig. Da sich nunmehr die Möglichkeit in Luft aufgelöst hat, dass er in den Armen eines Filmsternchens versackt ist, scheint seine Lage doch etwas ernster zu sein.

»Bist du noch dran?«, fragt Pinocchio mit einem Pressluftschnauben von zwanzig Litern Atem.

»Wie viel verlangst du für eine Geschäftsreise?«

»Wohin?«

»Rom. Ich muss alles über Leben, Tod und Wundertaten der Betreiber eines Lokals erfahren, von vor ungefähr drei Jahren bis zum heutigen Tag. Wahrscheinlich ein Lokal, in dem es nicht ganz sauber zugeht. Leichte Mädchen und so. Es nennt sich *La Tigre,* Via dei Popoli Uniti. Es könnte auch seinen Namen geändert haben.«

»Ein Fleischladen, da würd ich ja gern hin, nur kann ich nicht weg aus Turin. Aber wenn es dir recht ist, kann ich den Auftrag an jemanden weitergeben.«

»Vertrauenswürdig?«

»Wie ein Hunderter. Du löhnst mich, ich löhne ihn.«

»Von mir aus. Das Übliche?«

»Versteht sich. Bis wann willst du Vollzug?«

»Morgen?«

Er lacht. »Ernsthaft? Mal sehen.«

»Kurzes Abklopfen langt mir. Tu dein Möglichstes.«

»Korrekt.«

Die zweite Nummer ist mir absolut unbekannt. Aus Turin, aber weder Scottis Büro noch die *Shadow.* Leicht verwirrt rufe ich zurück und Hallo sage ich nur, weil ich wegen der Hintergrundgeräusche nicht sofort die Stimme erkenne.

»Wo hast du denn gesteckt?«

»Oink?«

»Nett, dass du dich noch an meinen Namen erinnerst.«

»Entschuldige bitte, ich hatte sehr viel zu tun. Ich hatte mir fest vorgenommen ... Ich wollte wirklich ...« Vera verdreht neugierig den Kopf, als sie an einer Ampel losstartet. Sie hat mich bisher noch nie puterrot gesehen, drum kann ich sie verstehen. »Wie bist du an die Nummer gekommen?«

»Die in deinem Büro haben sie mir gegeben. Hör zu, ich hab da was ...«

»Wie jetzt?«

»Sandrone, also wirklich! Über Adrian! Ich hoffe, dass dich das noch interessiert.«

»Natürlich interessiert mich das.« Endlich habe ich es geschafft, die Software im Kopf neu zu starten. Svetlana und Elisa verblassen im Hintergrund. »Sag jetzt nichts mehr. Bist du zu Hause?«

»Ja.«

»Bleib dort und warte auf mich.«

Vera scharrte schon vor Hunger mit den Hufen. Es ist drei Uhr und abgesehen von zwei Salzstangen in der Bar mit Elisa haben wir nur Croissants und Wein im Magen. Aber jetzt ist sie ganz ruhig, die Hände umklammern das Lenkrad. »Adri?«, fragt sie bloß.

»Es gibt Neuigkeiten. Aber erst einmal ... Orange oder Schokolade?«

»Spinnst du?«

»Wenn man Hunger hat, wird man nervös. Orange oder Schokolade?«

»Orrrrrange.«

Ich ziehe einen Riegel für sie aus der Tasche. »Eigentlich ist das für Diäten, taugt aber auch ganz gut als Zwischenmahlzeit. Proteine und Vitamine, alles, was du brauchst.« Ich erkläre ihr den Weg zu Oink, sie wendet in einem Bogen, ohne auch nur an den Blinker zu denken. Hinter uns Gehupe. »Wenn wir dort ankommen, machst du, was ich dir sage, okay?«

»Sicher«, fletscht sie mit den Zähnen.

»Und tu mir bitte einen Gefallen. Aus Gründen, die ich dir nicht erklären werde, die aber sehr komplex sind und mit meiner noch komplexeren Funktion zusammenhängen, tu so, als wärst du sehr eng mit mir befreundet. Praktisch meine feste Freundin.«

Sie dreht sich nicht um, um mich anzuschauen, aber ich spüre trotzdem ihren Blick auf meinem Gesicht. »Du hast sie gefickt.«

»Nicht wirklich.«

»Scheißmachos«, grunzt sie.

»Da will ich dir nicht widersprechen.«

Das hätte ich mir auch sparen können, denn Oink ist nicht allein. Ein junger Kerl, der sie auf den Knien balanciert. Als ich ankomme, springt Oink auf, völlig entsetzt über mein Gesicht. Ich erkläre ihr, dass ich die Treppe hinuntergefallen sei, und lasse sie meinen Gips bewundern. Dann stelle ich ihr Vera vor. Die zwei mustern sich, umarmen sich und beginnen dann, schnell und leise miteinander zu tuscheln. Auch gut, wenigstens reißen sie sich nicht die Haare aus.

Ich setze mich auf den Sessel gegenüber dem jungen Kerl. Er ist Anfang zwanzig und trägt eine Kellneruniform voller Fettflecken. Er streckt mir die Hand hin, und als ich sie schütteln will, hebt er den Daumen zur Decke. »Der passt durch die Pforte«, sagt er. Dann lacht er über den wahnsinnig neuen Witz. »Tach Gorilla, wie schafft es einer wie du, die Treppen hinunterzufallen?«

»Ich habe mit dem Skateboard einen Slide über das Geländer versucht.«

»Hab mir dich dicker vorgestellt. Er ist doch gar nicht so dick, wie du gesagt hast, Näschen.«

»Ich habe nicht gesagt, dass er dick ist«, antwortet sie.

»Aber klar hast du das gesagt, aber kaum dass du einen Kerl siehst, checkst du gar nichts mehr. Ich bin Peppo, die Stütze der *Wendy-Bar.*«

»Angenehm«, seufze ich. »Und was hast du damit zu tun?«

»Was ich damit zu tun habe? Na aber und ob ich damit zu tun habe, richtig, Näschen? Komm her, mir ist kalt.«

Oink will sich ihm wieder an den Hals schmeißen, doch er dreht sie herum und beklapst ihr den Hintern. »Du hast einen Popo, also der ist echt klasse. Brrr.«

Oink lacht. »Los, hör auf, ich hab was zu sagen. Hör auf, hab ich gesagt.«

»Ich hör ja schon auf, ich hör ja schon auf.« Die Stütze der *Wendy-Bar* hebt die Hände hoch. »Wenn deine Freundin auch mal will, geht das voll in Ordnung.«

Ich warte darauf, dass die Explosion losbricht, aber Vera bleibt ganz gelassen und platziert sich auf dem am weitesten entfernten Stuhl. »Vielleicht später.«

Ich schaue Oink an, deren Gesicht total erhitzt ist. *Gott, sie ist wirklich jung, wie hast du das nur übersehen können?* »Also?«

»Also, du musst mit Peppo sprechen, der alles über die Geschichte weiß.«

Peppo die Stütze jault auf. »Ist doch meine Rede, mit mir musst du sprechen.«

Ich seufze wieder. »Also, was weißt du darüber?«

»Oink hat erzählt, dass du wissen willst, was der Albaner

gemacht hat, warum er verschwunden ist und so weiter. Und ich habe ihn gesehen.«

»Wann?«

»Am Tag, als er abgehauen ist.«

»Woher weißt du denn, dass es der richtige Tag war? Erinnerst du dich so gut daran?«

»Oh, du hältst mich wohl für blöd. Pass auf, von mir aus kannst du dich auch verpissen. Was für ein Arschloch hast du mir da denn rangeschleppt, Näschen?«

Oink wird ernst. »Jetzt sei brav, Peppo. Und du auch, Sandrone. Ich hab schon seit einer Ewigkeit versucht, dich zu erreichen, also benimm dich jetzt nicht wie der letzte Sack.«

Das muss an meinem schlechten Gewissen liegen, sage ich mir. »Also gut, Peppo, was weißt du?«

»Ich arbeite in der *Wendy-Bar*, hier unten drunter. Näschen hat vorbeigeschaut, um sich von mir zu verabschieden, ehe sie zu ihren Alten abzog. Zwei Stunden später habe ich den Albaner vorbeikommen sehen. Ich kannte ihn, weil Näschen ihn mir vorgestellt hatte. Ich habe ihn gegrüßt, aber er ist einfach weitergegangen. Dann habe ich gesehen, wie er ins *Aurora* ging, und habe mich tierisch geärgert. Ich habe mir gedacht, dass er nicht zu mir reinkam, weil er mich nicht abkann. Er wusste, dass ich und Näschen mal was miteinander hatten, vielleicht hatte er deswegen keinen Bock.«

»Was ist das *Aurora*?«

»Eine Trattoria. Ziemlich windiger Laden.«

»Was meinst du mit ›ziemlich windig‹?«

Er grinst, lässt sein Piercing in der Zunge sehen. Er zieht den linken Ärmelaufschlag seines Jacketts hoch. Darunter befindet sich eine Markenzwiebel. »Das Teil hier kostet im Laden fünfzehn Millionen. Ich habe es für anderthalb einem Neger abgekauft, der immer da rumhängt. Das ist keine Imitation, ich hab sie schätzen lassen, bevor ich die Kohle abgedrückt habe. Dort drüben kannst du alles kriegen, wenn du weißt, an wen du dich wenden musst. Auf jeden Fall haben sie genau an dem Tag, an dem Adrian dort hingegangen ist, eine Razzia gemacht und ein paar *vù comprà* mitgenommen. Vielleicht war ja Adrian dabei.«

Ich nicke. »Verstanden. Oink, kann ich dich eine Sekunde unter vier Augen sprechen?«

Ich ziehe sie ins Esszimmer und schließe die Tür. »Ist dein Freund vertrauenswürdig?«

»Aber sicher ist er vertrauenswürdig. Er ist ein Schatz.«

»Nein, er ist ein Wichser. Wie kannst du dich nur mit so einem abgeben?«

Ihr Gesicht wirkt nicht mehr ganz so fröhlich. »Er bringt mich wenigstens zum Lachen. Mit wem soll ich denn sonst meine Zeit verbringen, vielleicht mit so Spaßbremsen wie dir?«

»Das habe ich nie verlangt.«

»Aber gedacht.«

Ich bin wirklich ein Machoarsch. »Lass gut sein, das ist nicht mein Bier.«

»Aber du hast es dir zur Gewohnheit gemacht, dich immer in den Scheiß von anderen einzumischen.« Sie umarmt mich vorsichtig und gibt mir einen Kuss auf den Mund. »An dem Abend mit dir ging es mir gut.«

Ich löse ihre Umarmung. »Ich muss dich etwas anderes fragen. Hat du noch von dem Amphetamin?«

»Warum?«

»Ich muss Wache schieben und ich habe Angst, einzuschlafen.«

»Ich habe heute Morgen zwei Gramm gekauft. Wenn du noch mehr brauchst, kannst du dich an Peppo wenden.«

»Mir würde das reichen, was du hast. Geht das? Ich bezahle es dir auch.«

»Ich schenke es dir. Du arbeitest ja auch für mich. Klingt komisch, was?« Sie geht zur Anrichte und zieht aus der

Zuckerdose eine kleine Papiertüte, die sie mir reicht. »Es ist stark, nimm immer nur wenig auf einmal.«

Ich stecke es ein und fühle mich schäbig dabei. Aus dem Wohnzimmer dringt ein männlicher Aufschrei, der in einer Reihe von Flüchen endet.

Als wir dorthin zurückkehren, sitzt Vera auf ihrem Platz und Peppo reibt sich die Wange. Darauf prangen fünf scharlachrote Abdrücke von Fingern.

»Hast du ihm eine gelangt?«, frage ich Vera.

»Ich mag es nicht, wenn man mich begrapscht.«

»Ich habe doch nur Spaß gemacht«, jammert der Ruchlose.

»Du hättest ihm mindestens eine rechts und eine links verpassen sollen. Dann hättest du ihm den Spaß daran endgültig verdorben.« Oink stürzt zu ihm, um ihn zu trösten. Ich denke, dass der neuen Generation von Sozialzentren ein paar feministische Kollektive ganz gut täten.

»Wir gehen, Oink«, sage ich zu ihr. »Nur noch zwei Dinge. Unternimm nichts und du hast uns nichts erzählt. Wegen dieser Geschichte sind ein paar Bullen zu viel unterwegs.«

»In Ordnung.«

»Überzeug auch deinen Freund davon.«

»Du kannst auch mit mir direkt reden, Arschloch …«

Ich ignoriere ihn. »Dein Freund arbeitet schließlich hier, und wenn irgendwas passiert, könnte man ihn zum Reden zwingen. Trichter ihm das gut ein, du hast mehr Schmalz in der Birne als er.«

»Und was willst du jetzt unternehmen?«, fragt Oink.

»Ich geh ein Bier trinken.«

Auf dem Treppenabsatz kann Vera nicht mehr an sich halten und lacht mir voll ins Gesicht. »War deine Freundin eine schwierige Eroberung?«

Ich antworte ihr nicht. Ich bin viel zu sehr damit beschäftigt, den kleinen Schreien zu lauschen, die hinter der Tür hervordringen.

4

Die Trattoria *Aurora* ist eigentlich kein windiger Laden. Sie ist eine wirklich miese Kaschemme, eine Spelunke wie aus einem Piratenfilm. Die zwei Fenster sind trüb vor Schmutz, im Neonschild sind drei Buchstaben durchgebrannt und die anderen flackern und surren. Drinnen ist es duster. Wenige Lampen, ein schmieriger Fernseher, der in einer Ecke hängt und den niemand beachtet, es mufft nach Frittiertem und Rauch. Die Gäste lassen sich grob in zwei Kategorien unterteilen: schlecht gekleidete Alte und Ausländer aller Couleur. Die Alten haben Wein und Karten vor sich, sofern sie sich nicht damit begnügen, auf den Fußboden zu stieren, die Ausländer unterhalten sich in Gruppen, die streng nach ethnischer Zugehörigkeit getrennt sind. Es gibt Algerier, Nigerianer, Kameruner und Osteuropäer. Alle starren uns an, als Vera und ich eintreten, und wir setzen uns an einen freien Tisch. Wohl auch, weil Vera die einzige junge Frau hier drin ist.

Wir bestellen ein Bier und eine Cola bei einer Frau, die mit Mühen Jahre und Kilos in einem Paar ausgelatschter Schlappen durch die Gegend schleppt.

»Ein allerliebstes lauschiges Plätzchen«, kommentiert Vera. »Verbringen wir den ganzen Abend hier?«

»Nein. Ich will mir bloß ein Bild machen.«

»Die da sind Albaner«, sagt sie und zeigt mit dem Kinn auf vier Jugendliche am Tisch in der Ecke. »Wir könnten sie fragen, ob sie Adrian kannten.«

Einer der Jugendlichen fängt Veras Blick auf und sagt dann lachend etwas zu den anderen. Ich verstehe die Kommentare nicht, aber ich kann mir die Richtung denken.

»Ich weiß nicht, ob das so sinnvoll wäre.«

»Ich schon. Mir geht das tierisch auf den Zeiger, dass wir auf der Stelle treten. Schlimmstenfalls werden sie mir sagen, dass ich mich verpissen soll.«

Ehe ich sie aufhalten kann, steht sie auf und geht an den Tisch. Ich beobachte das Ganze mit verkrampftem Magen aus der Ferne. Vera lächelt, die vier geben ihr ein Zeichen, sich auf den freien Stuhl zu setzen. Vera redet, die vier lachen. Vera redet weiter. Der junge Kerl, der uns vorhin angestarrt hat, versucht, ihr einen Arm um die Schulter zu legen. Sie rutscht empört weg, er versucht es erneut. Sie steht auf, auch der Typ steht auf, schaut ihr hinterher, als sie an meinen Tisch zurückkehrt, und schüttet sich aus vor Lachen.

»Und, was haben sie dir erzählt?«, frage ich, als sie sich wieder hingesetzt hat.

»Hör ja auf.« Sie hat gerötete Wangen. »Aus denen kriegen wir keinen feuchten Furz heraus.«

»Da ist dein Freund wieder«, sage ich und zeige auf den jungen Mann, der hinter sie getreten ist. Er ist eindeutig betrunken und stinkt grauenhaft nach Schweiß. Die anderen drei, die sitzen geblieben sind, feuern ihn an.

»Was, verfluchte Scheiße, willst du?«, fragt Vera im Umdrehen.

Er beugt sich vor, um sie zu küssen, wobei er mir direkt in die Augen stiert. Der Gockel des Hühnerstalls ist da. Vera dreht sich urplötzlich um, einen Arm in merkwürdiger Weise erhoben. Als ich bemerke, dass sie den Ninjastick in der Hand hält, ist es zu spät. Sie zieht ihn dem Playboy bereits übers Gesicht. Patsch. Der Schaden ist nicht sehr groß, Vera ist es nicht gelungen, den Mechanismus auszulösen. Der Typ weicht verdutzt zurück, dann schneidet er eine Grimasse und packt sie bei den Haaren, während er die andere Hand zu einer Ohrfeige erhebt. Ich donnere ihm den Bierkrug ins Gesicht, den ich am Griff festhalte. Der Krug geht entzwei, die Stirn des Albaners auch. Der Blödmann geht in die Knie.

Die anderen drei bewegen sich bereits auf uns zu. Verschiedene Rufe, abgeschlagene Flaschen in den Händen. Ich fuchtele mit der Glashälfte herum, um sie auf Distanz zu halten, während ich Vera zum Ausgang dränge.

Ein Schatten schiebt sich zwischen mich und die Albaner. Es ist ein großer, schwerer Italiener, der mir den Rücken zukehrt. »Was macht ihr da für eine Scheiße? Du da, stell die Flasche hin, du Schande deiner Mutter!«

Die Albaner formieren sich lamentierend und fluchend um. Der Mann wendet sich jetzt mir zu. Er hat einen Schnauzbart und rote Haare. »Und du da schmeiß das Glas hin, du Depp!«

»Angefangen haben die da«, sage ich. Aber ich lasse die Glasscherbe fallen.

»Das schert mich einen Scheißdreck. Und jetzt schwingst du deinen Arsch hier raus, zusammen mit deiner Nutte, in Ordnung?«

»Wenn du die hier drinnen festhältst. Ich habe keine Lust zu rennen.«

»Die halte ich schon fest, aber komm ja nie wieder, oder ich mach, dass du Blut scheißt.«

Keiner kommt hinter uns her, aber wir rennen trotzdem zum Auto. Bei jedem Schritt brennen meine Rippen.

Vera zittert so sehr, dass ich Zweifel daran habe, ob sie in der Lage ist zu fahren. Sie braucht mindestens zehn Versuche, um den Motor anzulassen.

»Ich … ich dachte nicht, dass …«

Ich streiche ihr über die Hand. Sie zuckt zurück, als hätte ich sie mit einem Elektroschocker berührt. »Ruhig, es ist alles vorbei. Aber merk dir, dass ich dich nach Cremona zurückschicke, solltest du so etwas noch einmal mit mir versuchen. Klar?«

»Ja … Entschuldigung …« Krachend legt sie den Gang ein. »Wohin fahren wir?«

Ich lehne mich zur Entspannung zurück. Wenn ich den

Rücken gegen das Polster presse, tun mir die Rippen weniger weh. »Nirgendwohin. Fahr nur einen Block weiter. Ist dir der Akzent des Wirts aufgefallen?«

»Nein.«

»Ein waschechter Paduer, rote Haare und Schnauzbart. Wir haben den gefunden, der den Priester zusammengeschlagen hat. Jetzt wollen wir mal eine hübsche Gegenüberstellung *all'americana* organisieren.«

Eine Ente fahren heutzutage bloß noch Sammler und Revoluzzer. Vor allem, wenn sie rot lackiert ist, wie die von Luke, der gegen zehn an der Ecke eintrifft, an der ich mich mit ihm verabredet habe. Ich sehe den Rest der Equipage und werde locker. Luke hat getan, worum ich ihn gebeten hatte. Er konnte den Monsignore überzeugen, der jetzt hinten sitzt, in einen schwarzen Mantel und einen weißen Schal gehüllt. Neben dem Fahrer jedoch sitzt jemand, den ich nicht erwartet hatte. Der übliche Stinkstiefel. Ich winke, Luke fährt an den Straßenrand, springt heraus und läuft mir entgegen.

»Warum hast du den denn mitgebracht?«, lege ich gleich los.

»Er ist gut. Ich weiß, dass ihr euch nicht versteht, aber wenn du willst, erzähle ich ihm, was für glorreiche Taten du in deinen goldenen Jahren vollbracht hast.«

»Lass gut sein. Der Punk hat das Recht, sich seine Weggefährten auszusuchen, und ich habe das Recht, nicht ständig die Abzeichen aus den guten alten militanten Zeiten vorweisen zu müssen.« Molinas starrt mich durch das Seitenfenster an. Ich winke ihm ein Hallo zu. »Du hast dem Priester nichts verraten, nicht wahr?«

»Nein. Glaubst du wirklich, dass das der beste Weg ist?«

»Der einzige. Wie gut schlägt sich der Punk?«

»Er macht Kampfsport.«

»Oh, ein Ninja. Fantastisch.«

»Er kann sich zurückhalten. Ganz ruhig.«

»Ganz ruhig ist der Tod. Ich steige bei euch ein. Vera wird uns in ihrem Auto folgen.«

Der Punk protestiert, überlässt mir aber seinen Platz. Der Monsignore räuspert sich, ziemlich angesäuert. »Was gibt es denn so Wichtiges?«, fragt er. »Ich versichere Ihnen, dass ich zu viel zu tun habe, als dass ich es mir leisten könnte, hier durch die Gegend zu kutschieren. Vor allem am Abend.«

»Entschuldigen Sie eine Sekunde. Fahr los, Luke. Da lang.« Ich wende mich wieder dem Monsignore zu, mit dem einzigen Ziel, ihn abzulenken und ihn bei Laune zu halten. »Ich ermittle immer noch im Mord an Adrian, und ich wollte mit Ihnen über ein paar strittige Punkte sprechen.«

»Wenn Sie meinen, dass das etwas nützt …«, grummelt er.

»Das hoffe ich. Sie müssen sich nur noch ein wenig gedulden …« Wie abgesprochen fährt Luke im Schritttempo. Die Trattoria taucht zu unserer Rechten auf. Die Rollgitter sind halb heruntergelassen. Es wird gerade geschlossen, so wie ich es erwartet habe. Ich erinnerte mich an das Schild mit den Öffnungszeiten und die Aufschrift: *Küche nur mittags.* Bei dem, was vor uns liegt, sollten nicht allzu viele Leute dabei sein. »Lass uns da reingehen, Luke.«

»Können wir nicht hier im Auto reden?« Das Gesicht des Monsignore beginnt, sich zu verfärben.

»Nein. Ich habe plötzlich einen ganz schrecklichen Hunger bekommen. Machen Sie sich keine Sorgen, ich kenne den Besitzer und wir werden bestimmt noch etwas zu essen bekommen.«

Luke stellt den Motor ab, dann steigen wir aus. Wie vereinbart bleiben Luke und der Punk an der Seite des Priesters. Vera parkt ein und kommt hinter uns her.

Drinnen sitzen noch zwei Figuren an einem Tisch. Nigerianer, die ihr letztes Glas Wein austrinken. Die Kellnerin stellt schon die Stühle hoch, der Wirt steht an der Kasse.

Er hört, wie das Rollgitter hochgeschoben wird, und dreht

sich verärgert um. »Es ist geschlossen, verfluchte Scheiße! Wie oft muss ich …«

Er sieht mich und erkennt mich. Dann erkennt er den Monsignore und der Monsignore erkennt ihn.

»Du …«

»Sie …«

Monsignore versucht, mich am Arm zu packen. »Das haben Sie gewusst!«, schreit er.

Ich antworte nicht. Luke und der Punk halten den Priester fest. Ich laufe dem Schnauzbart hinterher, der nach hinten geflüchtet ist. Dort ist die Küche, halb im Dunkeln mit den gespülten und aufgehängten Töpfen, in denen sich das Licht aus dem Schankraum bricht. Der Typ kramt in einer Schublade. Ich überlege nicht lange, schnappe mir eine gusseiserne Bratpfanne und knalle sie gegen seinen Ellenbogen. Wildes Fluchen, etwas Metallisches klirrt zu Boden. Ich schlage ihm weiter die Pfanne um die Ohren, Vorhand und Rückhand, während ich mit dem Fuß die Pistole wegkicke, die ihm aus der Hand geglitten ist. Er plärrt etwas davon, dass er Lust hat, mich umzubringen, beim zehnten Pfannenhieb schreit er bloß noch und Schluss. Ich höre auf. Ich hebe die Pistole auf.

Er versucht, wieder auf die Beine zu kommen, ich war wohl zu sachte.

Ich lasse die Pfanne los und beuge mich hinunter, den Schlagring über die gesunde Hand gestreift. Ich treffe ihn ins Gesicht, dann in die Rippen und den Bauch. Er geht wieder zu Boden und ich dresche weiter auf ihn ein, dass die roten Tropfen nur so spritzen. Ich bemühe mich, ihm keine Knochen zu brechen, schlage ihm nur in die Weichteile, auf die Knorpel. Seine Gegenwehr wird immer schwächer.

Die Tür zur Küche öffnet sich in meinem Rücken. »Was machst …« Die Stimme gehört zu Vera.

»Raus!«, keuche ich.

»Aber …«

Ich drehe mich um. Vera starrt verstört in mein blutbespritztes Gesicht. *»Raus!«*

Sie flüchtet.

Unter mir hat der Schnauzbart aufgehört zu zappeln. Eine schöne rote Pfütze breitet sich unter ihm aus, aber ich weiß, dass ich ihn nicht ernstlich verletzt habe. »Es langt …«, murmelt er durch die gesplitterten Zähne. »Es langt, um Gottes willen.«

Ich stehe auf und spiele mit der Pistole. Ich durchlebe im Schnelldurchlauf die Schmerzen von der Kugel, die mir die Lunge durchbohrt hat. Um sie zu verjagen, beginne ich zu reden. »Ruf nicht Gott an, der ist sowieso schon stinkwütend auf dich. Du hast dich mit einem seiner Männer angelegt.« Es ist eine Beretta mit kurzem Lauf. Ich finde den Knopf zum Auslösen des Magazins und ich lasse es herausgleiten, dann lasse ich auch den Schuss aus dem Lauf herausspringen. Das Projektil rollt über den Boden.

»… von wem … sprichst du?«, keucht der Schnauzbart.

»Das weißt du doch. Wie heißt du?«

Er zögert. »Carlo Molin.«

»Woher?«

»Monselice.« Er kneift die Augen zusammen, eines ist so geschwollen, dass es einer Tomate gleicht. »Was geht das dich an?«, fügt er hinzu. Er hat sich daran erinnert, dass er eigentlich ein harter Kerl ist.

»Nichts. Was wolltest du von dem Priester?«

»Was für ein Priester?«

So kommen wir nicht weiter. Ich nehme die Pfanne von vorhin wieder auf und lasse sie hochkant auf sein linkes Schienbein hinabsausen. Er schreit, dann beißt er sich auf die Lippen. Ich hoffe, dass es ihm reicht, denn ich habe absolut keine Lust, ihn zu foltern. »Hör zu, Carlo. Ich bin kein Bulle und ich weiß schon alles über dich. Ich möchte bloß, dass du mir ein paar Dinge bestätigst. Hast du verstanden? Also warum hast du den Priester aufgemischt?«

»Bist du ein Freund von diesem Hurensohn? Hat er dich geschickt, um mit mir abzurechnen?«

»Nein. Ich arbeite auf eigene Rechnung. Was wolltest du von ihm?«

Er lehnt sich ein wenig bequemer gegen die Wand. »Ich habe den Albaner gesucht.«

»Warum?«

»Und warum machst du mit Spitzeln rum, wenn du kein Bulle bist?«

»Was für Spitzel?«

»Über wen reden wir wohl?«

»Adrian Patoil?«

»Wie zum Henker auch immer er hieß.« Er langt in seinen Mund, holt ein Stück Zahn hervor. »Ich hatte ihn schon in den Fingern, dieses Stück Scheiße. Ich hatte ihn schon hier. Und dann ist er mir entwischt. Vor Wut habe ich seine Scheißjacke verbrannt.«

»Was hatte er dir denn getan?«

»Es ist mir egal, ob du ein Bulle bist oder nicht, aber ich glaube dir nicht, dass du nicht weißt, wer dafür gesorgt hat, dass die Hälfte der Leute, die hierher kamen, in den Bau gewandert ist. Er machte auf gut Freund, dieses Stück Scheiße. Und dann geht er hin und verpfeift alle.«

»Wer hat dir das erzählt?«

»Manche Dinge muss man nicht erzählt bekommen. Mir kam er schon irgendwie faul vor, weil er nicht die Wahrheit sagte. Er sagte, dass er mit diesem und jenem dick befreundet war, dabei waren das alles Lügen. Aber gut gemachte Lügen, jemand hat ihn mit Anweisungen versorgt. Die Bullen. Aber was erzähle ich dir das?« Er spuckt immer noch. »Wenn du mit ihm unter einer Decke steckst, bist du entweder ein Bulle oder auch ein Spitzel.«

»Und wann hast du aufgehört, seine Lügengeschichten zu glauben?«

»Der Scheißkerl war gesehen worden. Er sagte, dass er direkt aus Brindisi käme, dabei war man ihm schon in Bologna auf die Schliche gekommen. Nur machten die da ganz langsam, für alle Fälle. Albaner sind wilde Tiere, wenn du einen von ihnen auch nur anfasst, legen sie deine ganze Familie um. Drum habe ich auch ganz langsam gemacht. Wenn der zu einer von diesen Scheißbanden gehört, hat man sich schnell die Finger verbrannt.«

»Aber so war es nicht?«

»Ach was. Der war nur ein Verräter. Seine Bande war die Polizei. Eine Woche hinter Gittern hat er mir eingebracht, dieser Drecksack. Nur weil so ein paar Trottel mit Koks in der Tasche in meinem Lokal herumhingen. Jetzt darf ich nachts nicht mehr auflassen.«

»Und wo ist der Albaner jetzt?« Die Hundert-Taler-Frage.

Er zögert keinen Augenblick, ehe er mir antwortet, und verflucht, ich glaube ihm. »Wenn du es weißt, dann richt ihm aus, dass ich komme und ihn mir vornehme,« knurrt er durch die gebrochenen Zähne.

»Er ist tot. Ermordet. Warst du das?«

Der Schatten, der über sein Gesicht gleitet, genügt, um mich vom Gegenteil zu überzeugen.

Im Schankraum hält Luke den Monsignore an einem Arm, während der Punk auf einem Tisch sitzt, neben der Kellnerin, die völlig fertig auf einem Stuhl hängt. Die Frau birgt das Gesicht zwischen den Händen und weint. Vera schaut durch die Löcher des Rollgitters auf die Straße. Sie ist aufgewühlt, zum ersten Mal zeigt sie sich beeindruckt. Keine Spur mehr von den Nigerianern.

Alle drehen sich nach mir um. »Gehen wir«, befehle ich und spiele den Boss. Keine Antwort, ich schiebe mich hinter die Theke und öffne die Kasse. Darin liegt ein Geldbündel von beachtlichem Umfang. Ich stecke es ein.

»Das auch noch …«, sagt der Priester, als er sieht, was ich da tue.

»Gelegenheit macht Diebe. Gehen wir, los.«

Der Punk hat schon das Rollgitter wieder hochgeschoben, Vera läuft zu ihrem Auto, wir zu dem von Luke. Ich bin der Letzte, der einsteigt, denn ich muss noch das Schießeisen loswerden, das ich einkassiert habe. Ab in den Müllcontainer, zerlegt und auf verschiedene Tüten verteilt. Dann quetsche ich mich zu den anderen und wir fahren los, Vera folgt.

Keiner spricht, die nachlassende Spannung lässt Übelkeit in mir aufsteigen. »Es tut mir Leid, Monsignore«, sage ich, als ich wieder bei Spucke bin, »aber es war nötig.«

»Sie hätten mich vorwarnen können.« Er wirkt noch am ruhigsten von allen. Er zündet sich eine Zigarette an, und der Passagierraum füllt sich mit Rauch. »Denken Sie etwa, dass ich ein ängstliches Jüngelchen bin? Wo ich früher war, habe ich Schlimmeres durchgemacht.«

»Und wo waren Sie früher?«

»Chiapas. Lange bevor eure Freunde kamen und polittouristischen Urlaub machten. Eine Tracht Prügel für einen Kriminellen beeindrucken mich wenig. Wobei ich, damit das klar ist, Ihr Benehmen in keinster Weise billige.« Er pafft vor sich hin. »Aus Ihrer Vorgehensweise schließe ich, dass Sie nicht die Absicht haben, mich zur Polizei zu begleiten und Anzeige zu erstatten, nicht wahr?«

»Das wäre nicht besonders klug. Vor allem nicht nach heute Abend.«

»Natürlich nicht, natürlich nicht.« Paff paff. »Was haben Sie denn herausbekommen aus Ihrer tollen Beute?«

»Ich habe herausbekommen, dass der Schnauzbart mit dem Mord nichts zu tun hat.«

»Er könnte gelogen haben.«

»Der Kerl ist eine total trübe Tasse. Dass er jemanden bei einer Schlägerei umbringt, mag sein. Vorsätzlicher Mord? Das kann ich mir nicht vorstellen. Vor allem nicht, nachdem er bei Ihnen war und sein Gesicht ganz offen gezeigt hat. Damit bin ich erst mal ganz zufrieden.«

»Meinst du, dass er Padre Molinas noch mal aufsuchen könnte?«

»Nein. Sie sollten aber trotzdem aufpassen, Pater.«

»Mit Sicherheit.«

Ich reiche ihm die Hand zum Abschied, die er nimmt, als wäre sie nicht blutbeschmiert. »Ich halte Sie auf dem Laufenden. Versprochen. Luke, halt doch bitte hier an und begleite mich ein Stück, ich hab dir noch was zu sagen. Ciao, Punk, du hast dich toll geschlagen.«

»Leck mich«, grüßt er freundlich zurück.

Ich gehe mit Luke bis zu einer kleinen Gasse. Er lehnt sich an eine Mauer mit Martini-Werbung *Go go la vita, baby*. Es stinkt nach Rattenaas. »Was hast du jetzt vor?«

»Ich werd mir schon was einfallen lassen. Das ist mein Job, hast du ja selbst gesagt.«

»Aber ich bin dein Freund, und Freunde machen sich nun mal Sorgen.«

»Richtig.« Ich hebe eine leere Tomatendose auf und werfe mit ihr nach einem Basketballkorb, der an einer Straßenlaterne hängt, aber ich verfehle ihn. Sie kullert über den Bürgersteig. »Ich dagegen mache mir Sorgen *wegen* der Freunde. Solchen wie du.«

»Was habe ich denn jetzt wieder getan?«

Ich versetze der Dose einen Fußtritt. »In dem Bücherlager, da hat einer aus deinem Umfeld das Feuerwerk veranstaltet.«

Er bleibt gleichgültig. »Wie kommst du denn darauf?«

»Ein Zeitungsartikel, den ich im Krankenhaus gelesen habe. Aber das habe ich erst heute kapiert, während ich auf dich gewartet habe.«

»Ach, die Zeitungen ...«

»Ich bin kein totaler Idiot. Das Ganze passte für mich von Anfang an nicht zusammen. Bei der Bombe lag ein Zettel, und als sie das Auto angezündet haben, haben sie was an die Mauer geschmiert. Beim Lager nichts dergleichen. Und was habe ich in der Zeitung wohl gefunden? Die Liste der vom

Feuer zerstörten Ware. Zwar waren auch Scottis Bücher darunter, aber auch ein paar Tausend Plakate der Faschisten. Gegen die Immigranten im San-Salvario-Viertel. Deswegen ist dieser Brand auch nach Wochen noch Thema. Die Journalisten wissen, dass es einen politischen Hintergrund gibt.«

Luke zuckt mit den Schultern. »Das wussten alle.«

»Alle außer mir. Warum hast du mir das nicht gesagt, du Riesenstück Scheiße?« Wut und Anspannung brechen sich schlagartig Bahn. Ich versetze ihm einen Schlag vor die Brust. Luke taumelt überrascht einen Schritt zurück, dann gibt er mir den Schlag zurück. Der stechende Schmerz in den Rippen lässt mich zusammenklappen.

»Wieso sollte ich, du hast mich nach Scotti gefragt! Was zum Henker wolltest du denn noch?« Er lässt die Hand sinken. »Entschuldigung, ich habe mich vergessen …«, murmelt er.

»Keine Entschuldigungen. Die Wahrheit. Wart ihr das?«

Er kneift die Augen zusammen und senkt die Stimme, obwohl im Umkreis von einem Kilometer keine Menschenseele zu sehen ist. »Was heißt ›ihr‹? Ich habe dir bereits erklärt, dass es keinen Großen Weisen Alten gibt. In unseren Kreisen macht jeder das, was er gerade für angesagt hält, zusammen mit seinem Kollektiv oder seiner Gruppe oder allein. Und außerdem war, wer auch immer das getan hat, ein Idiot. Er hat Hunderte von Büchern verbrannt, und das sind Nazimethoden, nicht der Stil von Genossen. Dann war da auch noch die Ware eines kleinen anarchistischen Verlags, der das Pech hatte, sie am falschen Ort zu lagern. Ganz wie dein Freund Scotti. Wir sammeln gerade etwas Geld, um ihm zu helfen.«

Einen Moment bin ich zerknirscht, aber meinen Mund kann ich nicht halten. »Du hättest es mir trotzdem sagen können. Es hätte mir geholfen.«

Er schüttelt den Kopf. »Gorilla, was erwartest du von mir? Dass ich hingehe und für dich den Hilfsbullen mache?«

»Ich bin kein Bulle.«

»Aber irgendjemand landet trotzdem irgendwann im Knast, wenn du arbeitest. Oder irre ich mich?« Ich sage nichts und er fährt fort. »Du kommst einfach daher, stellst Fragen nach dem, was abgeht, und dann glaubst du, dass ich dir schon alles erzählen werde, bloß im Vertrauen darauf, was du einmal gewesen bist. So funktioniert das nicht.«

»Wegen dieser fantastischen Logik wird man dir eines Tages noch eine von Scottis Paketbomben unterjubeln.« Er wirkt weiterhin ungerührt. »Geht das in deinen kleinen militanten Schädel hinein oder nicht?«

Er zuckt mit den Schultern. »Die brauchen keine großartige Entschuldigung, um uns hochzunehmen.«

»Deswegen muss man ihnen noch lange nicht in die Hand spielen. Und dann, zum Teufel nochmal, was bringt es denn, kannst du mir das mal erklären? Die Versicherungen bezahlen und eure Feinde fühlen sich als Helden.«

»Du redest immer noch mit der falschen Person.«

»Du lehnst nur die Methode ab, nicht das Ziel.«

»Wenn es um Selbstverteidigung geht, handelt es sich nicht um Gewalt, sondern um Intelligenz.«

»Jetzt komm mir nicht mit Malcolm X!«, schreie ich. »Der machte keine Attentate.«

»Ich auch nicht, ich mache den DJ. Aber ich ziehe einen, der sich engagiert, dem vor, der im schmucken weißen Overall und der Kefija herumgeht und irgendeinen Scheiß von Gewaltlosigkeit daherstammelt. Und sich insgeheim auf eine hübsche kleine Politkarriere vorbereitet.« Er imitiert die Stimme eines Marktschreiers. *»Wählt den Vertreter der guten Sozialzentren. Alles muss sich ändern, damit alles beim Alten bleibt.«*

»Immer noch besser, als sich umbringen zu lassen. Die Zeiten für *direkte Aktionen* sind vorbei.«

»Nein. Der einzige Unterschied besteht darin, dass du mittlerweile innerlich aufgegeben hast.«

Er sagt das sehr ruhig, ohne die Absicht, mir wehzutun. Aber ein Tritt in die Rippen wäre mir lieber gewesen. Ich suche nach etwas, das ich demolieren könnte, aber es liegt nichts Passendes parat. Ich beschränke mich darauf, ihm den Rücken zuzuwenden und einen Weihnachtsbaum aus Neonröhren anzustarren, der an den Kabeln der Beleuchtung baumelt. Ich betrachte ihn, bis sich mein Blick verschleiert.

Die Hupe der Ente ertönt.

»Ich muss gehen«, sagt Luke hinter mir. Er legt mir eine Hand auf die Schulter. »Es tut mir Leid, wenn ich dich verletzt habe. Das war nicht meine Absicht.«

»Mir tut es auch Leid«, antworte ich, ohne mich umzudrehen. »Vor allen Dingen, dass ich dich nicht mehr verstehe.«

»Groß ist die Verwirrung unter den Himmeln, und alles ist gut.«

»Jetzt hau schon ab, mach schon.«

»Bau keinen Scheiß.«

Im Hotel hilft mir Vera beim Ausziehen und beim Ablegen der Verbände, dann lässt sie mich unter der Dusche allein. Ich bleibe sehr lange darunter, und als ich fertig bin, fühle ich mich ansatzweise besser. Ich wickle mir ein Handtuch um die Hüften. Als ich ins Zimmer zurückkehre, schaut sie mich an, auf dem Bett sitzend. Ihre Augen sind gerötet. Aus dem Gettoblaster, den sie mitgebracht hat, tönt Radio Nostalgia: Sie spielen *Ashes to Ashes* von David Bowie.

Ich setze mich neben sie, lege ihr einen Arm um die Schulter. »Wie geht's, Adjutantin?«

»Es war schrecklich«, murmelt sie. »Dieser ganze Tag … Schrecklich.«

»Es werden bessere kommen.«

»Du hast den Kerl heute Abend total auseinander genommen. Du hattest kaum noch Ähnlichkeit mit dir selbst.«

»Die Schmutzarbeit lässt sich nicht vermeiden.« Ich streiche ihr übers Haar. »Typen wie ich laufen nun mal nicht mit dem Vergrößerungsglas durch die Gegend und ziehen geniale Schlussfolgerungen. Wir sind arme Schweine, die in der Scheiße wühlen.«

»Wenn ich das vorher gewusst hätte, dann hätte ich dich niemals um etwas gebeten. Aber jetzt ist es zu spät, nicht wahr?« Sie fährt mit dem Zeigefinger der freien Hand über eine meiner Narben. Es ist die, die mir über die Brust geht: Bajonett, Zweiter Weltkrieg. Es ist eine extrem sinnliche Berührung, aber ich weiß, dass das von ihr nicht beabsichtigt ist. »Ist das bei dir immer so?«

»Nicht mehr.«

»Und wann war das so?«

Ich bin zu müde, um mir Lügen auszudenken. »Als ich mich um verrückte Triebtäter kümmerte.«

Sie rückt einen halben Meter ab, auf der Überdecke rutschend. Eine merkwürdige Bewegung, als ob sie mich von weiter weg besser mustern könnte. »Wie die bei der Sitte?«

»Die Sitte kümmert sich nicht um Gewalttäter, und auch nicht um Vergewaltiger. Und vor allem hat kein Polizeiapparat die Zeit, allen obszönen Anrufen nachzugehen, den anonymen Briefen oder den Katzen, die mit durchgeschnittener Kehle vor Haustüren gelegt werden. Daher wenden sich die mit der nötigen Kohle an private Agenturen. Und wenn den privaten Agenturen die Angestellten ausgehen, wenden sie sich an freie Mitarbeiter. Und ich war einer dieser freien Mitarbeiter.«

»Ich habe auch schon mal komische Anrufe bekommen. Aber passiert ist nichts.«

»Meistens bleibt's ja auch dabei. Es gibt immer einen dämlichen Nachbarn, dem du auf die Nüsse gehst, oder einen Arbeitskollegen, der mit dir ins Bett steigen möchte, aber nicht den Mut hat, dir das zu sagen. Die Agenturen wissen das und machen ihr Geschäft damit.«

»Aber manchmal läuft es anders, habe ich Recht?«

In meinem Kopf spuken die üblichen Szenen herum. Sie

sind immer da, warten hinter dem falschen Neuron auf mich. »Manchmal gibt es echt Durchgeknallte oder echte Drecksäcke, die dich tatsächlich vergewaltigen oder in Scheibchen schneiden wollen. Ich beschattete die Kunden, vor allem Frauen, und blieb bei ihnen zu Hause, bis klar war, dass nichts passieren würde.«

»Ein ruhiger Job.«

»Anfangs ja. Dann begannen die Agenturen, mir die etwas unangenehmeren Fälle zu übertragen, die nach den echten Bekloppten rochen. Und manchmal nicht nur rochen. Ich hatte auch mein persönliches Team zusammengestellt, lauter Ehemalige aus dem Leoncavallo. Zwei davon hast du kennen gelernt.«

»Alex und den Elefanten.«

»Ja, sie waren gut, auch wenn sie auf den ersten Blick nicht so wirken: Alex in der Personenbeschattung und der Elefant bei der elektronischen Überwachung. Der Elefant war der Erste, der den Job hingeschmissen hat, als er herausfand, dass er mit Software wesentlich mehr Geld machen konnte. Dann hat Alex eine seriöse Arbeit gefunden.«

»Und du hast alleine weitergemacht.«

»Bis vor zwei Jahren.«

»Und warum hast du's dann in den Sack gehauen?«

Ich versuche, eine bündige, glaubwürdige Antwort zu finden. Es gibt nur eine einzige. »Ich hatte Albträume.«

Sie scheint zu verstehen und drückt meine Hand. »Und jetzt wurschtelst du dich so durch.«

»Tja. Ich verdiene weniger, aber ich laufe auch nicht mehr Gefahr, dass sich jemand mit der Kettensäge auf mich stürzt.«

Ich reibe mir im Aufstehen über den Bauch. Er beginnt, zu normalen Dimensionen zurückzukehren. »Jetzt haben wir genug über solche Dinge geredet, ich habe Hunger. Und du?«

»Nicht so besonders.«

»Du wirst sehen, der kommt schon wieder. Warum gehst du nicht und besorgst uns etwas zu essen, während ich hier gemütlich auf dich warte? Ich würde dich ja begleiten, aber ich bin zu fertig.«

»In Ordnung.« Sie steht auf und beginnt, sich die Jacke anzuziehen. Aus der die *Aida* ertönt. Vor dem ganzen Chaos hatte ich ihr mein Handy gegeben.

Mirkos Nummer. Ich antworte und lasse meine Stimme heiter klinge. »Rate mal, was ich dir zu sagen habe.«

»Nein, du hörst zu, was ich dir zu sagen habe.« Er ist gereizt, oh, oh.

»Was ist passiert?«

»Alex ist auf dem Weg zu mir, um mich ins Val Brembana zu fahren. Man hat den Elefanten verhaftet.«

»Ist er auf jemanden draufgefallen?« Ich winke Vera zu, mit dem Projekt Essen fortzufahren, sie zögert an der Tür, angelockt von meinem Gespräch. Ich jage sie freundlich fort und schließe die Tür. »Das ist die einzige Art, auf die der Elefant Schaden anrichten könnte.«

»Ich weiß noch nichts Genaues, die Carabinieri von Zogno haben mich angerufen und die haben nicht viel gesagt. Nur, dass er festgenommen wurde.«

»Oh, die Carabinieri von Zogno ...«

Diverse Störungen, Mirko steigt in den Aufzug. »Kennst du das?«

»Ein anmutiges Dörfchen mit zehn Seelen und zwei Ziegen, zwanzig Kilometer von Bergamo entfernt. Als ich auf der Hotelschule war, habe ich in dieser Gegend gelernt. Ich glaube nicht, dass du außerhalb der Bürozeiten jemanden auf dem Polizeipräsidium antreffen wirst.«

»Wenn sie mich nicht vorlassen, dann schmeiße ich eben den Bürgermeister aus dem Bett.« Mirko ist jetzt auf der Straße. »Der Elefant arbeitet für mich und hat in der Tasche ein Papier, das das belegt.« Hupe. »Alex ist angekommen, willst du ihn sprechen?«

»Nein, der würde mir ja doch nur den Kopf waschen. Ruf mich wieder an, wenn du etwas mehr weißt.«

Als Vera zurückkehrt, habe ich mich bereits mit meinem Notebook bei der Nachrichtenagentur Ansa eingeklinkt. Und Hunger habe ich keinen mehr.

Letzte Meldungen: Nachrichten
Nachrichten vom Tage

23:07 Leiche von Mordopfer aufgefunden; ein Verdächtiger verhaftet.

Zogno (Bg) – Der Leichnam eines Mannes wurde in seiner Wohnung in der Provinz Bergamo aufgefunden. Nach ersten Angaben des Gerichtsmediziners starb der Mann, Roberto Pecis, 42 Jahre, durch Schädelbruch mittels eines stumpfen Gegenstands. Die Carabinieri des Einsatztrupps von Bergamo haben einen Verdächtigen festgenommen, dessen Identität noch nicht bekannt ist und der im Moment von den Justizbehörden vernommen wird. Der Ermordete war Maurer von Beruf (Ansa).

Vera guckt mir über die Schulter. »Was ist denn das?«

»Eine riesengroße Scheiße. Der Verdächtige ist der Elefant.«

Meine Assistentin lässt sich aufs Bett fallen, als ob ihre Beine nachgegeben hätten. »Scheißdreck. War das der Anruf, den du bekommen hast?«

»Ja. Entschuldigung, ich muss zurückrufen.« Ich erreiche meinen Lieblingsanwalt auf dem Handy.

»Ich bin noch nicht da«, sagt er.

»Ich habe gerade bei Ansa nachgesehen. Sie verdächtigen Marco des Mordes.«

Mirko pfeift durch die Zähne. »Mord?« Alex muss das gehört haben, denn er flucht im Hintergrund. »An wem?«

»Wenn ich mich nicht sehr täusche, an einem der Maurer,

der in Veras Haus gearbeitet hat. Ich hatte den Elefanten losgeschickt, um dem Grüppchen ein paar Fragen zu stellen, aber er muss zu spät gekommen sein.«

»Ja, Alex hatte mich darüber informiert. Kann ich den Ermittlern erzählen, dass es sich nur um eine Routineuntersuchung handelte? Oder gibt es da etwas, was du mir wie üblich verheimlichst?«

»Ich ...« Was zum Henker hatte mein Partner gesehen? »Nein. Es war wirklich nur eine Erkundungstour. Marco wird den Bullen schon alles gesagt haben.«

»Sicher, aber sollte der Tote wirklich mit der Ermordung des Signor Patoil zu tun gehabt haben, ist es gewiss nicht der Elefant, der in Schwierigkeiten steckt. Verstehst du, was ich meine?«

Ich pegle mich auf ihn ein. »Selbstverständlich.«

»Es könnte schon morgen passieren. Sei vorsichtig.«

»Ruf mich wieder an, wenn du Neuigkeiten hast.«

Vera starrt mich in Erwartung von Erleuchtungen an. Sie hat die Frühlingsröllchen nicht angerührt, die in der Tüte kalt werden. Ich stehe auf und gehe ins Bad, um mich wieder anzuziehen. Durch die geschlossene Tür erzähle ich ihr alles.

Die Unglückselige jubiliert. »Aber kapierst du denn nicht!«, schreit sie. »Das ist der Beweis, den wir brauchten!«

»Wofür?«, knurre ich.

»Wofür? Sag mal, spinnst du? Ismail und Sami sind im Knast, die können es schon mal nicht gewesen sein.« Sie macht eine Pause. »Oder glaubst du nicht, dass die beiden Morde in Verbindung stehen?«

»Ich glaube schon, und zwar ganz doll, dass sie in Verbindung stehen. Dieser arme Pechvogel wusste etwas, was er nicht der Polizei erzählt hatte, oder zumindest dachte der Mörder das.«

»Und warum freust du dich dann nicht? Oh, ach Gott, du machst dir Sorgen wegen des Elefanten ...«

»Den Elefanten lassen sie sofort laufen, sobald Mirko eintrifft. Wenn sie ihn dabehalten haben, dann nur, weil sie ihn schikanieren wollten. Er ist ein alter Hase, er wird schon keine Fingerabdrücke hinterlassen haben.«

»Dann ist es so, wie ich sage! Ismail und Sami können es nicht gewesen sein, daher …«

Ich mache meine Hose zu und kehre ins Zimmer zurück. »Sie können es nicht *selbst* gewesen sein. Einer ihrer Komplizen dagegen … warum nicht?«

»Hast du nicht mehr alle Tassen im Schrank?«

Ich schnappe mir die Verbände und beginne wieder mit der Wickelarbeit. Vera hilft mir. »Zum Beispiel jemand, der ihnen sehr nahe steht und noch auf freiem Fuß ist.« Ich schaue sie an. »Eine junge Frau, die das Glück eines bombensicheren Alibis für den ersten Mord hatte. Aber für den zweiten …«

Sie wird blass. Sie lässt das Pflaster fallen. »Ach du Scheiße. Aber ich war doch hier …«

»Wenn du denkst, dass mein Wort irgendetwas wert ist, dann hast du nicht mehr alle Tassen im Schrank.« Ich klaube das Pflaster auf und beende das Werk allein. Allmählich werde ich richtig gut. »Hast du im Hotel deine Papiere vorgelegt?«

»Ja, sicher.«

»Ich hab's mir gedacht. Pack deinen Koffer.«

Sie bewegt sich nicht, sie hat einen verlorenen Blick. Ich kann sie verstehen: Innerhalb von Sekunden ist sie von einer Ermittlerin zu einer Tatverdächtigen in einem Mordfall geworden.

Ich lege ihr meine Hände auf die Schultern und spreche ihr aus nächster Nähe ins Gesicht. »Vera, sobald wir mehr über den Toten von Bergamo wissen, werden wir beweisen können, dass du nichts damit zu tun hast. Aber es ist besser, wenn du bis auf weiteres nicht auffindbar bist, verstehst du das?«

»Und wohin soll ich?«, murmelt sie.

»Mir schwebt da schon was vor. Sehr ruhig und unverdächtig. Und die Carabinieri können keinen Fuß hineinsetzen.«

»Wie das?«

»Weil sie Männer sind.«

5

Elisa Scotti hatte mir für alle Fälle ihre Handynummer gegeben. Sie wirkt nicht einmal allzu überrascht, von mir zu hören, und stimmt einem Treffen am üblichen Treffpunkt zu. Wir parken auf der Piazzetta vor der Großen Mutter und nach einer halben Stunde quetscht sie sich zu uns ins Auto. Sie behält den Anorak an, obwohl die Heizung auf höchster Stufe läuft. Ich schildere ihr die Geschichte, ohne mich in komplizierte Erklärungen zu verlieren. Dabei erzähle ich ihr etwas vom verfolgten Mädchen und der stumpfen Polizei: Und es funktioniert. Vielleicht, weil Elisa sich noch wegen der Prügel schuldig fühlt, die ich einstecken musste, erst die von ihr und dann die bei der Verteidigung ihrer Freundin.

»Möchtest du, dass ich sie bei mir aufnehme?«

»Ja. Für ein paar Tage. Ich wende mich an dich, weil die anderen, die ich in Turin kenne, entweder unzuverlässig sind oder sowieso schon Scherereien mit der Polizei haben. Es wird keine Probleme geben. Du musst ja nicht wissen, dass man nach ihr sucht, um sie zu verhören. Genauer gesagt im Moment wird ja noch nicht einmal nach ihr gesucht. Vielleicht«, füge ich zu Veras Beruhigung an, »werden sie auch niemals nach ihr suchen, und es wird alles glatt gehen.«

»Und du bist damit einverstanden, Kleine?«, lächelt sie ihr zu. »Lass mich mal deine Stimme hören.«

Vera hatte die ganze Zeit geschwiegen und eine Zigarette nach der anderen geraucht. »Ja«, antwortet sie bloß.

»Wir haben bei der Mutter ein paar Zimmer, aber ich würde mich freuen, wenn du mit zu mir kommst.«

»Wirklich?« Vera wirkt verwirrt.

»Wirklich. Ich lebe im Moment allein. Eine Abwechslung wird mir gut tun.«

»Gut.« Ich gähne. Allmählich werde ich müde. Ein bisschen früh für meine Verhältnisse, es ist erst eins. Ob das ein weiteres Anzeichen für meine Kopfprobleme ist? »Das Auto behalte ich. Ich werde es irgendwo abstellen.«

»Gut«, sagt Vera noch einmal.

Ich steige aus, um mich von ihr zu verabschieden, und wir umarmen uns lange unter einer Straßenlaterne. Sie weint. »Hör auf damit, sonst fange ich auch noch an zu heulen«, sage ich.

»Du heulst nie. Du bist ein harter Kerl.«

»Härter als die Härtesten, geiziger als die Geizigsten.«

»Wie Onkel Dagobert.«

»Wie Onkel Dagobert.«

Sie lacht, dann schluchzt sie wieder, dann macht sie sich los. »Ciao.«

Ich schaue ihnen nach, bis sie verschwunden sind, ehe ich mich wieder in Bewegung setze. Ich kehre ins Hotel zurück, dann hole ich aus meiner Tasche das Tütchen mit dem Amphetamin und lege es auf den Tisch. Der Moment der Wahrheit ist gekommen. Soll ich mich ins Bett legen in der Hoffnung, dass mein Partner wie üblich auftaucht, oder soll ich den ganzen Mist übernehmen, zumindest bis zur Eröffnung des Sci-Fi-Konvents? Wenn ich mich entscheide, wach zu bleiben, nehme ich in Kauf, nicht zu erfahren, was sich mein Partner dabei gedacht hatte, als er den Elefanten auf eine riskante Expedition losgeschickt hatte. Wahrscheinlich komme ich auch von allein dahinter, aber ich weiß nicht, wie lange ich dafür brauchen werde.

Schließlich fasse ich einen Entschluss und öffne das Tütchen. Ich habe wieder Visionen von mir, wie ich ausgestreckt auf dem Bett liege, im Tiefschlaf, während um mich herum alles Mögliche passiert. Vor allem, dass Vera im Knast landet. Das Pulver fühlt sich weich an und sieht blassgelb aus. Ich rühre mit einem Stift darin rum und schnuppere daran. Es riecht nach gar nichts. *Nimm nur wenig,* hat Oink zu mir gesagt. Was versteht man unter wenig? Fünfzig Gramm oder ein Pikogramm? Ich neige zu einem Mittelding, einer weißen Linie von wenigen Zentimetern auf dem Waschbeckenrand. Aber als ich versuche, es zu schnupfen, landet es überall, nur nicht da, wo es hinsoll. Ich nehme eine neue Portion, schütte sie zusammen mit etwas Wasser in den Zahnputzbecher und rühre mit der Zahnbürste um. Es schwimmt alles oben auf, aber ich trinke es trotzdem. Bäh, es ist bitter wie Galle. Ich spüle nach und kehre in Erwartung von Neuigkeiten ins Zimmer zurück. Als der erste Anruf kommt, ist es zwei Uhr nachts und mein Schlafbedürfnis ist vergangen. Die Farben wirken bunter, das Licht leuchtender, die Geräusche geräuschvoller.

Am anderen Ende ist allerdings nicht Mirko.

»Ich bin's, Edith.«

»Weißt du, wie spät es ist? Was gibt's denn?« Meine Kiefern spannen, ich kaue vor mich hin.

»Hast du etwas von Panz gehört?«

Panz? Ach ja. »Nein.«

»Er ist auch heute Nacht nicht nach Hause gekommen, und er meldet sich nicht.« Ihre Stimme ist schrill, extrem angespannt. »Ich habe gehofft, dass du …«

»Wenn du so besorgt bist, warum gehst du dann nicht zu den Bullen? Vielleicht erzählst du ihnen, was du mir nicht erzählen willst. Meinst du nicht, dass das eine gute Idee ist?«

Sie weint. Allmählich habe ich die Schnauze voll von Frauen, die weinen.

»Edith, ich habe schon genügend eigene Probleme. Panz wird irgendwann nach Hause kommen oder auch nicht. Was kann ich schon tun?«

»Ich habe Angst, Sandrone.«

»Wovor? Vor wem?«

Sie legt auf. Ich schaue das Telefon an, vielmehr fixiere ich es, gut zehn Minuten lang. Kommt gut, dieses Amphetamin. Die Zeit vergeht schnell.

Um halb drei dann ein erfreulicherer Anruf. »Ich bin's, hast dir schon riesig Sorgen gemacht, hm?«

Es ist der Elefant. Autogeräusche im Hintergrund, er ist auf dem Heimweg. »Komm, Alter, sie haben dich laufen lassen!«, jubele ich.

»War aber eine kitzlige Angelegenheit, dank deiner fantastischen Einfälle!«

»Erzähl mir mehr.«

»Da gibt es nicht viel zu erzählen. Ich bin bei dem Haus von dem Kerl angekommen. Ich habe geklingelt, die Tür stand offen und ich bin reingegangen. Überall Blut und er mittendrin auf dem Boden. Eine Kacke. Hast du doch auch schon mal gesehen, oder, gespaltener Schädel, wo das Hirn herausquillt und so.«

Der übliche Reigen ekliger Bilder. »Danke, dass du mich daran erinnerst.«

»Gut, du kennst das also.«

»Und was war mit der Polizei?«

»Die habe ich gerufen, was zum Teufel hätte ich denn sonst machen sollen. Die kommen da an, springen überall rum, dann kommt der Schlauste von ihnen drauf, mich zu fragen, wieso und warum ich denn dort wäre und ob wir Streit gehabt hätten ... Oh, der Typ lag schon eine ganze Weile tot da rum. Du weißt schon, das Blut trocknet ein und wird zu einer ekligen pappigen Schmiere ...«

»Die unappetitlichen Einzelheiten darfst du mir gerne ersparen.«

»Aber ich durfte sie mir reintun. Wie auch immer, ich mache den Bullen darauf aufmerksam, dass der Typ schon ein ganzes Stück tot ist und dass es wohl etwas hirnverbrannt ist anzunehmen, dass ich mich erst stundenlang im Haus herumtreibe und sie dann rufe, wenn ich es selbst war. Er regt sich fürchterlich auf und gibt mir eine aufs Maul. Dann legt er mir Handschellen an. Glücklicherweise war sein Chef eine Nummer schlauer. Ich habe ihm allerdings von dem Auftrag erzählen müssen.«

»Das hast du gut gemacht, wir haben nichts zu verbergen.«

»Hoffentlich ...«

»Und die anderen Malocher?«

»Er war der erste auf meiner Liste. Und auch der letzte, wegen dieses Riesenscheißdrecks. Von jetzt an befinde ich mich im Ruhestand. Wie auch immer, sie sind alle noch am Leben. Die Bullen haben das überprüft.«

»Gut. Gib mir mal Mirko.«

Er war wohl schon auf dem Sitz eingeschlafen. »Ruf mich morgen wieder an, zu den Bürozeiten, Sandrone«, gähnt er.

»Na klar. Aber erst mal bringe ich dich auf den neuesten Stand. Erinnerst du dich, dass ich dir gesagt habe, dass mir Adri nicht ganz sauber vorkam?«

»Wie? Ach ja ...«

»Jetzt sieht es ganz danach aus, dass er nicht etwa im örtlichen Verbrechermilieu aktiv war, sondern, stell dir vor, ein Spitzel war. Dass er den Polypen über diesen oder jenen Dinge zutrug.«

»Ein Informant der Polizei? Und weshalb sollte er dann abgehauen sein?«

»Keine Ahnung. Aber seine Freunde müssten das wissen.«

»Wenn sie mir das bis jetzt nicht gesagt haben, warum sollten sie es nun tun?«

»Weil es einen weiteren Toten gegeben hat. Weil das ihre Rettung sein könnte. Weil Vera in Gefahr ist. Ich weiß es nicht, denk dir selbst was aus.«

Er gähnt erneut. »Wieso plapperst du wie ein Wasserfall? Bist du aufgeregt?«

»Ich und aufgeregt. Ach, woher denn.« In Wirklichkeit

hüpfe ich wie ein Idiot im Zimmer herum. Ich bleibe stehen, etwas außer Atem. Mir ist höllisch heiß, aber die Schmerzen sind zurückgegangen. »Also, bleibst du dran an der Sache?«

»Ja, gute Nacht. Möchtest du mit Alex sprechen? Nein, er möchte dich nicht sprechen.«

»Dann ciao.«

Donnerwetter, wie wach ich mich auf einmal fühle. Ich würde gern etwas Härteres trinken, aber ich weiß nicht, wie das zusammen mit dem Amphe wirkt. Also nur Wasser. Meine Kehle ist wie zugeschnürt. *Ich bin Sandrone und ich bin rauschgiftsüchtig.*

Scheiße.

Panz.

Ich wusste, dass ich irgendwann bei ihm landen würde.

Aus meinem Überlebenskoffer nehme ich das Schlossknackset, das kein richtiges Einbrecherzubehör ist. Nur eine Reihe von Schlüsseln und Eisen, die auch ihren Dienst tun, wenn es nicht darum geht, eine Panzertür zu knacken.

Ich gehe zu Fuß. Veras Auto habe ich einen Kilometer vom Hotel abgestellt, und ich habe nicht die Absicht, es anzurühren. Darüber hinaus bin ich ein miserabler Fahrer. Es war mein Partner, der die Führerscheinprüfung abgelegt hat, ich habe immer Angst, etwas zu überfahren, was ich nicht sehe.

Mein Partner, es macht mir zu schaffen, dass ich ohne ihn auskommen muss. Wer weiß, wie sich Leute fühlen, die keine zusätzliche Persönlichkeit haben. Wahrscheinlich fürchterlich einsam.

Kaum eine halbe Stunde später bin ich bei der Wohnung von Panz. Offene Haustür, kein Problem. Ein altes Haus, mit alten Gerüchen und alten Türen. Vierter Stock. Ein altes Schloss. Hinter der Tür kein Geräusch, kein Anzeichen von Gefahr. Das ist die dritte Wohnung, die ich innerhalb kürzester Zeit uneingeladen betrete, aber diesmal ist es wirklich ein regelrechter Bruch, ein Einbruch, also von der Art, für die man sechs Monate Knast auf Bewährung bekommt. Ich brauche fünf Minuten, auch wenn sie mir wie dreißig vorkommen.

Drei Zimmer plus Kochnische, sauber und ordentlich. Keine Spur von einer Nervenkrise wie bei Svetlana. Ich finde eine hübsche Sammlung Pornomagazine, ein Gefäß mit Marihuana, Staub und Spinnweben. Wenn Panz abgehauen ist, dann ohne offensichtliche Spuren zu hinterlassen. Ich probiere sofort die Wahlwiederholungstaste des Telefons. Tirurirariraru. »Königin-Margherita-Hospital.«

Ich lege wieder auf. Panz hat Svetlana angerufen, welch Offenbarung. Die Anzeige des Anrufbeantworters blinkt auf Nummer 10. Ich höre die Nachrichten ab. Sie sind alle von Edith. Edith, die von einem ernsten Ton zu einem weinerlichen Ton übergeht, von einem besorgten zu einem verängstigten. Dabei geht es immer um dasselbe: Bitte, bring dich nicht in Schwierigkeiten, bitte ruf mich zu jeder Uhrzeit an. Entweder verliebt sich die Hexe Gundula in jeden Mann, mit dem sie zu tun hat, oder ich hatte mir ein falsches Bild von ihren Gefühlen für Scotti gemacht. Sie tat so, als ob sie um ihn besorgt wäre, dabei war Panz der Gegenstand ihrer Sorge. Aber bislang wollte sie das nicht zugeben.

Piep, piep, piep. Ende der Nachrichten. Um das Sozialleben des Blondschopfes ist es fast noch schlechter bestellt als um meines. Ich hole die Kassette des Anrufbeantworters heraus. Sie hat Standardmaße, in jedem x-beliebigen Kassettenrekorder abspielbar. Ich stecke sie in einen Walkman, den ich in einem der Zimmer gefunden habe. Wenn der Anrufbeantworter alt ist, löscht der Tonkopf nicht besonders gut. Auf dem Band bleiben Spuren von vorherigen Aufnahmen. Mit den Kopfhörern auf den Ohren öffne ich ein Fenster und schaue nach draußen, atme die von der Kälte komprimierte Luft. Wortfetzen und verschiedenes Rauschen erfüllen meinen Kopf, ich starre auf die gelben Lichter der Stadt und verliere mich darin. Einmal habe ich einen Dokumentarfilm über spiritistische Audiositzungen gesehen. Das Medium ließ nachts den Rekorder laufen und das Band füllte sich mit Stimmen aus dem Jenseits. Es kommt mir so vor, als würde ich jetzt dasselbe machen. Vielleicht sind die Stimmen, die ich höre und über Verabredungen, Grüße, Arbeit und Kino sprechen, Stimmen von Geistern, die denken, dass sie immer noch am Leben sind, und sich fragen, warum niemand auf ihre Anrufe antwortet.

Das Band ist zu Ende. Ich habe nichts Nützliches darauf gefunden. Ich nehme die Kopfhörer ab und schon lassen die Geräusche der Lebenden sich wieder vernehmen. Autos und bellende Hunde, in der Ferne ein Fernseher. Auf dem Schreibtisch liegt ein halb volles Päckchen Zigaretten. Ehe mir klar wird, was ich da tue, zünde ich mir eine an. Ahh, wie habe ich es bloß geschafft, all die Jahre der Versuchung zu widerstehen? Es kommt mir so natürlich vor, dass ich nicht einmal huste. Die genesende Lunge akzeptiert den Rauch ohne Probleme, der Kopf wird leichter. Amphetamin, Rauch, Gewalt. Bald fange ich auch noch an, Schimpfwörter zu benutzen.

Ich lege den Walkman wieder an seinen Platz, dann die Kassette in den Anrufbeantworter. Da sehe ich den Notizblock neben dem Telefon. Er war so offensichtlich, dass mein halbes Hirn ihn nicht bemerkt hat. Auf dem ersten Blatt steht riesengroß *Pensione Terminal* und sonst nichts. Ich suche in den gelben Seiten danach. Es gibt eine in Turin, gleich um die Ecke vom Bahnhof Porta Nuova. Endlich ein Anhaltspunkt. Zumindest sieht es für mich danach aus, mein Kopf ist müde. Ich hole das Tütchen heraus, eine weitere Prise in ein wenig Cocacola, die ich aus dem Kühlschrank stibitze. Ich beginne, mich an den Geschmack zu gewöhnen. Ich spüle das Glas aus, stelle die Flasche wieder weg. Ich zünde mir noch eine Zigarette an. *Pensione Terminal.* Um diese Uhrzeit habe ich keine Möglichkeit zu kontrollieren, ob Svetlana immer noch im Krankenhaus liegt, aber die einzige Idee, die mir in den Sinn kommt, ist die, dass es sich um eine Verabredung mit Panz handelt. Er hat sie im Krankenhaus angerufen, sie hat ihm gesagt, wo er sie treffen soll. Dann hat sie sich davongemacht und sich dort versteckt, aus Angst vor ihren Angreifern.

Ich fahre mit meiner oberflächlichen Durchsuchung fort.

Das Bad. Keine Drogen im Schränkchen, keine Spritzen, keine versteckten Waffen im Spülkasten, kein Geld hinter einer Fliese. Der kleine Abfalleimer enthält nur die steife Pappröhre einer Klopapierrolle. Ich hebe die Plastikmülltüte darin hoch. Der Metallboden des Eimers ist mit kleinen Haarbüscheln bedeckt. Blond. *Er hat sie sich wegen des Films geschnitten,* denke ich. Dann erinnere ich mich daran, dass es gar keinen Film gibt. Ich ergreife eine Hand voll Haare und halte sie ins Licht des Spiegelschränkchens. Sie sind zweifelsohne von Panz. Die Farbe ist wirklich seine. Aber einige haben ein merkwürdiges Aussehen, sie wirken geschmolzen. Ich schnuppere an ihnen. Der Geruch nach geflämmtem Huhn. Mir kommt meine Mutter in den Sinn, wie sie das Huhn an einer Flamme des Gasherdes absengte, um die letzten Überreste von Federn zu entfernen. Der Geruch ist der gleiche.

Die Szene läuft vor meinem inneren Auge ab. Eine Stichflamme, eine Sturmhaube, die Feuer fängt. Panz, wie er wegläuft und mit den Händen die Flammen ausschlägt. Und dabei darüber nachdenkt, wie er's am nächsten Tag wohl halten soll. Welche Entschuldigung er im Büro wohl erzählen soll. Der Attentäter hatte gar keine Fackel in der Hand, es war sein Kopf. *Ciao, ich bin Panz, und ich habe soeben das Auto meines Chefs angezündet.*

6

Als ich die *Pensione Terminal* sehe, beschließe ich, mich nicht mehr darüber zu beschweren, wie ich untergebracht bin. Zwar führt sie einen Stern auf dem Schild, aber den muss man ihr wegen guter Führung geschenkt haben. Es ist fünf Uhr morgens, der Portier lehnt auf der Theke und schaut sich auf dem Fernseher ein Pornovideo an. »Wie viele Stunden?«, fragt er. Dann sieht er, dass ich allein bin und kratzt sich den Bart, schwarz wie seine Nägel, und studiert meine zerschlagene Fresse. »Sie wünschen?«

Ich beschließe, gar nicht erst um eine Auskunft zu bitten. Ich würde keine bekommen. »Die Signora Minareva erwartet mich«, sage ich stattdessen. »Kann ich hoch?«

Er lässt vom Bart ab und widmet sich nun den Schneidezähnen. »Wer, haben Sie gesagt?«

»Minareva.«

Er schüttelt den Kopf. »Kenne ich nicht. Wenn Sie ein Zimmer wollen, dann kriegen Sie eins, aber hier gibt es keine Min... Mina...«

»Minareva.«

Er gähnt. »Keine Minareva. Also, willst du ein Zimmer? Nein? Dann gute Nacht.«

Ich zücke meine Brieftasche. Darin ist immer noch das Geld, das ich in der Spelunke habe mitgehen lassen. Ich wedele mit ein wenig davon herum. Er fixiert es, ich spreche weiter. »Sie könnte einen anderen Namen angegeben haben. Sie ist inkognito hier.«

Er packt das Geld mit zwei Fingern. »Wie sieht deine Freundin denn aus?«

»Grün gefärbte Haare, gut gebaut, jung. Ausländischer Akzent.«

Er grinst. Er weiß etwas. »Ah. Die erwartet dich?«

»Ja. Ist sie allein?«

»Jetzt ja.« Er zieht am Geld, ich lasse ihn es einstecken. »Zimmer 22. Und keinen Ärger.«

»Danke.«

Auf der Treppe begegnet mir ein Pärchen, das gerade heruntersteigt, er Italiener, sie wohl aus dem Osten, mit Klötzen an den Füßen und lila Lippenstift. Sie wirft mir einen Kuss zu und zeigt erst auf sich, dann auf mich und die Treppen hinter sich. Vielleicht hat sie schon einen neuen Kunden, ohne zurück auf die Straße zu müssen. Mit einem Kopfschütteln muss ich sie enttäuschen, gehe an ihr vorbei und biege in den angegammelten Korridor ein.

Ich klopfe an Zimmer 22. Keine Antwort. Ich drücke die Tür auf und trete ein. Dunkel, ein Körper im Bett, schweratmend, Rauch und Schweiß.

Mit dem Finger taste ich nach dem Lichtschalter. Ich muss mich umdrehen, weil er sich neben meinem verletzten Arm befindet. »Svetlana«, sage ich. »Wir müssen miteinander reden.« Ich drücke den Lichtschalter. »Und diesmal ...«

Ich stocke. Das Mädchen im Bett setzt sich mit weit aufgerissenen Augen auf. Sie hat grüne Haare, stimmt. Aber sie ist Nigerianerin. »Verfluchte Scheiße, was willst du? Ich habe Fieber!«, schreit sie.

Ich weiche zurück. »Entschuldigung. Es war ein Missverständnis.«

Sie wühlt unter dem Kipfkissen und holt ein Klappmesser heraus. »Komm her, du Wichser. Bastard, Huren...« Den Rest verstehe ich schon nicht mehr. Zum einen, weil ich mir mit ihrem Akzent schwer tue, zum anderen, weil ich schon wieder im Korridor bin.

Der Portier hat sich wieder seinem Film zugewandt. »Schon fertig?«, fragt er.

»Die war es nicht.«

»Grüne Haare, Superschnalle. Hier gibt's nur die.«

»Meine ist eine Weiße. Russin.«

»Dein Problem. Haben wir hier nicht.« Er erhebt sich. Übertrifft mich um einen Kopf und zwei Bäuche. »Die Nutten hier sind alle schwarz. Und du fängst an, mir auf den Sack zu gehen. Hast du das kapiert oder muss ich dir auch den anderen Arm brechen?«

»Kapiert, und danke und auf Wiedersehen.«

Ich gehe hinaus, bestelle in der Bar, die gerade an der Ecke aufmacht, einen Kaffee mit Schuss und nehme mit dem Kaffee zwei Tabletten ein.

Ich weiß nie genau, wie ich auf bestimmte Ideen komme. Sie schwirren wohl irgendwo durch mein Gehirn, und irgendwann tut sich dann ein Schloss auf. Klick.

Und praktisch im Laufschritt geht es zur Pension zurück.

Der Typ schaut immer noch den Film und telefoniert dabei. Ich warte nicht ab, bis er die Lage erfasst hat. *Lass die Sau raus,* denke ich. *Die harte Nummer, jetzt gleich. Du bist nicht fit genug, um lange herumzublödeln.*

Mit einem gipsernen Handstreich räume ich alles zu Boden, was auf der Theke steht. Kuli, Kulihalter, Kalender, Register, Glas, Rechner, Schlüssel, Geld, Blätter. Krachbumm. Der Lude will protestieren, aber ich habe bereits das Tränengasspray aus meiner Tasche hervorgeholt und sprühe es ihm in die Augen, während ich die Luft anhalte.

Er läuft violett an, fuchtelt mit den Armen. Ich reiße ihm den Hörer aus der Hand, und weil er gerade so gut in meiner Hand liegt, benutze ich den, um ihm damit eins auf die Nasenwurzel zu verpassen.

Muss wohl wehgetan haben, denn er geht sofort zu Boden. Ich kniee mich auf seinen Rücken. Das Amphetamin pulsiert hinter meinen zusammengeflickten Augenbrauen.

»Kannst du mich hören?«, frage ich.

Er hustet und heult. »Was willst du? Was habe ich dir denn getan?«, keucht er.

»Zwei Fragen. Dann bin ich weg, in Ordnung?«

»Was für Fragen?«

»Ist das Mädchen jemals hier gewesen, nach dem ich vorhin gefragt habe?«

»Nein ... aber verfluchte Scheiße ...«

Das war nur zur Kontrolle, eine Frage zum Aufwärmen. »Ich suche auch zwei Männer. Groß. Einer dunkelhaarig. Der andere praktisch kahl.«

»Hast du 'ne Ahnung, wie viele hier jeden Tag durchkommen ...«

»Mit blauen Flecken im Gesicht. Ganz frisch.«

Er verkrampft.

»Sag nur, ob sie noch hier sind«, setze ich nach und presse seinen Nacken Richtung Boden. »Du solltest sie besser nicht decken. Die beiden stehen für jede Menge Ärger.«

»Ich decke sie doch gar nicht. Sind auch gar nicht mehr da, verfluchte Scheiße.«

Ich verlagere den Druck in die Kniespitze. »Wirklich?«, frage ich sachte.

»Wirklich. Scheiße, du brichst mir die Knochen. Sie sind seit gestern Nachmittag weg.«

»Haben sie dir ihre Papiere vorgelegt?«

»Nein ... ich ...«

Er habe sie registriert, erklärt er, aber auf Zweitformularen, die der Polizei nur im Falle einer Kontrolle vorgelegt würden. Und Kontrolle hat es keine gegeben, daher wurden die Formulare vernichtet. Aber an die Namen erinnert sich der Freund. Porcacchia, zwei Brüder.

Ich verdrehe ihm den Arm und lasse mich zu dem Zimmer bringen, das die beiden Tiere belegt hatten, jetzt bar jeglicher Personen oder Dinge. An einer Kleinigkeit erkenne ich, dass der Typ mich nicht zum Besten gehalten und mich zu einem x-beliebigen Zimmer geführt hat. In die Schublade des einzigen Nachtschränkchens ist ein blutbeschmiertes Hemd geknüllt. Ich erkenne es wieder, der Porcacchia mit dem Schnurrbart hatte es getragen.

Ich lasse den Typen los und sehe zu, dass ich mich davonmache. Man kann von Stundenhotels halten, was man will, aber eins muss man ihnen lassen, die Kundschaft kümmert sich wirklich nur um ihren eigenen Kram. Mindestens ein Dutzend Nachtschwärmer hat mich gesehen, wie ich den Hausherrn malträtiert habe, und keiner hat etwas dagegen einzuwenden gehabt. Würde so etwas draußen im wirklichen Leben passieren, wäre das echt klasse.

Da es schon nach neun ist, suche ich mir ein Taxi und denke darüber nach, wie wenig ich von dieser Welt verstanden habe. Svetlana kannte ihre Angreifer sehr genau, wusste sogar, wo sie wohnten. Aber sie hat zu niemandem etwas gesagt, bis auf Panz, der ihnen zugeführt wurde wie die Ziege den Wölfen.

Und dazu fällt mir nur eine Erklärung ein: Erpressung. Panz war dort zum Verhandeln, vielleicht auch, um das Geld zu übergeben, das Svetlana ihrer Exfreundin aus den Rippen hatte leiern wollen. Möglich, dass es sogar Panz war, der es vorgestreckt hat. Oder vielleicht Scotti. Ein anderer, amphetamingenährter Geistesblitz: Das würde auch die Anschläge durch Panz erklären. Er erpresste Scotti, um an Geld für Svetlana zu kommen. Aber warum sollte Scotti das vor mir verheimlicht haben?

Mein Gehirn verknotet sich. Ich höre mit der Grübelei auf, auch deshalb, weil das Taxi mich inzwischen vor dem Fischmarkt abgesetzt hat, nachdem es sich durch eine Demonstration von Müllmännern gekämpft hat, die die Straße mit Müllsäcken blockieren.

Das Gebäude, niedrig und lang gestreckt, ist wirklich ganz schön hässlich, trotz all der Dekoration. Drinnen ist es noch schlimmer. Die Plakate des *verlorenen Raumschiffs* trudeln traurig zwischen Löchern im Verputz und Fliesen im Schachbrettmuster. Und es ist schrecklich kalt hier, ich mache sofort die Jacke wieder zu, die ich gedankenverloren geöffnet hatte.

In dem Gewusel der Arbeiter ist das erste bekannte Antlitz, das mir ins Auge fällt, das von Heino: Er gibt zwei Arbeitern Anweisungen, die beim Verkabeln sind.

»Ah, Sandrone. Wie geht es Ihnen?«, grüßt er mich mit einem Nicken.

»Alles in Ordnung. Wie läuft es mit dem Decorating?«

Er reibt sich die Hände. »Alles nach Plan. Sogar noch besser.« Er zupft an seinem Schnurrbart. »Im Saal warten ein paar Leute auf Sie. Und Vorsicht, auf dem Boden liegen Kabel.«

Ich bin schon beinahe darüber gestolpert, was den Elektriker auf der Leiter ins Fluchen bringt.

»Kommen Sie doch auch mit«, sage ich zu ihm. »Es ist eine Lagebesprechung.«

Heino folgt mir in den Hauptsaal, der, wenn das möglich wäre, fast noch kälter ist als der Eingangsbereich, aber weiträumiger und von den Halogenscheinwerfern gut ausgeleuchtet. Zwischen den Zementtheken gibt es ausreichend Platz für etwa tausend Besucher und für alle Stände, die ich auf dem Plänchen eingezeichnet gesehen habe. Eine Gruppe von Arbeitern baut gerade den Stand vom Scotti-Verlag auf, mit einem aufblasbaren Raumschiffmodell, das nur wenig Ähnlichkeit mit dem aus dem Film hat. Es hängt an einem Kompressor und füllt sich langsam mit Luft, Höhe etwa fünf Meter. Noch gänzlich schlaff wartet ein anderer Ballon in Form eines marsianischen Weihnachtsmannes darauf, dass er ebenfalls an die Reihe kommt. Andere Arbeiter decken die Abflussrinnen mit Holzbrettern und Klebeband ab. Hinten führt ein gewölbter Eingang in einen weiteren Saal, der in Form und Ausmaßen mit dem, in dem ich mich gerade befinde, identisch ist, aber ohne Theken. Dort hat man eine kleine Bühne für die Kapelle aufgebaut und ein paar hundert rote Plastikstühle aufgestellt.

In der Mitte warten kältestarr die sechs Männer von der *Shadow-Agentur.* Ich mustere sie beim Näherkommen. Sie sind alle unter dreißig bis auf den einzigen, den ich noch kenne und der auf die sechzig zugeht. Er heißt Pietro, er war mein Capo bei ein paar Konzerten. Er grinst und schüttelt mir die Hand, während er einige dumme Sprüche über die vergangenen Zeiten mit mir wechselt. Er stellt mir die anderen vor, ich stelle Heino vor. Es sind die typischen Aushilfskräfte für Feste, gut trainiert mit niedriger Stirn.

Wir nehmen uns ein paar Stühle und gruppieren uns in Kreisform. Ich erzähle kurz etwas über die Veranstaltung, dann komme ich zum Wesentlichen.

»Wie ihr bestimmt schon gehört habt«, erkläre ich, »hat der Scotti-Verlag in den letzten Tagen Probleme gehabt. Es besteht die Möglichkeit, dass während des Festes jemand vorbeikommt, um Ärger zu machen. Das bedeutet verschärfte Aufmerksamkeit. Vor allen Dingen muss das Gebäude auch dann überwacht werden, wenn keine Aktivitäten im Gange sind. Lost es untereinander aus, aber einer von euch muss hier heute Nacht Wache schieben. Er kann seinen Schlaf morgen früh nachholen.« Protestgemurmel. »Morgen werdet ihr euch dann an den Eingängen postieren. Ich habe keine Ahnung, wie viele Leute kommen werden, aber wir sollten versuchen, für einen regelmäßigen Strom beim Rein und Raus zu sorgen. Noch Fragen?«

Einer aus der Crew hebt die Hand. »Gilt die übliche Regel: keine Ausländer, keine Besoffenen? Oder sollen wir auch noch andere aussortieren?«

Herrje, die ändern sich nie. »Hier dürfen alle rein, nur keine Ruhestörer. Wenn du jemanden wegen seiner Hautfarbe aussperrst, schmeiße ich dich hochkant raus. Ist das vom Konzept her verstanden?«

Er zuckt mit den Schultern. Sein Nachbar hüstelt. Er könnte sein Zwillingsbruder sein. »Stimmt es, dass wir mit Scherereien aus der Squatter-Ecke rechnen müssen?«, fragt er. Sogar die Stimme klingt gleich.

»Wer hat denn das gesagt?«

»Ich habe so was gehört.«

Ich werfe einen Blick in die Runde der versammelten Schwachköpfe. »Dann hört mir jetzt mal gut zu: Da ist nichts dran. Wir wissen zwar nicht, wer Scotti auf dem Kieker hat, aber die Hausbesetzer sind es schon mal nicht. Ihr solltet auch auf feine Herrschaften in Jackett und Krawatte Acht geben.«

Pietro runzelt die Augenbrauen. Er weiß von meinen Jugendsünden und es ist offensichtlich, dass es ihm schwer fällt, mir zu glauben. Ich starre ihm in die Augen, bis er den Blick senkt. *Immer schön die Hierarchien beachten, mein Lieber.*

Wir reden weiter, um uns darüber einig zu werden, welche Türen offen gehalten und welche geschlossen werden sollen. Zwei Männer werden am Eingang platziert, zwei am Ausgang und die anderen beiden streifen herum.

»Gibt es auch eine Garderobe?«, frage ich Heino.

»Natürlich.«

»Gut. Dann werden alle abgegebenen Taschen geöffnet und kontrolliert. Dito Mäntel mit zu schweren Taschen. Selbstverständlich achten wir alle auf herumstehende Tüten ...« Heino zappelt hin und her. »Ja, was gibt's?«

»Wir dürfen doch die Leute nicht durchsuchen. Das muss die Polizei erledigen, wenn es angebracht erscheint.«

»Wenn die Garderobenfrauen geschickt sind, gibt es damit kein Problem. Richtet ein Separee ein oder etwas Ähnliches. Wenn Sie Ihren Leuten das nicht zumuten wollen, dann denke ich, dass jemand von der *Shadow* das übernehmen könnte, richtig?«

Pietro antwortet. »Kein Problem.« Er fixiert Heino. »Wir wissen, wie der Hase läuft.«

Heino wird in den Aussparungen seines Bartes rot. »Ich werde mit den Frauen reden. Ich hoffe, dass sie damit einverstanden sind.«

»Bestens, geben Sie ihnen ein Extratrinkgeld und Sie werden sehen, dass es keine Beschwerden gibt. Ihr habt alle Walkie-Talkies, nicht wahr?« Zustimmendes Nicken. »Ich brauche auch noch eines für mich. Jetzt machen wir noch einen Rundgang und schauen uns die Durchgänge an.«

Wir sind in der Mitte des Hauptsaals, als ich eine weiß gekleidete Gestalt näher kommen sehe. Es ist Mendez, so auf Hochglanz gebracht, wie ich es nie für möglich gehalten hätte. Er wirkt wie Zorros Vater: cremefarbener Mantel, Gabardine-Anzug in einem etwas helleren Ton, Stock mit Kugelknauf, Schal. Obendrein eine Gardenie im Knopfloch. Ich stoppe die Jungs.

»Los, zollt ihm ordentlich Beifall«, sage ich. Sechs verwirrte Augenpaare. »Jetzt bewegt eure Hände, na macht schon.«

Ich lege los, die anderen tun es mir nach, nicht wirklich überzeugt. Mendez stützt sich auf den Stock und verbeugt sich. Er hat seine Haare mit Brillantine nach hinten gekämmt und ist gut gelaunt.

»Danke, danke. Das habe ich nicht verdient«, sagt er in fast perfektem Italienisch. »Sandrone, mein Freund. Kommen Sie her und leihen Sie mir Ihren Arm.«

Ich lasse die Muskelmänner ohne mich weitermachen und gehe zu dem Schauspieler. »Ich bin contendo, Sie zu sehen, Signor Mendez.«

»Ah, Sie machen einen armen alten Mann glücklich.« Er betrachtet mich genauer. »Ihre Arbeit für den infamen Sklaventreiber scheint nicht allzu glatt zu laufen, fürchte ich. Sie haben seit dem letzten Mal noch ein paar blaue Flecke dazubekommen.«

»Sie dagegen sind bestens in Form.«

»Was soll ich Ihnen sagen, der Ruf der Bühne war mächtiger als meine naturgegebene Zurückhaltung.« Er schaut sich irritiert um. »Auch wenn dieser Ort nicht wirklich wie ein Theater aussieht.«

»Aber wir arbeiten daran. Soll ich mit Ihnen einen Erkundungsgang unternehmen?«

»Ich wäre Ihnen sehr verbunden.«

Bei mir untergehakt, führe ich ihn durch die zwei Säle, wobei ich die laufenden Umbauten in den Himmel lobe, damit er sich besser fühlt. Hier wird die Bühne postiert, hier die Kapelle und bla bla bla.

»Denken Sie, dass es möglich sein wird, eine Künstlergarderobe einzurichten?«, fragt er.

Ich rufe mir Heinos Karte ins Gedächtnis und zoome sie mir hinter die Augen. Neben den Sälen sind die Toiletten und drei Räume, die als Büros vorgesehen sind. Eines davon liegt ganz in der Nähe der Bühne. »Ich glaube schon. Wir werden uns etwas ansehen, und Sie sagen mir dann, ob das für Sie in Ordnung ist.«

Die Tür ist abgeschlossen, ich laufe Heino wegen der Schlüssel hinterher und er reicht mir einen Bund, wie ihn nicht einmal der Heilige Petrus hat. Während ich mich am Schloss zu schaffen mache, drückt Mendez mich am Arm.

»Haben Sie das gesehen?«, fragt er leicht schmunzelnd.

»Was?«

»Eine Maus. Sie ist direkt unter der Tür hindurchgeschlüpft. Ich möchte Ihnen ja nicht lästig fallen, aber ich würde ein hygienisch einwandfreies Zimmer bevorzugen.«

Ich habe den richtigen Schlüssel gefunden und sperre auf. »Lassen Sie mich mal sehen. Wenn es nicht zu heruntergekommen ist, können wir es reinigen lassen.«

Ich drücke die Tür auf. Schaue hinein und mache rasch wieder zu.

»Nein, vielleicht ist das doch nichts«, sage ich in beinahe normalem Tonfall. Ich wende mich an Heino. »Warum suchen Sie nicht ein geeignetes Plätzchen für Signor Mendez? Ich … habe da noch etwas zu erledigen.«

Heino nickt. »Sicher. Parlez-vous français?«, höre ich ihn sagen, während sie davongehen.

Ich warte, bis sie weg sind, dann öffne ich erneut die Tür und schlüpfe in das kleine Büro. Leider hatte ich richtig gesehen. Ich beuge mich über den Körper am Boden, darauf bedacht, nicht in die Blutlache zu treten. *Ciao, ich bin Panz und ich bin tot.*

7

Ich hatte mich wohl nicht allzu klar ausgedrückt, als ich mit der Polizei telefonierte, weil der Telefonist in der Zentrale nichts zu kapieren schien und ich ihn diverse Male verfluchen musste. Mit der Zeterei mache ich weiter, als die gesamte Bullerei eintrifft, bis sich endlich jemand erbarmt und sich anhört, was ich zu sagen habe. Dann sperren sie mich in einem der Zimmerchen ein, eins von denen, die ich für Mendez als Umkleide herrichten lassen wollte, mit einer Zivilbeamtin vor der Tür. Gegen Mittag sehe ich durch das Fenster, das auf den Saal geht, den armen Panz vorbeiwandern, ein Bündel mit einem Reißverschluss. Mir ist übel, ich bitte um einen Kaffee. Man bringt mir einen, kalt, in einem Plastikbecher. Während ich ihn trinke, nähert sich ein kleiner Mann, der so lange Arme hat, dass sie ihm bis über die Knie reichen, außerdem je eine kreisrunde Narbe auf beiden Wangen.

Es ist Pinocchio, weiß der Geier, wie er mich finden konnte. Die Narben sind das Andenken an eine Kugel, die man ihm verpasst hat, als er noch Bulle beim Drogendezernat war. Er hat noch viele Freunde im Polizeimilieu, und nur deswegen lässt ihn die Wache passieren. Allerdings erst nach einem herzlichen Händedruck und dem Austausch jeder Menge Schwachsinns über die Familie.

Sie schließen uns zusammen ein.

»Die da ist eine echte Nutte«, vertraut er mir leise an. »Ich habe sie mal gebumst.«

»Schön für dich. Hast du mir sonst noch etwas zu sagen?«

Er zieht ein schmuddeliges Taschentuch aus dem langen schwarzen Mantel und schnäuzt sich. »Na klar, na klar. Mein Mann hat sich wegen *La Tigre* umgehört. Und ich habe auch etwas herausgefunden. Aber, wie sagt man so schön, jetzt ist der Moment, etwas rüberwachsen zu lassen.«

»Hast du bemerkt, was hier abgeht?«

»Korrekt, würde ich sagen.«

»Und wie, meinst du, soll ich unter diesen Umständen das Finanzielle geregelt bekommen?«

»Wir akzeptieren alles außer Kreditkarten.«

Ich öffne meine Brieftasche und gebe Pinocchio alles, was mir von dem Geld aus dem *Aurora* geblieben ist.

»Du beliebst zu scherzen.«

»Nur als Anzahlung. Habe ich etwa jemals bei dir Schulden offen gelassen?«

Er grinst. »Inkasso ist mein Beruf. Geht klar, ich schaue allerdings bald wieder vorbei. Also. *La Tigre*, vor zwei Jahren geschlossen.«

»Warum?«

Er hat es nicht nötig, irgendwelche Notizen zu Rate zu ziehen, er hat alles im Kopf. Auch die Rechnungen derjenigen, denen er die Beine bricht. »Es gehörte drei Brüdern, die Weiber am Laufen hatten, aber auch richtig krumme Dinger. Wegen eines Überfallls auf einen Juwelier hat man sie hopsgenommen. Vielleicht hat sie da jemand verpfiffen, das weiß keiner genau.«

»Die heißen Porcacchia, nicht wahr?«

»Korrekt. Da erzähle ich dir wohl nichts Neues.«

»Warum sind sie nicht im Knast? Sind sie ausgebrochen?«

»Mangel an Beweisen bei zweien von ihnen. Den dritten hat es an einer Straßensperre erwischt, zusammen mit seiner Frau, ebenfalls tot. Sie hieß Alessandra und führte die Nutten. Im Auto war die Beute aus dem Überfall, dazu die Schießeisen und alles. Aber keine Fingerabdrücke von den anderen beiden.«

»Und noch reicht es nicht aus, einfach nur verwandt zu sein, um hinter Gittern zu landen, richtig?«

»Korrekt. Sie sind vor zwei Monaten wegen verstrichener Fristen rausgekommen.«

»Und die Mädchen aus dem Lokal?«

»Über die Mösen weiß ich nichts. Entweder gehen sie irgendwo auf den Strich oder sind nach Hause zurückgekehrt.« Er schließt seinen Mantel und hält mir die Hand hin. »Mehr habe ich nicht für dich. Holzauge, sei wachsam.«

Ich schüttle ihm die Hand und er geht.

Ich stiere etwa zehn Minuten trübe vor mich hin. Dann trete ich gegen die Tür und lamentiere so lange, bis die Polizistin endlich ›den Dottore‹ ruft.

Bis der eintrifft, bin ich so außer Atem, dass ich fast zu Boden gehe. Mein Blick splittert sich auf. Der Mann und die Polizistin verwandeln sich in ein Bild von Warhol, vier Repliken in verschiedenen Farben, die sich im Kreis drehen. Ich stütze mich an der Stuhllehne ab, meine Hände sind ohne Gefühl. Die Repliken werden zu nur mehr zweien, die eine blau, die andere rot. Dann normalisiert sich alles wieder, abgesehen von dem Ohrensausen.

»Fühlen Sie sich wohl?«, fragt mich der Dottore. Er hat einen schwarzen Bart, graue Haare und einen massigen Körper.

»Nur ein wenig erschöpft.« Ich bin schweißgebadet.

Er stellt sich als Richter De Caraldo vor und setzt sich auf einen Hocker, den ihm die Polizistin hinstellt.

»Haben Sie sie geschnappt?«, frage ich.

Er bietet mir eine Zigarette an, ich greife zu, dann zündet er erst meine und dann seine an. Langsam, mich starr fixierend. »Nein«, antwortet er schließlich gnädigerweise.

»In der Pension?«

Er schüttelt den Kopf. »Der Betreiber streitet ab, dass die Porcacchias dort jemals übernachtet haben. Aber ich kann mir gut vorstellen, dass Sie sich hinsichtlich Ihrer Informationen sicher sind.«

»Ja.«

»Und der Betreiber hat sie Ihnen einfach so, aus eigenem Antrieb, gegeben?«

»Eine telefonische Nachfrage hat gereicht.«

Falls er verstanden hat, dann zeigt er es nicht. »Sind Sie zu einer Aussage bereit?«

»Nur wenn ich sie gleich hier machen kann. Und danach will ich wieder meiner Arbeit nachgehen.«

»Ich habe kein Problem damit.« Er zieht einen Notizblock und einen Füllfederhalter hervor. »Wir lassen das an anderer Stelle ins Reine schreiben.« Er wendet sich an die Polizistin. »Besorgen Sie mir doch bitte einen kleinen Tisch.« Nach ein paar Minuten kommen zwei von der *Shadow-Agentur* mit einem Metalltisch herein. Einer der beiden ist Pietro. »Alles in Ordnung?«, fragt er mich.

»Und sonst geht's gut?«, antworte ich.

Es bleiben der Richter, die Polizistin und ich. »Ich bin bereit«, sage ich. De Caraldo fragt mich, ob ich einen Rechtsbeistand möchte. Ich verneine. Ich gebe meine Personalien an und erkläre zu wissen, dass ich in meiner Eigenschaft als Zeuge gehalten bin, die Wahrheit zu sagen. »Machen wir es kurz. Ich bin der Meinung, dass die Brüder Porcacchia für den Mord an Panz verantwortlich sind.«

»Sie meinen den Signor Andrea Paletti, dessen Leiche Sie heute Vormittag entdeckt haben?«

»Ja, sicher.«

»Dann erzählen Sie bitte die Modalitäten des Auffindens.«

Das mache ich. Er wirkt befriedigt. »Wollen Sie uns nun erklären, weshalb Sie die Porcacchias für den Mord verantwortlich halten?«

»Um dies zu tun, muss ich Ihnen die Ereignisse schildern, die eine weitere Person betreffen, Svetlana Minareva. Sie ist Sekretärin im Scotti-Verlag.«

Er bittet mich nicht, den Namen zu wiederholen. Er muss bereits eine Liste der Angestellten haben. »Fahren Sie fort.«

»Bis vor zwei Jahren arbeitete Svetlana als Stripteasetänzerin in einem Lokal in Rom, *La Tigre*. Das Lokal lief auf den Namen eines Strohmanns, wurde aber von drei Brüdern und der Ehefrau eines der drei, Alessandra, geführt. Den Informationen zufolge, die ich zusammengetragen habe, war das Lokal die Tarnung für Geschäfte mit Prostitution. Mädchen aus Osteuropa, vor allem aus Russland, wurden überzeugt oder gezwungen, nach Rom zu ziehen, dann überzeugt oder gezwungen, sich zu verkaufen. Svetlana war eine davon.«

»Das hat Ihnen die fragliche Signorina erzählt?«

»Nein. Ich möchte meine Quellen lieber nicht offen legen.«

De Carraldo wird wütend. »Sie gehören nicht zu den Berufsgruppen, die von der beruflichen Schweigepflicht geschützt werden. Aber für den Moment schieben wir das auf. Fahren Sie fort.«

Ich erzähle von dem Raubüberfall. »Svetlana flieht, und mit ihr die anderen Mädels aus dem Lokal«, schließe ich. »Sie gelangte nach Turin und fand eine Anstellung bei Scotti.«

»Kannte Signor Scotti die Vergangenheit der Signorina?«

»Das weiß ich nicht, und bis vor kurzem gab es ja auch keine Probleme. Ich weiß nicht, wie sie das geschafft haben, aber nach ihrer Haftentlassung stöberten die Porcacchias die junge Frau auf. Und begannen, sie zu erpressen.«

»Und so etwas lohnt sich?«

Ich zucke mit den Schultern. »Sicher nur Kleinkram, aber den beiden Drecksäcken stand das Wasser bis zum Hals. Sie hätten das Lokal nicht mehr und auch keine Mädels, die sie auf den Strich schicken konnten. Vielleicht machen sie das Gleiche ja mit allen ihren ehemaligen Angestellten.«

»Und der Angriff auf die Signorina?«

»Sie hatte nicht bezahlt oder hatte zu wenig bezahlt.«

Er tickt mit dem Stift an die Zähne. »Sehen Sie, die einzige Sache, die ich jetzt nicht so ganz einordnen kann, sind die Anschläge auf den Verlag. Das scheint nicht zum Stil der beiden Gentlemen zu passen.«

Ich habe die Leiche von Panz immer noch vor Augen und ich habe keine Lust, ihn unnötigerweise mit Dreck zu bewerfen. »Vielleicht sollte das ja dazu dienen, ihr noch mehr Druck zu machen«, fabuliere ich.

»Ziemlich viel Aufwand für so etwas.«

»Sind wir jetzt wieder bei den Leuten von den Sozialzentren?«, fahre ich auf.

»Was meinen Sie denn?«

»Dann haben die wohl auch Panz ermordet?«

»Was meinen Sie denn?«

»Hat Ihre Platte einen Sprung?«

»Nein. Mich interessiert, was Sie zu sagen haben. Anderes ist nicht gefragt.«

»Die Fragen stelle hier immer noch ich.«

Der Anflug eines Lächelns. »Ich habe es etwas freundlicher ausgedrückt, aber ja, im Prinzip meine ich dasselbe.«

»Also gut, ich glaube nicht, dass es die Squatter gewesen sind, weder die Attentate noch der Mord. Panz hat mit den Porcacchias Kontakt aufgenommen, weil er Svetlana helfen wollte. Sie wusste, wo sie wohnten, und hatte es ihm gesagt.«

»Auch das haben Sie von Ihren Quellen, die besser nicht identifiziert werden sollten?«

»Zum Teil, und den anderen Teil kann ich mir denken. Ich glaube, dass Panz sie davon überzeugen wollte, die Sache aufzugeben, vielleicht drohte er damit, sie anzuzeigen. Ich weiß, dass er einen Nachschlüssel vom Fischmarkt hatte, weil er sich um die Dekoration kümmern sollte. Sie werden sich hier wohl heute Nacht getroffen haben. Und dann haben sie ihn umgebracht.«

Er stellt mir noch ein paar Fragen über meine Arbeit beim Scotti-Verlag und über meine Beziehungen zu Panz und Svetlana. Es ist offensichtlich, dass ihm das Fabulat von den Anschlägen nicht einleuchtet, aber es ist genauso offensichtlich, dass er keine besseren Erklärungen dafür hat. Er hält sich noch ein wenig daran auf, dann nickt er und klappt seinen Notizblock zu. Ich bin schon von einigen Experten verhört worden, und auf einer Skala von eins bis zehn würde ich ihm eine Acht geben. »Das sollte für den Moment genügen.« Er wendet sich an die Polizistin, die die ganze Zeit unerschütterlich keinen Mucks von sich gegeben hat. »Sie können gehen, danke.«

Als wir allein sind, stibitze ich ihm eine weitere Zigarette. »Richter, wenn Sie eine Möglichkeit haben, mit Svetlana zu sprechen, dann richten Sie ihr doch bitte aus, dass ich sie niemals mit hineinziehen wollte.«

»Oh«, er tut so, als müsste er darüber nachdenken. »Ihre Skrupel sind überflüssig, in Anbetracht dessen, was passiert ist. Aber zu Ihrer Beruhigung denke ich Ihnen sagen zu dürfen, dass die Signorina Minareva heute Morgen bei der Polizei angerufen hat. Wenn ich hier etwas spät eingetroffen bin, dann deswegen, weil ich im Krankenhaus war, um ihre Aussage aufzunehmen. Sie war in Sorge um den Signor Paletti. Leider war da das Kind schon in den Brunnen gefallen. Wir haben noch vor Ihrem Anruf Haftbefehl gegen die Porcacchias erlassen.«

Ich fluche halblaut vor mich hin, während ich seine Note auf eine Zehn mit Sternchen heraufstufe. »Deshalb hatten Sie es nicht eilig damit, mich anzuhören.«

»Ich gebe es zu, wir sind effektiver, als man sich gemeinhin erzählt.« Er reicht mir seine Visitenkarte. »Wenn Sie mir etwas mitzuteilen haben, rufen Sie mich ruhig an. Sie finden dort auch meine Handynummer.« Wir schütteln uns die Hand. »Jetzt gehen Sie mal nach Hause und ruhen sich etwas aus, ich sehe, dass Sie nicht gut in Form sind.«

Wenn ich nur könnte.

Aber kein Gedanke daran. Solch eine Werbung hätte sich Scotti mit Sicherheit für seinen Sci-Fi-Konvent nicht vorgestellt. Als ich aus meiner provisorischen Zelle herauskomme, ist der Fischmarkt ein einziges Kommen und Gehen von Journalisten, Kameraleuten und Schaulustigen. Zusammen mit den Muskelprotzen der *Shadow* tun wir unser Bestes, alles unter Kontrolle zu halten, aber es ist eine mordsmäßige Plackerei. Gegen drei Uhr beruft Scotti eine Pressekonferenz ein, direkt unter dem Gummiraumschiff, das sich in der Zwischenzeit automatisch gefüllt hat.

Er hat eine Brille mit Rauchgläsern für die traurigen Anlässe hervorgekramt. Mit gebrochener Stimme verleiht er seinem Schmerz über den Verlust eines wertvollen Mitarbeiters Ausdruck. Und bekräftigt seinen Entschluss, den Termin für den nächsten Tag einzuhalten.

Ein Journalist fragt, ob es denn für ihn nicht von schlechtem Geschmack zeuge, einen Kostümball an dem Schauplatz eines Verbrechens abzuhalten.

Scotti empört sich. »Andrea hätte das so gewollt. Es ist ja auch seine Arbeit, die uns dorthin gebracht hat, wo wir heute sind, im Kampf gegen die Übermacht der multinationalen Konzerne im Informationswesen«, sagt er. »Wir werden den Abend ihm widmen …«, er schafft es nicht, sich das Zwinkern zu verkneifen, »… neben dem *verlorenen Raumschiff*.«

Dann beginnt er, druckfrische Faltblätter auszuteilen. Schade, dass die Kommunion vom Schrei einer Journalistin unterbrochen wird. »Der Ballon!«

Das Gummiraumschiff verliert sehr schnell an Druck und neigt sich schon bedenklich nach vorne. Scotti flüchtet und streift dabei eine Plastikpinne, die ihm die Brille von der Nase fegt. Dann bricht das ganze Gebilde in sich zusammen, mit einem Druckluftschnaufer, der einem riesigen menschlichen Seufzer gleicht.

Das Loch, das ich mit einer Schere hineingestoßen habe, war effektiver als erwartet. Fast bin ich zufrieden, während ich mich wieder in den Backstagebereich zurückziehe, zusammen mit den letzten Polizisten, die sich Bemerkungen über Fußball und Filme zuwerfen.

8

Es ist sechs Uhr, als mich Luke anruft. Ich habe gerade eine weitere Dosis Amphe in ein Glas mit kaltem Tee versenkt. Fast scheint es, als ob die Wirkung immer weniger lang anhielte, und daher erhöhe ich die Menge. Mittlerweile ist von Oinks Geschenk nur mehr knapp ein Viertel übrig geblieben.

»Was gibt's?«, frage ich. Ich bin nicht einmal mehr sauer auf ihn.

»Sie räumen gerade das Nachtasyl von Pater Molinas. Ich dachte, dass du das vielleicht wissen möchtest. Wir brechen gerade zu einer Sitzblockade auf.«

»Der hat mir gerade noch gefehlt. In Ordnung, ich komme.«

Scotti pirscht heran, um mit mir zu sprechen. In der Hand hält er ein Stück Plastik des Raumschiff-Ballons. Ich dribble an ihm vorbei, lasse ihn allein vor sich hin schäumen und nehme in einem Rutsch ein Taxi.

Ich wäre besser zu Fuß gegangen. Je näher wir der Gegend der Piazza Balôn kommen, desto zäher fließt der Verkehr. Schließlich flucht der Taxifahrer und schlägt mit den Händen auf das Lenkrad ein. »Hier kommen wir nicht weiter«, sagt er. »Irgendwo muss wieder so eine Scheißdemonstration sein. Für Sie wäre es besser, wenn Sie hier aussteigen.«

Den letzten Kilometer gehe ich also zu Fuß. Zwischen gepanzerten Fahrzeugen und Polizeiwagen sehe ich, was den Verkehr blockiert: Es ist Pater Molinas. Die Ketten, die er an seinen Handgelenken befestigt hat, sperren die Straße von einer Seite zur anderen. Wie er da kniet, in der Mitte, nach vorne gebeugt, wirkt er wie bereit zum Auspeitschen. Hinter ihm auf dem Bürgersteig sitzen Pater Elvis, dem nicht ganz wohl in seiner Haut zu sein scheint, etwa zwanzig Nicht-EU-Bürger und ein paar junge Kerle. Luke trifft direkt nach mir ein. Schon von weitem plärrt er in ein Megafon und lädt *die Menschen des Viertels zur Teilnahme an der Protestdemonstration* ein.

Trotz seiner Mobilmachung ist nach allem, was ich sehe, die Räumung bereits so gut wie beendet. Schuhe, Kleidung, Bücher der ehemaligen Gäste des Monsignore liegen auf dem Bürgersteig verstreut. Von Zeit zu Zeit kommt ein Blaumann mit einem Arm voll Sachen, die er ablädt, so wie es gerade kommt, wenn sie nicht direkt aus dem Fenster geworfen werden.

Etwa fünfzig Nicht-EU-Bürger sind schon in einen schwarzen Bus verfrachtet worden, der vor dem Tor parkt. Die Fenster sind zwar dunkel getönt, aber ihre Gesichter kam man dennoch ausmachen. Manche weinen, die jüngeren hämmern mit den Fäusten gegen die Fenster, aber die Geräusche dringen wegen der Panzerung nur gedämpft nach draußen. Die italienischen Obdachlosen dagegen sind auf der anderen Seite der Straße zusammengetrieben worden und verharren verwirrt, eingewickelt in Decken.

Es gibt auch einen Trupp Behelmter, der die Schaulustigen fern halten soll. Ich sammle die wenigen Kräfte, die ich noch habe, und breche auf einer Seite durch, sodass ich bis zum Monsignore laufen kann. Luke, der mich gesehen hat, schreit meinen Namen ins Megafon.

Ich setze mich auf den Asphalt und warte, bis der Lärm etwas abebbt. »Möchten Sie etwas Essig auf die Lippen?«, frage ich den Monsignore.

Er regt sich in seinen Ketten. Sie sitzen locker, aber nicht wirklich bequem. »Was wollen Sie denn hier?«

»Ich habe ein gewisses berufliches Interesse an Ihrem Nachtasyl«, antworte ich. »Und nicht nur ich, wie es scheint. Was ist passiert?«

»Heute Morgen sind sie mit einem Haftbefehl für Hassan gekommen. Sie haben ihn nicht gefunden und das ist jetzt die Strafe.«

»Wer ist Hassan?«

»Sie haben ihn schon kennen gelernt, der Junge mit der Narbe am Ohr.«

Halbiertes Ohr, Teufel nochmal. »Und wieso wird er gesucht?«

»Sie sagen, dass man eine Pistole mit seinen Fingerabdrücken gefunden hat.«

Mir schwant plötzlich etwas sehr Unschönes. »Ähem, und wo wollen sie die gefunden haben?«

»In einem Briefkasten, hat man mir gesagt. Aber das ist alles Quatsch.« Er hebt die Stimme und wendet sich einem umherstehenden Einsatzbeamten zu. »Alles Quatsch, haben Sie verstanden?« Der Einsatzbeamte tut so, als habe er ihn nicht gehört, der Monsignore kehrt wieder zu einer normalen Lautstärke zurück. »Aber der Junge hat Vorstrafen. Und ich bin sein gesetzlicher Vormund. Sie brauchten eben einen Vorwand, um die Gemeinde aufzulösen, jetzt haben sie einen gefunden.«

»Werden jetzt alle in ihre Heimat zurückgeschickt?«

»Erst mal landen sie in einem vorläufigen Auffangzentrum, wie sie es nennen. Ein Lager, so nenne ich das«, wird er erneut laut. »Aber ich hole sie da alle wieder zurück! Haben Sie verstanden?«

Diesmal reagiert der Bulle. »Verhalten Sie sich etwas ruhiger, das Werkzeug ist gleich da und dann schaffen wir Sie fort.«

Das bringt ihm einen Sprechchor: *Blödmann, Blödmann,* ein, er läuft rot an und verschwindet.

»Sind Sie wirklich fest angekettet oder können Sie sich noch losmachen?«, frage ich vorsichtig.

»Die Ketten sind mit einem Schloss gesichert.« Er mustert mich misstrauisch. »Wieso?«

»Weil es diese Pistole wirklich gibt. Ich habe sie der Polizei zukommen lassen.«

Ich sehe, wie sich die Hände des Monsignore wie Krabbenscheren öffnen. Ich weiß, was er am liebsten zwischen den Fingern hätte. »Wie konnten Sie mir das antun?«

»Himmel, der Revolver war unter Adrians Sachen. Ich darf doch keine Beweisstücke zurückhalten«, lüge ich. »Aber ich wusste nicht, welche Verwicklungen sich daraus ergeben würden.«

Er windet sich. »Also ist es wahr.«

»Alles wahr.« Der versiegelte Bus versucht, sich in Bewegung zu setzen, und die Leute aus den Sozialzentren verlagern flugs das Sit-In vor seine Räder. Dann kommen die Carabinieri und beginnen, sie einen nach dem anderen wegzutragen. Sie halten sich zurück und prügeln nicht einfach wild drauflos, auch Dank eines Anführers unter den Demonstranten, der mit puterrotem Gesicht Anweisungen gibt. »Allerdings glaube ich, dass dahinter noch etwas anderes steckt. Wo kann ich Hassan finden?«

Er senkt die Stimme. »Wie kommen Sie nur darauf, dass ich das wissen könnte?«

»Ihr Gesichtsausdruck in diesem Moment.« Ich krabbele vor, um mich in sein Gesichtsfeld zu bringen. »Ich weiß, dass Sie mich für ein Schwein halten, aber ich habe nicht die Absicht, ihn hinter Gitter zu bringen. Aber der Junge weiß etwas über den Mord an Adrian, und dieses Etwas muss ich wissen.«

»Das hätte er mir doch mit Sicherheit erzählt.«

»So, wie er Ihnen das von der Pistole erzählt hat.« Ich sehe den Einsatzbeamten von vorhin mit einem Fähnlein Feuerwehrleute anrücken, die mit einer Blechschere bewaffnet sind. »Pater, Sie werden gleich völlig andere Probleme haben, es wird Zeit, mit der Information herauszurücken. Ich darf Sie daran erinnern, dass da ein Mörder frei herumläuft.«

Er knirscht mit den Zähnen. »Gehen Sie zum Massagesalon *Reich* in der Via Talucchi. Um hineinzukommen, sagen Sie, dass der Dottore Sie schickt, dann fragen Sie nach Liliana.«

»Besten Dank.« Ich stehe auf. »Wo Sie schon einmal hier

sind, könnten Sie mich da nicht noch schnell von meinen Sünden lossprechen?«

»Für einen wie Sie wurde die angemessene Buße noch nicht erfunden.«

Ich sage ihm nicht, dass ich sie bereits ableiste.

Der Massagesalon *Reich* verspricht Entspannungsbehandlungen, Well-being-Shower und Pranatherapie von 9 bis 20 Uhr, einschließlich samstags. Ich klingele, sage brav, dass mich der Dottore schickt, dann öffnet man mir und ich steige in ein Kellergeschoss hinunter. Ich klingele erneut an einer Tür. Aufsperrgeräusche. Empfangen werde ich von einer Dame mittleren Alters, die nach Rosenwasser duftet. Ich sage, dass ich Liliana suche. Sie lässt mich in einem winzigen Verschlag Platz nehmen, der mittels Styroporzwischenwänden abgeteilt ist. Er enthält nur ein Schränkchen und eine Liege, auf die ich mich setze. Geruch nach Pfefferminz-Puder. Liliana erscheint fast unverzüglich. Eine schöne Frau um die vierzig, die nur einen blauen Kittel trägt, der ihr bis zur Hälfte des Oberschenkels reicht, und ein Paar weiße Holzclogs. Darunter ist sie nackt, und sie achtet sehr darauf, dass man das auch bemerkt.

»Aber mein Lieber, willst du dich denn nicht ausziehen? Oder möchtest du, dass ich dir helfe?«

»Ich würde ja gerne, aber ich bin zu alt für diese Dinge. Pater Molinas schickt mich.«

Sie wird nicht rot, aber viel hätte nicht gefehlt. »Oh, Entschuldigung … Sie müssen jetzt ja wer weiß was denken.«

»Nur das Beste. Ich muss mit Hassan sprechen, ist er hier?«

Sie legt einen Finger auf die Lippen. »Psst, seien Sie leiser«, flüstert sie. »Nicht dass er nicht hier ist, aber sieht das hier für Sie nach einem geeigneten Ort für einen jungen Kerl wie ihn aus? Was ist passiert?«

»Er steckt in Schwierigkeiten, aber das weiß er meiner Meinung nach schon. Wo ist er?«

»Schickt Sie wirklich der Priester?«

»Wer weiß denn sonst noch, dass der Junge hier ist?«

»Niemand. Sie haben Recht. Hassan ist in der Wohnung oben drüber. Sie gehört …«, sie zögert, »dem *Besitzer*, aber der ist für eine Weile nicht da.«

»Es ist besser, wenn Sie ihm Bescheid sagen, falls Ihnen das nichts ausmacht.«

»Ich ziehe mir nur etwas über und gehe dann gleich. Warten Sie hier auf mich«, sie bleibt in der Tür stehen. »Ach, ich muss der Empfangsdame noch sagen, dass ich nichts gemacht habe. So brauchen Sie nichts zu bezahlen.«

»Sonst wäre es halt eine Anzahlung für das nächste Mal.«

Als sie fünf Minuten später wieder zurückkommt, wirkt sie nicht sehr glücklich. »Hassan hat sich fürchterlich über mich aufgeregt. Er sagt, ich hätte den Mund halten sollen.«

»Sie wissen doch, wie Jungs sind, vor allem, wenn nach ihnen gefahndet wird.«

Sie nickt, beißt sich auf die Lippen und verschmiert dabei den kirschroten Lippenstift. »Gehen Sie die Treppen hoch. Dritter Stock. Die Tür gleich rechts. Auf dem Klingelschild steht *Farmentino.*«

Ich tue wie geheißen und klopfe. Die Tür ist angelehnt, dahinter herrscht Dunkel wegen der herabgelassenen Rollläden. Was ich erkennen kann, als ich vorsichtig den Kopf hineinstecke, wirkt eher wie die Wohnung einer alten Tante als die eines Zuhälters. Unterdrückte Atemgeräusche zu meiner Rechten, säuerliche Schweißausdünstungen. »Darf ich?«, frage ich. Keine Antwort, das Geräusch hört auf.

Wenn es sich um einen großen und kräftigen Mann handelte, würde ich nicht eintreten. Aber es ist nur ein junger Kerl, da darf ich ruhig mal was riskieren. Ich gehe in die Mitte des Flurs, die Tür schließt sich hinter mir.

»Dreh dich nicht um«, sagt Hassan mit angstgepresster Stimme. »Ich bin bewaffnet. Dreh dich nicht um und lehn dich an die Wand.«

Ich tue ihm den Gefallen, eine ungeübte Hand durchsucht mich. Ich könnte eine Bazooka dabeihaben und er würde es nicht bemerken.

»Alles in Ordnung?«, frage ich.

»Nein, dreh dich noch nicht um.« Ich höre, wie seine Schritte sich entfernen. »Jetzt kannst du.«

Er hat sich in das kleine Wohnzimmer gesetzt, die Hände unter der Platte eines runden Tisches versteckt. »Ich habe eine Pistole auf dich gerichtet«, sagt er.

Wenn er darunter wirklich eine Pistole hat, bin ich bereit, sie zu verspeisen. »Okay.« Ich lange mit meiner gesunden Hand in die Tasche. Er fährt zusammen. »Du hast mich doch schon durchsucht, oder nicht? Ich hole nur die Zigaretten raus. Möchtest du eine?«

»Nein ... Doch.« Ich werfe sie ihm durch die Tür zu. Er fängt sie mit der Rechten im Flug auf, dann werfe ich ihm das Zippo zu. Er fängt es mit der Linken. Ich habe die Wette mit mir selbst gewonnen.

Er bemerkt seinen Fehler, wirft das Feuerzeug weg und steckt sich die rechte Hand wieder zwischen die Schenkel. »Was willst du?«

»Ich versuche zu verstehen, warum ein Mann ermordet wurde, dem du eine Pistole gegeben hast.«

Auch auf die Entfernung sehe ich, wie er bebt. »Du spinnst ja«, murmelt er.

»Mag sein, aber die Fingerabdrücke sind von dir, und die Pistole gehörte Adrian Patoil.«

»Das stimmt nicht.«

»Hassan, man sucht bereits nach dir wegen dieser Knarre. Wenn du mir hilfst, kann ich vielleicht anschließend versuchen, einen Weg zu finden, dir zu helfen.«

»Wie?«

»Das weiß ich noch nicht. Klär mich erst einmal auf.«

Er denkt nicht lange nach, er kann es sich auch nicht erlauben. »In Ordnung.« Er senkt die Stimme. »Adrian hatte mich um eine *Knarre* gebeten. Er wusste, dass ich Leute kenne. Ich sage aber nicht, wen.«

»Slawen, in Anbetracht der Herkunft der Pistole.«

»Vielleicht.«

»Wart ihr befreundet, du und Adrian?«

»Ich wusste, dass ich mich auf ihn verlassen konnte.«

Er hat wohl nicht mit dem Barmann aus dem *Aurora* gesprochen. »Hat er dir gesagt, wozu er sie brauchte?«

Er schüttelt den Kopf. »Nein. Aber er hatte Angst.« Er drückt die Kippe auf dem Boden aus und fährt sich mit der freien Hand über das angespannte Gesicht. »Ich habe schon viele von der Sorte gesehen. Sie warten darauf, erschossen zu werden oder im Knast zu landen. Er saß in der Scheiße. Wie ich jetzt.«

»Niemand wird dich töten, Hassan. Mach weiter.«

»Gib mir noch eine Zigarette.«

»Schon unterwegs.« Ein weiterer Wurf. »Also?«

»Er hieß nicht Adrian.«

»Hat er dir das gesagt?«

»Nein, aber ich habe ihn einmal mit einem seiner Freunde reden hören. Und der hat ihn anders genannt. Daraufhin wurde er ganz stinkig.«

Ich spitze die Ohren. »Was für Freunde?«

»Albaner, wie er. Einer schlief im Nachtasyl, der andere wer weiß wo. Als er dem aus dem Nachtasyl begegnete, taten sie so, als würden sie sich nicht kennen. Doch einmal habe ich sie nachts vor der Tür der Gemeinde miteinander reden hören. Sie stritten sich und sein Freund hat ihn Guri genannt.«

»Bist du sicher, dass du das richtig verstanden hast?«

»Ich spreche kein Albanisch, aber das war ein Name, den ich schon einmal gehört hatte.«

»Hast du diesen Freund später noch mal gesehen?«

»Er ist eine Woche nach Adrian weggegangen, oder Guri, oder wie zum Henker er hieß.«

Schließlich dämmert es mir. In der Brieftasche habe ich immer noch das Foto, das ich dem Monsignore gezeigt habe. Das war das falsche. Ich habe noch ein anderes, auf dem die ganze nette Familie aus dem Hause Mezza versammelt ist. Und das nehme ich aus der Brieftasche und gehe an den Tisch zu Hassan, um es ihm zu zeigen.

»Bleib weg«, kreischt er.

»Es ist doch nur wegen des Fotos.«

»In Ordnung.« Ein Glück, dass er nicht bewaffnet ist, sonst hätte er mich tatsächlich erschossen.

Ich reiche ihm die Fotografie und setze mich auf das Sofa. Genau auf eine Feder, die sich durch das Kunstleder bemerkbar macht.

Hassan betrachtet das Bild genauer, indem er es in einen Lichtstrahl hält, der durch die Rolläden fällt. »Das Mädchen kenne ich nicht. Aber die anderen sind Adrian und seine Freunde.«

Arme Vera, von Anfang an an der Nase herumgeführt.

Mir hat es einen Moment lang die Sprache verschlagen. Hassan wird unruhig. »Also?«

Zu einer Antwort komme ich nicht mehr, weil jemand mit einem Stoß die Eingangstür aufbricht. Dazu hat es nicht viel bedurft, niemand hatte nach mir wieder abgesperrt. Ich kann gerade noch zwei Bullen in kugelsicherer Weste wahrnehmen, ehe ich schreiend auf Hassan zustürze. »Beweg dich nicht! Beweg dich nicht! Ganz ruhig!« Ich schmeiße den Tisch um und werfe mich über ihn, wobei wir beide zu Boden gehen. Mir wird schwarz vor Augen wegen der alten Schmerzen, aber ich veranstalte weiter ein Riesengezeter, während die Polizisten versuchen, meine Schreie mit ihren zu übertönen. Aber weder fallen sie über uns her noch schießen sie auf uns, da sie nicht auf die Reihe bekommen, was zum Henker da überhaupt vor sich geht. Ich nutze die Gelegenheit und presse meinen Mund an Hassans Ohr. »Du hast die Pistole im Nachtasyl gefunden. Du hast sie in einen

Briefkasten geworfen. Und mehr weißt du nicht«, flüstere ich ihm auf Französisch zu, wobei ich meine Worte mit weiteren »Beweg dich nicht« und »Ganz ruhig« würze.

Ich kann meine Botschaft nicht wiederholen, da die Bullen, die jetzt zu viert sind, uns unhöflicherweise trennen. Ich lande an der Wand und werde diesmal etwas gründlicher durchsucht. Hassan liegt weiterhin am Boden und wird mit Fußtritten malträtiert. Schließlich legen sie uns Handschellen an und Schluss. Glücklicherweise schleppen sie mich fort, denn mit den Händen auf dem Rücken kann ich nicht mehr allein laufen.

9

Ich hatte den Kommissar schon auf dem Fischmarkt kennen gelernt. Es ist der mit den breiten Koteletten und den dicken Brillengläsern. Er heißt Rosso Petalino, Rotes Blütenblättchen, und wirkt ganz so wie jemand, der sein ganzes Leben lang wegen seines Namens aufgezogen worden ist. Er scheint ebenfalls Überstunden zu machen. Und er ist es ebenfalls leid, dass man ihm dummes Zeug erzählt. Er tut sein Bestes, mir das zu verstehen zu geben. Aber ich schaffe es, meine Version immer wieder zu erzählen, ohne mich zu verhaspeln. Ich war dabei, Hassan abzuholen, weil er sich stellen wollte. Wenn sie nicht wie die Gestapo reingepoltert wären, sondern fünf Minuten gewartet hätten, dann wären wir wie ein Geschenkpäckchen in sein Büro geflattert.

»Der Junge hatte einfach nur Angst, verhaftet zu werden. Deshalb hat er auch die Pistole nicht persönlich übergeben. Das war zwar dumm, aber versetzen Sie sich einmal in seine Lage.«

Petalino nimmt sich die Brille ab und putzt sie. »Da waren Fingerabdrücke von dem Jungen innen auf einer Backe. Das passiert nicht, wenn man eine Pistole aufnimmt und sie einfach nur wegwirft.«

»Er hat mir gesagt, dass sie zum Teil zerlegt war, als er sie gefunden hat. Er wird ein wenig damit herumgespielt haben.«

Er würde mir nicht glauben, selbst wenn ich ihm nur die Uhrzeit sagen würde. »Die Pistole liegt zwei Monate lang in einem Schrank herum, dann taucht sie einfach so wieder auf, als ob nichts gewesen wäre«, sagt er.

»Ich hatte ihn gebeten nachzusehen, ob da noch etwas wäre, was Adrian Patoil gehört hatte. Ich interessiere mich für seinen Tod. Wie Sie wissen, arbeite ich für den Anwalt Mirko Bastoni, der die Angeklagten verteidigt.«

Petalino wendet sich seinem Kollegen zu, einem Riesen um die fünfzig mit Händen wie Schaufeln. Bis jetzt hat der sich darauf beschränkt, auf seinem Stuhl zu wippen. »Hast du das gehört? Wo immer es eine Leiche gibt, taucht er auf. In Cremona, dann im Fischmarkt ...«

Der andere nickt. »Ein echter Liebhaber.«

Petalino wendet sich wieder mir zu. »Wenn Patoil bei Don Arschgeige untergebracht war, dann hätten wir darüber informiert sein müssen.«

Ich breite die Arme aus. »Und ich war mir sicher, dass Sie das wüssten. Mein Schuld, ich hätte das überprüfen müssen.«

Petalino zieht ein angewidertes Gesicht. »Wo ist Vera Mezza?«

Und noch einmal. »Das ist das zehnte Mal, dass Sie mich das fragen. Ich habe keine Ahnung. Sie können mich das noch hundert Mal fragen. Sie ist gekommen, um mich zu besuchen, und dann ist sie wieder fort.«

»Genau zu dem Zeitpunkt, als wir nach ihr suchten.«

»Das konnte ich doch nicht wissen. Sonst hätte ich sie mit Sicherheit festgehalten.«

Petalinos Kollege zerknüllt einen Zettel zwischen seinen muskulösen Fingergliedern. »Wir hatten da mal einen, der einen Job wie Sie machte. Nur kümmerte er sich nicht um die großen Dinger. Er zog lieber durch die Gegend, um die Ehebrecher zu fotografieren. Er hat daran so viel Gefallen gefunden, dass wir ihn dabei erwischten, wie er sich einen runterholte, als er Pärchen im Auto beobachtet hat. Möchten Sie wissen, was wir bei ihm zu Hause gefunden haben?«

»Kein kleines bisschen.«

Er breitet die Arme aus. »Höschen. Einen ganzen Haufen schmutziger Höschen. Er zog durch die Gegend und klaute sie, weil er gerne seine Nase da hineinsteckte. Aber vielleicht langt Ihnen das ja nicht, Ihre Nase in Höschen zu stecken. Sie ficken wohl lieber Kundinnen wie die Mezza. Ist es eine hübsche Möse?«

»Aber warum nur muss ich den ganzen Schmutz dieser Welt ertragen?«, seufze ich. Ich strecke mich auf dem Stuhl aus, was mich sofort daran erinnert, dass so etwas nicht angebracht ist, wenn man schmerzende Rippen hat. »Also gut: Verhaften Sie mich, soll ich einen Anwalt anrufen oder kann ich gehen?«

Der Idiot macht weiter. »Oder stehen Sie mehr auf kleine Jungs wie den Negerlümmel?«

»Verhaftung, Anwalt oder nach Hause?«

Wir starren uns alle drei böse an.

»Gehen Sie, gehen Sie«, sagt Petalino schließlich. »Aber wir haben die Akten der Staatsanwaltschaft übergeben. Sie werden Schwierigkeiten bekommen.«

Die Zeit vergeht wie im Flug, wenn man sich vergnügt, es ist schon neun Uhr abends. Ich habe es verständlicherweise eilig damit, vom Polizeipräsidium zu verschwinden, aber auf der Hälfte der Treppenrampe sackt mir plötzlich das ganze Blut aus dem Kopf. Ich taumele und die Lichter gehen aus. Ich stütze mich an der Wand ab mit Händen, aus denen fast das ganze Gefühl gewichen ist, und mit Beinen wie Brotteig. Dann taucht wieder ein Lichtpunkt in der Schwärze auf, ein Kreis, der größer wird. Der Warhol-Effekt setzt wieder ein, ich halte meine Übelkeit zurück und den Atem an. Nach einer Minute erlange ich Tastgefühl und Gesichtssinn wieder.

Vor mir stehen der Monsignore und Hassan und starren mich an. »Geht es Ihnen gut?«, fragt der Priester.

Meine Beine haben sich wieder erholt, aber ich bin ein klein wenig verwirrt. »Ich habe bloß die Wand nach einem Geheimgang abgetastet. Und Sie, sind Sie soweit in Ordnung?«

Der Monsignore schaut seinen Schützling schräg von der Seite an. Als ich Halbiertes Ohr zum ersten Mal begegnet bin, wirkte er auf mich wie ein bedrohlicher Halbstarker. Im Bordell war er zu einem verängstigten Jungen geschrumpft. Jetzt macht er auf mich den Eindruck eines Kindes, das darauf wartet, den Hintern versohlt zu bekommen, auch wenn die blauen Flecken, die an ihm prangen, noch für ein Weilchen langen dürften. »Vielleicht ja«, sagt der Monsignore. »Der Anwalt des Vereins ist ziemlich optimistisch. Aber Hassan und ich müssen uns einmal tüchtig aussprechen.« Er senkt den Ton. »Nicht wahr?«

Der Junge nickt und versucht, sich in eine Fliese zu verwandeln.

»Und Ihr Nachtasyl?«, frage ich, um den Zorn des Monsignore abzulenken.

»Wir konnten heute Abend schon wieder hinein. Und mir ist es auch bereits gelungen, einen Teil meiner Jungs wieder in meine Obhut zu bekommen. Morgen früh stehe ich beim Bürgermeister auf der Matte.« Er lächelt wölfisch. »Da wollen wir mal sehen, ob er mich nicht doch anhören wird.«

»Er tut mir jetzt schon Leid.« Auf Arabisch wende ich mich an Hassan. »Und du sei schön brav«, sage ich in etwa zu ihm.

Der Monsignore antwortet mir in derselben Sprache. »Da können Sie sicher sein.« Dann kehrt er wieder ins Italienische zurück. »Sie sind ein Mensch voller Überraschungen. Wie viele Sprachen sprechen Sie?«

»Alle. Das ist ein Merkmal der Heiligen. Sehen Sie denn

nicht meinen Heiligenschein?« Ich reiche ihm die rechte Hand. »Viel Glück.«

Er schüttelt sie. »Es ist auch ein Merkmal der Besessenen. Auch Ihnen viel Glück.«

Aus der erstbesten Telefonzelle rufe ich bei Elisa Scotti zu Hause an. Ich wage es nicht, mein Handy zu benutzen, nachdem es in den Händen der Bullen war. Es ist wohl Zeit für eine neue SIM-Karte.

»Hallo?« Es ist Veras Stimme.

»Gehst du etwa ans Telefon?«

»Sonst ist niemand hier, und außerdem hättest du es ja sein können.« Sie wirkt zufrieden. »Und so war's dann auch. Was gibt's Neues?«

»Wir treffen uns, dann erzähle ich dir alles. In einer halben Stunde in der Bar, in der wir uns mit Elisa unterhalten haben. Okay?«

Okay. Das Taxi braucht mal wieder ein bisschen länger. Auf dem Weg ist uns ein kleiner nächtlicher Umzug der Bürger vom Soundso-Viertel begegnet. Da hat irgendwer dem Tabakhändler ans Bein gepinkelt, und schon fordern sie die Todesstrafe.

Vera sitzt an dem Tisch vom letzten Mal, eine Baseballkappe tief in die Augen gezogen und den Kragen hochgeschlagen.

»Du hättest auch noch zwei Löcher in eine Zeitung schneiden können, um weniger aufzufallen«, sage ich zu ihr.

»Bitte was?«

»Lass gut sein.« Ich bestelle ein Mineralwasser und gebe ihr eine Zusammenfassung der vorangegangenen Episoden. Als ich geendet habe, wirkt sie sehr betroffen, motzt aber nicht. Inzwischen beginnt sie, die harte Wirklichkeit zu akzeptieren.

»Von daher«, schließe ich, »wäre es sehr hilfreich, die wahren Namen deiner Freunde zu wissen.«

»Denkst du, dass nach ihnen gefahndet wird?«

»Nein. Sie haben die Fingerabdrücke überprüft und ihre erkennungsdienstlichen Unterlagen sind an alle Polizeidienste verschickt worden, einschließlich des albanischen. Wir hätten das schon erfahren. Da in Italien ein albanischer Name so gut wie ein anderer ist, müssen unsere Freunde irgendeinen triftigen Grund haben, um unter falschem Namen zu agieren. Jedenfalls ist es weniger ein Problem von Vorstrafen. Irgendwelche genialen Vorschläge?«

»Nicht so viel.«

»Hypothesen über ihre wahren Namen?«

Sie schüttelt den Kopf. »Dasselbe in Grün. Aber wenn es nur Adrian war ...«

»Unwahrscheinlich. Hast du nie etwas Merkwürdiges aus ihren Gesprächen aufgeschnappt?«

»Nie. Und dann, wenn sie albanisch redeten, habe ich nur Bahnhof verstanden, ich habe nicht einmal hingehört.«

»Telefonanrufe? Ehe man dich abgeklemmt hat?«

»Keine zu Hause, und ich habe nicht zugehört, wenn sie von der Telecom angerufen haben.«

»Diskretion zahlt sich halt doch nicht aus. Briefe, Freunde, Bücher mit Widmung? Geburtstagstorten?«

Nein, nein, nein und nochmal nein.

Ich trommele entnervt auf die Tischplatte. »Aber verfluchte Hurenkacke, das waren doch keine professionellen Spione. In den zwei Monaten haben sie bestimmt wer weiß wie viele Spuren hinterlassen.«

Vera schiebt sich die Brille auf die Stirn. »Und wenn es trotzdem Spione waren?«

»Spione für wen? In Albanien gibt es nichts mehr, nicht einmal den real existierenden Sozialismus. Und dann haben sie sich wirklich grauenhaft blöde angestellt. Als Adrian aus Turin geflüchtet ist, hat er eine Pistole zurückgelassen, die er von einem kleinen Jungen gekauft hat, und Ismail und Sami haben sich schnappen lassen wie Idioten. Schuldig oder unschuldig, zwei echte Spione hätten die Leiche zerstückelt und im Klo heruntergespült.« Das war nicht gerade einfühlsam. »Entschuldigung.«

»Ist schon gut.« Allmählich wird sie wirklich noch hart, Schnellkur Marke Gorilla. »Vielleicht haben sie gerade etwas ausbaldowert … So was wie einen Raubüberfall.«

»Jaja, bestimmt auf die Torrone-Bank … Nein. Adrian gab Informationen an die Polizei weiter, nicht gerade die beste Art, irgendwas Illegales vorzubereiten.« Ich stehe auf und gebe ihr einen Kuss auf die Wange. »In Ordnung, ich gehe. Warte noch zehn Minuten und dann ab mit dir nach Hause. Wir hören morgen voneinander.«

Sie seufzt. »Ich hatte gehofft, dass du mich zum Abendessen ausführst.«

»Sicher, in die Kantine für Show-Assistentinnen. Vera, dein Porträt hängt zwar noch nicht an allen Wänden, aber wir sollten uns ein wenig zurückhalten, solange die Geschichte noch nicht geklärt ist. Einverstanden?«

Sie starrt auf den Tisch. »Ciao.«

Man sollte sich wirklich nicht mit Kunden einlassen, dann ersparst du dir, dass du dich wie ein Wurm fühlst, wenn du sie verlässt.

Nicht für lange. Ich bin vielleicht gerade mal eine Minute unterwegs, da höre ich ihre Stimme überlaut. »Sandrone! Gorilla!«

Mit aufgestellten Haaren drehe ich mich um. Vera hüpft auf dem Bürgersteig herum und wedelt mit den Armen, so viel zum Thema Zurückhaltung. Sie hat irgendein Papier in der Hand. Und plärrt: »Die Postanweeeeisung!«

10

Okay. Daran hätte ich denken müssen. Dass Ismail und Sami am Morgen des Mordes eine Anweisung bei der Post getätigt haben, war eine Information, die ich auf irgendeinem müden Neuron abgelegt hatte. Ich wusste auch, dass Vera sie dorthin begleitet hatte, und ich hätte eingehendere Fragen stellen können. Aber dass sie zwischen Bonbonpapieren und Kassenbons die Quittungen aufgehoben haben könnte, darauf wäre ich nie im Leben gekommen. Und die Polizei auch nicht, wie es scheint.

Den Quittungen zufolge, die sich jetzt in meinem Besitz befinden, sind Afërdita Stefani und Ermelinda Meksi die Adressaten der zwei geringfügigen Expressanweisungen, und damit haben wir einen Ansatzpunkt, mit dem wir an die Identität der beiden Häftlinge gelangen können. Bleibt jetzt bloß noch, sie von der Notwendigkeit zur Zusammenarbeit zu überzeugen. In dem bisschen Albanisch, das ich kann, bereite ich mich auf eine Mischung aus Drohungen und Versprechungen vor, während ich von der erstbesten Telefonzelle aus eine Verbindung zu Italcable herstelle.

Der Operator sorgt dafür, dass sich mein Mütchen abkühlt. »Es ist äußerst schwierig, eine Nummer in Albanien herauszufinden. Wissen Sie, da war Krieg.«

»Was Sie nicht sagen ...« Ich buchstabiere die Namen und die beiden Adressen in Lezhe, dann hämmert der Operator auf die Tasten ein und lässt mich warten, während ich die Urindünste der Kabine einatme.

Das Stimmchen meldet sich wieder. »Nichts, es tut mir Leid. Möchten Sie die Nummer der italienischen Botschaft?«

»In Lezhe?«

»Nein, in Tirana, aber immer noch in Albanien.«

Ich hänge auf, leicht verärgert.

Jetzt habe ich zwei Alternativen. Ich kann die Namen direkt der Polizei übergeben oder es erst mal im Internet versuchen. Ich entscheide mich für die zweite Lösung, ça va sans dire. Namen können ja einiges hergeben, zwischen all dem Datenschrott im Netz der Netze, auch von einem so armseligen Platz wie Albanien.

Als ich in meinem Rattenloch ankomme, muss ich feststellen, dass sich meine Recherche ein klein wenig verzögert. In meiner Abwesenheit haben die Freunde und Helfer die grandiose Idee gehabt, hier auf der Suche nach Vera tüchtig aufzuräumen. Den Durchsuchungsbefehl finde ich hinter der Tür. Meine Sachen sind zu einer netten bunten Pyramide aufgetürmt, Matratzen und Kissen an den Nähten aufgeschlitzt, die Schubladen auf den Boden ausgeleert. Mein letztes sauberes Hemd baumelt jämmerlich am Fenstergriff, der Länge nach entzweigerissen. Die peniblen Polizisten haben wohl zwischen den einzelnen Fasern nach Hinweisen gesucht.

Ich lasse mich auf einen Stuhl fallen, um das Schlachtfeld zu bewundern, und diese abrupte Bewegung reicht aus, um alles vor meinen Augen tanzen zu lassen. *Dir bleibt nur noch wenig Spielraum,* sage ich mir. Den ersten Tag des Sci-Fi-Konvents werde ich noch mit Amphetamin-Schüben und Kaffee hinbekommen, aber den zweiten werde ich sicher nicht mehr erleben. Ich werde wieder schlafen, und ich kann nur hoffen, dass mein Partner in der Lage sein wird, das Steuer zu übernehmen. Andernfalls werde ich erst wieder im Knast aufwachen oder steif gefroren unter der Bühne.

Ich rauche die letzte Zigarette des Päckchens, sie schmeckt nach verbranntem Plastik, dann raffe ich mich auf und krame in der Wäsche nach dem Notebook. Es ist tatsächlich noch da, aber sie haben die Festplatte mitgenommen; so taugt es nur noch als Türstopper. Ich kenne nur einen Ort, an dem ich zu dieser Uhrzeit noch einen funktionierenden Computer finden kann. Es bleibt mir daher nichts anderes übrig, als mich wieder hinaus in die dunkle und stürmische Nacht zu begeben. Und ich meine wirklich stürmisch. Es gießt in Strömen, sodass ich mich wie in *Die letzte Flut* fühle. Von Taxis weit und breit nichts zu sehen, und Regenschirme besaß ich noch nie. Ich laufe dicht an den Hauswänden entlang, doch als ich beim Scotti-Verlag ankomme, bin ich so patschnass, dass ich eine Spur hinter mir lasse wie eine Schnecke. In dem Büro, das reichlich kahl ist ohne all die Sachen, die man zum Konvent hinübergeschafft hat, hallt das Echo meiner Schritte wider.

Ich ziehe mich aus, hänge meine Klamotten über einen lauwarmen Heizkörper und trockne mich mit einer Klopapierrolle. Nur mit meinen Verbänden bedeckt, setze ich mich an Scottis Computer, schalte ihn ein und gehe ins Internet. Ich beginne in Italien. Ich öffne vier oder fünf Fenster gleichzeitig und starte eine Recherche kreuz und quer durch die Archive einer Reihe von Tageszeitungen und Presseagenturen. Wenn danach verlangt wird, gebe ich den Namen verschiedener ahnungsloser Benutzer an. Journalisten, glaube ich, feiges, niederträchtiges Pack.

Suchbegriffe: Afërdita Stefani und Ermelinda Meksi, nur um's mal zu probieren. Vielleicht hatten sie ja mal mit der Justiz zu tun gehabt, im Belpaese, dem Schönen Land der Schönen Haftanstalt.

Die verschiedenen Datenbanken rotieren, währenddessen krame ich in Scottis Schublade auf der Suche nach irgendwelchen Tabakwaren. Ich finde ein völlig vertrocknetes Päckchen MS und hole das Beste daraus. Ich habe gerade die erste Zigarette beendet, da wirft die erste gehackte Datenbank ihre Antwort aus.

Afërdita Stefani and Ermelinda Meksi: keine Übereinstimmungen

Die anderen drei brauchen nur ein paar Sekunden länger, um zum gleichen Ergebnis zu kommen. Ich hatte ja keine große Hoffnung darauf gesetzt, aber es wäre dumm gewesen, wenn ich es nicht wenigstens versucht hätte. Ich lösche die Vornamen und lasse nur die Nachnamen stehen. Diesmal dauert es nicht so lange. Die Datenbank einer Presseagentur spuckt eine Antwort aus.

Stefani and Meksi: I

Ich stoße den Kriegsschrei der Apachen aus, der allerdings von einer Serie Nieser erstickt wird. Ich bin dabei, mich heftig zu erkälten.

Ich klicke auf die kleine Nummer. Es erscheint nur ein kurzer Text.

20. Dezember 1999 – Der Außenminister teilt in Absprache mit der albanischen Polizei die Liste der albanischen Staatsbürger mit, die bei dem Schiffbruch im November auf dem offenen Meer vor Brindisi ums Leben gekommen sind.

Dann beginnen die Namen durchzulaufen.

1. *Bardhyl AGASI, 37 Jahre*
2. *Dritan AGASI, 7 Jahre*
3. *Ejup AGASI, 8 Jahre*
4. *Ibrahim BACI, 30 Jahre*
5. *Ali DERVISHI, 21 Jahre*
6. *Limoz DIZDARI, 56 Jahre*
7. *Fatos* ***MEKSI****, 22 Jahre*
8. *Vladimir METANI, 37 Jahre*
9. *Keti QOSJA, 63 Jahre*
10. *Enver REÇI, 57 Jahre*
11. *Luan SHAHOLLARI, 3 Jahre*
12. *Merita SHAHOLLARI, 20 Jahre*

13. Rahmi SHAHOLLARI, 6 Jahre
14. Agron STEFANI, 46 Jahre
15. Vangjel TAVO, 12 Jahre
16. Xhemali XHIXHA, 31 Jahre

Die Liste ist zu Ende, und ich habe das erst mit ein paar Minuten Verzögerung bemerkt. Ich saß da und habe sie einfach nur angestarrt, die Zigarette in der Hand angestarrt, die währenddessen verglühte. Ein Schiffsuntergang. Heilige Scheiße.

Aber welcher? Ich erinnere mich an ein paar Schiffbrüche, die infrage kämen, im Jahre des Herrn 1999, aber vielleicht bezieht sich die Liste auf ein weiter zurückliegendes Unglück, es ist schwierig, da den Überblick zu behalten. Ich tausche die Suchbegriffe aus, gebe Schiffbruch und Albaner ein. Der Computer brennt fast durch, so viele Ergebnisse gibt es.

Ich versuche, nicht alles zu lesen. In meinem derzeitigen Zustand würde sich das in meinem Kopf festfressen, es wäre eine weitere meiner vielen unauslöschlichen unangenehmen Erinnerungen. Ich überfliege Absätze und Zeilen aus Zeitungsartikeln, Agenturmeldungen und Polizeiberichten. Aber selbst das, was ich wahrnehme, ist noch zu viel.

… gegen die Klippen, spitz wie Pfeile. Vier Tote, vier Verzweifelte, die sich einen Traum erfüllen wollten. Weitere 15 Illegale (Albaner, Kurden, Moldawier) wurden gerettet, ein Dutzend davon wurde zum Notaufnahmezentrum und dann ins Krankenhaus gebracht, während den anderen die Flucht gelang, um im Untergrund …

»Ich habe meine Freunde ertrinken sehen«, erzählt …

Aber plötzlich drang Wasser ein. Wir waren nur wenige Meter vom Ufer entfernt und wir sind …

Das Schlauchboot glitt mit hoher Geschwindigkeit dahin, um nicht von den Polizeikräften abgefangen zu werden, die in der Gegend patrouillieren. Plötzlich ein Knall: Das Boot wurde zunächst buchstäblich halbiert, dann ist es …

Gestern ist in Lampedusa jedenfalls auch der Präsident der Region, Giuseppe Drago, eingetroffen.

»Da liegt jemand im Sterben«, so der anonyme Telefonanruf beim Hafenamt. Bei ihrem Eintreffen fanden die Ordnungskräfte den Einwanderer dann in einem äußerst schlechten Zustand. Man brachte ihn zwar ins Krankenhaus der Insel, aber er starb noch auf dem …

Am 25. April 96 sank in Lampedusa ein Motorboot mit etwa zwanzig illegalen Einwanderern aus Tunesien an Bord; 15 Nicht-EU-Bürger fanden …

»Mich rufen viele Interessenten an«, setzt er hinzu, »um sich bei mir zu erkundigen. Ich antworte nur: Kommt ruhig. Hier landen das ganze Jahr über Boote, warum ist das nur im Sommer aktuell?«

Pantelleria, tragische Landung: Illegaler tot. Der Einwanderer starb nach einem Sturz auf die …

»Nichts zu essen und kein Wasser«, erzählt er. »Wir waren zu fünfzig zusammengepfercht, da waren auch zwei Frauen und drei Kinder. Es war eine fürchterliche Überfahrt. Gestern Morgen haben wir schließlich …

Die Leiche des Kleinen, der nur wenige Jahre alt scheint, wird dann beerdigt mit …

Knallhart die Position von Monsignor Francesco Ruppi: »Die aktuelle Einwanderungspolitik nützt überhaupt nichts und hilft niemandem, weder den Armen noch den Flüchtlingen aus Kurdistan, dem Kosovo und Albanien. Von einem Fehlschlag zu sprechen heißt die Wahrheit zu sagen, und es ist an der Zeit, dass endlich alle die Augen aufmachen, ehe …«

… dessen Ausmaß nie genau festgestellt wurde, geschah zwischen Malta und Sizilien. Ein libanesisches Frachtschiff, die Friendship, *soll gesunken sein nach der Kollision mit …*

6 Illegale starben, darunter ein Blinder. Die Körper wurden binnen vier Tagen herausgefischt und man erfuhr nie mit Gewissheit, wie …

… der mehr als 200 Illegale aufgesammelt hat. Anderenfalls wären sie gestorben …

20. Juli: Acht Personen aus Sierra Leone ertranken bei dem Versuch, die Küste vor Pantelleria schwimmend zu erreichen.

Und die eines Mannes von ungefähr 30 Jahren …

Die Hotelwirte befürchten das Schlimmste für die Urlaubssaison. Weniger wegen der Belästigung durch die armen Teufel (»Die lassen sich hier doch gar nicht blicken«, sagt eine Frau, die Zimmer vermietet), sondern wegen der negativen Publicity, dass die Landungen …

Zwei der Überlebenden befinden sich in einem kritischen Zustand: Einer hat schwere Erfrierungserscheinungen wegen des längeren Aufenthalts im Meer.

Der Alarm ging heute Morgen um 4.47 h los, als von der Plattform aus einige treibende Personen bemerkt wurden und die Arbeiter selbst halfen, die Schiffbrüchigen zu bergen. Die Strö-

mungsverhältnisse und das eisige Wasser ließen nur wenig Hoffnung für die Rettung weiterer verstreuten Opfer, die …

Der Silvester-Schiffbruch fand wirklich statt. Und dabei starben 59 Personen, Opfer einer der vielen Überfahrten aus purer Verzweiflung …

Unter den Einwanderern, die letzte Nacht aufgegriffen wurden, sind viele Kinder, zum Großteil nicht älter als vier Jahre.

… oder die italienischen Küsten. Das bestätigen die ersten Ergebnisse der Autopsie von Überresten einer Frau, die gestern vor der Insel Saseno gefunden wurde zusammen mit …

Bei der Kollision starb ein Mann, man weiß noch nicht, ob er ertrunken ist oder von der Schraube des Schlauchboots …

… Stücke eines Leichnams. Alles passt zusammen, auch der ungefähre Zeitpunkt des Todes, der genau in den Zeitraum fällt, als der erste Alarm wegen des Schiffbruchs von Angehörigen ausgelöst …

Die lange Spur des Todes seit 1981 …

Acht illegale Einwanderer sind vor der Küste der Insel ertrunken, nachdem ihr Boot auf die Klippen aufgelaufen ist …

Mein Gott, was für ein Schlag. Schließlich finde ich das, was ich suche. Eine Schreckensmeldung unter all den vielen anderen erbärmlichen Horrormeldungen.

30. November 1999
Brindisi – Schlauchboot mit 20 illegalen Einwanderern gesunken. Anzahl der Toten noch unklar.

Ein schrecklicher Zusammenstoß wenige Meilen vor der

apulischen Küste von einem Schlauchboot, das zwanzig illegale Einwanderer transportierte, und einem Patrouillenboot der Zollbehörden. Nach einer ersten teilweisen Rekonstruktion der Ereignisse entdeckten die Zollbehörden das Schlauchboot diese Nacht, als es die Küste im Norden von Brindisi ansteuerte: Die Zollbehörden versuchten, die illegale Landung zu verhindern, und um der Verfolgung zu entgehen, zögerten die Steuerleute nicht, das Schlauchboot wie einen todbringenden Rammbock einzusetzen. Beim Aufprall gegen das Patrouillenboot explodierte das Schlauchboot in tausend Stücke und die an Bord befindlichen Illegalen landeten im eisigen Wasser. Für die meisten gab es kein Entrinnen. Nach Aussagen der Überlebenden und den Rekonstruktionen der Ermittler gelang den beiden Steuerleuten die Flucht, da sie an Bord des Motorschiffs gehievt wurden, das die Landung der armen Verzweifelten »eskortierte«. Das Meer hat heute Abend bereits zwölf Körper an Land gespült.

10. Dezember 1999
Brindisi – Schiffbruch wird noch ermittelt.

Die Untersuchungsbeamten rekonstruieren in mühevoller Kleinarbeit die Liste der mittlerweile 16 bestätigten Todesopfer. Die Passagiere des Schlauchboots, denen die eigene Rettung gelang, hatten unterschiedliche Zahlen genannt: von 15 bis zu 25 Personen. Die albanische Polizei verfügt tatsächlich nur über die Namen von dreizehn Personen, fast alle Einwohner ein und derselben Kleinstadt, Lezhe. Unter den Opfern waren auch einige Kinder, die Anzahl ist unbekannt. Nach Aussage der Zeugen waren auf dem Schlauchboot insgesamt 20 albanische Staatsbürger, außerdem die beiden gewissenlosen Steuerleute, die flüchten konnten und deren Identität noch nicht bekannt ist. Höchstwahrscheinlich, so bestätigen die Ermittler, haben sie ihre Tätigkeit wieder aufgenommen und durchpflügen weiterhin das Meer mit ihrer Last menschlichen Fleisches.

Lezhe. Ein Wort beseitigt die letzte Hoffnung auf eine zufällige Übereinstimmung. Das sind sie, ich habe sie gefunden. Wie gerne hätte ich darauf verzichtet.

Ich rauche in hastigen Zügen, die Augen ins Leere gerichtet. Ertrinken muss ein schmutziger Tod sein, aber ich versuche mich davon zu überzeugen, dass es schnell geht. Ein paar Wogen und man verschwindet. Die Lungen füllen sich mit Wasser, du siehst die Bläschen aufsteigen, während du nach unten gleitest.

Mir bleibt der Atem weg, ich rufe Lamberto an.

»Mein Gott«, meldet er sich. »Es ist drei Uhr.« Er räuspert sich. »Wer spricht?«

Ich kann nichts anderes tun als zu atmen und starre auf die kleine Wasserlache, die sich unter meinen Kleidern gebildet hat. Ich bilde mir ein, darin viele kleine Menschlein herumschwimmen zu sehen, ja sogar ihre Stimmen zu hören, zu hören, wie sie schreien. Aber es sind nur die Geräusche der Heizung, in deren Rohren der Dampf pfeift.

»Sandrone, bist du's?«, fragt Lamberto zögernd. Keine Ahnung, wie er das erraten hat.

»Ja«, antworte ich sehr weit neben mir.

»Was ist los? Ist dir was passiert?«

»Oh ja, eine Menge Dinge. Was würdest du machen, wenn man deine Familie umbringt?«

»Aber ... geht es dir gut? Du klingst wie ein Roboter.«

»Bitte, Lamberto. Es ist wichtig. Ich schaffe das nicht allein, ich wage es nicht einmal zu denken. Was würdest du tun?«

»Ich wäre verzweifelt ... ich weiß nicht, was ich tun würde.«

»Und wenn sich niemand darum kümmern würde außer dir? Wenn die Polizei nicht nach dem Mörder suchen würde und dieser ungestört sein Leben fortführen könnte? Was würdest du tun?«

»Dann würde ich ihn suchen.« Er klingt fester. Ich spüre das Echo des Mannes, der mit den Härtesten der Harten im Gefängnis gesessen hat.

»Und wenn du ihn finden würdest? Würdest du ihn umbringen, Lamberto?«

»Ich weiß es nicht. Aber worum geht es denn? Willst du mir das sagen?«

Ich schnipse die Kippe in die Pfütze. Ein Baumstamm. Meine imaginären Menschlein klammern sich daran fest. Ein paar von ihnen werden durchkommen. »Es geht darum, Lamberto, dass ich bis jetzt immer davon ausgegangen bin, dass Adrian aus Cremona abgehauen ist, weil sein Mörder hinter ihm her war. Tatsächlich war er derjenige, der den Mörder jagte.«

11

Es ist das erste Mal in meinem Leben, dass ich eine Versammlung mit Chewbacca und dem Yoda abhalte, aber der Elefant und Alex haben für den Tanzabend keine aktuelleren Kostüme gefunden. Mirko dagegen hat es vorgezogen, in Straßenkleidung zu bleiben. *Anwälte werden niemals etwas anderes anziehen*, sagt er, *nicht einmal im Jahr 3000.* Ebenfalls in Straßenkleidung ist Stefania, meine ehemalige Wohnungsnachbarin, die jetzt mit dem Elefanten zusammenlebt. Sie ist eine schlanke Dunkelhaarige mit Pagenschnitt und einem rebellischen Charakter. Wir haben uns seit meinem vorletzten Krankenhausaufenthalt nicht mehr gesehen, und sie ist extra gekommen, um mich zu treffen, nicht nur, um ihren Freund zu begleiten. Allerdings konnte ich sie nicht so sehr begrapschen, wie ich gerne wollte. Sie hat sich sofort naserümpfend von mir losgemacht. »Du stinkst«, sagte sie zu mir.

Stimmt. Aus Angst, auf dem Bett zusammenzubrechen, bin ich nicht zum Umziehen ins Hotel zurückgekehrt, sondern blieb bis zur Mittagszeit bei weiteren Internet-

Recherchen im Scotti-Verlag. Dann weiter im gestreckten Galopp zum Fischmarkt, um dort vorzugeben, den Sicherheitsdienst zu organisieren. Vorgeben sage ich deshalb, weil Pietro schon vor meiner Ankunft alles geregelt hatte. Ich beschränkte mich darauf, seine Arbeitseinteilung zu billigen und mit finsterem Blick die betriebsbereite Belegschaft abzuschreiten. Unterdessen nahm die Menschenmasse erschreckend schnell zu. Gegen siebzehn Uhr trieben sich schon etwa tausend Fans herum, meistens mit einem Glas in der Hand oder einem amerikanischen Originaldruck, den sie an einem der zahlreichen Flohmarktstände erstanden hatten.

Vor allem die etwas in die Jahre gekommenen Besucher waren der Kostümierungsanweisung gefolgt, sodass man sie nach ihren speziellen Vorlieben einteilen konnte. Da gab es den Star-Trek-Fanklub, distinguierte Herrschaften, die sich als Mister Spock mit Brille und Bierbauch verkleidet hatten, dann die UFO-Freaks in silbernem Overall und die von der Eymerich-der-Inquisitor-Fraktion mit Dominikaner-Kutten, Galgenstrick und Henkerskapuzen. Es war auch ziemlich warm geworden. Heino hatte professionelle Industriegebläse besorgt, die warme Luft hereinpumpen und so die leicht bekleideten Hostessen vor dem Erfrieren retten. Als ich an der Hostess vorbeikam, die vor dem Weihnachtsbaum Flugblätter verteilte, traf mich fast der Schlag. Zum einen wegen ihrer langen schwarzen Stiefel, des knappen feuerroten Kostüms und der blauen Perücke, aber vor allem weil es Vera war.

Mit großen traurigen Augen klimperte sie mir ihre Rechtfertigung zu: »In der Aufmachung, wer soll mich denn da erkennen? Das ist wie bei der Kurzgeschichte von Poe mit dem gestohlenen Brief.«

»Die Polizei hat sich seit dem neunzehnten Jahrhundert schon um einiges verbessert.«

»Das ist jetzt eh schon wurscht«, sprach sie und drückte einem Jungen, der verständlicherweise auf ihre Titten starrte, ein Info über das *verlorene Raumschiff* in die Hand. »Ich kann mich nicht ewig verstecken. Falls sie mich schnappen, werden wir schon weitersehen.«

Ich spürte auf einmal einen merkwürdigen Klumpen im Hals. Ich nahm ihre Hand. »Es tut mir Leid.« Dann konnte ich sie nur noch anstarren und wusste nicht, was ich noch sagen sollte, wodurch ich mir den Zorn einiger Kostümierter zuzog, die darauf warteten, an die Reihe zu kommen. Der hinter mir hatte sogar ein Doppeldecker-Chassis um die Hüften.

»Weswegen?«, fragte Vera, zeigte auf den Mistelzweig über ihrem Kopf und küsste mich auf die Lippen. »Alles Gute, Gorilla.«

So kam es, dass ich sie mit zu der Versammlung nahm, in das Zimmer, das für Scotti reserviert sein sollte und in dem man mich am Vortag eingeschlossen hatte. Jetzt dient es als kleines Büro, voll gestopft mit Videokassetten vom *verlorenen Raumschiff*.

Ich erzähle, unterlegt von den Geräuschen aus meinem Walkie-Talkie, aus dem die Stimmen der Muskelmänner krächzen. Als ich geendet habe, bricht es aus allen gleichzeitig los. Ich bringe sie zum Schweigen. »Also, Gelegenheit für ein paar geniale Vorschläge. Wir haben zwei Albaner, die eines Mordes beschuldigt werden, an dem sie unschuldig sind, aber die mit Sicherheit hinter einem ihrer Landsleute her sind, oder auch mehr als einem, um ihn auszuknipsen. Was uns nicht weiterbringt. Zunächst die juristische Einschätzung. Was hältst du davon, Mirko?«

Er streicht sich mit einer Hand über den Stoppelbart. Er rasiert sich nur, wenn er vor Gericht erscheinen muss. »Rein fachlich gesehen sind deine Ausführungen pure Vermutungen. Du bist nicht verpflichtet, sie amtlich zu machen. Außerdem haben die Signori Kater und Irades bislang ihre anfängliche Verteidigungsstrategie beibehalten. Sie wissen von nichts, und sie haben nichts gesehen. Sie haben keine Ahnung von überhaupt nichts.«

»Und wie haben sie reagiert, als du ihnen das mit dem erschlagenen Maurer erzählt hast?«

»Sie sind dabei geblieben, aber die Nachricht hat sie verunsichert.«

Alex geht dazwischen. »Sie wissen, wer es war, aber sie wollen ihn selbst zur Strecke bringen. Wäre sonst ja alles für die Katz gewesen.«

»Das könnte allerdings schwierig werden, wenn sie wegen Mordes verurteilt werden«, werfe ich ein. »Aber immerhin eine Hypothese, die nicht von der Hand zu weisen ist.«

»Warum wurde nur Adrian ermordet und nicht die anderen beiden, oder gleich alle drei?«, fragt Stefania.

»Soweit ich verstanden habe, war Adrian derjenige, der sich aus dem Fenster gelehnt hat. Der Mörder wird gedacht haben, dass er der Einzige sei, der hinter ihm her wäre.«

Der Elefant ist es leid geworden, mit den Videokassetten herumzuspielen. Er hat sich schon zwei davon in seinen Beutel im Fell gesteckt. »Da gibt es nur ein kleines Problem, Sandrone. Niemand hat jemanden gesehen, wie er in Veras Haus hineinging oder wieder herauskam. Wir haben alle befragt.«

Ich zucke mit den Schultern. »Dann irrt sich halt wer oder lügt. Wenn wir den Typ gefunden haben, werden wir schon erfahren, wie er das gemacht hat.«

»Vorausgesetzt, dass es ihn wirklich gibt.« Der Elefant fängt sich einen wütenden Blick von Vera ein und wird rot. »Meiner Meinung nach machst du es dir zu einfach. Mag ja sein, dass die drei Freunde oder Verwandte unter den Opfern des Schiffbruchs hatten. Aber nichts spricht dagegen, dass sie nicht doch untereinander gestritten haben. Auch diese Hypothese bleibt weiter bestehen.«

Vera springt auf, mit ausgefahrenen Krallen. »Hör zu, du Riesenvieh. Wenn du nur hergekommen bist, um rumzustänkern, dann hättest du auch ...«

Ich unterbreche sie. »Vera, wir sind hier, um gemeinsam

Klarheit in unsere Gedanken zu bringen. Daher sind Marcos Einwände durchaus berechtigt.«

»Und der tote Maurer?« Vera stützt die Hände in die Seiten. »Ich habe gedacht, dass dich das überzeugt hätte.«

Diesmal ist es Mirko, der antwortet. »Er war vorbestraft, Signorina Mezza. Es könnte auch andere Erklärungen für seinen Tod geben.«

»Woher hast du das denn?«, frage ich ihn und recke mein Kinn vor.

»Ich habe Zeitung gelesen. Von Zeit zu Zeit solltest du das ebenfalls tun.«

Meine Theorie war zwar löchriger als meine Socken, aber es ist traurig, wenn einem das so um die Ohren gehauen wird. Ich hebe die Hände. »Okay, okay. Ich behaupte ja nicht, für alles eine Erklärung gefunden zu haben, aber ich glaube, auf dem richtigen Dampfer zu sein. Wenn ihr damit nicht einverstanden seid, dann sagt es mir ruhig und ich schmeiße alles hin.«

Allgemeines Schweigen.

»Also? Letzte Gelegenheit.«

Der Elefant seufzt. »Dann versuchen wir es eben, aber …«

»Was gibt es denn noch, was dich nicht überzeugt?«

Er schaut zu Vera hinüber, es ist klar, dass er ihre Reaktion fürchtet. »Was ist denn das für eine Geschichte von Adrian dem Spitzel? Wenn es stimmt, dass er sich umtat, weil er hinter den Steuerleuten her war, wahrscheinlich, um sie zu erledigen, welchen Sinn macht es dann, der Polizei Informationen zu stecken?«

»Er hat im Gegenzug etwas anderes dafür bekommen«, ruft Alex in einem Ton, als hätte er gerade eine Erleuchtung gehabt.

»Was zum Beispiel?«

»Lasst uns doch mal sehen, ob das hinhaut. Adrian und die beiden anderen suchen jemanden aus ihrer Heimat, und das in Italien, wo sie keine Verbindungen haben. Wenn sie welche gehabt hätten, vor allem im Verbrechermilieu, dann hätte Adrian die Pistole nicht bei einem Pipi-Jungen gekauft. Stellt euch das doch mal vor, ein Araber, der den Mittelsmann zwischen einem albanischen Käufer und einem albanischen Verkäufer macht ... Die drei reisen rum, wechseln die Stadt, Adrian blamiert sich überall ein wenig, weil er so naiv rumfragt. Als sie in Turin ankommen, kriegen sie selbstverständlich nirgendwo einen Fuß in die Tür. Wer also, hier in Turin wie überall auf der Welt, hat immer Informationen zum Tauschen?«

»Die Polizei?«

»Bravo Oliphant.« Alex räuspert sich und fährt fort. »Adrian findet einen Bullen, der bereit ist, Informationen rauszurücken, und im Gegenzug macht er den Spitzel. Ein Albaner als Informant ist viel wert, weil er die Sprache beherrscht. Dasselbe Problem hat man bei der Polizei doch schon mit der chinesischen Triade, sie hören zwar die Telefone ab, aber letztendlich verstehen sie nur Bahnhof.«

»Überzeugt euch diese Erklärung?«, frage ich. Nur zustimmendes Nicken. »Dann spendiere ich Alex einen Kaffee.«

»Du weißt, wie lang die Liste mittlerweile ist.«

»Schick doch Pinocchio zum Abkassieren bei mir vorbei.«

»Was, der lebt noch?«

»Und wie ...« Ich fasse die Ideen zusammen. »Also, nochmal zum Mitschreiben: Adrian macht erst für den Bullen rum, dann wird es zu heiß für ihn und er muss nach Cremona abhauen ... Nein, das passt hinten und vorne nicht. Die anderen hätten ihn doch nicht ... Es sei denn ...«

»Wenn du lieber allein vor dich hin sabbelst, dann sag es einfach, wir anderen drehen dann solange eine Runde um den Block«, nimmt mich Alex hoch.

»Ich versuche doch nur, die Teile zusammenzufügen. Rekapitulieren wir: Adrian muss überstürzt aufbrechen, weil ihm hier der Wind ins Gesicht bläst, aber da seine beiden Freunde später zu ihm stoßen, kann Cremona kein zufällig ausgewähltes Ziel gewesen sein. Sein Bullenfreund muss ihm da etwas geflüstert haben. Und Adrian kommt ja der Person, die er sucht, immerhin so nahe, dass er umgebracht wird. Theoretisch ist das gleichbedeutend mit dem Ende der Recherchen. Aber es gibt da jemanden, der mehr weiß, als er zugegeben hat, auch wenn er jetzt aus Angst vor Vergeltungsschlägen die Schnauze hält.«

»Der fragliche Polizist«, übernimmt Mirko das Wort.

»Eben der. Wie können wir den finden?«

Mirko fährt fort. »Du hast doch gesagt, dass Signor Patoil für ein paar Verhaftungen gesorgt hat.«

»Ja. Ich weiß mit Gewissheit von einigen aufgeflogenen Drogendealern im Nachtasyl und einer Razzia in der *Trattoria Aurora.* Allerdings habe ich heute noch im Internet gewühlt und habe alle Kriminalfälle aus dem letzten Jahr nachgelesen, die im Zusammenhang mit Albanern in Italien standen. In dem Zeitraum, als Adrian in Turin war, ist eine Heroinklitsche in einer leer stehenden Fabrik aufgemischt worden und eine ganze Reihe Albaner wurde wegen verschiedener Delikte verhaftet. In einigen Fällen ist es ganz offensichtlich, dass jemand einen Tipp gegeben hatte.«

»Gut. Dann müssen wir nur noch den finden, der bei diesen Operationen die Leitung hatte. Einer von ihnen oder einer seiner Leute war der Kontaktmann für Signor Patoil.«

»Und wie kriegen wir das raus? Hast du eine Möglichkeit, an die Akten zu kommen?«

»Ich nicht. Aber die Staatsanwaltschaft schon.« Er zündet sich eine Zigarette an und wundert sich, als ich ihn um eine anschnorre. »Hast du etwa wieder mit dem Rauchen angefangen?«

»Nur, um männlicher zu wirken.« Meine Stimme beginnt bereits, tiefer zu werden. »Und wie sind deine Verbindungen zur Staatsanwaltschaft?«

»Das kommt darauf an.« Er verzieht den Mund. »Aber ich kann da nichts übers Knie brechen. Auch wenn es meinen

Klienten helfen würde, könnte ich so etwas nicht ohne ihre ausdrückliche Einwilligung machen.«

»Du meinst, ich soll zu den Perückenträgern laufen? Da bin ich aber gar nicht scharf drauf.«

»Nicht du. Ich«, sagt Vera. Alles starrt sie an. »Ich werde doch gesucht, oder nicht? Ich stelle mich einfach freiwillig und erzähle alles. Dann sind sie gezwungen, etwas zu unternehmen.«

»Einen Moment …«, sage ich.

»Gorilla, sie hat Recht.« Alex scheint angebissen zu haben. »Wenn wir weiter vor uns hin wurschteln, wer weiß, was noch alles geschieht. Da draußen läuft ein verfluchter Scheißsteuermann herum und ein Bulle, der alles weiß, verfluchte Hurenkacke.«

Einen Moment lang schweigen wir alle.

»Mirko?« Mein letzter Rettungsanker.

»Ich fürchte, dass diese Lösung die logischste ist. Solange die Bullen nicht mit der Signorina Mezza gesprochen haben, ziehen sie gar keine weiteren Ermittlungsansätze in Betracht. Ich weiß doch, wie die denken.« Er wendet sich Vera zu. »Ich werde Ihnen zur Seite stehen, aber ich werde Ihre Verhaftung nicht verhindern können.«

Allein der Gedanke ist für mich unerträglich. »Wie lange wird sie sitzen müssen?«

»Das hängt davon ab, wie lange es dauert, bis sie dem Staatsanwalt vorgeführt wird, und dann von dessen Einstellung.«

»Wenn wir die Bullen übergehen und uns direkt an den Untersuchungsrichter wenden, würde das die Sache beschleunigen?«, frage ich.

Mirko schüttelt den Kopf. »Das ist wirklich keiner, den man als flexibel bezeichnen könnte. Er ist alt, an Kleindelikte gewöhnt. Da müsste man sich ordentlich ins Zeug legen, um ihn davon zu überzeugen, eine Ermittlung gegen die Polizei zu eröffnen, und das nur auf Grundlage deiner Vermutungen.«

Veras Züge werden hart. »Ich werde sagen, dass Adrian mir das erzählt hat, ehe er gestorben ist.«

»Und ich werde es bezeugen«, sage ich. »Wann kann das gewesen sein? Als ich bei dir zu Hause war?«

»Perfekt«, antwortet Vera. »Aber Namen hat er nicht genannt, oder?«

»Nein. Er sprach nur von einem Polizisten.«

»Aus Turin.«

Mirko unterbricht unseren Wortwechsel mit einem herzzerreißenden Aufjaulen. »Wenn irgendjemand dieses Lügengebilde einreißt, dann sitzen wir alle ziemlich in der Patsche.«

»Das wird schon nicht passieren.«

»Wir könnten mit dem Polizisten falsch liegen.«

»Mich überzeugt die Hypothese, und was Besseres haben wir nun mal nicht.«

Er spielt den letzten Trumpf aus. »Das heißt noch lange nicht, dass das auch etwas nützt. Ich sage es noch einmal, dieser Untersuchungsrichter ist wirklich ... nicht allzu aufgeschlossen.«

»Dann wechseln wir eben den Richter«, sage ich. Die Idee, die mir im Kopf herumgespukt, konkretisiert sich. »Ich habe hier einen kennen gelernt, wegen der Sache mit Scotti. Er heißt De Caraldo. Ich weiß nicht warum, aber ich traue ihm.«

»Ein stattlicher Mann mit Bart?« Mirko wirkt verblüfft.

Ich noch mehr als er. »Ja.«

»Ich dachte, er wäre in Rom, ich habe ihn dort kennen gelernt. Damals kümmerte er sich um Minderjährige.« Ich sehe, wie seine Gehirnrädchen rattern. »Er ist zwar nicht mit dem Fall betraut, aber ich kann ihn um ein Treffen bitten, und dabei begegnet er zufällig Vera. An diesem Punkt wäre er zwangsläufig involviert«, brummt er. »Vorausgesetzt, dass er mich nicht sofort umbringt, dann kann ich vielleicht etwas aushandeln ... Hast du seine Nummer?«

Ich ziehe die Visitenkarte aus der Tasche, die mir der Richter gegeben hat. »Sogar die von seinem Handy.«

Er nimmt sie, dann steht er auf und verlässt unser Zimmerchen. Keiner hat den Mut, in seiner Abwesenheit den Mund aufzumachen. Als er zurückkehrt, sind seine Wangen gerötet. »Er ist damit einverstanden, sich mit mir zu treffen. Sofort.«

»Hast du ihm etwas von Vera gesagt?«

Er lächelt. »Ich habe nur deinen Namen genannt und auf die Tatsache hingewiesen, dass du mein Klient bist. Wenn er über dich Erkundigungen eingezogen hat, dann weiß er, womit du dich zurzeit, abgesehen von Maskenbällen, noch beschäftigst.«

»Und wenn er weiß, womit du dich beschäftigst«, beendet Stefania den Gedankengang, »dann weiß er von Vera.«

Gar nicht mal so dumm, die Frau. »Ich habe es dir ja schon immer gesagt, Elefant, dass deine Freundin schlauer ist als du.«

In seinem Gesicht steht das breite Grinsen eines glücklichen Ehemanns. He, he.

»Und weil ich ihm nichts sagen musste, können wir so tun, als wüsste er von nichts. So braucht er die Polizei nicht von unserem Treffen zu informieren.« Mirko zieht sich seinen Mantel an. »Gehen wir?«

»Ich komme auch mit«, meint Stefania. »Was hältst du von ein wenig weiblicher Gesellschaft, Vera?«

»Das ist sehr nett, danke.«

Arm in Arm gehen sie hinaus, gefolgt von Mirko. Ich höre Stefania fragen: »Hast du wirklich mit diesem Schmuddel von Gorilla in einem Zimmer geschlafen?«

Die Antwort bleibt mir leider verwehrt.

Der Elefant steht als Nächster auf. »Alsdann, ich dreh mal eine Runde. Wo ich schon mal hier bin, kann ich mich auch in meinem Kostüm bewundern lassen.« Er ist sauer, weil ihn seine Freundin allein gelassen hat. »Alex?«

»Gleich.«

Nur er und ich bleiben zurück und schauen uns in die

Augen. »Sieht klasse aus, der grüne Aufzug«, sage ich zu ihm.

Er dreht sich einen Joint. »Wohingegen du beschissen aussiehst. Was genau möchtest du von mir?«

»Ganz einfach.« Ich gähne mehrmals hintereinander. »Ich werde noch vor heute Nacht zusammenbrechen, und ich bin mir nicht sicher, ob mein Partner aufwacht. Falls ja, dann erzähl ihm alles. So spar ich mir einen kilometerlangen Bericht. Falls nicht, nimmst du die Geschichte in die Hand.«

»Meinst du wirklich ... Ist es schon vorgekommen, dass dein Partner nicht aufgetaucht ist?«

»Nicht zwei Tage hintereinander, und auch nicht, ohne mir einen Zettel mit Anweisungen zu hinterlassen.«

»Er wird es vergessen haben.«

»Er vergisst nie etwas. Auch wenn es ihm richtig dreckig geht, lässt er mir immer noch eine schriftliche Anweisung da. Erinnerst du dich an Berlin?«

»Ich habe dich schließlich abgeholt. Du bist der einzige Mensch, den ich kenne, der sich jemals von einem Fahrrad hat anfahren lassen.«

»Ich versichere dir, dass es verflucht wehtut, wenn sie dir über die Haxen fahren«, knurre ich. »Wie auch immer, als ich in der Gasse aufgewacht bin, habe ich seine Nachricht im Dreck gefunden. Mit den Fingern hineingekratzt. Diesmal muss er ganz plötzlich zusammengebrochen sein, ohne Zeit zum Reagieren gehabt zu haben. Sollte mir das auch passieren ...«

»Dann werde ich dich diskret ins Bett packen.«

Die Zimmertür wird aufgerissen. Wir befinden uns in dem für die Allgemeinheit abgesperrten Bereich, Zutritt nur für Befugte. Leider ist der, der da hereinplatzt, von allen der Befugteste und passt uns am allerwenigsten: Scotti. In normaler Kleidung, aber mit einer kleinen schwarzen Maske hinter der Brille. »Ratet mal, wer gekommen ist, um uns zu besuchen?«

»UndwenzumHenkerinteressiertdas?«, erwidern wir Boys im Chor.

»Scheiße, ihr seid noch schlimmer als meine Ex.« Er dreht sich zur offenen Tür um. »Komm schon, komm näher, nur nicht so schüchtern.«

Es ist Svetlana. Blass, mit einem Verband um die Stirn und das linke Auge. Sie lächelt mühsam. »Ciao.«

Alex steht auf, um sich vorzustellen, ein echter Gentleman. Ich bin zu verblüfft, um mich zu rühren. »Hat man dich entlassen?«

»Ja. Ich ... Es tut mir sehr Leid wegen allem, was passiert ist.« Ihre Lippen zittern. »Ich hätte dir alles erzählen müssen ... Aber Panz war sich so sicher ...« Sie beginnt zu weinen und fällt mir in die Arme. Ich stammele irgendetwas, um sie zu trösten, ich weiß nicht einmal mehr was. Aber ich höre auf damit, als auch noch Edith zur Tür hereinkommt, zigeunerhafter denn je. Ich zeige mit dem Finger auf sie. »Das ist jetzt wirklich nicht der Moment, irgendwelchen Stuss abzulassen, klar?«

Sie schaut mich beleidigt an. »Für wen hältst du mich? Svetlana?«

Sie dreht sich um. Edith tritt an sie heran, dann reicht sie ihr die Hand. »Entschuldige. Ich habe schlecht über dich gedacht. Aber wie hätte ich auch wissen sollen ...«

Scotti applaudiert. »So ist's brav, Mädels, schließt Frieden.« Er packt jede von ihnen mit einer Hand und schiebt sie aufeinander zu. »Los, macht schon, eine hübsche kleine Umarmung ...«, sagt er im pastoralen Ton. »Wir müssen uns alle noch mehr lieb haben, jetzt, nach allem, was passiert ist. Und wo doch der arme Panz nicht mehr ist.«

Die zwei umarmen sich, noch mehr Tränen.

Alex zündet sich einen Joint an. »Was für ein wunderbares Schauspiel«, meint er angewidert und stößt dunkle Rauchwolken aus.

»Aber das ist ja Rauschgift«, Scotti zieht eine Augenbraue

hoch. »Ich sollte zwar nicht, aber in Anbetracht der Ereignisse könntest du mich mal einen Zug machen lassen.«

»Lass dir doch was von deinem Raumschiff bringen.« Alex schlüpft in die Maske und zur Tür hinaus. »Ich schau später wieder bei dir vorbei, Gorilla.«

Allgemeine Verlegenheit. »Na ja, Ende gut, alles gut«, meint Scotti.

»Jaja, das Leben geht weiter«, sage ich. »Würde es euch etwas ausmachen, mich eine Weile allein zu lassen. Ich muss ein paar Dinge erledigen.«

Aber natürlich, beeilen sich alle zu sagen. *Wir sehen uns. Komm bald nach, wir haben dir jede Menge zu erzählen* und so weiter. Ich nicke und basta. Ich muss mir Svetlana noch vorknöpfen, wegen Panz und seiner Bomben. Aber das hat Zeit.

Ich kontrolliere meine Uhr. Mittlerweile müsste die Plauderei mit dem Richter schon im Gange sein. Um mich von der Vorstellung einer Vera in Handschellen loszureißen, rappel ich mich auf und mische mich unters Volk. Ich laufe fast in einen Muskelmann der *Shadow,* in schneidiger SS-Montur mit einer weißen *STAFF*-Aufschrift auf dem Rücken.

»Ich war gerade auf der Suche nach dir«, sagt er. »Am Bierstand gibt es Ärger.«

»Was für Ärger?«, frage ich, während wir uns einen Weg durch die Menge bahnen, die merklich angeschwollen ist. Die Organisatoren müssen Luftschlangen und Konfetti verteilt haben, da massenweise davon durch die Luft fliegen. Luftballons ebenso.

»Besoffene. Soll ich die Polizei rufen?«

»Nein, normalerweise genügt ein einziger Uniformierter auf einem Fest, um die Stimmung gründlich zu ruinieren.«

Wir kommen in den Hauptsaal. Rund um den Stand *An den Rändern des Bier-Universums* hat sich eine hübsche Ansammlung gebildet. Im Mittelpunkt vier stämmige Kerle in verschiedenen Kostümen und einer der Barleute, die sich anschreien. Und als vermittelnde Kraft der Zauselkopf Raffaele, mit weit ausgebreiteten Armen und besänftigender Miene, während ihm der Bursche, der am stärksten schwitzt, mit einem Sandwich vor der Nase herumfuchtelt. »… nur eine einzige Scheibe Mortadella!«, schreit er. »Diebe, Diebe und Halsabschneider!«

Vom Gesicht des Barmanns tropft Bier. »Aber deswegen musst du mir noch lange nicht die Sachen an den Kopf schmeißen, kapiert?«

Ich stelle mich neben Raffaele, der Muskelmann postiert sich neben der Theke. Raffaele spricht ganz ruhig weiter. »Also, das bringt doch nichts, sich mit dem Personal anzulegen – die machen auch nur ihre Arbeit …«

»Das schert mich einen Scheißdreck«, sagt der Mortadella-Mann. »Ihr seid alle Diebe.«

»Ja, aber das ist trotzdem kein Grund, allen das Fest zu verderben. Los, ich spendier dir ein Bier und dann ist wieder Frieden.«

Der Typ dreht sich zu seinen Freunden um. Sie sind alle aufgequollen vor lauter Alkohol. »Was meint ihr, soll ich das Angebot annehmen?« Die anderen gröhlen *Neeeiiin* im Chor. Der Typ dreht sich wieder um und lächelt triumphierend. »Siehst du? Geh und verpiss dich doch mit deinem Bier.«

Ich mische mich ein. »Bitte nicht mit dem Schnittchen herumfuhrwerken, sonst geht noch ein Schuss los.«

Er stiert mich an. »Scheiße, was willst du denn, Brillenschlange?«

»Dich nach draußen begleiten.«

Er lacht. »Ich gehe erst, wenn die Nutte da drüben mir einen bläst«, sagt er und zeigt auf das hübscheste Barmädchen. Sie reagiert sauer und beschimpft ihn.

Er holt aus, um das Sandwich nach ihr zu werfen. Ich packe seinen Arm mit meinem gesunden, drücke den Daumen in die Handfläche und machen einen Aikido-Grundgriff.

Sehr schmerzhaft. »Jetzt langt's. Du benimmst dich voll daneben.«

Die Kumpel gehen zum Angriff über. Doch das ist schnell erledigt. Zum einen, weil sie betrunken sind, zum andern, weil Pietro zu uns gestoßen ist. Jede einzelne Falte in Pietros Gesicht ist ein Kriegspfad, er kann dich fertig machen und aus einem Meter Entfernung hat es ausgesehen, als habe er nicht einmal die Hände gerührt. Tiefschläge, unterhalb der Gürtellinie. Einem bleibt sofort die Luft weg, ein anderer segelt zu Boden. Um den vierten kümmert sich der Muskelmann, er langt allerdings ein bisschen mehr hin. Aber na ja, die Jugend. Ich beschränke mich darauf, meinem Typen den Arm zu verdrehen, wenn er sich zu sehr bewegt, und presse ihm meinen Gipsarm unters Kinn. Schließlich geleiten wir sie alle problemlos nach draußen.

Doch drinnen geht der Ärger weiter. Ich weiß nicht, ob es der fünfte Freund ist, der abseits gestanden hat, oder einer aus dem Publikum, der auch mitmischen möchte, aber er ist der Größte und der Betrunkenste von allen. Als ich an den Stand zurückkomme, hievt er bereits Raffaele auf eine Art und Weise in die Höhe, die ich noch nie zuvor gesehen habe: am Gesicht, das er mit den Fäusten gepackt hat. Alex ist auch schon da und versetzt ihm einen Fußtritt in die Seite. Der rasende Irre lässt Raffaele fallen, knallt ihn vielmehr zu Boden und spurtet los. Er umrundet einmal komplett den Bierstand und entwischt geschickt unseren Bemühungen, ihn einzufangen, dann springt er auf die Theke und stemmt eine leeres Bierfass über den Kopf.

Oh Jesus, ich bin derjenige, der am nächsten steht. Ich benutze gestapelte Dosenpaletten als Treppchen und werfe mich gegen ihn, ehe er das Fass wirft und vielleicht noch jemanden damit umbringt. Wir kugeln hinter die Theke, die Barleute spritzen zur Seite. Ich sehe ihre Füße an den Rändern meines Gesichtsfeldes, als ich auf King Kongs Bauch lande. Er bekommt keine Luft mehr, aber seine rechte Riesenpranke packt meinen Gips und knallt ihn gegen die Kante eines Kühlschranks. Der Knacks erschüttert mich bis in die Zähne. Ich presse ihm die Knie in die Brust und ramme ihm mit aller Kraft die Faust gegen das Kinn. Das genügt, er sackt zusammen. Aber wenn mich nicht hilfreiche Arme hochheben würden, würde ich ebenfalls zu Boden gehen. Vor Schmerz möchte ich am liebsten losheulen.

Die hilfreichen Arme gehören zu Raffaele. Sein Gesicht ist ein wenig gerötet und Blut kollert ihm aus einem Kratzer.

»Wie geht's?«, fragt er.

Ich setze mich auf ein umgekipptes Fass und versuche, den Gebrauch der Sprache wiederzuerlangen. »Es geht.« Die Rippen knirschen, aber die schlimmsten Schmerzen habe ich im Handgelenk. Der Gips ist kurz hinter dem Ansatz gebrochen. Ein richtiges Loch klafft da und ein Riss schlängelt sich bis zur Handfläche. Pietro und ein paar seiner Gefolgsleute tragen den gefallenen Riesen davon. Keine leichte Aufgabe, denn er schlummert selig. Alex folgt ihnen mit einem Bier in der Hand.

Raffaele setzt sich auf ein anderes Fass. »Vielen Dank, dass du mich aus den Klauen dieses Monsters gerettet hast. Ich glaubte mich schon, ja, ... verloren.«

»Das hätte ich für jeden getan, auch für dich.«

Er ist so taktvoll, zu erröten. »Es tut mir Leid wegen unseres kleinen Streits«, sagt er.

»Lass gut sein«, murmele ich. Ich höre ihm nicht mehr zu. Hinter dem Loch im Gips ist etwas Weiches, das unter meinem Finger nachgibt. Papier.

Viermal gefaltet ist da ein Zettel.

12

Ich lege das kleine Päckchen Papier auf den Schreibtisch des provisorischen Büros. Von meinem Schweiß getränkt, von der Wärme und der Reibung mürbe gemacht, ist es empfindlich wie ein Schmetterlingsflügel. Ich öffne es millimeterweise, wobei ich mich meines Taschenmessers bediene. Es sind drei Blätter. Die Tinte ist durch das Papier gedrungen und ich muss den sich überlagernden Text stellenweise erraten. Aber das ist nicht weiter schwierig, die Schrift meines Partners ist wie immer sehr lesbar.

Liebes Brüderchen, du erhältst einen Bericht in Fortsetzungen. Ich hatte schon zwei Aussetzer und beim zweiten Mal hat sich meine Sicht für ungefähr eine Minute und vierzig Sekunden verdunkelt. Der Grund dafür ist sicher dem Unglück zuzuschreiben, das uns widerfahren ist, und das könnte sich verschlimmern. Ich beschreibe dir daher mein Vorgehen Schritt für Schritt. Falls ich das Bewusstsein verlieren sollte, bist du wenigstens auf den neuesten Stand gebracht. Ich bitte dich, es ebenso zu halten.

Ich bin heute Morgen nach Cremona gefahren. Als ich aufgebrochen bin, schlief Vera noch. Ich habe sie über meine Abreise nicht informiert.

Ich nahm den Zug um acht Uhr fünfundvierzig, Gleis zwei. Der Kontrolleur stank nach Wein. Ich habe keine Bekannten getroffen. Ich habe mit niemandem gesprochen.

Am Bahnhof von Cremona habe ich vor dem Kiosk Alex und den Elefanten getroffen, die ich per Telefon benachrichtigt hatte. Der Elefant wollte den Gips signieren. Ich habe ein wenig so getan wie du und ihn gewähren lassen. Zusammen sind wir zum Haus deiner Freundin gefahren.

Ich suchte die Antwort auf zwei einfache Fragen.

Erstens: War es für irgendjemanden möglich, in Veras Wohnung einzudringen, ohne vom Elektriker und von den Nachbarn bemerkt zu werden?

Nach einer kurzen Lokalbesichtigung habe ich beschlossen, dass dem so ist. Du hast denselben Weg benutzt: den Balkon.

Im Innenhof des Wohnhauses war ein kleines Baulager eingerichtet, mit Betonmischmaschine und dem Werkzeug, das man normalerweise für diese Arbeiten benötigt. Deine Freundin Vera und ihre Gäste haben die Gelegenheit genutzt und sich mit dem Baumaterial eingedeckt, das du in ihrer Wohnung gefunden hast. Die Baustelle wurde nicht bewacht, tagsüber stand die Haustür ständig offen. Während der Mittagspause der Maurer, die normalerweise von zwölf Uhr dreißig bis dreizehn Uhr fünfundvierzig geht, hätte daher jeder von dieser Seite aus hineinkommen können.

Wenn man sich dicht an der Wand unter den Balkonen hält, die vom ersten bis zum vierten Stock gehen, wird man von den Fenstern aus nicht gesehen. Wie du ja weißt, da du denselben Weg genommen hast, hat die Fassade des gegenüberliegenden Hauses keine Fenster, die auf diesen Teil des Innenhofs gehen. Es ist nun für jeden, der einigermaßen gelenkig ist, ziemlich einfach, unter Zuhilfenahme der Betonmischmaschine oder des elektrischen Kompressors als Steighilfe an den Balkon der Wohnung im ersten Stock heranzureichen, die, wie ich dich erinnern möchte, unbewohnt ist, und sich dann hochzuziehen.

Schwieriger ist es, von dort aus auf Veras Balkon zu gelangen, dessen Boden sich auf einer Höhe von circa drei Metern zehn befindet. Dazu benötigt man einen irgendwie gearteten Haltepunkt. Ich habe es aufgrund unserer derzeitigen Kondition nicht ausprobiert, aber ein an einem Haken befestigtes Kabel oder Seil ist für eine Person von normaler Statur ausreichend.

Einmal oben angelangt kann man dann im Schutz der Gardinen vor Veras Balkontür den Griff der Tür mit einer Mes-

serklinge hochhebeln (genau wie du es getan hast) und eventuelle Bewohner überraschen.

Warum hat die Polizei diesen Weg nicht in Betracht gezogen? Im Wesentlichen aus zwei Gründen. Der erste ist banal. Sie hatten bereits ihre Schuldigen, die sich völlig kopflos verhalten hatten. Der zweite ist subtiler: Das Fenster war zum Zeitpunkt ihres Eintreffens in der Wohnung geschlossen.

Durch Ausprobieren konnte ich allerdings nachweisen, dass es mit einer kleinen Schlaufe aus Bindfaden möglich ist, die Balkontür von außen zu schließen. Man muss sie nur auf einer Seite des Flügelknaufs befestigen und daran ziehen. Der Griff schwenkt dann genau um das Stück, das ausreicht, um einzurasten. Man braucht nur einen der vielen Knoten binden, die sich lösen, wenn man an einem Ende zieht (zum Beispiel den Square Knot, den Houdini benutzte und den man in jedem beliebigen Schnellkurs für Zaubertricks finden kann), sodass man die Schnur dann zwischen den beiden Türflügeln hindurchziehen kann.

Die zweite Frage ergab sich aus der ersten: Nachdem die Frage der Machbarkeit positiv beantwortet ist, jagen wir also doch nicht einem Phantom hinterher, das deinem Wunschdenken entsprang, sondern dem wirklichen Mörder?

Die Antwort ist auch in diesem Fall: Ja.

Was ist die beste Methode, in einem Restaurant nicht aufzufallen? Sich als Kellner zu verkleiden. Was ist die beste Methode, auf einer Baustelle nicht aufzufallen? Sich als Maurer zu verkleiden. Unser Mann, angetan mit einem Overall, Sicherheitsschuhen und Verputzdreck, wusste, dass jeder, der ihm begegnen oder ihn aus der Entfernung bemerken würde, ihn für einen der Maurer hielte, die seit Monaten in diesem Wohnhaus arbeiteten. Selbst dann, wenn er in genau der Minute beobachtet werden würde, die er zum Hochklettern brauchte. Nur die echten Maurer hätten ihm Schwierigkeiten machen können, aber unser Mann hatte die Zeiten genau berechnet. Er wollte während der Mittagspause der Arbeiter in die Wohnung gehen und vor ihrer Rückkehr wieder verschwinden. Er hatte den Ablauf perfekt ausgetüftelt, aber er konnte nicht wissen, dass die Maurer die Pause an diesem Tag auf 11 Uhr 15 vorverlegt hatten, wie dem Bericht des Elektrikers zu entnehmen war. Hat dich diese Zeitangabe nicht stutzig gemacht? Denkst du, es ist gang und gäbe, dass eine Baustelle so früh verlassen wird?

Der Elektriker hatte dafür auch eine plausible Erklärung. Die drei wollten ins Krankenhaus, um ihren Kollegen zu besuchen, der vor zwei Wochen vom Gerüst gefallen ist. Sie sind eher gegangen und haben dafür früher wieder angefangen.

Erinnerst du dich, was ich zu dir gesagt habe, als wir uns im Traum getroffen haben? Um den Ablauf so perfekt timen zu können, musste der Mörder ein Genie sein. Aber er ist kein Genie. Er hatte einfach nur Glück. Seiner Planung nach hätten die Arbeiter ungefähr eine Stunde später zurück sein sollen, was ihm eine problemlose Flucht ermöglicht hätte.

Man kann sich die Überraschung unseres Mannes leicht vorstellen, als er mit einer Leiche am Hals die einzigen Personen eintreffen sah, die ihn mit Sicherheit enttarnen konnten. Wo hat er sich versteckt? Es gibt verschiedene Möglichkeiten, aber damit er die drei bei der Rückkehr rechtzeitig bemerken konnte, darf ich vermuten, dass er sich auf dem Balkon des ersten Stockwerks zusammengekauert hat.

Normalerweise wären die drei Maurer sofort durch das Tor zum Baulager gegangen, wären dann die Treppen hochgestiegen und hätten ihre Arbeit aufgenommen, was es unserem Mann ermöglicht hätte, unbemerkt aus dem Haus zu entkommen. Aber es gab noch etwas Unvorhergesehenes, das Eintreffen der Polizei, die von dem Nachbarn, der die Schreie gehört hatte, alarmiert worden war. Anstatt wieder an die Arbeit zu gehen, setzten sich die Maurer vor die Haustür, um das Treiben auf der Straße zu beobachten. Und dort sind sie geblieben.

Was konnte unser Mann an diesem Punkt anderes tun, als abzuwarten, bis die drei ihm den Rücken zuwandten, um dann zur Haustür hinauszugehen und in der Menge abzutauchen?

Wenn die Polizei nicht durch die Fahndung nach den Albanern abgelenkt gewesen wäre, hätten sie ihn bei einer normalen Untersuchung des Mordschauplatzes mit Sicherheit entdeckt. Aber wie wir wissen, ist das nicht passiert. Unser Mann konnte daher fast eine Stunde lang ungestört warten, sich dann auf die Straße verziehen und verschwinden.

Dazu gehört eine beachtliche Kaltblütigkeit, die wahrscheinlich aus der Verzweiflung geboren wurde. Keiner hat seine Anwesenheit bemerkt. Die Schaulustigen, die sahen, wie er sich entfernte, dachten, dass er einer der Maurer wäre. Die Maurer an der Haustür haben gedacht, dass er ein Passant wäre.

Du könntest einwenden, dass ich bis jetzt nur bloße Vermutungen geäußert habe, die durch keine Fakten untermauert werden. Du hättest durchaus Recht, wenn unser Mann nicht von einem Zeugen beobachtet worden wäre. Ein unaufmerksamer Zeuge, der auch in einem zweiten Moment nicht begriffen hat, was er da eigentlich gesehen hatte. Doch als er mir die Szene beschrieb, hat er mein Interesse an dem Fall wieder geweckt. Und wer ist nun diese Person?

Heiliger Himmel.

Das bist du.

Als du mir in dem, was du als Traumsphäre bezeichnest, berichtet hast, dass du vor Veras Haustür vier Maurer gesehen hast, habe ich begriffen, dass da irgendetwas nicht stimmte. Alle Polizeiberichte und auch der Elektriker sprachen immer nur von drei Personen.

Einwand. Es könnte sich um einen Maurer handeln, der zufällig vorbeikam.

Erwiderung. Die Maurer standen von den normalen Schaulustigen getrennt. Sie kamen zur Tür heraus, *deshalb konnten sie sich jenseits der Polizeiabsperrungen befinden. Niemandem sonst war der Zutritt gestattet, außer den Hausbewohnern, von denen keiner die betreffende Person sein konnte.*

Auch wenn ich mit einiger Berechtigung sicher sein darf, auf der richtigen Spur zu sein, ist meine Konstruktion hinfällig, wenn sie nicht von Beweisen untermauert wird. Ich habe daher den Elefanten losgeschickt, damit er die echten Maurer befragt. Ich habe ihm den Grund nicht genannt, um zu vermeiden, dass die Zeugenaussagen durch seine wohl bekannte Fantasie beeinflusst werden könnten.

Weiter hoffe ich, dass deine Ermittlungen über Adrians Vergangenheit ein paar Früchte tragen, die uns der Person, die wir suchen, näher bringen, wie ich auch auf die Befragung Veras baue, die ich gleich bei meiner Rückkehr nach Turin durchführen werde.

Auch dir muss klar sein, dass unser Mörder das Terrain nur zu gut kannte. Vielleicht war er ja in anderer Aufmachung schon einmal bei deiner Freundin zu Hause gewesen. Er wusste auch, wann die drei Gäste das Haus verlassen würden. Er wusste, dass er einen von ihnen antreffen würde, und zwar allein. Nach meiner Berechnung waren Adrians Schreie tatsächlich zu dem Zeitpunkt zu hören, den der Nachbar angegeben hat. Nur dass Ismail und Sami das Wohnhaus gerade erst betreten hatten. Da der Nachbar mit dem Telefonanruf bei der Polizei beschäftigt war, hat er weder gesehen noch gehört, wie sie ankamen. Er hat sie nur davonlaufen sehen, mit den bekannten Konsequenzen.

Eine letzte Sache muss ich dir noch sagen, ehe ich diesen ersten Teil des Berichts an einem Ort deponieren werde, an dem du ihn mit Sicherheit leicht finden wirst: Auf all das hättest du auch allein kommen können. Du warst zu voreilig. Du hast dich so sehr in eine bestimmte Idee verrannt, dass du das Offensichtliche schlicht übersehen hast.

Hier endet der Bericht. Der zweite Teil ist nie geschrieben worden. Ich gebe meinen Widerstand auf und lasse die Bilder vor mir vorbeiziehen. Ich stehe erneut gegenüber von Veras Haus. Mein Blick richtet sich auf die Maurer, gleitet über den kahlköpfigen Mann, der den Kopf gesenkt hält.

Mit der Macht der Verzweiflung versuche ich, ihn dazu zu bringen, den Kopf zu heben und sich eingehend betrachten zu lassen. Aber die Vergangenheit lässt sich nicht korrigieren und ich finde mich von kaltem Schweiß bedeckt über den Schreibtisch gebeugt wieder.

Ich liebäugele mit dem Gedanken, sofort De Caraldo anzurufen, aber ich verwerfe ihn wieder. Ich habe keine Beweise, keine Gesichter oder Namen: gar nichts. Selbst der Richter von Entenhausen würde mich auslachen. Es ist für alle Beteiligten besser, Mirko die Sache in Ruhe aushandeln zu lassen. Ich schneide einen Streifen Paketband ab und richte mir damit den gebrochenen Gips. Dann öffne ich das Tütchen mit dem Amphetamin. Die letzten Krümel. Ich schütte sie mir direkt in den Mund und spüle sie mit Stefanias Colarest hinunter. Edith ertappt mich mitten in der Bewegung, ich kann gerade noch das leere Tütchen im Ärmel verstecken.

»Klopft man heutzutage nicht mehr an?«, knurre ich.

»Das hier ist schließlich nicht dein Büro.«

»Von mir aus, aber ich habe jetzt keine Zeit.«

»Zeit wofür?«

»Für rein gar nichts.«

»Du bist wirklich merkwürdig«, sagt sie unbeeindruckt. »Da ist ein Priester, der nach dir fragt. Er sieht nicht verkleidet aus, ich nehme an, dass er echt ist.«

»Molinas?« Was will der Heidenvernichter denn ausgerechnet jetzt? »Zeig ihm den Weg.«

»Ich möchte dich noch daran erinnern, dass der Auftritt von Commander George für zehn Uhr vorgesehen ist.«

»Ich werde mich blicken lassen.«

Wenn ich zu derartigen Empfindungen noch in der Lage wäre, würde ich wohl etwas überrascht wirken, als der Priester hereinkommt. Denn es ist nicht Molinas.

»Don Alberto. Sie sind der Letzte, den ich erwartet habe.«

Er lächelt und schüttelt mir die Hand. »Darf ich mich setzen?«

»Ich bitte darum.« Ich würde ihn am liebsten davonjagen. »Ich kann Ihnen allerdings nur wenige Minuten widmen. Ich habe viele Dinge zu erledigen.«

»Viel Zeit werde ich Ihnen nicht stehlen, ich war gerade in der Gegend und da habe ich mir gedacht, dass ich Sie besuchen könnte. Ihr habt da ja ein hübsches Fest auf die Beine gestellt.«

»Ich amüsiere mich auch schon ganz köstlich. Was kann ich für Sie tun?«

Er streicht sich die Soutane über den Knien glatt. »Vielleicht kann ich ja etwas für Sie tun.«

»Es ist noch ein bisschen zu früh für die Letzte Ölung.«

Er grinst. »Nein, ich dachte da mehr an die Sache mit dem armen Adrian. Wir haben nie miteinander darüber geredet, aber da ich ihn kannte, dachte ich, dass ich Ihnen helfen könnte.«

Ich hebe eine Augenbraue. »Kannten Sie ihn gut? Dann wären Sie der Erste.«

»Oh, nein. Überhaupt nicht«, beeilt er sich zu erklären. »Aber ich traf ihn in der Gemeinde. Vielleicht kann ich Ihren Ermittlungen weiterhelfen. Fragen Sie mich nur, was immer Ihnen einfällt.« Er schaut zu Boden. »Ich möchte klarstellen, dass ich gegen den erklärten Willen von Pater Molinas handele, wie Sie sich vielleicht vorstellen können.«

»Sollte Pater Molinas etwas sauer auf mich sein?«

»Sagen wir es so, er würde es vorziehen, nie wieder mit Ihnen zu tun zu haben.«

»Ich kann ihn verstehen.« Ich seufze. Es scheint mein Schicksal zu sein, dass ich es einfach nicht fertig bringe, gut Freund mit den Kuttenträgern zu sein, angefangen bei ihrem Chef. »Ich danke Ihnen für das Angebot, aber im Augenblick sind mir die intelligenten Fragen ausgegangen.«

»Gibt es denn Fortschritte in der Angelegenheit des armen Jungen?«

»Nein.«

»Es tut mir Leid, das zu hören.«

»Was glauben Sie, wie Leid mir das erst tut.«

»Natürlich, natürlich.« Er streicht sich wieder mit der Hand über die Soutane. »Ich möchte Sie bitten, mich auf dem Laufenden zu halten.«

»Ich werde von mir hören lassen. Geht es Hassan gut?«

Für einen Moment erstarrt er. »Ja … er … Er muss natürlich seine Strafe ableisten. Pater Molinas hat ihm eine Reihe Sonderaufgaben auferlegt.«

Der arme Hassan, zur Zwangsarbeit verdonnert. Es hätte allerdings noch schlimmer kommen können, wenn ich später eingetroffen wäre … Einen Moment lang dreht sich mir der Kopf, während schlagartig etwas nach vorne drängt und meine beiden Hirnhälften zum ersten Mal nach langer Zeit wieder miteinander kommunizieren. Und da entsteht ein merkwürdiger Schmerz hinter den Augen, ein Blitz, der mir bis in jeden Wirbel hinunterfährt. »Allerdings, jetzt, wo ich so darüber nachdenke, hätte ich da doch eine Frage, die ich Ihnen stellen möchte, Don Alberto. Wie hat die Polizei Ihrer Meinung nach Hassan ausfindig machen können?«

Er lächelt immer noch, aber ein erbärmliches Lächeln, das mir den Magen zusammenzieht. »Das ist eine gute Frage.«

Ich versuche, einen ruhigen Tonfall beizubehalten. »Es geht um Folgendes, Don Alberto. Ich bin mir sicher, dass mir niemand gefolgt ist, als ich zu Hassan gegangen bin. Also muss ihn jemand denunziert haben. Die Frau mit den Massagen darf man wohl ausschließen, denn die hätte mehr zu verlieren gehabt als wir. Jemand aus dem Nachtasyl könnte es gewusst haben, aber der hätte ihn schon früher verpfiffen. Nein, ich glaube, dass es jemand mitbekommen haben muss, als Pater Molinas während der Räumung mit mir geredet hat. Haben Sie nicht hinter uns gesessen?«

Er springt auf. Oh, ein ganz schlechter Schachzug, das bedeutet, dass da jemand nervös ist. »Beschuldigen Sie etwa mich, ihn verraten zu haben?«, fragt er.

Auch ich erhebe mich. »Das wäre nicht gegen das Gesetz. Ganz im Gegenteil.«

»Ich bin es jedenfalls nicht gewesen. Ich sollte jetzt wohl besser gehen.«

»Wissen Sie, was ich außerdem glaube?«, sage ich und strecke ihm meine Hand hin. Er ergreift sie. Was für starke Hände er doch hat für einen Priester. »Dass derjenige, der den Jungen verpfiffen hat«, fahre ich fort, ohne ihn loszulassen, »sich Sorgen machte, dass er mir etwas zu viel erzählen könnte. Er wusste tatsächlich nicht viel, der arme Hassan, aber das Risiko bestand.«

Jetzt ist er blass. »Würden Sie mich jetzt bitte loslassen?«

»Und mir ist gerade wieder etwas eingefallen, das mir Molinas erzählt hat. Sie waren in Brindisi, ehe Sie nach Turin kamen. Wer weiß, was Sie da alles mitbekommen haben … Illegale Einwanderer, Steuermänner, Schiffbrüche.«

Beim Wort Schiffbrüche versucht er, seine Hand loszumachen. Ich verstärke den Griff, während mein Gipsarm sich bereits in Richtung seines Schädels bewegt. Mit Daumen und Zeigefinger, den einzigen Fingern, die ich bewegen kann, packe ich seine Elvis-Presley-Tolle und reiße daran. Es gibt ein Geräusch wie von einem Saugnapf. In meiner Hand halte ich eine Perücke.

Er ist kahl. Kahl wie eine Billardkugel.

13

Statt ihm auf die Glatze zu starren hätte ich mich besser auf seine freie Hand konzentriert. Oder wenigstens die Schere, die ich zum Schneiden des Klebebands benutzt hatte, aus seiner Reichweite gebracht. Er muss sie schon vorher ins Auge gefasst haben, denn er schnappt sie sich überaus schnell.

Er zielt nach meinem Hals, aber ich habe mich von meiner Verblüffung erholt und weiche aus. Ein wenig zu spät. Die Spitzen dringen mir auf Schulterhöhe in den Arm. Ich lasse ihn los. Noch während ich hinter dem Schreibtisch hervorkomme, ist er schon zur Tür hinaus.

Ich verliere Blut, ich spüre es warm auf meinen Handrücken tropfen. Es zwingt mich in die Knie, ganz einfach so, ohne einen besonderen Grund.

Ich stehe wieder auf, packe mein Walkie-Talkie und schalte es im Laufen ein.

»Sandrone an alle. Den kahlen Priester festsetzen«, befehle ich. »Korrigiere, niemanden durchlassen.«

»Eingang eins. Was heißt hier: niemanden durchlassen?«

»Eingang zwei. Hier ist ein Riesengedränge …«

»Hier Bar. Kannst du das wiederholen …«

Verwirrte Stimmen, Fragen, Rauschen. Ich wiederhole die Meldung, während ich mich in das Gewühl im Hauptsaal stürze. Dort kann man sich inzwischen kaum mehr bewegen, ich habe Mühe, mir über die Barriere aus menschlichen Körpern hinweg einen Überblick zu verschaffen. Mit den Ellenbogen bahne ich mir meinen Weg. Da, ein Glatzkopf, nur ist es der falsche.

Aus den Lautsprechern dröhnt *Voulez-vous coucher avec moi?*, ich treffe auf einen völlig durchgeschwitzten Scotti. Es gibt da Probleme mit … ich verlangsame nicht einmal meinen Schritt.

Ich stoße auf einen der Muskelmänner, der mit einem Kerl ringt. »Ist es der?«, fragt er mich.

»Der da ist Dominikaner. Lass ihn los«, sage ich und laufe weiter.

»Aber verfluchte Scheiße, was ist hier eigentlich los …?«

Der Ballsaal. Alle tanzen. Ein Gewirbel von Monster-, Astronauten-, Marsmenschen- und Akte-X-Kostümierungen. Ein Mädchen trocknet sich das Dekolletee. »So ein blöder Wichser.«

»Wer war das denn?«, frage ich.

»Ein als Priester verkleidetes Stück Scheiße.«

»Wo ist er lang?«

Sie starrt auf meinen Arm. »Oh Gott, ist das echtes Blut?«

»Nein, Tomatenketchup. Wo ist er?«

Sie zeigt irgendwohin. Ich gehe in die Richtung, folge einer Spur fluchender Menschen und verschütteter Getränke. Da ist noch einer, der gerade erst wieder aufsteht. Ich klettere auf die Bühne, um eine bessere Sicht zu haben, was den Typen vom Ordnungsdienst vor Empörung erstarren lässt. »Was zum Henker machst du …?«

Die Band ganz in Glitter und Pailletten. Die Sängerin, aufgemacht als Madonna von Loreto, versucht, mich fortzuschubsen, während sie weiterträllert. Ich weiche ihr aus, schlüpfe unter dem Arm des Bassisten durch und weiche dem Saxofon aus. Ich schaue nach unten. Grüne, rote, gelbe Köpfe. Alienschädel, Helme, Schellenmützen.

Jemand aus dem Publikum hält mich wohl für einen besoffenen Störenfried. Eine leere Dose knallt mir an die neue Brille.

Der Kahlkopf. Mitten in einem kleinen Strudel am rechten Eingang. Die bunten Lichter spiegeln sich recht hübsch. Ich springe runter, stolpere über meine eigenen Füße, falle hin, stehe wieder auf. Weiter mit Blutgeschmack im Mund. Die Tür zur Damentoilette schwingt noch nach. Ich stürze hinein, empörte Aufschreie. Aber nicht meinetwegen.

Der Priester reißt sich seine Kutte herunter. Darunter trägt er einen Jogginganzug. Er sieht mich. Er schreit: »Hilfe, der Verrückte!«

Ich will mich gerade auf ihn stürzen, da gibt es wieder diesen Warhol-Effekt. *Nicht jetzt,* bete ich, während das Klo vielfarbig wirbelt. Vier kleine Gestalten im Jogginganzug kommen auf mich zu, ich sehe sie größer werden. Ich wedele mit den Armen ins Leere. Vier Fäuste in meinem Gesicht, ich falle um und spüre es nicht einmal. Aber der Schlag auf den Rücken klärt meine Sicht. Ich hebe die Hände und schnappe Don Albertos Knöchel. Jetzt ist er derjenige, der zu Boden geht.

Ich trete auf ihn ein, bis sie mich von ihm fortziehen.

Bruchstücke von dem, was danach geschieht. Auf dem Polizeipräsidium.

Petalino, der mich schüttelt und schreit. »Ich werde Sie hinter Gitter bringen!«

De Caraldo, dem ich auf dem Flur zwischen zwei finster dreinblickenden Zivilisten begegne. »Ich habe so das Gefühl, dass Sie hinter Gittern landen werden.«

Mirko, der sich auf der Bank im Flur neben mich setzt. »Das läuft ganz schlecht. Ich glaube, dass sie dich hinter Gitter schicken wollen.«

»Erzähl mir etwas, was ich noch nicht gehört habe.« Gerade ist man mit dem Verbinden meiner Schulter fertig geworden. Sie pocht.

»Erzähl du mir was. Waren wir nicht auf der Suche nach einem albanischen Steuermann?«

»Jetzt werd nicht kleinlich.«

Andere Bruchstücke. Vera, die versucht, Don Alberto die Augen auszukratzen. »Du Drecksack!«, kreischt sie. Zwei Bullen halten sie fest.

Später dann zu mir, auf der Bank von vorhin. »Ich habe ihn in Cremona gesehen.«

»Wo?«

»Auf der Straße. Er hat mit Adrian gesprochen.« Sie heult. »Hätte ich dir das sagen müssen?«

»Hattest du einen Grund?« Ich schiebe sie beiseite und gehe auf die Toilette, um Galle zu kotzen, während sich der Polizist vor der Tür darüber kaputtlacht.

Dann Molinas, der schönste Moment. Er versetzt Don Alberto eine so heftige Ohrfeige, dass es den fast hinhaut.

Ein neuer Tumult, noch mehr Bullen, um die beiden zu trennen.

Irgendwann gegen Mitternacht läuft es allmählich besser. Eine Ewigkeit scheint vergangen zu sein. Zweimal hat man mir vom Boden aufgeholfen.

Petalino nimmt mich beiseite. »Und Sie sind sich sicher mit dem, was Sie da behaupten?« Sein Tonfall hat sich geändert.

»Hat der Heilige Geist Sie erleuchtet?«

»Der Priester lügt«, sagt er mit gepresster Stimme. »Ich habe zu viele von denen vor mir gehabt, um das nicht zu merken. Aber warum ist er zu Ihnen gekommen?«

»Er wollte Gewissheit darüber, was ich wirklich wusste. Molinas hatte ihm nichts mehr zu erzählen.«

»Er schweigt ein paar Sekunden. »Er hat nach einem Anwalt verlangt.« Pause. »Und Sie sind sich wirklich sicher?«

»Schauen Sie mich an.«

Er schaut mich an. »In Ordnung«, sagt er. »Ich werde ihn in die Mangel nehmen.«

Petalinos Kollege, der mit dem ›Negerlümmel‹. Eine Stunde später. Er zündet sich eine Zigarette an und reicht mir das Päckchen. Ich zittere so sehr, dass er mir mit dem Feuerzeug helfen muss. »Don Alberto stammt aus Bergamo. Wusstest du das?«

»Woher denn auch?« Ich hätte es mir allerdings wegen des Nachnamens denken können. Giupponi ist ein typischer Nachname in Bergamo.

»Jetzt sind wir beim Maurer. Allmählich kommt da einiges ans Licht.«

»Erpressung?«

»Das können wir noch nicht sagen. Aber mit Sicherheit haben sie sich gekannt.« Die Zigarette ist mir runtergefallen. Er kommt herüber, hebt sie auf und steckt sie mir kumpelhaft zwischen die Lippen. »Was für eine Scheißgeschichte«, meint er abschließend.

Er steht auf, ich halte ihn fest. »Wie lange wird das noch dauern?«

Er haut mir auf die gesunde Schulter. »Fasse dich in Geduld.«

Ich werde wieder in Petalinos Hände übergeben, der Priester in die von ich weiß nicht wem. Petalino lässt mir einen Kaffee mit Schuss bringen, während ich alles noch einmal von vorne erzähle. Ich trinke den Kaffee und erbreche ihn gleich wieder. Diesmal direkt in den Papierkorb seines Büros.

De Caraldo hat eine ›inoffizielle‹ Unterredung mit mir. Es ist genau zwei Uhr, seit einer halben Stunde habe ich niemanden mehr gesehen. Mirko ist bei Vera, ich bin in einem kleinen ungenutzten Büro im vierten Stock zwischengeparkt. Die Möbel sind so alt, dass sogar die Motten mumifiziert sind.

»Erheben Sie sich bitte, das Gericht betritt den Saal«, sage ich und knalle die Hacken auf den Boden.

De Caraldo nimmt in aller Ruhe Platz, wobei er eine Staubwolke vom Sessel aufwirbelt. »Signor Dazieri, seit heute Morgen habe ich mit Ihnen zu tun, ich glaube, ich habe jetzt genug davon.«

»Dann lassen Sie mich doch einfach wieder meiner Arbeit nachgehen.«

»Vielleicht.«

»Vielleicht? Was ist mit ›Ich steck Sie hinter Gitter‹? Ich werde das Gefühl nicht los, dass da etwas im Gange ist.«

Er lehnt sich nach hinten. »Die Position des Priesters ist mittlerweile nicht mehr haltbar, und das bringt Ihre wieder in ein besseres Licht. Aber …«

»Aber da gibt es ein Problem.«

»Sie haben gelogen. Der Signor Patoil hat Ihnen gar nichts gesagt.«

Wenn er ernsthaft davon überzeugt wäre, würde ich schon

längst in einer Zelle baumeln, aufgehängt an meinen Daumen. Aber er hat eben seine Zweifel.

Ich lehne mich ebenfalls nach hinten und ignoriere dabei den neuerlichen Schmerz in der Wirbelsäule. »Wenn Sie mir nicht glauben, dann werden mir bestimmt all die Journalisten glauben, deren Bekanntschaft zu schließen ich in den vielen Jahren harter Arbeit das Glück hatte.« Es sind gerade mal zwei und die können mich nicht leiden. »Auch Amnesty International dürfte daran interessiert sein, mehr über diese kreativen Einsatzformen von Nicht-EU-Bürgern zu erfahren. Wie nennt ihr so etwas denn, Wisch- und Weg-Informant?«

Er presst die Lippen zusammen, dann öffnet er wieder den Mund. »Die Einzelheiten der Aktivitäten von Patoil, oder wie auch immer er hieß, fallen noch unter die Geheimhaltungspflicht einer laufenden Ermittlung, mit der ich nicht befasst bin. Eines kann ich Ihnen trotzdem sagen: Signor Patoil war kein Informant.«

»Ziehen Sie Spitzel vor?«

»... er war Polizist. Ein Expolizist, wenn Ihnen das lieber ist.«

Das ist ein Tiefschlag, so heftig, dass er mich niederstreckt. »Blödsinniges Geschwätz«, krächze ich. »Man hat doch seine Personenbeschreibung und seine Fingerabdrücke nach Albanien geschickt. Das wäre doch längst herausgekommen.«

Er schüttelt den Kopf. »Nach dem Fall des Regimes hat der Staatssicherheitsdienst die Archive zerstört. Sie wollten nicht, dass ihre Mitglieder oder deren Familien verfolgt würden.«

»Sie wollen doch nicht etwa sagen, dass Adrian beim SHIK war? Den Sondereinheiten?«

»Das ist nur eine Vermutung.«

»Ach Quatsch, Vermutung. Sie haben Adrians Kontaktmann bei der italienischen Polizei ausfindig gemacht.«

»Was für ein Kontaktmann?«

Wir starren uns an, ich gebe nach. »Schon gut. Vorausgesetzt, dass bei Vera und mir alles fallen gelassen wird. So als Gegenleistung?«

»Das kann schleunigst erledigt werden. Schleunigst für Sie und schleunigst für die Mezza.«

»Ismail und Sami?«

»Schnelle Abschiebung.«

»Waren die auch beim SHIK?«

»Angesichts ihrer eher nebensächlichen Rolle glauben wir das nicht.«

»Dann hat sie Adrian in Florenz und Bologna rekrutiert.«

Er zwinkert. »Das ist wahrscheinlich.«

»Und ...« Ich kann nur dieses eine Wort hervorbringen, da setzt der Warhol-Effekt wieder ein. Diesmal nicht von Übelkeit und Rauschen begleitet, aber von einer merkwürdigen Taubheit in den Gliedmaßen. Ich bekomme kaum mit, wie mein linker Arm sich wie von selbst bewegt und die Hand in die Tasche meines Hemdes gleiten lässt.

»Was ist los?«, fragt der Dottore.

Ich antworte nicht, denn ich bin völlig gefesselt von der Darbietung meiner linken Hand, die auf die Schreibtischplatte schreibt.

Ich bin hier, schreibt sie.

Ich kann durch dich sehen und hören. Lass mich raus.

Mein Partner ist zurück. Der Warhol-Effekt kam gar nicht vom Amphetamin, sondern er war es, der versuchte, sich mit mir in Verbindung zu setzen. Jetzt gelingt es ihm.

De Caraldo stampft auf. Ich ignoriere ihn. Ich nehme den Stift in die rechte Hand und schreibe *Nein!!!*

Es ist eine sehr zornige Hand, die weiterschreibt.

Hast du wenigstens den Bericht gefunden?

»Na klar«, sage ich laut.

»Es ist klar, dass Sie staatliches Eigentum beschädigen«, sagt De Caraldo.

»Ich bitte um Entschuldigung, ich hatte gerade den Impuls, mir Notizen zu machen.«

»Beim nächsten Mal benutzen Sie ein Blatt Papier. Hier.« Er reicht mir eines von seinem Block.

»Danke. Und die Steuerleute vom Motorboot?« Meine linke Hand zeichnet einen stilisierten Totenschädel. »Sie sind tot, stimmt's?«

»Die Tatsache, dass Patoil nicht nach ihnen gesucht hat, legt die Vermutung nahe. Vielleicht war es in Albanien, vielleicht in Italien. Das wissen wir nicht. Und wir wissen auch nicht, ob Patoil dafür in irgendeiner Art und Weise verantwortlich war.«

Nach allem, was ich erfahren habe, würde mich das nicht mehr groß wundern. Der SHIK, die einzige Kraft im kommunistischen albanischen Staat, die sich dem Volksaufstand entgegenstellte. Folterknechte und Mörder. Und Adrian trug Gedichte vor und sprach ein Gebet, ehe er zu spachteln begann. Von den Nazis erzählt man dasselbe. »Eine letzte Frage. Warum der Priester?«

»Wir wissen noch nicht sehr viel über Don Giupponi, aber die Kurie hat ihn nicht zufällig aus Brindisi wegversetzt. Es gab Gerüchte, dass er seine Kutte allzu leichtfertig einsetzte, um darunter Schmuggeleien von Waren slawischer Herkunft zu decken. Als die Bootsleute die armen Menschen ertränkten, taten sie das, um eine Ladung Rauschgift und Waffen zu retten, die auf merkwürdigen Wegen hier in den Norden gelangt ist. Neben dem Priester haben wir auch das Unternehmen in Verdacht, das sein Schwager in Cremona führt.«

Igor Corto, schreibt meine Hand.

»Igor Corto«, sage ich.

»Ja.«

Scheiße. Corto hatte Don Giupponi informiert, dass Adrian allein zu Hause war. Dann hatte er sich ein Alibi gesucht. »Adrian war zu sehr Katholik, um einen Priester zu verdächtigen«, sage ich. »Auch als er in Cremona direkt vor ihm stand. Er hat ihn sogar zu sich nach Hause eingeladen. Vielleicht hat er bei ihm die Beichte abgelegt. Die Informationen über die Schiebereien in Cremona hat Adrian von derselben Person, die sie jetzt Ihnen mitgeteilt hat, Richter. Nur so aus Neugier, haben Sie wirklich die Absicht, zu tun, als ob nichts geschehen wäre?«

De Caraldo neigt den Kopf und reibt sich den Nacken. »Sandrone ... Sie werden doch Sandrone genannt, nicht wahr?«

»Von meinen Freunden.«

»Nein, die nennen Sie Gorilla. Sehen Sie, Sandrone, ich möchte Ihnen etwas anvertrauen. Am liebsten säße ich jetzt auch nicht hier, um diese Vergleichsposse mit Ihnen abzuziehen. Ich würde viel lieber alles in einem Gerichtssaal aufarbeiten und sehen, welche Abgründe sich noch auftun. Aber das ist nicht möglich. Erinnern Sie sich an den grauhaarigen Herrn, der vor ein paar Stunden mit mir gesprochen hat?«

»Innenministerium?«

»So etwas in der Richtung. Er hat mich daran erinnert, wie viele Menschen momentan gegen die ausländische Mafia im Einsatz sind und wie viele Operationen auffliegen könnten, wenn so viele tapfere Polizisten gezwungen wären, als Zeugen auszusagen. Wie viele Leben sie zu retten trachten und so weiter.«

»In Ordnung, lasst alles schön in der Versenkung verschwinden und dann gute Nacht. Wenn ihr damit zufrieden seid ... und was springt für mich dabei heraus?«

»Gegen Sie wird es keine lästigen Anklagen geben wegen tätlichen Angriffs, Widerstands gegen die Staatsgewalt, Behinderung der Justiz, Unterschlagung von Beweisen. Und die Signorina Mezza wird sofort freigelassen.«

Ich denke nicht einmal darüber nach. »In Ordnung. Aber im Gegenzug erwarte ich noch zwei weitere Dinge.«

»Ich fürchte, dass ich das nicht ...«

»Sie sind ganz einfach. Erstens: Ich gehe sofort. Ich muss noch etwas erledigen. Setzen Sie unter meine Aussagen so viele Omissa, wie Sie wollen. Handeln Sie das mit meinem Anwalt aus. Morgen oder wann immer Sie wollen komme ich dann zum Unterschreiben. Oder setzen Sie einfach eine gefälschte Unterschrift darunter, dann brauche ich mich darum nicht mehr zu kümmern.«

Er nickt. »Das dürfte in Ordnung gehen.«

»Zweitens: Ich möchte Einsicht in die gesamte Akte über die Porcacchias bekommen. Alles, was Sie in Ihrem Köfferchen haben, alles, was auf Petalinos Schreibtisch liegt.«

»Auch der Mordfall Faletti? Was hat das denn jetzt mit dieser Sache zu tun?«

»Ich habe zu früh das Interesse daran verloren. Wissen Sie, ich verliebe mich in meine Theorien, und dann verzettele ich mich gern. Einer meiner Bekannten hat mich zu Recht darauf hingewiesen.«

Die Hand legt den Stift nieder und macht den Alles-klar-Daumen wie Fonzie. Ich sollte mich vielleicht darüber wundern, aber dreißig Jahre Schizophrenie gewöhnen einen an alles.

Diesmal denkt De Caraldo ein paar Sekunden nach. »Das sind Büroakten. Sie dürfen davon keine Fotokopien machen, auch keine Notizen.«

»Ich werde bestimmt keine Eselsohren reinmachen. Wie lange wird das dauern?«

»Die Zeit, um nach unten zu gehen.«

»Bleiben Sie ein paar Minuten länger weg und lassen Sie mich mit Vera reden, ehe sie gehen darf.«

Vera hört meine Zusammenfassung an. Mit gesenktem Kopf. Aus ihr scheint alle Energie gewichen zu sein.

»Und jetzt?«, fragt sie.

Wir befinden uns im Flur gegenüber der Tür zu dem Büro, in dem der Richter und ich uns so nett gegenseitig mit dem Rücken an die Wand gedrückt haben. Sie lehnt am Türrahmen, ich hänge halb in einem offenen Fenster. Ich rauche und klopfe die Asche Richtung Vollmond. Die Schulter hat wieder angefangen zu pochen.

»Jetzt ist es vorbei«, sage ich.

»Und warum fühle ich mich dann so beschissen?«

»Weil es keine Wunder geben wird, die Toten bleiben tot, die Mörder Mörder, die Bullen Bullen.«

»Wie befriedigend.«

»Befriedigung war im Preis nicht inbegriffen.« Ich deute mit der Kippe auf den Platz um uns herum. »Du wolltest, dass ich einen Job für dich erledige, und hier hast du deine Ergebnisse. Mach Frieden in deinem Herzen und fahr zurück nach Hause. In einem Jahr hast du wieder einen hübschen neuen Freund gefunden, dem du dann deine Abenteuer als Ermittlerin erzählen kannst.«

»Warum musst du dich nur immer wie der letzte Arsch aufführen?«

Ich ziehe die Augenbrauen hoch, vielleicht die einzige Partie meines Körpers, die mir nicht wehtut. »Laut Vertrag bin ich verpflichtet, dir zu sagen, was ich denke. Das mache ich gerade, Adjutantin.«

Sie beißt sich auf die Lippen. »Und du?«

»Ich muss noch eine andere Arbeit zu Ende bringen. Dann kehre ich nach Mailand zurück und schlafe eine Woche lang durch.«

»Wenn … wenn du noch ein paar Tage bei mir bleiben möchtest, um dich auszuruhen, dann würde ich mich freuen.«

Ich lache ihr ins Gesicht. »Nein, das würde dich nicht freuen. Wenn ich arbeite, bin ich unausstehlich, und wenn ich mich ausruhe, bin ich eher noch schlimmer. Ich liege den ganzen Tag auf dem Sofa rum, bin immer besoffen und schiebe einen Hass auf den Rest der Welt.«

»Du bist gar nicht so.«

»Oh doch. Ich bin *wirklich* so. Ich erledige Dinge, die erledigt werden müssen, aber das macht mich nicht automatisch zu einem guten Menschen oder zu einem angenehmen Zeitgenossen. Nicht einmal meine Freunde ertragen mich für längere Zeit. Ich gebe dir noch einen kostenlosen Rat. Lerne, deinen Nächsten besser einzuschätzen, denn seit ich dich kenne, habe ich es nicht ein einziges Mal erlebt, dass du einen Volltreffer gelandet hättest.« Ich werfe ihr die Wagenschlüssel zu. »Ich habe ihn an der Piazza Balôn geparkt, fahr vorsichtig.«

Sie weiß nicht, was sie darauf sagen soll, wechselt aber mehrfach die Farbe. Dann packt sie das Schlüsselbund fest in die Hand und dreht sich auf dem Absatz um, ohne ein Wort zu sagen.

De Caraldo taucht eine Minute später auf mit einer dünnen Akte unter dem Arm. Aus meinem Gesichtsausdruck muss er alles gelesen haben, was nötig war, denn er öffnet nicht einmal andeutungsweise den Mund. Er lässt mich am Fenster, von dem aus ich Vera auf der Straße nachblicke, wie sie unter den Laternen zu einem Schatten wird.

Ganz fern.

14

Man bringt mich sogar in einem Polizeiwagen zum Fischmarkt. Ich weiß nicht, was die Streifenbeamten mitbekommen haben, aber sie behandeln mich wie einen Kollegen. Beide um die zwanzig und davon überzeugt, dass sie die Einzigen auf der Welt sind, die verhindern, dass alten Weiblein die Handtaschen entrissen und brave Bürger belästigt werden. Ich wünsche ihnen viel Glück, ohne ihnen auf die Nase zu binden, auf welcher Seite ich wirklich stehe.

Es ist drei Uhr. Das Fest ist aus. Ringsum stehen Grüppchen von Jugendlichen, die noch weiter ihren Spaß haben, in

Kostümen, die in Fetzen herunterhängen oder unter den Mänteln verschwunden sind. Als Willkommensgruß wedeln die Männer in Schwarz von der *Shadow-Agentur* mit der Don-Alberto-Perücke.

»Ein hübsches Souvenir«, meint Pietro zu mir. »Hättest du es gern?«

»Vielen Dank, ich werde sie zu den anderen Trophäen in der Bat-Höhle hängen.« Drinnen herrscht der reinste Saustall, der Boden ist völlig von verpapptem Müll bedeckt. »Wie ist es gelaufen?«

»Scotti war zufrieden. Warten wir mal morgen ab.«

»Und die Vorstellung?«

»Soweit ich gesehen habe, lief auch das ganz gut. Bis auf den Darsteller.«

Scheiße, das will ich gar nicht hören. Ich frage trotzdem. »Mendez?«

»Der war sturzbetrunken. Das Publikum hat sich über ihn lustig gemacht, dann hat er sich über das Publikum aufgeregt und ist von der Bühne gesegelt. Eine Bild des Jammers.«

»Wurde er ins Krankenhaus gebracht?«

»Nein. Er ist noch hier und schlummert in seinem Kämmerlein. Ich muss ihm gleich sagen, dass es jetzt Zeit zum Aufbruch ist.«

»Das übernehme ich. Ist Svetlana noch irgendwo?«

»Sie macht gerade die Abrechnung. Sagst du ihr ebenfalls Bescheid?«

»Ja. Geht jetzt nach Hause, wir sperren dann ab. Vielen Dank für alles, Pietro.«

»Du bist der, der zahlt.«

Ich muss eine große Runde drehen und wate durch den Papiermüll. Als ich an Scottis Büro vorbeikomme, stecke ich meinen Kopf hinein. Svetlana ordnet Geldbündel in eine tragbare Kassette. Sie tut dies mit angespannter Miene und flinken Händen. Ich melde mich mit einem *Psst.*

»Sandrone! Ist alles in Ordnung?«

»Ich komme gleich vorbei und erzähle dir alles. Wartest du noch ein paar Minuten auf mich?«

»Sicher.«

»Gut.«

Mendez ist in dem Zimmer vorne beim Ballsaal. Er trägt den weißen Anzug, in dem ich ihn vor zwei Tagen gesehen habe. Nur dass er jetzt verdreckt und zerknautscht ist. Fast ebenso zerknautscht ist er selbst. Er hat einen blauen Fleck auf der Stirn und eine geschwollene Augenbraue. Er schläft nicht, sondern mustert sich im Spiegel. Im Spiegelbild sieht er mich hereinkommen, nachdem ich an die Tür geklopft habe.

Er wendet sich nicht um. »Zu spät für meinen kleinen Auftritt, fürchte ich«, sagt er.

»Sie werden es nicht glauben, aber es tut mir wirklich Leid.«

Er lächelt. Vorne hat er einen Zahn verloren. »Sie haben nichts Erinnerungswürdiges verpasst, zumindest nichts in der Art wie Ihre Verfolgungsjagd zur Damentoilette. Leider ist mein Geist noch willig, aber das Fleisch ...« Dann auf Italienisch. *»Spegniti, spegniti, piccola candela ...«*

Ich setze mich auf eine Kiste. »Ich schaffe es in letzter Zeit auch immer weniger, das zu tun, was ich möchte.«

»Das ist die erbärmliche menschliche Befindlichkeit.« Er betastet sich noch einmal das Gesicht, dann dreht er sich um. »Dieser unaussprechliche Spitzbube hat ein paar Probleme mit meinem Honorar. Glauben Sie, dass Sie ihn davon überzeugen können, dass ich meinen Teil der Arbeit geleistet habe?«

»Das wird nicht nötig sein.«

»Gut, gut.« Seine Stimme zittert. »Sagen Sie ihm, dass ich es morgen noch einmal probieren möchte. Heute bin ich von der Müdigkeit überwältigt worden, aber morgen ... Glauben Sie, dass das annehmbar ist?«

»Das wäre es sicher, aber morgen gibt es keine Vorstellung.«

»Wie schade! Und warum nicht?«

»Weil wieder einmal alles den Bach hinuntergeht. Vorher möchte ich allerdings wenigstens für Sie die Dinge geregelt bekommen. Denn Sie sind der einzige Mensch, bei dem es mir Leid tun wird, dass ich ihn nicht wiedersehen werde, wenn diese Geschichte vorbei ist. Zwar gäbe es da noch jemanden, doch die habe ich fortgeschickt, die zählt daher nicht. Haben Sie etwas zu trinken?«

»Hat der Bär ein Fell?«

Er reicht mir eine noch halb volle Flasche Whisky, und ich mache ausgiebigen Gebrauch davon, ehe ich sie ihm zurückgebe. Schluck für Schluck habe ich neue Energie getankt. Jetzt geht es besser. »Hören Sie zu, Mendez. Im Zimmer am Ende des Saals werden gerade die Einnahmen von heute Abend gezählt. Ich weiß nicht, wie viel das ist, aber mit Sicherheit genug, um sich davon einen schönen Urlaub in Italien zu machen, in der ersten Klasse nach Mexiko zurückzukehren und noch ein paar Einkäufe zu tätigen.«

Er hält mit der Flasche auf halbem Wege zum Mund inne. »Ich hoffe, dass Sie mir nicht gerade vorschlagen, etwas wegzunehmen, was mir nicht gehört.«

»Oh doch. In zehn Minuten wird in diesem Zimmer niemand mehr sein, und ich garantiere Ihnen, dass man nicht nach Ihnen suchen wird, zumindest nicht in den nächsten Tagen. Sie müssen nicht einmal ins Hotel zurückkehren. Lassen Sie sich ein Taxi kommen und lassen Sie sich nach ... Rom bringen.« Ich fixiere ihn. »Ihnen gefällt Rom?«

Er fixiert mich. »La Dolce Vita«, sagt er leise.

»Werfen Sie auch für mich eine Münze in den Brunnen.«

Ich kehre ihm den Rücken zu, ehe er mich noch etwas fragen kann, aber ich hebe meine Hand zum Gruß.

Svetlana zählt das Geld, schnell wie eine Bankkassiererin. Sie zuckt zusammen. »Hast du mich erschreckt«, sagt sie und lässt die Banknoten weiter durch ihre Finger gleiten.

Ich schaue ihr ins verbliebene Auge. Ich kann es nicht länger aufschieben. »Alessandra«, sage ich nur.

Sie ist gut und bleibt unbeirrt, aber ihre Finger verraten sie. Sie kommen aus dem Takt. »Wer soll das sein?«

»Du bist das. Alexandra, um genau zu sein. Deine Mutter war Russin, daher bist du so gut damit durchkommen, Svetlanas Rolle zu übernehmen. Sie war das im Auto bei deinem Mann, nicht wahr? Sie ähnelte dir ein wenig. Bis auf die Haare, aber du färbst sie ja ständig. Du konntest ihre Papiere benutzen, niemand ist auf den Gedanken gekommen, dass nicht du es warst, die an der Straßensperre ums Leben gekommen ist. Sie wurde von den Kugeln zersiebt. Genauso gut hätte es auch meine Großmutter sein können.«

Sie weicht zurück, schaut sich um. »Sandrone, ich verstehe wirklich nicht …«

»Auch der arme Panz hat nichts verstanden. Er hat dir dabei geholfen, die Porcacchias als die Urheber der Anschläge hinzustellen. Das mit dem *Fassisten* geht wohl auf sein Konto, das ist sein Humor. Er wusste nicht, dass er das letzte Glied in der Kette sein würde, der, bei dem du alles ›beichten‹ konntest und mit dessen Hilfe du sie dir vom Hals schaffen konntest. Denn du wusstest, dass sie dich holen kommen würden, als sie aus dem Knast entlassen wurden. Wenn ich nicht bei dir zu Hause gewesen wäre, hätten sie es dir vielleicht ja auch sofort heimgezahlt. Worum ging es denn? Geld?«

Sie steht auf. Als sie spricht, hat sie fast jeden ausländischen Akzent verloren. »Schmuck. Der Scheißkerl, den wir ausgeraubt haben, war ein Hehler. Ich habe zwei Jahre gebraucht, um das Zeug zu verkaufen. Und diese Saftsäcke kommen ausgerechnet jetzt wieder frei.«

»Schade, dass sie dich nicht mehr hören können, weil sie tot sind, stimmt's? Jetzt, wo alle sie für die Attentäter halten und davon ausgehen, dass sie quietschlebendig untergetaucht sind, konntest du sie dir vom Halse schaffen, ohne

Angst haben zu müssen, dass einer ihrer Kumpel dir auf die Pelle rückt. Panz war dein Alibi, und sie sind dein Alibi für Panz.«

Sie lächelt und ihr Lächeln ist ein perfektes Geständnis. »Und du, was willst du? Geld, mich ficken?«

»Dich alles verlieren zu sehen wäre mir fast schon genug.«

Sie lacht auf. »Dann wirst du am Ende nichts haben.«

Der Schlag in den Nacken treibt mir das Wasser ins Gesicht. Ich sinke zu Boden. Und sehe Edith über mir, mit einer zerbrochenen Flasche in der Hand.

»Du auch noch«, murmele ich. »Au weia.«

»Armer Wichser«, sagt sie.

Das Schlachtgeheul des Elefanten dringt in meine Beinahe-Bewusstlosigkeit vor, dann das übliche Ballett aus Armen und Beinen. Alex zielt mit einer Faust auf das verletzte Auge Alessandras, der Elefant konzentriert sich darauf, sich mit Edith zu befassen. Alessandra entwischt, der Elefant verfolgt sie in den Saal.

»Zum Schluss lässt du dich immer von hinten erwischen«, sagt Alex, auf dem Rücken der Dicken thronend.

Ich rappele mich wieder auf und taste mir den Nacken ab, der sich wie eine überreife Tomate anfühlt. »Ich dachte mir schon, dass das eure Schritte hinter mir waren.«

»Ich wollte sehen, was dieses Weib im Schilde führte.«

»Trotzdem wäre es nicht nötig gewesen, mich erst skalpieren zu lassen. Ich wusste bereits, dass sie mit von der Partie war.«

»Ja, am Arsch.«

»Alexandra brauchte einen Komplizen«, erkläre ich geduldig. »Und Edith hat mir die richtigen Hinweise im richtigen Moment gegeben.«

»Du kannst noch bis morgen früh so weiterlabern, ich glaube dir ja doch nicht.«

Ich richte mich auf. »Damit das klar ist, ich lasse mich nur von meiner Freundin an der Nase herumführen.«

Alex verpasst Ediths Nacken eine Kopfnuss, dann hebt er den Blick, um mich anzuschauen. »Vale hat Mirko angerufen. Du sollst sie morgen Abend am Flughafen abholen.«

»Vielleicht schaffe ich das ja mit einem Krankenwagen.«

Der Elefant kommt mit hängender Zunge herein. »Sie hat sich in der Garderobe eingeschlossen und kreischt«, keucht er.

Ich höre sie ebenfalls. »Und von dort kann sie sicher nicht entwischen, richtig?«

»Nein. Rufen wir die Bullen?«

»Aber ja doch. Draußen muss noch ein Streifenwagen sein. Hilf Alex, die da von hier fortzuschaffen, ich behalte die andere Schwester im Auge.«

Zu zweit heben sie Edith hoch, die weint und aus der Nase blutet. Sie plappert wieder, versucht sich zu rechtfertigen, erzählt von Schulden und Versprechungen. Ich höre ihr nicht zu. Ich folge dem Trio in den Saal, lasse mir eine Zigarette geben und zünde sie mir an. Ich habe so das Gefühl, dass das für eine Weile die letzte sein wird.

Ich warte, bis ich im Dunkeln Mendez erkenne, der an den Wänden entlangstreicht und in das Zimmer mit dem Geld schleicht.

Dann schließe ich die Augen und schicke meinen Partner los, den Job zu beenden.

doch jetzt ich bitte dich kehren wir
nach mailand zurück ich weiß dass es dir
wie eine vom krieg zerstörte stadt vorkommt
die nach dem krieg von hunden wieder errichtet wurde
aber kommen wir uns entgegen verlassen wir diese erde
reich an monumenten morgen zeige ich dir
die nacht der lebenden toten

Dario Villa, *Harder With Johanna*

Danksagungen

Wenn euch das Buch nicht gefallen hat, dann wisset, dass es auch hätte schlimmer kommen können ohne:

Roxie Moratto, die es kapitelweise gelesen hat; Igor Longo, der mich in Sachen klassische Krimis beraten hat; Alessandra C., die mir als Cicerona gedient hat; Roberto Bassi, mein Anwalt in Reggio Emilia, der mich vor dem Knast bewahrt hat; Agnese Incisa, meine Agentin.

Ihnen allen und all denen, deren Geschicke ich euch beschrieben habe (Alex, Stefy und dem Elefanten als Erste), ein Danke aus vollem Herzen. Von mir und meinem Partner.

Glossar

Arsène Lupin: der ›Gentleman-Dieb‹, Figur aus den Romanen des französischen Schriftstellers Maurice Leblanc

bateaux mouches: kleine Vergnügungsschiffe auf der Seine

Bontempi: Hersteller von Musikinstrumenten, hier eine Art Kinderkeyboard

Canzonissima: große Samstagabend-Show mit Schlagerparade, bei der die Zuschauer über den Gewinner abstimmten

Cohen: siehe *Stompanato*

Commander Striker: eigentlich *Commander Straker,* Figur aus der legendären Fernsehserie *UFO* in den 70ern

Diabolik: bekannte italienische Comicfigur

Die letzte Flut: Film von Peter Weir, Australien 1977

Eymerich: Figur aus einem Fantasy-Romanzyklus von Valerio Evangelisti

Fonzie: Arthur „Fonzie" Fonzarelli, Protagonist der amerikanischen TV-Serie *Happy Days* (1974–1984)

G-man: G(overnment)-Man, Sonderagendt des FBI

Gianduia: Haselnussnougat, Spezialität aus Turin

Girolimoni: berühmter Pädophilen-Fall aus dem Jahr 1927, bei dem irrtümlich der Lebemann Gino Girolimoni verhaftet wurde

Gruppo Abele: 1966 gegründete Initiative, die sich für Aids- und Alkoholkranke, Prostituierte, Exhäftlinge etc. einsetzt

John Holmes: Künstlername von John Curtis Estes, 1944–1988, berühmter männlicher Pornostar aus Kalifornien

Landru: Henri Landru, 1869–1922, französischer Mitgiftmörder, am 25.02.1922 mit der Guillotine hingerichtet

Little Tony: Antonio Ciacci, *1941, in den Sechzigern berühmter italienischer Rock-'n'-Roll-Sänger, bis heute als Schlagersänger aktiv

Magier Zurlì: Moderator einer Kinderfernsehshow

Mario Merola: Schauspieler, bekannt für seine Darstellungen von Mafia- und Camorrabossen

Ming: Figur aus *Flash Gordon*

Mister Fantastic: Marvel-Comicfigur, einer der *Fantastischen Vier* (1961), ein Superheld, der seine Gliedmaßen enorm strecken kann, da er volle geistige Kontrolle über jedes Molekül seines Körpers hat

Murazzi: Uferpromenade in Turin

Neunzehnhundert: Film in zwei Teilen von Bertolucci aus dem Jahr 1976

Nuove: Gefängnis von Turin

Pinelli: Giuseppe (Pino) Pinelli, Anarchist aus den 60ern, der bei einem Verhör ›aus Versehen‹ aus dem vierten Stock des Mailänder Polizeipräsidiums fiel und so zu Tode kam

Pfefferminz-Puder: in Italien ein klassisches Hausmittel gegen Juckreiz

Pugacioff: Comicfigur von Giorgio Rebuffi (*1928)

Salgari: Emilio Salgari, 1862–1911, bekannter Autor von Abenteuerromanen, die vor allem von Kindern und Jugendlichen gelesen wurden

sans papier: Asylbewerber in Frankreich, die ihre Papiere wegwerfen, um nicht abgeschoben werden zu können

Sekretärinnen-Cha-Cha-Cha: Cha cha cha della segretaria, bekannter Schlager aus dem Jahre 1962

SHIK: Nachfolgeorganisation der ehemaligen nationalen Staatssicherheit *Sigurimi,* immer noch mächtiger albanischer Inlandsgeheimdienst

Stompanato: Johnny Stompanato war ein stadtbekannter Gigolo und Gangster in den Fünfzigern, berühmt durch seine Affäre mit Lana Turner, deren 14-jährige Tochter Cheryl ihn am 4. April 1958 erstach. Cheryl wurde später freigesprochen. Der Gangster *Mickey Cohen,* dessen Leibwächter und Freund Stompanato gewesen war, rächte sich, indem er Liebesbriefe, die die Turner an Stompanato geschrieben hatte, an die Presse weitergab.

SWAT: Special Weapons and Tactics, Sondereinsatzkommando in den USA

Tomponzi: Tomponzi Investigations, berühmte italienische Privatdetektei

Torrone: eine Art türkischer Honig, Spezialität aus Cremona

Ustica: Insel bei Sizilien, dort explodierte am 27. Juni 1980 eine DC9 mit 81 Personen an Bord, die Unglücksursache wurde nie geklärt

Vigor-Salbe: eine Salbe, für die in Erwachsenencomics geworben wird und die den Muskelaufbau fördern soll

vù comprà: fliegende Händler, meist aus dem Maghreb; der Spitzname entwickelte sich aus dem Standardspruch der Händler, gemischt aus *vous* und *comprare: Sie kaufen?*

weißer Overall: Erkennungszeichen eines Aktionsbündnisses, das mit dem weißen Overall versucht, denen ein Gesicht zu gegen, die in der Gesellschaft keines haben, wie Arbeitslose, Illegale, Obdachlose

Zampone: gefüllte Schweinshaxe